MW01624132

Lettres
à son frère Théo

Du même auteur aux Editions Grasset :

Lettres à Van Rappard.

VINCENT
VAN GOGH

Lettres à son frère Théo

Comprenant un choix de lettres françaises originales et de lettres traduites du hollandais par
GEORGES PHILIPPART

Et précédées d'une notice biographique par
CHARLES TERRASSE

Bernard Grasset
Paris

LES LETTRES DE VINCENT À THÉO ont paru à Amsterdan chez Maatschappij Voor Goede en Goodkoope Lectuur.

ISBN : 978-2-246-43184-8
ISSN : 0756-7170

© *Éditions Grasset & Fasquelle, 1937.*

Vincent Van Gogh / Lettres à son frère Théo

Cette édition des Lettres à son frère Théo *est la première à avoir été publiée en France, dès 1937. Comme le rappelait récemment Pascal Bonafoux, « il n'y a pas de correspondance complète de Vincent Van Gogh ». Même si on se limite aux lettres envoyées par le peintre à son frère Théodore, de quatre ans son cadet, marchand de tableaux et compagnon lointain mais attentif, financièrement et moralement, à toutes ses joies et à toutes ses vicissitudes, la matière est si abondante que chaque recueil représente une sélection dans le choix des lettres et dans le découpage qu'impose la longueur de certaines d'entre elles. La lecture de l'ensemble proposé ici par Georges Philippart révèle une perspective originale et rigoureuse. Les anecdotes sont gommées : on ne trouve aucune allusion aux amours déçues du jeune Van Gogh (la fille de sa logeuse à Londres, en 1874, alors qu'il a 21 ans; puis sa cousine Kate, en 1881; puis Sien, prostituée, mère de famille dont il partage la vie à La Haye en 1882 et 1883; ou Margot, en 1884), non plus qu'à ses expériences professionnelles malheureuses (sa tentative chez Goupil, marchand d'œuvres d'art à Paris et à Londres, de 1873 à 1875, son échec en tant que prédicateur, dans le Borinage, en 1878-1879 – sa façon de vivre, trop proche de ses paroissiens les plus pauvres, ne paraissant pas répondre aux exigences de sa charge –, puis les difficultés familiales auxquelles se heurte sa décision de se consacrer totalement à la peinture à partir de 1881).*

Tous ces faits trop connus de la vie de Vincent Van Gogh disparaissent pour laisser toute leur place aux considérations artistiques : il n'est question que de peinture, des premières lettres où Vincent découvre l'art chez les Goupil jusqu'à la toute dernière missive que Théo recueille sur le corps de son frère mort, suicidé, après avoir risqué dans ce travail insensé, selon sa propre expression, sa vie et sa raison. Ce recueil des Lettres à Théo *est un témoignage irremplaçable sur une existence mise au seul service de la peinture : l'artiste y décrit jour après jour le cheminement d'un homme dont la seule ambition est d'« être peintre et rien d'autre » et dont les seules armes sont la patience et un travail acharné puisqu'il faut « peindre inlassablement pour apprendre à peindre » et que cet apprentissage est le fait de toute une vie.*

Dès son séjour chez les Goupil, Vincent Van Gogh constitue son système de référence et fait provision de gravures de reproduction, seul moyen avant la diffusion de la photographie d'avoir accès aux œuvres dispersées. Sa première démarche, lorsqu'il commence à envisager la peinture comme métier, est de se trouver un maître : son cousin Mauve, de seize ans son aîné, joue ce rôle pendant les quelques mois de 1881 et 1882 où il parvient à s'accommoder du caractère emporté de Vincent. Ensuite, Vincent n'a de cesse que de venir à Paris (1886-1887) profiter d'autres conseils : il fréquente l'atelier Cormon, mais surtout le Louvre où il se précipite, dès le jour de son arrivée, pour dessiner d'après les œuvres de ceux qu'il considère comme les grands initiateurs. Jusqu'à la fin de sa vie, il consacrera une part importante de son travail à la copie de tableaux d'après des gravures sur bois envoyées par son frère : Rembrandt, Millet, Daumier, Delacroix, Giotto découvert très tardivement au musée de Montpellier, Monticelli et même Régamey ou Meissonier. Van Gogh est d'une totale modestie, il n'a d'autre prétention que de réaliser des toiles bonnes pour la « décoration » des intérieurs bourgeois.

Et pourtant, il est tout à fait convaincu de l'authenticité de sa démarche picturale et de la valeur des principes auxquels il sacrifie sa vie. « L'art, affirme-t-il dès juin 1879, c'est l'homme ajouté à la nature. » Il se passionne pour la technique, développe une véritable théorie des couleurs, défend la peinture rugueuse, mouvementée, qui a de la pâte, contre les surfaces lisses de Bouguereau, mais cette matière picturale n'est qu'un moyen de parvenir à l'essentiel : « Somme toute, je veux arriver au point qu'on dise de mon œuvre : cet homme sent profondément et cet homme sent délicatement. » Vincent est incapable de travailler sans modèle ou sans le chevalet directement planté sur le motif. Dans cette observation constante de la nature, il cherche à percevoir l'essentiel de la vie qui passe, l'atmosphère du Midi saisie dans l'élan des vergers et les travaux de la moisson ou, à l'opposé, les affres de la vie nocturne : « Dans mon tableau du Café de nuit, *j'ai cherché à exprimer que le café est un endroit où l'on peut se ruiner, devenir fou, commettre des crimes. Enfin j'ai cherché par des contrastes de rose tendre et de rouge sang et lie-de-vin de doux vert Louis XV, et véronèse, contrastant avec les verts jaunes et les verts bleus durs, tout cela dans une atmosphère de fournaise infernale, de soufre pâle, à exprimer comme la puissance des ténèbres d'un assommoir. » Les violents effets de couleur trop souvent attribués par la légende à l'égarement mental de Vincent sont en fait des ruptures harmoniques soigneusement calculées par un esprit dont la sensibilité n'exclut pas la rigueur. Il est un des premiers à pressentir que paysages ou portraits ne sont au fond qu'une seule et même forme d'expression de soi, que s'il fait « des paysages, il y aura toujours là-dedans trace de figures » : la puissance de réflexion de Vincent est tout aussi remarquable que son œuvre. Il n'a rien d'un intellectuel, il n'a fait que de brefs passages dans des écoles, fussent-elles d'art, mais il cherche à appuyer sa création artistique sur une véritable pensée. La théologie, la littérature, Zola, Guy de Maupassant, Tolstoï, Balzac, l'exemple japonais, tout lui est bon pour nourrir le regard qu'il pose sur le monde. Ses lettres à ses amis, à sa famille et surtout à son frère Théo ont conservé les étapes de cette réflexion dans l'expression abrupte qui lui est propre.*

Car Van Gogh s'efforce, jusqu'aux derniers instants, de sortir de la solitude à laquelle le contraignent son caractère difficile et sa conception de la peinture comme « un travail opiniâtre », propre à dissuader toute compagnie. Ses échecs successifs l'ont découragé de l'idée d'un foyer (« Je me sens passer l'envie de mariage et d'enfants », écrit-il en 1887), mais il renonce beaucoup plus difficilement à son projet utopique de vie communautaire avec d'autres peintres. Il évoque cette perspective dès sa première rencontre avec

Van Rappard, peintre hollandais avec lequel il entretient, pendant cinq ans, une importante correspondance (1881-1885)[1]*. Il espère trouver à Paris la richesse d'une vie artistique de groupe auprès de Pissarro, Toulouse-Lautrec, Signac, Emile Bernard, Gauguin. Et il poursuit encore cette chimère lors de son installation en Provence, tentant presque désespérément d'attirer près de lui d'autres artistes. Seul Gauguin se laisse séduire, et la cohabitation aboutit à l'issue dramatique que l'on sait : le 23 décembre 1888, après une dispute, Van Gogh menace Gauguin et se tranche le lobe de l'oreille, dont il fait l'horrible offrande à une prostituée des bas quartiers d'Arles : c'est le prétexte de son premier internement. Vincent attend trop des autres pour ne pas se rendre insupportable, et sa correspondance est le seul exutoire laissé à son besoin de communication extrême. Il n'écrit pas pour lui, encore moins pour faire carrière d'écrivain, mais pour se faire comprendre, faire partager ses idées sur la peinture, la littérature, le métier d'artiste. L'écriture permet de protéger ses correspondants, en particulier Théo, ce frère si compréhensif, de la violence qui fait échouer toute tentative un peu suivie de communication directe : « Je suis dans une rage de travail, avoue-t-il à Théo en 1888. T'écrire à tête reposée présente des difficultés sérieuses, hier j'ai écrit des lettres que j'ai anéanties ensuite. » Et pourtant, malgré ces destructions, des centaines de lettres subsistent, travail gigantesque par son volume et par la qualité du résultat : la description des paysages a parfois la force des œuvres peintes, et, surtout, cet ensemble épistolaire constitue l'autobiographie la plus convaincante jamais rédigée par un peintre. Aucun motif de joie ou de souffrance n'est occulté, mais le travail sur les mots – travail pour parvenir au plus juste du sens, non pour gommer les imperfections du style ou la rudesse du vocabulaire – opère une mise à distance dépouillant l'œuvre de tout pathos. Les lettres des derniers mois, des premiers internements à Arles jusqu'au geste irrémédiable d'Auvers-sur-Oise en passant par l'asile de Saint-Rémy-de-Provence, possèdent ainsi une particulière puissance dramatique. Elles font sentir, dans la retenue et la pudeur, la tragédie d'un homme parfaitement lucide. Il voit sombrer ses forces physiques et*

1. *Lettres de Van Gogh à Van Rappard*, trad. par L. Roelandt, 256 p., Grasset, 1950, coll. Cahiers Rouges 1991.

mentales, anéanties par l'effort acharné, la lutte de tous les jours exigée par l'invraisemblable métier de peintre.

Car Vincent Van Gogh a accepté toutes les rigueurs et les contraintes de la peinture, y compris la nécessité d'en tirer un profit : « Si je pouvais entrer en relations avec un amateur d'art, écrit-il en 1885, je ferais tout pour lui montrer quelque chose de moi »; et il n'hésite pas à faire présenter à Durand-Ruel, le marchand des impressionnistes, ses peintures de la période hollandaise, qu'il qualifie lui-même de « peinture de paysans », sans trop d'espoir vu la rudesse des sujets et des œuvres. Ce peintre de l'ère post-baudelairienne entre de plain-pied dans la « modernité » commerciale : il comprend l'utilité du couple peintre-marchand que Durand-Ruel vient à peine de définir avec Théodore Rousseau et Manet. Il ne conçoit ses relations financières avec son frère que sous l'angle d'une réciprocité totale des tâches et des fonctions. Il lui affirme même : « En donnant l'argent aux artistes, tu fais toi-même œuvre d'artiste. Je désirerais seulement que mes toiles deviennent telles que tu ne sois pas trop mécontent de ton travail. » Mais le soin méticuleux qu'il met à comparer le coût d'une vie de peinture à son rapport financier possible finit par l'accabler : « L'argent que coûte la peinture, cela m'écrase sous un sentiment de dette et de lâcheté et il serait bon que cela cesse si possible. » Avec le temps, il a renoncé à l'idée du succès : il est incapable de sacrifier à l'opinion des autres quoi que ce soit qui touche à son travail, à sa technique, à ses sujets : il préfère se brouiller avec Van Rappard plutôt que de lui faire aucune concession sur les qualités qu'il prête, dans une analyse toute subjective, aux Mangeurs de pommes de terre. Il est conscient de faire une peinture destinée à l'avenir, mais cette justesse d'analyse n'est pas suffisante pour conforter son esprit bouleversé par les affres de sa dépendance financière. Il se bat tant qu'il le peut, suggérant même la création de coopératives d'artistes pour aider à la vente, mais refuse de renoncer à ses exigences : plutôt mourir que de ne pas faire la peinture dont il ressent la nécessité profonde.

« Vincent cache quelque chose qui ne peut voir la lumière » : cette phrase du peintre lui-même – pour expliquer le rejet dont il était l'objet – se rapportait à un fait précis de son existence (sa cohabitation avec Sien mise au ban de la société), mais on peut aussi l'entendre comme une métaphore très puissante de la lutte acharnée

menée par une part de lui-même s'efforçant de conquérir la lumière à travers la peinture contre cette zone d'ombre qui l'enfonce dans la souffrance et le désespoir, exacerbés par la tension d'une vie portée à son paroxysme : il n'y a, selon Vincent, de vrais artistes que ceux « qui y mettent leur peau ».

Ce conflit intérieur, dont les Lettres à Théo *portent le témoignage, apparaît comme la rançon d'une existence ayant cherché dans la peinture sa seule justification. La lecture de cette correspondance s'impose comme un élément essentiel de toute réflexion sur une démarche artistique qui tend à la compréhension de l'univers. L'itinéraire d'un homme persuadé que, « pour arriver à la vérité, il faut travailler longtemps et beaucoup » prend, dans cette perspective, valeur exceptionnelle d'exemplarité. Qu'il soit, par ailleurs, le peintre le plus cher du monde est finalement une tout autre histoire.*

NOTICE BIOGRAPHIQUE SUR VINCENT VAN GOGH

Dans le Brabant hollandais, à quelques lieues au sud de Breda, le village de Groot Zundert groupe quelques maisons. Le pays est à peine ondulé, parsemé de bruyères, traversé de ruisseaux, baigné de mares. Des arbres pauvres, aux troncs tordus, des sapins s'élèvent. Non loin passe la frontière de Belgique. Vers le nord-ouest, c'est Etten. A l'est, au-delà de Breda, c'est Nuenen. Zundert, Etten, Nuenen, ces petits villages dont les noms reviendront si souvent dans ces Lettres, limitent le pays natal de Van Gogh.

C'est à Groot Zundert qu'il naît, le 30 mars 1853. Son père, Théodore Van Gogh, est pasteur. Sa mère, Anna-Cornelia Carbentus, est la fille d'un relieur de la cour. Famille honorable et ancienne : déjà, au XVIe, au XVIIe siècle, les Van Gogh étaient des bourgeois notables. Plusieurs avaient du goût pour les arts. Au XVIIIe siècle, on trouve à La Haye des Van Gogh exerçant le métier noble de tireur d'or. D'autres devinrent marchands de tableaux.

Vincent devait être l'aîné d'une famille de six enfants. Tout jeune, il montre un intérêt extraordinaire pour tout ce qui l'entoure, et surtout pour la nature. Mais, d'un caractère peu sociable, il vagabonde seul dans la campagne. Ni Anne, ni Elisabeth, ni Wil, non plus que le petit frère Cor ne l'accompagnent. Cependant il emmène parfois, puis souvent, Théodore, qui a quatre ans de moins que lui. Théodore, c'est déjà l'ami, le confident. C'est « Théo ».

Lorsqu'il a douze ans, on le met en pension à la petite ville voisine, à Zevenbergen ; chaque été, il revient à la maison. Quatre années passent, qui ne lui laisseront aucun souvenir notable. Il entre dans la vie à seize ans ; en juillet

1869, grâce à l'oncle Vincent, ancien négociant en objets d'art, qui vivait à Princenhage dans une paisible retraite, le directeur de la succursale à La Haye de la maison Goupil le prend avec lui. Comme nombre de Van Gogh du temps passé, le voici dans le commerce des tableaux. C'est un employé modèle, exact, consciencieux. Peu à peu, son jugement se forme. De La Haye, il est envoyé, toujours chez Goupil, à Bruxelles. De plus en plus il s'intéresse à tout ce qu'il voit; et il parcourt les musées royaux. Il lit beaucoup – tout ce qui lui tombe sous la main. Un jour, en août 1872, Vincent va rejoindre son frère à Oosterwyck, tout près d'Helvoirt, petit village où son père a été appelé. Théo a quinze ans; mais il est d'un esprit déjà très ouvert et précocement averti. Vincent découvre, dans le petit frère, presque un homme. Dès son retour, il lui écrit. Alors commence cette correspondance qui va durer, sans interruption, jusqu'à sa mort – et dont pas une ligne, peut-être, n'a été perdue.

En janvier 1873, Théo entre, à son tour, dans la vie. Cela ne va pas sans inquiéter les bons parents; mais la famille est nombreuse et elle est pauvre. Une pensée console un peu la mère douloureuse; Théo est très mûr pour ses quinze ans. Il est plein de sens, de bonne volonté, de sagesse. Il part pour Bruxelles, chez Goupil, lui aussi. Un lien de plus entre les deux frères : le parallélisme de leur destinée.

En mai, Vincent est envoyé dans la succursale de Londres. Il a tout juste vingt ans.

Il mène une vie tout à fait calme. Les heures, dans le jour, ramènent les mêmes occupations et les éloignent. En allant à son bureau, il se hâte; mais il revient en flânant. Il a plus de temps à lui en Angleterre qu'en Hollande. Non seulement le dimanche lui est acquis, mais aussi le samedi après-midi : semaine anglaise. Et, sans qu'il le sache, sans qu'il s'en rende compte, sa vocation est née, elle grandit en lui. Il s'arrête pour dessiner le long de la Tamise, non pas une fois, mais cent fois..., et il s'attriste, rentré chez lui, de voir que cela ne ressemble à rien.

Il regagne la Hollande en juillet 1874. Le pasteur voit arriver un Vincent sombre et tourmenté : c'est qu'il est amoureux. Mme Loyer, qui tient la pension où il vit, a une fille, Ursule : Ursule a pris son cœur. Elle s'est laissé courtiser ; il l'a demandée en mariage, et il a été éconduit. Il est déçu, navré, blessé profondément. Cependant, durant ces quelques semaines qu'il passe à Helvoirt, il dessine assez souvent ; et sa mère en est frappée. Vers la mi-juillet, il repart, avec l'aînée de ses sœurs. Mais il se sent malheureux à Londres. En octobre, par l'intervention de l'oncle de Princenhage, il est appelé à Paris.

En décembre, quelques semaines après son arrivée, il repart brusquement pour Londres – en vain, car il ne revoit pas Ursule – et regagne Paris. Le voilà désemparé, inquiet. Que faire ? Il ne le sait pas au juste, il se pose une infinité de questions auxquelles il ne trouve pas de réponse, il se perd en conjectures. Cependant un fait lui apparaît évident : la médiocrité de sa condition présente, la médiocrité certaine aussi de son existence à venir. Une pensée de Renan le frappe, le hante : « Mourir à soi-même, réaliser de grandes choses, arriver à la noblesse, et dépasser la vulgarité où se traîne l'existence de presque tous les individus… » Les semaines passent, l'année s'écoule. Noël arrive. Il n'en peut plus, et s'enfuit en Hollande – pour revenir peu après, pour repartir aussi brusquement, fin mars, à Etten. Mais, à Paris, on remplace cet employé jadis modèle, et devenu détestable.

Le pasteur remarque bien le changement de ses idées. Vraiment, il veut être peintre. Mais il faut vivre. Sur le vu d'une annonce, il s'engage comme répétiteur dans une école en Angleterre, à Ramsgate. Il y arrive vers la mi-avril. En juillet, il accompagne l'école, transférée à Isle Worth.

De plus en plus, il est inquiet. Que devenir ? Se vouer à la peinture ? Mais n'est-ce pas folie ? Il lui reste, pense-t-il, une voie à prendre. Tel qui ne peut s'élever dans l'art peut du moins, s'il le veut, devenir un juste selon Dieu. « Je me sens attiré vers la Religion, écrit-il à Théo. Je veux consoler les humbles. Je pense que le métier de peintre ou d'artiste est beau, mais je crois que le métier de mon père est plus sacré. Je voudrais être comme lui... » Il abandonne l'école d'Isle Worth et entre au service d'un pasteur, M. Jones. Le voilà prédicateur. Mais il n'a aucune préparation, aucun don de parole. On le renvoie. De nouveau, à la Noël, il frappe à la porte de la maison paternelle.

L'oncle de Princenhage trouve encore un modeste emploi de commis de librairie à Dordrecht. Il l'accepte, et cependant prend la résolution de transformer totalement sa vie. « Je ne suis pas seul, dit-il, car Dieu est avec moi. Je veux être pasteur. Pasteur, comme mon père ! » Cet appel, répété, ne pouvait rester sans réponse. Le pasteur Van Gogh réunit un conseil de famille. L'on convient de faire entrer Vincent à l'Université d'Amsterdam, et il habitera chez un de ses oncles, à la Marineweff. Tout de suite, Vincent se lance dans l'étude. Mais apprendre est devenu pour lui une torture. De mai 1877 à juillet 1878, il s'épuise en efforts... Il abandonne enfin et revient, une fois encore, au seuil de la maison d'Etten.

Il ne dépend donc plus de lui d'être savant. Mais est-ce bien la science qui fait l'évangéliste ? Il veut être missionnaire chez les pauvres mineurs du Borinage. Il lui suffirait pour cela de suivre, durant trois mois, les cours de l'Ecole préparatoire évangéliste de Bruxelles. Le voilà donc en route pour Bruxelles.

Là, mêmes difficultés. Vincent sait mal le français, et il n'a aucun don d'orateur. On ne le nomme pas. Le père accourt auprès de son fils effondré. On donne enfin à Vincent une mission de six mois.

Dans les derniers jours de décembre, les gens du bourg de Pâturages, près de Mons, voient arriver un homme très simplement vêtu. On apprend qu'il s'est logé chez le colporteur Van der Haegen, qu'il est pasteur, et qu'il vient de Hollande. Bientôt, tous le connaissent. Il visite les malades, les réconforte, leur lit les Evangiles. Quelque temps après, il quitte Pâturages pour Petites Wasmes, à quelques lieues de là.

Wasmes, c'est le cœur du Borinage, le centre du pays noir, succession de hauteurs coupées de ravins aux bords déchirés où apparaît, par places, la houille. Au sud, de grands bois ferment l'horizon. Là vit, depuis des siècles, un peuple d'hommes qui s'agitent, durant la moitié de leur existence, dans les entrailles de la terre. Cette activité souterraine apparaît à la surface du sol : ce ne sont que hautes cages, grandes pyramides noires, hautes deux fois comme les maisons, lueurs rougeoyantes sur lesquelles flottent des vapeurs grises et des fumées sombres. Paysage humain qui n'est pas sans grandeur. Le soir, les vitres des estaminets s'allument, cependant que les ménagères s'emploient au fond des cuisines. Ces mineurs sont pauvres ; ils ne sont pas toujours écrasés de tristesse et certaines de leurs coutumes sont curieuses. Mais Vincent ne voit guère que leur misère. Et, pour la soulager, il déploie un zèle d'apôtre. Il se livre tout entier à son exaltation mystique. Il adopte une cabane en planches, couche sur la terre nue, endosse une vieille vareuse de soldat ; il soigne les typhiques, se dépouille même de son linge. Cependant il prêche mal, et sa tenue, loin d'édifier les mineurs, les étonne, les scandalise. En même temps, il dessine toujours, dans les quelques moments de loisir qu'il s'accorde.

Mais sa mission n'est pas renouvelée par le Consistoire. De nouveau, voici Vincent perdu. Il revient à pied, sans un sou, s'arrête à Bruxelles, chez un ami – puis, en août 1879 – il heurte, encore une fois, au pauvre seuil d'Etten.

Il n'y a plus de place maintenant au foyer. Et s'il part, pourra-t-il seulement vivre ? Il part cependant, le bâton à la main, sur le dos son sac, et il retourne au pays noir.

Alors commence la plus sombre époque de sa vie. Il va de-ci de-là, au vent d'automne, au vent d'hiver. Il couche au hasard des chemins, dans les granges, sous les voitures. Qu'a-t-il pour subsister ? Le peu d'argent que lui envoie Théo. Théo trouve même le moyen de le rejoindre, de lui dire quelques bonnes paroles, de l'encourager enfin dans sa vocation de peintre. Vincent marche durant huit jours pour aller à Courrières voir Jules Breton ; la façade imposante de la maison l'intimide au point qu'il n'ose sonner, et s'en retourne à Cuesmes. Puis il reprend le chemin du nord, au printemps, et revient à Etten... Quelques semaines plus tard il est de nouveau dans le Borinage.

Que d'angoisses ! Que de luttes ! Mais il a découvert enfin sa voie. Il sera peintre, rien que peintre.

C'est en juillet 1880 que se place cette lettre en laquelle il découvre à Théo le plus profond de son cœur, en laquelle il décrit l'affreuse angoisse où il se trouve, ses luttes, ses désespoirs, et aussi sa radieuse espérance. A-t-on jamais écrit appel plus émouvant, plus déchirant ? Théo fut bouleversé. Il fut aussi, et foncièrement, convaincu. Dès lors, il se donne tout entier à son frère. Cette aide qu'il lui faisait jusqu'ici par affection, il s'engage à la continuer, toujours, parce qu'il a confiance. Il croit véritablement en lui. Admirable foi ! c'est grâce à elle que le génie de Vincent va grandir.

Désormais, ils ne sont plus qu'un seul être. La correspondance devient plus étroite encore : point de semaine, point de jour bientôt que le cœur tumultueux de Vincent ne s'épanche : c'est une conversation ininterrompue. Vincent relate tout ce qu'il voit, tout ce qu'il fait, tout ce qu'il pense.

Octobre 1880. Vincent s'installe à Bruxelles. Il y demeure jusqu'en avril, et retourne alors à Etten, où il sait retrouver Théo. Jusqu'en décembre, il ne quitte pas Etten. Mais voici qu'un nouveau drame éclate : il devient amoureux d'une cousine. Déclarations, refus, désespoir – auquel vient s'ajouter la colère paternelle. Et Vincent repart. Avant même la Noël, il est à La Haye, où il demande conseils, enseignements, à son parent le peintre Mauve.

Ce sera l'honneur de Mauve d'avoir reconnu le talent naissant de Vincent. Mauve aide de son mieux son cousin. Il lui trouve un logement ; il le fait travailler. Mais un jour, le caractère sauvagement indépendant de Vincent l'emporte sur son application – et c'est la brouille.

En février, un soir de vagabondage, il rencontre une

femme ivre, qui lui propose de poser pour lui. Il l'emmène, et la banale et lamentable aventure commence, qui durera près de vingt mois. Christine enfin disparaît de sa vie en septembre 1883. Et Vincent s'enfonce, vers le nord, dans le pays de Drenthe. Avant Noël, il frappe une fois encore – ce sera la dernière – à la porte de la maison paternelle, à Nuenen.

Son séjour se prolonge. En deux pièces que lui loue le sacristain de l'église catholique, il installe un atelier. Et ce travailleur infatigable ne s'accorde aucun répit. Paysages, portraits, s'entassent. Un amour encore, pour une jeune fille, des fiançailles, que rompent les parents... le temps passe. Le 27 mars 1885, le pasteur Van Gogh tombe, au retour d'une promenade, sur le seuil de sa maison.

En novembre, Vincent reprend la route. Il va à Anvers : c'est fini de la Hollande. A Anvers, une double révélation : l'art de Rubens, l'art des Japonais, à travers les estampes.

Maintenant, les étapes vont se précipiter. En mars 1886, le voilà à Paris. Il y retrouve Théo.

Théo est directeur chez Goupil, rue Montmartre. Il accueille son aîné comme un enfant. Tous deux habiteront ensemble, dans le petit appartement de Théo, rue de Laval, aujourd'hui rue Jean-Macé.

Vincent demeure deux ans à Paris, de mars 1886 à février 1888. Naturellement, la précieuse correspondance cesse. Elle reprend, immédiatement, dès que les deux frères sont séparés.

Que fait, à Paris, Vincent? D'abord, il croit avoir à s'instruire. Il va humblement à l'école, entre dans l'atelier Cormon. Il s'y montre d'une application presque touchante. Il passe du temps dans les musées, surtout au Louvre, fait des copies de Delacroix, de Millet. Mais bientôt il abandonne l'atelier Cormon – il sent bien qu'il n'a rien à y apprendre – et commence à travailler en plein air, à la manière des impressionnistes qu'il admire tant. Il part le matin, une toile sur le dos, la boîte de couleurs à la main. Il s'installe où bon lui semble, et d'abord au plus près. Montmartre le séduit beaucoup ; ses rues montantes et tortueuses, ses guinguettes, ses moulins le ravissent. Il peint toutes sortes d'aspects de ce « village ». Puis il étend ses investigations, marche jusqu'aux limites de la ville, atteint la banlieue lépreuse. L'été, il passe ses journées le long de la Seine, vers Saint-Cloud ou Neuilly.

Il va parfois retrouver son frère à son bureau ; mais à la maison académique combien il préfère la boutique du « père » Tanguy, cet admirateur de Cézanne, de Renoir ! Là fréquentent Signac, Seurat, Gauguin – Gauguin, pour qui Vincent se prend d'amitié. Les soirées, il les passe en compagnie de ses nouveaux amis, et souvent au cabaret du Tambourin, tenu par un ancien modèle de Gérôme, la Segattori. Une grande intimité lie bientôt Vincent à la Segattori, intimité qui se termine un soir, non sans violence.

Cependant la lumière et la couleur avaient séduit Vincent. Le désir le tenaille d'une plus grande lumière, et d'une couleur plus éclatante. Et puis, il n'avait plus rien à apprendre à Paris. Il décide donc, peut-être sur le conseil de Toulouse-Lautrec, d'aller dans le Sud. « C'est dans le Midi, déclare-t-il un jour à Emile Bernard, qu'il faut installer l'atelier de l'avenir. » Le lendemain, il part pour Arles.

Le jour même de son arrivée – probablement le 20 février – il écrit à Théo. Désormais, les lettres reprennent, et se suivent, presque quotidiennes. Dans ces lettres, en français – Vincent se considère, depuis plusieurs mois déjà, comme tel – il dit tout. Il dit ses allées et venues, comment il travaille, le caractère du pays, le grand soleil, les habitudes des gens, ses lectures, son logement, son rêve enfin de fonder, avec les amis, un atelier commun. L'on y suit aussi les progrès d'une exaltation grandissante sous l'action d'un soleil ardent. Il dessine et peint sans arrêt et, tard dans la nuit, écrit. Dans les quelques mois qui suivent – mars-décembre 1888 –, il élève une œuvre artistique prodigieuse, et un véritable monument littéraire : car ce peintre est aussi un écrivain.

Les *Lettres* nous disent ses joies multiples. Joie des couleurs, de la lumière ; joie d'installer une maison enfin, la « maison des amis », illuminée d'une décoration où la dominante est la couleur de l'affection pure, le jaune triomphal ; joie de voir arriver le premier des amis, Gauguin. Une seule de ces lettres, peut-être, laisse entrevoir la catastrophe imminente. Puis elles cessent – pour réapparaître quinze jours plus tard. C'est que, dans l'intervalle, le drame a éclaté. Le soir de Noël, Vincent a jeté son verre à la figure de Gauguin. Dans la nuit, il s'est coupé une oreille et l'a portée, bien enveloppée, à une fille, dans une maison : Vincent est fou.

On le conduit à l'hôpital. Et là, entre deux crises, cet homme étonnant retrouve son génie, et peint.

Le 7 janvier, il regagne sa chère maison couleur de lumière et d'amour. Mais il n'y retrouve que des ombres, la sienne d'abord, celle de l'ami parti ensuite. Et voici que la vie devient douloureuse. Des hallucinations le poursuivent, l'obsèdent, l'épouvantent. La pire des souffrances s'empare de lui : l'angoisse. Les *Lettres* deviennent poignantes.

Chassé d'Arles par une population qui, maintenant, le redoute et s'effraie à sa vue, chassé par l'angoisse de la crise prochaine, il se décide, sur les pressants avis de Théo et du pasteur Salles, à entrer à l'asile de Saint-Remy.

L'asile Saint-Paul de Mausole, à Saint-Remy, tout proche de l'arc de triomphe et du mausolée qui comptent parmi les plus beaux monuments romains de France, est un ancien monastère. Une allée de pins en annonce l'accès. Dans les bâtiments, immenses, un médecin, le docteur Mercurin, avait aménagé au début du XIXe siècle une maison de santé.

A celui qui visite l'asile de Saint-Remy, rien n'apparaît changé depuis le temps de Van Gogh. Dans la grande aile du nord, le long d'un couloir, s'échelonnent de petites chambres. Voici, presque au milieu, celle qu'habita Vincent, et dont les murs sont garnis des reproductions des œuvres peintes à Saint-Remy. Par la fenêtre ouverte (et en enjambant l'appui on est dans la prairie) on voit, tout près, les pentes abruptes des Alpilles ; devant soi, des terres cultivées, des arbres. A gauche, un mur, au-delà duquel on devine la petite ville. Au bout de cette aile, à l'étage, on donna deux pièces à Vincent, dont il fit son atelier. De là-haut, la vue devient étendue ; dans le lointain apparaissent Avignon, et les sommets des Alpes.

Vincent passe dans des alternatives de douleur, de désespoir, de mélancolie, de calme – et cependant ne cesse de peindre. A certaines phrases de ses lettres, on imagine à quel point il dut souffrir du hurlement perpétuel de ses malheureux compagnons. Mais jamais, peut-être, il n'a mieux peint, avec plus de sensibilité et de puissance. Lui-même s'analysant, traduit à sa manière les deux états entre lesquels oscille sa raison, l'anxiété et le calme. Décrivant deux peintures à Emile Bernard, « cette combinaison, dit-il, d'ocre rouge, de vert attristé de gris, de traits noirs qui cernent les contours, cela produit un peu la sensation d'angoisse dont souffrent souvent certains de nos compagnons d'infortune, qu'on appelle "noir-rouge". Et d'ailleurs le motif du grand arbre frappé par l'éclair, le sourire maladif vert-rose de la dernière fleur d'automne vient confirmer cette idée.

« Une autre toile représente un soleil levant sur un champ de jeune blé ; des lignes fuyantes, des sillons montant haut dans la toile, vers une muraille et une rangée de collines lilas. Le champ est violet et jaune-vert. Le soleil blanc est entouré d'une grande auréole jaune. Là-dedans, j'ai, par contraste à l'autre toile, cherché à exprimer du calme, une grande paix… »

En janvier 1890, dans le *Mercure de France,* un critique, Albert Aurier, signale sa peinture : c'est la première fois qu'on la remarque. Vincent s'en réjouit. Le mois suivant, Théo lui écrit qu'il a vendu son tableau la Vigne rouge. Premier, unique tableau vendu avant sa disparition.

Mais il veut revenir. Théo se met en quête d'un abri sûr. Pissarro lui fait connaître qu'à Auvers-sur-Oise habite un ami des artistes, le docteur Gachet. Vincent serait bien auprès de lui. Le 18 mai 1890, Vincent quitte Saint-Remy.

A Paris, il est heureux de trouver Théo, sa femme – car Théo est marié depuis un an – et leur petit enfant. Il regarde ses tableaux (il y en a partout, jusque sous les meubles) ; il a plaisir à serrer la main des amis qui viennent le voir. Il ne fait que passer. Le 21 mai, il est déjà installé à Auvers.

Tout, encore, est dans les *Lettres* qui suivent, son travail, ses courses à travers la campagne, son affection grandissante pour le docteur Gachet, son humeur changeante, sa mélancolie... Le 27 juillet, hanté par l'angoisse de la crise qu'il sent venir, il se tire une balle au cœur. Mais le coup dévie : la balle se loge dans l'aine. Il trouve la force de revenir. Prévenu par le docteur Gachet, Théo accourt. Quelques heures après, Vincent n'existait plus.

Une lettre, qui n'est que doute et désespoir, fut trouvée sur lui. Dernière lettre à Théo, qui ne parvint à lui que par-delà la mort.

Théo ne put supporter sa douleur. Frappé de paralysie, transporté en Hollande par les soins de sa femme, il y mourait quelques mois plus tard, en janvier 1891.

On ne voulut pas séparer ceux qui s'étaient tant aimés durant leur vie. Vincent, le peintre des soleils silencieux et des tournesols d'or, et Théo, le frère sublime, reposent côte à côte à Auvers-sur-Oise. Et, dans l'admiration universelle, leurs deux noms n'en font qu'un.

CHARLES TERRASSE.

LONDRES (juillet 1873 - mai 1875)

Londres, 20 juillet 1873.

L'art anglais ne m'attirait pas fort au début, il faut s'y habituer. Il y a cependant ici des peintres habiles, entre autres Millais, qui a fait le *Huguenot*, *Ophélie*, etc., que tu dois certainement connaître par les gravures, c'est très beau. Puis Boughton, dont tu connais les *Puritains allant à l'église* de notre galerie photographique. J'ai vu de lui de très jolies choses. En outre parmi les vieux peintres, Constable, un paysagiste qui vivait il y a une trentaine d'années, c'est superbe avec quelque chose de Diaz et de Daubigny ; et Reynolds, et Gainsborough qui ont surtout peint des portraits de femmes et puis Turner, d'après qui tu as dû voir des gravures.

Il y a ici quelques bons peintres français, entre autres Tissot... Otto Weber et Heilbuth. Ce dernier fait à présent de jolies peintures, dans le genre précieux de van Linder. Ecris-moi à l'occasion s'il y a des photographies d'après Wauters, excepté *Hugo van der Goes* et *Marie de Bourgogne,* et si tu connais aussi des photographies des tableaux de Lagey et de Braekeleer.

Ce n'est pas le vieux de Braekeleer dont je veux parler mais un fils à lui, je crois, qui avait à la dernière exposition de Bruxelles trois superbes tableaux, intitulés, *Anvers*, l'*Ecole* et l'*Atlas*.

Si tu vois aussi quelque chose de Lagey, de Braekeleer,

Wauters, Maris, Tissot, George Saal, Jundt, Ziem, Mauve, écris-moi surtout, ce sont des peintres que j'aime beaucoup (10)[1].

Londres, janvier 1874.

Je vois que tu t'intéresses à l'art et cela est une bonne chose, vieux. Je suis heureux que tu aimes Millet, Jacque, Schreyer, Lambinet, Frans Hals, etc., car comme dit Mauve « c'est quelque chose ».

Oui, le tableau de Millet, l'*Angélus du Soir*, « c'est quelque chose », c'est magnifique, c'est de la poésie. Comme je parlerais encore volontiers d'art avec toi, mais nous n'avons qu'à nous écrire souvent ; *trouve beau* tout ce que tu peux, la plupart *ne trouvent pas suffisamment beau.*

J'écris ci-dessous quelques noms de peintres que j'aime : particulièrement :

Scheffer, Delaroche, Hébert, Hamon, Leys, Tissot, Lagey, Boughton, Millais, Thijs Maris, de Groux, de Braekeleer, jr. Millet, Jules Breton, Feyen-Perrin, Eugène Feyen, Brion, Jundt, George Saal, Israels, Anker, Knaus, Vautier, Jourdan, Compte-Calix, Rochussen, Meissonier, Madrazzo, Ziem, Boudin, Gérôme, Fromentin, Decamp, Bonington, Diaz, Th. Rousseau, Troyon, Dupré, Corot, Paul Huet, Jacque, Otto Weber, Daubigny, Bernier, Emile Breton, Chenu, César de Cock, Mlle Collart, Bodmer, Koekkoek, Schelhout, Weissenbruch et last not least Maris et Mauve. Mais je continuerais ainsi je ne sais combien de temps, et il y a encore les vieux, et je suis sûr d'avoir encore omis quelques-uns parmi les meilleurs (13).

---

1. Les chiffres entre parenthèses à la fin de chaque lettre suivent la chronologie dans la correspondance complète.

Londres, 6 avril 1875.

A propos de *Meerestille* de Heine, que j'avais recopié dans ton petit carnet, n'est-ce pas ? Il y a quelque temps, j'ai vu un tableau de Thijs Maris qui m'y fit penser.

Une ancienne ville de Hollande, avec des rangées de maisons d'un brun rouge avec des pignons en escalier et des perrons, des toits gris et des portes blanches ou jaunes, des baies et des corniches ; des canaux avec des bateaux et un grand pont-levis blanc sous lequel se trouve un chaland avec un homme au gouvernail, la petite maison du pontier que l'on voit à travers la fenêtre assis dans son petit bureau.

Un peu plus loin sur le canal, un pont de pierre où passent des gens et une charrette avec des chevaux blancs.

Et partout du mouvement ; un homme avec une brouette, un autre appuyé au garde-fou, qui regarde dans l'eau, des femmes en noir avec des bonnets blancs.

A l'avant-plan un quai avec des pavés et un garde-fou noir.

Dans le lointain une tour se dresse au-dessus des maisons.

Au-dessus de tout cela, le ciel d'un blanc gris.

C'est un petit tableau en hauteur (24).

PARIS (mars 1875 - mars 1876)

Paris, le 31 mai 1875.

Hier, j'ai vu l'exposition Corot. Il y avait notamment un tableau, le *Jardin des Oliviers*, je suis content qu'il ait peint cela.

A droite, un groupe d'oliviers, sombre sur le bleu du ciel au crépuscule ; à l'arrière-plan, des collines avec des arbustes et deux grands arbres, en haut l'étoile du soir.

Au salon, il y a trois Corot, très beaux : le plus beau, peint peu avant sa mort, les *Bûcherons*, paraîtra sans doute dans l'*Illustration* ou le *Monde Illustré*.

Comme tu peux le penser, j'ai été voir aussi le Louvre et le Luxembourg.

Les Ruysdael du Louvre sont superbes ; surtout le *Buisson*, l'*Estacade* et le *Coup de soleil*.

J'espère que tu verras un jour les petits Rembrandt, les *Pèlerins d'Emmaüs* et deux pendants, les *Philosophes* (27).

Paris, le 6 juillet 1875.

J'ai loué une petite chambre à Montmartre où tu te plairais. C'est petit, mais elle donne sur un petit jardin tapissé de lierre et de vignes.

Je vais te dire quelles gravures j'ai mises au mur : Ruysdael : le *Buisson* et *Blanchisseries* ; Rembrandt : la *Lecture de la Bible* (une grande chambre vieille-Hollande) – le soir : – une chandelle sur la table où la jeune mère assise près du berceau de son enfant lit la Bible ; une vieille femme assise écoute, c'est quelque chose qui fait penser : « En vérité, je vous le dis, là où deux ou trois personnes s'assemblent en mon nom, je suis au milieu d'elles » ; c'est une ancienne gravure sur cuivre, aussi grande que le *Buisson*, superbe ; Ph. de Champaigne : *Portrait d'une dame* ; Corot : le *Soir* ; Corot : *idem.* ; de Bodmer : *Fontainebleau* ; Bonington : *une route* ; Troyon : *le Matin* ; Jules Dupré : *le Soir* (la traite) ; Maris : *Blanchisseuse* ; dito : *un baptême* ; Millet : *les Heures de la journée* ; (gravures sur bois 4 feuilles) ; v. d. Maaten : *Enterrement dans les blés* ; Daubigny : *l'Aurore* (coq chantant) ; Charlet : *l'Hospitalité* (ferme entourée de sapins l'hiver dans la neige ; un paysan et un soldat devant la porte) ; Ed. Frère : *Couturières* ; *dito* : *Un tonnelier* (30).

Paris, le 13 août 1875.

Sur la liste de ce que j'ai accroché dans ma chambre j'ai oublié :

N. Maes : *la Nativité.*

Hamon : *Si j'étais l'hiver sombre.*

Français : *Derniers beaux jours.*

Ruyperez : *l'Imitation de Jésus-Christ.*

Bosboom : *Cantabimus et Psallemus.*

Je fais tout ce que je peux pour trouver encore pour toi une gravure de Rembrandt : *Lecture de la Bible* (33).

Paris, le 25 septembre 1875.

Je vais me séparer de tous mes livres de Michelet, etc., etc. Fais de même (39).

Paris, le 11 octobre 1875.

As-tu suivi mon conseil, t'es-tu séparé des livres de Michelet, Renan, etc. ? Je pense que cela te donnera de la tranquillité. La page de Michelet sur le *Portrait de femme* de Ph. de Champaigne, il ne faut pourtant pas l'oublier, et n'oublie pas non plus Renan. Mais néanmoins, écarte-le... Connais-tu Erckmann-Chatrian : l*e Conscrit, Waterloo* et surtout *l'Ami Fritz* et aussi *Madame Thérèse* ? Lis cela si tu le peux. Changer de nourriture donne de l'appétit (42).

AMSTERDAM (9 mai 1877 - juillet 1878)

Amsterdam, 27 juillet 1877.

Mendès m'a donné bon espoir qu'au bout de trois mois nous serons aussi avancés qu'il se l'était promis si tout allait bien. N'empêche que ses leçons de grec au cœur d'Amsterdam, au cœur du quartier juif, par une après-midi très chaude et accablante, avec l'idée de beaucoup d'examens difficiles qui vous pendent au nez à passer devant des professeurs rusés et très savants, ça vous met plus mal à l'aise que les champs de blé du Brabant qui doivent être rudement beaux un jour comme celui-ci (103).

Amsterdam, 18 août 1877.

Je m'étais levé de bonne heure et j'ai vu les ouvriers arriver au chantier, par un soleil magnifique. Tu aurais pris plaisir à voir l'aspect particulier de ce fleuve de personnages noirs grands et petits, d'abord dans la rue étroite où il n'y avait que très peu de soleil, et ensuite sur le chantier. Ai après cela déjeuné d'un morceau de pain sec et d'un verre de bière ; c'est un moyen recommandé par Dickens à ceux qui sont sur le point de se suicider, comme étant particulièrement indiqué pour les détourner pendant quelque temps encore de ce projet. Et même si l'on n'est pas tout à fait dans cette disposition d'esprit, il est bon de le faire de temps à autre, en pensant au tableau de Rembrandt, *les Pèlerins d'Emmaüs* (106).

Amsterdam, 9 janvier 1878.

C. M.[1] m'a demandé aujourd'hui si je ne trouvais pas belle la Phryné de Gérôme. J'ai dit que j'avais infiniment plus de plaisir à regarder une femme laide d'Israels ou de Millet ou une vieille femme de Ed. Frère, car qu'est-ce que cela signifie, en somme, un beau corps comme celui de cette Phryné ? Cela, les animaux l'ont aussi, peut-être plus que les hommes, mais une âme telle qu'il y en a une dans les hommes peints par Israels, ou Millet, ou Frère, voilà ce

1. Abréviation du nom d'un oncle de Vincent, Cornelius-Marinus, appelé aussi parfois oncle Cor.

que les animaux n'ont pas, et la vie ne nous a-t-elle pas été donnée pour enrichir notre cœur, même quand souffre le physique ?

Je ne ressens quant à moi, qu'extrêmement peu de sympathie pour cette figure de Gérôme, car je n'y vois pas le moindre signe révélateur d'intelligence. Des mains qui portent la marque du travail sont plus belles que des mains pareilles à celles de cette figure.

Plus grande encore est la différence entre une telle fille et un homme comme Parker ou Thomas a Kempis, ou comme ceux que peignait Meissonier ; de la même manière qu'on ne peut servir deux maîtres à la fois, on ne peut aimer des choses aussi différentes et ressentir pour les deux de la sympathie.

C. M. me demande alors si une femme ou une fille qui serait belle ne me plairait pas, mais je lui ai dit que je me sentirais et que je m'accorderais mieux avec une qui soit laide, ou vieille, ou pauvre, ou malheureuse, pour l'une ou l'autre raison, mais qui aurait acquis de l'intelligence et une âme par l'expérience de la vie et les épreuves ou chagrins (117).

Amsterdam, 3 avril 1878.

J'ai encore réfléchi au sujet de notre conversation, et involontairement j'ai songé aux paroles « nous sommes aujourd'hui ce que nous étions hier ». Cela ne signifie pas que l'on doive marquer le pas, et ne pas essayer de se développer, au contraire il y a une raison impérieuse de le faire et de le trouver.

Mais pour rester fidèle à cette parole, on ne peut pas reculer, et quand on a commencé à considérer les choses d'un regard libre et confiant, on ne peut revenir en arrière ni y déroger.

Ceux qui disaient : « Nous sommes aujourd'hui ce que nous étions hier », c'étaient des « honnêtes hommes », ce qui résulte clairement de la constitution qu'ils ont rédigée, qui subsistera en tous temps, et dont on a pu dire qu'elle avait été écrite « avec le rayon d'en-haut » et « d'un doigt de feu ». Il est bon d'être « honnête homme » et de tâcher de le devenir de plus en plus, et l'on fait bien quand on croit qu'il faut pour cela être « homme intérieur et spirituel ».

Si l'on avait la conviction d'appartenir à cette catégorie, on irait son chemin avec calme et confiance, sans douter du bon résultat final. – Il y avait un homme qui un jour entra dans une église et demanda : « Est-il possible que mon zèle m'ait trompé, que j'aie emprunté la mauvaise route et que je m'y sois mal pris, hélas ! si j'étais débarrassé de cette incertitude et si je pouvais avoir la ferme conviction que je finirais par vaincre et réussir. » Et une voix lui répondit alors : « Et si tu en avais la certitude, que ferais-tu alors ? – fais donc comme si tu en étais certain, et tu ne seras pas confondu. » L'homme alors continua son chemin, non plus incroyant mais croyant, et se remit à l'ouvrage, sans douter ni hésiter plus longtemps. Pour ce qui regarde d'être « homme intérieur et spirituel », ne pourrait-on développer cet état en soi par la connaissance de l'histoire en général et des personnes déterminées de tous les temps en particulier, depuis l'histoire sainte jusqu'à celle de la Révolution, et de l'*Odyssée* jusqu'aux livres de Dickens et de Michelet ? Et ne pourrait-on tirer aucun enseignement de l'œuvre d'hommes tels que Rembrandt ou des *Mauvaises herbes* de Breton, ou *les Heures de la journée* de Millet, ou *le Bénédicité* de de Groux ou Brion, ou *le Conscrit* de de Groux (ou sinon de Conscience) ou *les Grands chênes* de Dupré, ou même les moulins et les plaines de sable de Michel ?

Nous avons pas mal parlé de ce qu'est notre devoir, et comment nous pourrions arriver à quelque chose de bon, et nous sommes arrivés à la conclusion que notre but en tout premier lieu doit être de trouver une place déterminée, et un métier auquel nous puissions nous consacrer tout entier.

Et je crois que nous étions également d'accord sur ce point, qu'il faut surtout envisager la fin, et qu'une victoire qu'on remporterait après toute une vie de travaux et d'efforts vaut mieux qu'une victoire qu'on remporterait plus tôt.

Celui qui vit sincèrement et rencontre des peines véritables et des désillusions, qui ne se laisse point abattre par elles, vaut plus que celui qui a toujours le vent en poupe, et qui ne connaîtrait qu'une prospérité relative. Car quels sont ceux en qui on constate de la façon la plus visible une valeur supérieure, ce sont ceux auxquels s'appliquent les paroles : « laboureurs, votre vie est triste, laboureurs, vous souffrez dans la vie, laboureurs, vous êtes bienheureux », ce sont ceux qui portent les stigmates de « toute une vie de lutte et de travail soutenu sans fléchir jamais ». Il est bon de s'efforcer de devenir pareils à eux.

Nous avançons donc sur notre route *indefessi favente Deo*. En ce qui me concerne, je dois devenir un bon prédicateur, qui a quelque chose à dire qui soit bon et puisse être utile dans le monde, et il est possible qu'il vaille mieux que je connaisse un temps de préparation relativement long, et que je sois solidement confirmé dans une ferme conviction, avant d'être appelé à en parler aux autres… Du moment que nous nous efforçons de vivre sincèrement, tout sera pour le mieux, même si nous devons inévitablement avoir des peines sincères et de véritables désillusions ; nous commettrons probablement aussi de lourdes fautes et accomplirons de mauvaises actions, mais il est vrai qu'il vaut mieux d'avoir l'esprit ardent, même si l'on doit commettre plus de fautes, que d'être mesquin et trop prudent. Il est bon d'aimer autant que l'on peut, car c'est là que gît la vraie force, et celui qui aime beaucoup accomplit de grandes choses et en est capable, et ce qui se fait par amour est bien fait ; quand on est frappé par l'un ou l'autre livre, par exemple, en prenant au hasard : *L'hirondelle, L'alouette, Le rossignol, Les aspirations de l'automne, Je vois d'ici une dame, J'aimais cette petite ville singulière* de Michelet, c'est parce que ces livres ont été écrits avec le cœur, dans la simplicité et la pauvreté de l'esprit. Si l'on ne devait prononcer que quelques paroles, mais qui auraient un sens, on ferait mieux que d'en prononcer beaucoup qui ne seraient que des sons creux, et pourraient être prononcées avec d'autant plus de facilité qu'elles auraient peu d'utilité.

Si l'on continue à aimer sincèrement ce qui est vraiment digne d'amour, et qu'on ne gaspille pas son amour à des choses insignifiantes et nulles et fades, on obtiendra peu à peu plus de lumière et l'on deviendra plus fort.

Plus vite on cherche à se qualifier dans un certain domaine d'activité et un certain métier, et on adopte une façon de penser et d'agir relativement indépendante, et plus on se tient à des règles fixes, plus ferme deviendra le caractère, et il ne faudra pas pour cela devenir borné.

Il est sage de faire ces choses, parce que la vie est courte et que le temps passe vite ; si l'on se perfectionne dans une seule chose et qu'on la comprend bien, on acquiert pardessus le marché la compréhension et la connaissance de bien d'autres choses.

Il est parfois bon d'aller beaucoup dans le monde et de fréquenter les hommes, et parfois on y est bien obligé et appelé, mais celui qui préférerait rester tout seul et tranquillement à l'ouvrage, et ne voudrait avoir que très peu d'amis, c'est celui-là qui circule avec le plus de sécurité parmi les hommes et dans le monde. Il ne faut jamais se fier au fait d'être sans difficultés ou sans souci ou empêchement de quelque nature, mais il ne faut pas se faire la vie trop facile. Et même dans les milieux cultivés et dans les meilleures sociétés et les circonstances les plus favorables, il faut conserver quelque chose du caractère original d'un Robinson Crusoé ou d'un homme de la nature, jamais laisser éteindre le feu de son âme, mais l'entretenir. Et celui qui continue à garder la pauvreté pour lui-même, et qui la chérit, possède un grand trésor et entendra toujours clairement la voie de sa conscience ; celui qui écoute et suit cette voix intérieure, qui est le meilleur don de Dieu, finira par y trouver un ami et n'est jamais seul…

Que ce soit là notre sort, mon garçon, que ta route soit prospère, et que Dieu soit avec toi en toutes choses et te fasse réussir, c'est ce que te souhaite avec une cordiale poignée de main à ton départ.

Ton frère qui t'aime,

VINCENT (121).

ETTEN (22 juillet 1878 - 15 août 1878)

Etten, 22 juillet 1878.

Comme Père te l'aura sans doute déjà écrit, nous sommes allés la semaine passée à Bruxelles en compagnie du Pasteur Jones d'Isleworth qui a passé ici la journée de dimanche...

Nous avons visité l'école flamande de formation; elle comporte un cours de trois ans alors que, comme tu sais, dans le cas le plus favorable les études en Hollande prennent encore six ans. Et on n'exige même pas d'avoir terminé les études à cette école avant de pouvoir briguer une place d'évangéliste. Ce qu'on y exige, c'est le don de pouvoir faire facilement des conférences cordiales et populaires ou de pouvoir s'adresser au peuple d'une façon plutôt brève et forte que savante et longue. C'est ainsi qu'on y attache moins d'importance à la connaissance approfondie des langues anciennes et à de longues études théologiques (quoique tout ce qu'on connaisse dans ce domaine constitue une chaude recommandation), mais on prend davantage en considération le caractère approprié du travail pratique et la foi naturelle. Mais nous n'en sommes pas encore là; tout d'abord on n'acquiert pas d'un coup, mais seulement après beaucoup d'exercices, le don de s'adresser au peuple avec gravité et sentiment et sans raideur et contrainte, parce que les paroles à dire doivent avoir une signification et une tendance et pouvoir inciter les auditeurs à s'efforcer que leurs affections jettent leurs racines dans la vérité. En un mot, il faut être un prédicateur populaire pour avoir des chances de réussir là-bas.

« Ces messieurs » de Bruxelles ont exprimé le désir que je m'y rende pour un terme de trois mois, afin de faire plus ample connaissance, mais en fin de compte cela reviendrait trop cher, et c'est ce qu'il faut éviter le plus possible. C'est pourquoi je préfère pour le moment rester à Etten pour me préparer et c'est d'ici que de temps en temps j'irai faire une visite, soit chez le Pasteur Pietersen à Malines, soit chez le Pasteur de Jonge à Bruxelles, pour que nous puissions faire connaissance réciproquement. Le temps que cela prendra dépendra complètement de ce qu'on dira à Bruxelles…

Comme elle était belle, l'excellente gravure sur bois publiée par l'*Illustration* sous le titre *Un jeune citoyen de l'an V*, due à Jules Goupil; l'as-tu vue également; j'ai pu me la procurer et l'ai pendue au mur de la petite chambre où je puis me fixer, notamment la chambre d'étude, qui a vue sur le jardin et dont le mur extérieur est tapissé de lierre. Voici ce que la revue en question dit du fameux tableau : « Un regard qui a vu le spectacle de l'affreuse guillotine, une pensée qui a survécu à toutes les scènes de la révolution. Il est presque étonné de se trouver encore vivant après tant de catastrophes. » C'est un phénomène remarquable dans l'art et il continuera à avoir le même effet sur nombre de gens et ceux qui ont le sentiment du grand art, en resteront saisis comme d'un portrait de Fabritius ou quelques autres tableaux plus ou moins mystiques de l'école de Rembrandt (123).

Début d'août 1878.

Ces derniers jours, j'ai fait un petit dessin d'après *Un dimanche matin* d'Emile Breton, à la plume, à l'encre et au crayon. Comme elle est belle cette œuvre – a-t-il fait quelque chose de spécial cette année et vois-tu beaucoup de ses œuvres ? J'ai écrit hier et aujourd'hui une dissertation sur la parabole de la graine de sénevé, qui a pris vingt-sept pages, puisse-t-elle contenir quelque chose de bon (124).

BRUXELLES (août 1878 - 15 novembre1878).

Laeken, 15 novembre 1878.

C'était précisément au moment où les balayeurs de rues rentraient avec leurs charrettes attelées de vieux chevaux blancs, il y avait une longue théorie de ces charrettes près de la soi-disant Ferme des boues au début du chemin de halage. Quelques-uns de ces vieux chevaux blancs ressemblent à certaine vieille gravure en aquatinte, que tu connais peut-être bien, une gravure qui n'a pas une très grande valeur artistique, mais qui m'a pourtant frappé et impressionné. Je veux parler de la dernière de cette série de gravures intitulée *La vie d'un cheval.* Cette gravure représente un vieux cheval blanc, amaigri et squelettique et totalement épuisé par une longue vie de rude labeur, d'un travail long et difficile. Le pauvre animal se trouve à un endroit indescriptiblement solitaire et abandonné, une plaine où pousse une herbe maigre et aride, avec de-ci delà un arbre tordu, courbé et brisé par la bourrasque. Un crâne gît par terre et au loin à l'arrière-plan le squelette pâli d'un cheval, à côté d'une hutte où habite un homme qui fait métier d'équarrisseur. Un ciel de tempête surplombe le tout, c'est un jour âpre et rude, un temps sombre et obscur.

C'est une scène triste et profondément mélancolique et qui doit frapper quiconque sait et sent qu'un jour aussi nous devrons passer par ce qu'on appelle la mort, et « que la fin de la vie humaine, ce sont des larmes ou des cheveux blancs ». Ce qu'il y a au-delà, c'est un grand mystère que Dieu seul connaît, qu'il nous a toutefois révélé d'une façon irréfutable dans Sa parole, qu'il y a une résurrection des morts.

Le pauvre cheval, le vieux serviteur fidèle est là patient

et passif, courageux cependant et pour ainsi dire décidé, comme la vieille garde qui a dit : « La garde meurt mais elle ne se rend pas », et il attend son heure dernière. Involontairement, cette gravure m'est revenue en mémoire quand j'ai vu ce soir ces chevaux de la Ferme des boues.

Et les charretiers eux-mêmes, avec leurs vêtements sales et crasseux, ils semblaient plongés et enracinés plus profondément encore dans la misère, que cette longue théorie ou plutôt ce groupe de pauvres que le maître de Groux a dessiné sur son *Banc des pauvres*. Vois-tu, cela me frappe toujours et c'est une chose caractéristique quand nous voyons l'image d'un abandon indicible et indescriptible – de la solitude, de la pauvreté et de la misère, la fin des choses ou leur extrémité – c'est alors que dans notre esprit surgit l'idée de Dieu. C'est tout au moins le cas pour moi et Père ne dit-il pas lui aussi : « C'est au cimetière que je préfère prendre la parole parce que tous nous y foulons le même sol, non seulement nous y foulons le même sol, mais toujours nous nous en *rendons compte*. »

J'ai été heureux que nous ayons pu voir le musée ensemble, et surtout l'œuvre de de Groux et Leys et tant d'autres tableaux remarquables comme ce paysage de Coosemans entre autres. Je suis fort content des deux gravures que tu m'as données, mais tu aurais dû accepter de moi cette petite eau-forte : *Les trois moulins*. Et puis, tu l'as achetée toi-même – même pas à moitié prix, comme j'aurais tant voulu. Il faut la conserver dans la collection, car elle est remarquable encore que l'exécution n'en soit pas très belle, dans mon ignorance je croirais devoir l'attribuer à Breughel le Paysan plutôt qu'à Breughel de Velours. Je joins à la présente le petit croquis en question *Au charbonnage*.

Je voudrais bien commencer à faire de grossiers croquis des innombrables choses que l'on rencontre en cours de route, mais comme cela me distrairait de mon travail propre, il vaut mieux ne pas commencer. Dès ma rentrée à la maison, j'ai commencé un sermon sur « le figuier aride », Luc, XIII, 6-9.

Ce petit dessin *Au charbonnage* n'est vraiment pas très

extraordinaire mais la raison pour laquelle je l'ai fait aussi machinalement est que l'on voit ici tant de gens qui travaillent dans les charbons et c'est un peuple bien caractéristique. Cette maisonnette se trouve près du chemin de halage, à vrai dire c'est un petit estaminet attenant à un grand atelier, où les ouvriers viennent manger leur pain et boire un verre de bière à l'heure du casse-croûte.

Dans le temps, j'ai sollicité en Angleterre une place d'évangéliste parmi les mineurs dans les charbonnages ; on refusa alors ma demande en me disant que je devais avoir au moins vingt-cinq ans. Tu sais bien que l'une des racines ou vérités fondamentales non seulement de l'évangile mais de toute la bible est : « La lumière qui luit dans les ténèbres. » *Par les ténèbres vers la lumière.* Or, quels sont ceux qui en ont certes besoin, quels sont ceux qui y prêteront l'oreille ? L'expérience a appris que ceux qui travaillent dans les ténèbres au cœur de la terre, comme les mineurs dans les mines de charbon, sont fortement impressionnés par la parole de l'évangile et y attachent foi. Or il existe dans le Sud de la Belgique, dans le Hainaut, tant dans le voisinage de Mons qu'à la frontière française, voire même au-delà une contrée appelée le Borinage, où vit une population curieuse d'ouvriers travaillant dans les nombreux charbonnages. Voici ce qu'on trouve dans un petit manuel de géographie à leur sujet : « Les Borins (habitants du Borinage, pays au couchant de Mons) ne s'occupent que de l'extraction du charbon. C'est un spectacle imposant que celui de ces mines de houille ouvertes à trois cents mètres sous terre, et où descend journellement une population ouvrière, digne de nos égards et de nos sympathies. Le houilleur est un type particulier au Borinage, pour lui le jour n'existe pas et, sauf le dimanche, il ne jouit guère des rayons du soleil. Il travaille péniblement à la lueur d'une lampe dont la clarté est pâle et blafarde, dans une galerie étroite, le corps plié en deux et parfois obligé de ramper ; il travaille pour arracher des entrailles de la terre cette substance minérale dont nous connaissons la grande utilité ; il travaille enfin au milieu de mille dangers sans cesse renaissants, mais le porion belge a un caractère heureux, il est habitué à ce genre de vie et quand il se rend dans la fosse, le chapeau surmonté d'une petite lampe destinée à le guider dans les ténèbres, il se fie à son Dieu qui voit son labeur et qui le protège, lui, sa femme et ses enfants. »

Ainsi donc le Borinage est au sud de Lessines où l'on trouve les carrières de pierre.

Je voudrais beaucoup m'y rendre comme évangéliste. Le stage de trois mois prévu par Messieurs de Jong et le Pasteur Pietersen touche à sa fin. Avant de se mettre à prêcher et de partir pour ses grands voyages d'apostolat et d'activité propre parmi les Gentils, Paul a passé trois ans en Arabie. Si je pouvais pendant deux ou trois ans travailler en silence dans une pareille contrée, y apprendre et observer constamment, je n'en reviendrais pas sans avoir quelque chose à dire qui vaille vraiment la peine d'être entendu, je dis cela pourtant en toute humilité mais avec franchise.

....

Je me suis promené ce jour-là jusqu'au-delà de Forest et ai emprunté un chemin de traverse menant à une petite église tapissée de lierre. J'y ai vu de nombreux tilleuls encore plus enchevêtrés et pour ainsi dire encore plus gothiques que ceux que nous avons vus dans le parc, et le long du chemin encaissé menant au cimetière, des souches et des racines tordues, fantasques comme celles burinées par Albert Dürer dans : *Ritter, Tod und Teufel.* As-tu jamais vu un tableau ou une reproduction photographique de Carlo Dolci : *le Jardin des Olives*, il y a là-dedans quelque chose de Rembrandtien ; je l'ai vue récemment. La grande et brutale eau-forte du même sujet d'après Rembrandt, soit le pendant de cette autre : *la Lecture de la Bible*, avec les deux femmes et le berceau, sans doute la connais-tu ? Depuis que tu m'as dit avoir vu ce tableau du père Corot sur le même sujet, il m'est revenu à l'esprit, je l'ai vu à l'exposition de ses œuvres, peu après son décès, et il m'a fortement impressionné.

Que de beautés dans l'art, à condition de pouvoir retenir

ce que l'on a vu. On n'est alors jamais désœuvré ni vraiment solitaire, jamais seul (126).

BORINAGE (15 novembre 1878 - 20 août 1880).

Petit-Wasmes, 26 décembre 1878.
Borinage-Hainaut.

Tu dois savoir qu'il n'y a pas de tableaux dans le Borinage, qu'en général on ne sait pas du tout ce que c'est qu'un tableau, il va donc de soi que depuis mon départ de Bruxelles je n'ai rien vu en fait d'art. Mais n'empêche que le pays est très caractéristique et très pittoresque, tout y parle pour ainsi dire, et tout y est plein de caractère.

Ces derniers jours, les jours sombres précédant Noël, la neige est tombée. Tout rappelait les tableaux moyenâgeux de Breughel le Paysan et de tant d'autres qui ont réussi à exprimer d'une façon si frappante l'effet caractéristique du rouge et du vert, du noir et du blanc. Ce que l'on voit ici me fait toujours penser à l'œuvre, par exemple, de Thijs Maris, ou d'Albert Dürer. Il y a ici des chemins creux couverts de ronces et de vieux arbres tordus avec leurs racines fantasques qui ressemblent tout à fait à ce chemin d'une eau-forte de Dürer : *le Chevalier et la Mort.*

Ces jours derniers notamment, c'était curieux de voir le soir sur la neige blanche, à l'heure du crépuscule, les ouvriers des mines rentrer chez eux. Ces gens sont tout noirs quand ils sortent des sombres mines dans la lumière du jour, ils ont l'air de ramoneurs de cheminées. Leurs habitations sont généralement petites, on peut dire plutôt que ce sont des huttes, le long de ces chemins creux et dans le bois et sur le versant des collines. De-ci de-là, on voit encore des toits couverts de mousse et le soir les fenêtres à petits carreaux jettent une lueur aimable.

On voit ici autour des jardins, des champs et des labours

de ces haies de ronces noires, comme on voit chez nous dans le Brabant le taillis et les buissons de chêne et en Hollande les saules têtards. Avec la neige de ces derniers jours, cela faisait l'effet d'une écriture sur du papier blanc, comme les pages de l'Evangile…

Au cours d'une réunion cette semaine, j'ai commenté le texte : Actes XV : 9 : Et Paul eut de nuit une vision d'un homme macédonien qui se présenta devant lui et le pria, disant : Passe en Macédoine et nous aide. Et l'on m'a écouté avec attention, quand j'ai essayé de décrire l'aspect de ce Macédonien qui avait soif des consolations de l'Evangile et de la connaissance du seul vrai Dieu. Comment nous devons-nous le représenter comme un ouvrier aux traits de douleur et de souffrance et de fatigue, sans aucune apparence de beauté mais avec une âme immortelle avide de l'aliment qui ne périt pas, notamment la parole de Dieu. Comment Jésus-Christ est le maître, qui peut fortifier, consoler et soulager un ouvrier qui a la vie dure, parce qu'il est lui-même le grand homme de douleur qui connaît nos infirmités, qui a été appelé lui-même le fils du charpentier, quoiqu'il fût le Fils de Dieu, qui a travaillé trente ans dans un humble atelier de charpentier pour accomplir la volonté de Dieu, et Dieu veut qu'en imitation du Christ l'homme mène une vie humble sur terre, en n'aspirant pas aux choses élevées, mais se pliant à l'humilité, en apprenant par l'Evangile à être doux et humble de cœur (127).

Wasmes, avril 1879.

Il n'y a pas longtemps j'ai fait une excursion fort intéressante, j'ai notamment passé six heures dans une mine.

Et encore dans une des mines les plus vieilles et les plus dangereuses des alentours, nommée Marcasse. Cette mine a une très mauvaise réputation par suite des nombreux accidents qui s'y produisent, soit à la descente, soit à la remonte, soit à cause de l'air étouffant ou des explosions de grisou, ou l'eau souterraine, ou l'effondrement d'anciennes galeries, etc. C'est un endroit sombre et, à première vue, tout dans son voisinage a un aspect morne et funèbre.

Les ouvriers de cette mine sont généralement des gens émaciés et pâles de fièvre, ils ont l'aspect fatigué et usé, hâlé et vieux avant l'âge, les femmes en général sont blêmes et fanées. Autour de la mine des misérables habitations de mineurs, avec quelques arbres morts complètement enfumés, des haies de ronces, des tas de fumier et de cendres, des montagnes de charbons inutilisables, etc. Maris en aurait fait un tableau admirable (129).

Wasmes, juin 1879.

Je ne connais pas de meilleure définition du mot art que celle-ci : « L'art c'est l'homme ajouté à la nature », la nature, la réalité, la vérité, mais avec une signification, avec une conception, avec un caractère que l'artiste fait ressortir et auxquels il donne de l'expression, « qu'il dégage », qu'il démêle, affranchit, enlumine.

Un tableau de Mauve ou de Maris ou d'Israels dit plus et parle plus clairement que la nature elle-même (130).

15 octobre 1879.

Une amélioration dans ma vie, – n'y aspirerais-je point, n'en aurais-je pas besoin par hasard ? Je voudrais devenir bien meilleur. Mais précisément parce que j'y aspire, j'ai peur de « remèdes pires que le mal ». Peut-on tenir rigueur à un malade s'il s'enquiert de la valeur de son médecin, et s'il préfère ne pas être soigné à rebours ou par un charlatan ? (132)

Juillet 1880.

Mon cher Théo,

C'est un peu à contre cœur que je t'écris, ne l'ayant pas fait depuis si longtemps, et cela pour mainte raison.

Jusqu'à un certain point tu es devenu pour moi un étranger, et moi aussi, je le suis pour toi peut-être plus que tu ne penses, peut-être vaudrait-il mieux pour nous ne pas continuer ainsi. Il est possible que je ne t'aurais pas même écrit maintenant, si ce n'était que je suis dans l'obligation, dans la nécessité de t'écrire, si, dis-je, toi-même tu ne m'eusses pas mis dans cette nécessité-là. J'ai appris à Etten que tu avais envoyé cinquante francs pour moi, eh bien, je les ai acceptés. Certainement à contre cœur, certainement avec un sentiment assez mélancolique, mais je suis dans une espèce de cul-de-sac ou de gâchis, comment faire autrement ?

Et c'est donc pour t'en remercier que je t'écris.

Je suis, comme tu le sais peut-être, de retour dans le Borinage, mon père me parlait de rester plutôt dans le voisinage d'Etten, j'ai dit non et je crois avoir agi ainsi pour le mieux. Involontairement, je suis devenu dans la famille une espèce de personnage impossible et suspect, quoi qu'il en soit, quelqu'un qui n'a pas confiance, en quoi pourrais-je en aucune manière être utile à qui que ce soit ?

C'est pourquoi qu'avant tout, je suis porté à le croire, c'est avantageux et le meilleur parti à prendre et le plus raisonnable, que je m'en aille et me tienne à distance convenable, que je sois comme n'étant pas.

Ce qu'est la mue pour les oiseaux, le temps où ils changent de plumage, cela c'est l'adversité ou le malheur, les temps difficiles pour nous autres, être humains. On peut rester dans ce temps de mue, on peut aussi en sortir comme renouvelé, mais toutefois cela ne se fait pas en public, c'est guère amusant, c'est pourquoi donc il s'agit de s'éclipser. Bon, soit.

Maintenant quoique cela soit chose d'une difficulté plus ou moins désespérante de regagner la confiance d'une famille tout entière, peut-être pas entièrement dépourvue de préjugés et autres qualités pareillement honorables et fashionables, toutefois je ne désespère pas tout à fait que peu à peu, lentement et sûrement, l'entente cordiale soit rétablie avec un tel ou un tel autre.

Aussi est-il qu'en premier lieu je voudrais bien voir cette entente cordiale, pour ne pas dire davantage, rétablie entre mon père et moi, et puis j'y tiendrais également beaucoup qu'elle se rétablisse entre nous deux.

Entente cordiale vaut infiniment mieux que malentendu.

Je dois maintenant t'ennuyer avec certaines choses abstraites, pourtant je voudrais bien que tu les entendes avec patience. Moi, je suis un homme à passions, capable et sujet à faire des choses plus ou moins insensées, dont il m'arrive de me repentir plus ou moins.

Il m'arrive bien de parler ou d'agir un peu trop vite, lorsqu'il vaudrait mieux attendre avec plus de patience. Je pense que d'autres personnes peuvent aussi quelquefois faire pareilles imprudences.

Maintenant cela étant, que faut-il faire, doit-on se considérer comme un homme dangereux et incapable de quoi que ce soit ? Je ne le pense pas. Mais il s'agit de tâcher par tout moyen de tirer de ces passions mêmes un bon parti. Par exemple, pour nommer une passion entre autres, j'ai une passion plus ou moins irrésistible pour les livres et j'ai besoin de m'instruire continuellement, d'étudier si vous voulez, tout juste comme j'ai besoin de manger mon pain. Toi, tu pourras comprendre cela. Lorsque j'étais dans un autre entourage de tableaux et de choses d'art, tu sais bien que j'ai alors pris pour cet entourage-là une violente passion, qui allait jusqu'à l'enthousiasme. Et je ne m'en repens pas, et maintenant encore, *loin du pays, j'ai souvent le mal du pays pour le pays des tableaux.*

Tu te rappelles peut-être bien, que j'ai bien su (et il se

peut bien que je le sache encore) ce que c'était que Rembrandt, ou ce que c'était que Millet, ou Jules Dupré, ou Delacroix, ou Millas ou M. Maris ? Bon. – maintenant je n'ai plus cet entourage-là, pourtant ce quelque chose qui s'appelle âme, on prétend que cela ne meurt jamais, et que cela vit toujours et cherche toujours et toujours, et toujours encore. Au lieu de succomber au mal du pays, je me suis dit : « Le pays ou la patrie est partout. » Au lieu donc de me laisser aller au désespoir, j'ai pris le parti de mélancolie active pour autant que j'avais la puissance d'activité, ou en d'autres termes j'ai préféré la mélancolie qui espère et qui aspire et qui cherche, à celle qui, morne et stagnante, désespère.

J'ai donc étudié plus ou moins sérieusement les livres à ma portée, tel que la *Bible* et la *Révolution française* de Michelet, et puis l'hiver dernier, Shakespeare et un peu V. Hugo et Dickens, et Beecher-Stowe et puis dernièrement Eschyle et puis plusieurs autres, moins classiques, plusieurs grands petits maîtres. Tu sais bien que tel qu'on range parmi les petits maîtres s'appelle Fabritius ou Bida.

Maintenant celui qui est absorbé en tout cela quelquefois est choquant, shocking pour les autres et sans le vouloir, pèche plus ou moins contre certaines formes et usages et convenances sociales.

Pourtant, c'est dommage quand on prend cela de mauvaise part. Par exemple, tu sais bien que souvent j'ai négligé ma toilette, cela je l'admets et j'admets que cela est shocking. Mais voici, la gêne et la misère y sont pour quelque chose et puis c'est quelquefois un bon moyen pour s'assurer la solitude nécessaire, pour pouvoir approfondir plus ou moins telle ou telle étude qui vous préoccupe.

Une étude très nécessaire est la médecine, à peine est-ce un homme, qui ne cherche pas à en savoir tant soit peu, qui ne cherche pas à comprendre au moins de quoi il s'agit, et voilà je n'en sais encore rien du tout. Mais tout cela absorbe, tout cela préoccupe, mais tout cela vous donne à rêver, à songer, à penser ? Voilà maintenant que déjà depuis cinq ans peut-être je ne le sais pas au juste, je suis plus ou moins sans place errant çà et là ; vous dites maintenant, depuis telle et telle époque tu as baissé, tu t'es éteint, tu n'as rien fait. Cela est-il tout à fait vrai ?

Il est vrai que j'ai tantôt gagné ma croûte de pain, tantôt tel ami me l'a donné par grâce, j'ai vécu comme j'ai pu, tant bien que mal, comme cela allait, il est vrai que j'ai perdu la confiance de plusieurs, il est vrai que mes affaires pécuniaires sont dans un triste état, il est vrai que l'avenir est pas mal sombre, il est vrai que j'aurais pu mieux faire, il est vrai que tout juste pour gagner mon pain j'ai perdu du temps, il est vrai que mes études sont elles-mêmes dans un état assez triste et désespérant, et qu'il me manque plus, infiniment plus que je n'ai. Mais cela s'appelle-t-il baisser et cela s'appelle-t-il ne rien faire ?

Tu diras peut-être : mais pourquoi n'as-tu pas continué comme on aurait voulu que tu eusses continué, par le chemin de l'université ? Je ne répondrai rien là-dessus que ceci : cela coûte trop cher ; et puis cet avenir-là n'était pas mieux que celui d'à présent sur le chemin où je suis.

Mais dans le chemin où je suis, je dois continuer – si je ne fais rien, si je n'étudie pas, si je ne cherche plus, alors je suis perdu. Alors, malheur à moi.

Voilà comme j'envisage la chose : continuer, continuer, voilà ce qui est nécessaire.

Mais quel est ton but définitif, diras-tu ? Ce but devient plus défini, se dessinera lentement et sûrement comme le croquis devient esquisse et l'esquisse tableau, au fur et à mesure qu'on travaille plus sérieusement, qu'on creuse davantage l'idée d'abord vague, la première pensée fugitive et passagère, à moins qu'elle devienne fixe.

Tu dois savoir qu'avec les évangélistes cela est comme avec les artistes. Il y a une vieille école académique souvent exécrable, tyrannique, l'abomination de la désolation enfin, des hommes ayant comme une cuirasse, une armure d'acier de préjugés et de conventions, ceux-là quand ils sont à la tête des affaires, disposent des places, et par système de circonlocution cherchent à maintenir leurs protégés et à en exclure l'homme naturel.

Leur Dieu, c'est comme le dieu de l'ivrogne Falstaff de Shakespeare « le dedans d'une église », « the inside of a church » ; en vérité, certains messieurs évangélistes ? ? ? se trouvent par étrange rencontre (peut-être seraient-ils eux-mêmes, s'ils étaient capables d'émotion humaine, un peu surpris de s'y trouver) plantés au même point de vue que l'ivrogne type en fait de choses spirituelles. Mais il est peu à craindre que jamais leur aveuglement se change en clairvoyance là-dessus.

Cet état de choses a son mauvais côté pour celui qui n'est pas d'accord avec tout cela, et qui de toute son âme, et de tout son cœur, et avec toute l'indignation dont il est capable, proteste là-contre.

Pour moi, je respecte les académiciens qui ne sont pas comme ces académiciens-là, mais les respectables sont plus clairsemés qu'on ne croirait à première vue. Maintenant une des causes pourquoi maintenant je suis hors de place, – pourquoi pendant des années j'ai été hors de place, cela est tout bonnement parce que j'ai d'autres idées que ces messieurs qui donnent les places aux sujets qui pensent comme eux. C'est pas une simple question de toilette, comme on me l'a hypocritement reproché, c'est question plus sérieuse que cela, je t'en assure.

Pourquoi je te dis tout cela – non pas pour me plaindre, non pas pour m'excuser sur ce en quoi je puis avoir plus ou moins tort, mais tout simplement pour te dire ceci :

Lors de ta dernière visite l'été passé, lorsque nous nous sommes promenés à deux près de la fosse abandonnée qu'on appelle La Sorcière, tu m'as rappelé qu'il y avait un temps où nous étions aussi à nous promener près du vieux canal et moulin de Rijswijk « et alors, disais-tu, nous étions d'accord sur bien des choses, mais, as-tu ajouté, depuis lors tu as bien changé, tu n'es plus le même ». Hé bien, cela n'est pas tout à fait ainsi, ce qui a changé, c'est qu'alors ma vie était moins difficile, et mon avenir moins sombre en apparence, mais quant à l'intérieur, quant à ma manière de voir et de penser cela n'a pas changé, seulement si en effet il y aurait changement, c'est que maintenant je pense, et je crois, et j'aime plus sérieusement, ce qu'alors aussi déjà je pensais, je croyais et j'aimais.

Ce serait donc un malentendu si tu persistais à croire que, par exemple, maintenant je serais moins chaleureux pour Rembrandt ou Millet ou Delacroix ou qui ou quoi que ce soit, car c'est le contraire, seulement voyez-vous, il y a plusieurs choses qu'il s'agit de croire et d'aimer, il y a du Rembrandt dans Shakespeare et du Corrège en Michelet, et du Delacroix dans V. Hugo et puis il y a du Rembrandt dans l'Evangile et de l'Evangile dans Rembrandt, comme on veut, cela revient plus ou moins au même, pourvu qu'on entende la chose en bon entendeur, sans vouloir la détourner en mauvais sens et si on tient compte des équivaux des comparaisons, qui n'ont pas la prétention de diminuer les mérites des personnalités originales. Et dans Bunyan il y a du Maris ou du Millet et dans Beecher-Stowe il y a du Ary Scheffer.

Si maintenant tu peux le pardonner à un homme d'approfondir les tableaux, admets aussi que l'amour des livres est aussi sacré que celui de Rembrandt, et même, je pense que les deux se complètent.

J'aime fort le portrait d'homme par Fabritius qu'un certain jour nous promenant aussi à deux nous avons longtemps regardé au musée d'Harlem. Bon, mais j'aime tout autant *Richard Cartone*, de Dickens dans son Paris et Londres en 1793 et je pourrais te montrer d'autres figures étrangement saisissantes dans d'autres livres encore, avec ressemblance plus ou moins frappante. Et je pense que Kent, un homme dans *King Lear* de Shakespeare, est tout aussi noble et distingué personnage que telle figure de Th. de Keyser, quoique Kent et King Lear sont censés avoir vécu longtemps auparavant. Pour ne pas en dire davantage. Mon Dieu comme cela est beau Shakespeare. Qui est mystérieux comme lui ? Sa parole et sa manière de faire équivaut bien tel pinceau frémissant de fièvre et d'émotion. Mais il faut apprendre à lire, comme on doit apprendre à voir et apprendre à vivre.

Donc tu ne dois pas penser que je renie ici ou cela, je

suis une espèce de fidèle dans mon infidélité et quoiqu'étant changé, je suis le même et mon tourment n'est autre que ceci : à quoi pourrais-je être bon, ne pourrais-je pas servir et être utile en quelque sorte, comment pourrais-je en savoir plus long et approfondir tel ou tel sujet ? Vois-tu, cela me tourmente continuellement, et puis on se sent prisonnier dans la gêne, exclu de participer à telle ou telle œuvre et telles et telles choses nécessaires sont hors de la portée. A cause de cela, on n'est pas sans mélancolie, puis on sent des vides là où pourraient être amitiés et hautes et sérieuses affections, et on sent le terrible découragement ronger à l'énergie morale même, et la fatalité semble pouvoir mettre barrière aux instincts d'affection et une marée de dégoût qui vous monte. Et puis on dit : Jusqu'à quand, mon Dieu ?

Ben, que veux-tu, ce qui se passe en dedans, cela paraît-il en dehors ? Tel a un grand foyer dans son âme et personne ne vient jamais s'y chauffer, et les passants n'en aperçoivent qu'un petit peu de fumée en haut par la cheminée, et puis s'en vont leur chemin. Maintenant voilà, que faire, entretenir ce foyer en dedans, avoir du sel en soi-même, attendre patiemment pourtant avec combien d'impatience, attendre l'heure, dis-je, où quiconque voudra viendra s'y asseoir – demeurera là, qu'en sais-je ? Que quiconque croit en Dieu, attende l'heure qui viendra tôt ou tard.

Maintenant pour le moment toutes mes affaires vont mal à ce qui paraît et cela a déjà été ainsi pour un temps pas tout à fait inconsidérable, et cela peut encore rester comme cela pour un avenir de plus ou moins longue durée, mais il se peut qu'après que tout a semblé aller de travers, tout aille mieux ensuite. Je n'y compte pas, peut-être cela n'arrivera-t-il pas, mais en cas qu'il y vînt quelque changement pour le mieux, je compterais cela comme autant de gagné, j'en serais content, je dirais « enfin » ; voilà pourtant *il y avait donc quelque chose.*

Mais diras-tu, pourtant tu es un être exécrable, puisque tu as des idées impossibles de religion et des scrupules de conscience puériles. Si j'en ai d'impossibles ou de puériles, puissé-je en être délivré, je ne demande pas mieux. Mais voici à peu près où j'en suis sur ce sujet. Vous trouverez dans *Le Philosophe sous les toits* de Souvestre, comment un homme du peuple, un simple ouvrier très misérable si on veut, se représentait la patrie. « Tu n'as peut-être jamais pensé à ce que c'est que la patrie, reprit-il en me posant une main sur l'épaule, c'est tout ce qui t'entoure, tout ce qui t'a élevé et nourri, tout ce que tu as aimé, cette campagne que tu vois, ces maisons, ces arbres, ces jeunes filles qui passent là en riant, c'est la patrie. » « Les lois qui te protègent, le pain qui paie ton travail, les paroles que tu échanges, la joie et la tristesse qui te viennent des hommes et des choses parmi lesquels tu vis, c'est la patrie. La petite chambre où tu as autrefois vu ta mère, les souvenirs qu'elle t'a laissés, la terre où elle repose c'est la patrie. Tu la vois, tu la respires partout. Figure-toi les droits et les devoirs, les affections et les besoins, les souvenirs et la reconnaissance, réunis tout ça sous un seul nom et ce nom sera la patrie. »

Maintenant de même est-il que tout ce qui est véritablement bon et beau, de beauté intérieure morale, spirituelle et sublime dans les hommes et dans leurs œuvres, je pense que cela vient de Dieu et que tout ce qu'il y a de mauvais et de méchant dans les œuvres des hommes et dans les hommes, cela n'est pas de Dieu, et Dieu ne trouve pas cela bien non plus.

Mais involontairement je suis toujours porté à croire que le meilleur moyen pour connaître Dieu c'est d'aimer beaucoup. Aimez tel ami, telle personne, telle chose, ce que tu voudras, tu seras dans le bon chemin pour en savoir plus long après, voilà ce que je me dis. Mais il faut aimer d'une haute et d'une sérieuse sympathie intime, avec volonté, avec intelligence et il faut toujours tâcher d'en savoir plus long, mieux et davantage. Cela mène à Dieu, cela mène à la foi inébranlable.

Quelqu'un, pour citer un exemple, aimera Rembrandt mais sérieusement, il saura bien qu'il y a un Dieu celui-là il y croira bien. Quelqu'un approfondira l'histoire de la Révolution française – il ne sera pas incrédule, il verra que dans les grandes choses aussi il y a une puissance souveraine qui se manifeste.

Quelqu'un aurait assisté pour un peu de temps seulement au cours gratuit de la grande université de la misère et aurait fait attention aux choses qu'il voit de ses yeux, et qu'il entend de ses oreilles, et aurait réfléchi là-dessus, il finira aussi par croire et il en apprendrait peut-être plus long qu'il ne saurait dire. Cherchez à comprendre le dernier mot de ce que disent dans leurs chefs-d'œuvre les grands artistes, les maîtres sérieux, il y aura Dieu là-dedans. Tel l'a écrit ou dit dans un livre et tel dans un tableau.

Puis lisez la Bible tout bonnement et l'Evangile c'est que cela donne à penser et beaucoup à penser et tout à penser. Hé bien, pensez ce beaucoup, pensez ce tout, cela relève la pensée au-dessus du niveau ordinaire, malgré vous. Puisque l'on sait lire, qu'on lise donc.

Maintenant après par moments on pourrait bien être un peu abstrait, un peu rêveur, cela m'arrive à moi peut-être, mais c'est la faute à moi, puis après tout, qui sait, n'y avait-il de quoi, c'est pour telle ou telle raison que j'étais absorbé, préoccupé, inquiet, mais on remonte à cela. Le rêveur tombe quelquefois dans un puits mais après on dit qu'il en remonte.

Et l'homme abstrait, il a sa présence d'esprit aussi par moments, comme par compensation. C'est quelquefois un personnage qui a sa raison d'être pour telle ou telle raison, qu'on ne voit pas toujours au premier moment, ou qu'on oublie par abstraction le plus souvent involontairement. Tel qui a longtemps roulé comme ballotté sur une mer orageuse, arrive enfin à destination, tel qui a semblé bon à rien et incapable de remplir aucune place, aucune fonction, finit par en trouver une, et actif et capable d'action se montre tout autre qu'il n'avait semblé au premier abord. Je t'écris un peu au hasard ce qui me vient dans ma plume, j'en serais bien content si en quelque sorte tu pourrais voir en moi autre chose qu'une espèce de fainéant.

Puisqu'il y a fainéant et fainéant qui forment contraste ? Il y a celui qui est fainéant par paresse et lâcheté de caractère, par la bassesse de sa nature, tu peux si tu juges bon me prendre pour un tel.

Puis il y a l'autre fainéant, le fainéant bien malgré lui, qui est rongé intérieurement par un grand désir d'action, qui ne fait rien parce qu'il est dans l'impossibilité de rien faire, puisqu'il est comme en prison dans quelque chose, parce qu'il n'a pas ce qu'il lui faudrait pour être productif, parce que la fatalité des circonstances le réduit à ce point ; un tel ne sait pas toujours lui-même ce qu'il pourrait faire, mais il le sent par instinct ; pourtant je suis bon à quelque chose, je me sens une raison d'être, je sais que je pourrais être un tout autre homme. A quoi donc pourrais-je être utile, à quoi pourrais-je servir, il y a quelque chose au-dedans de moi, qu'est-ce que c'est donc ?

Cela est un tout autre fainéant, tu peux si tu juges bien me prendre pour un tel.

Un oiseau en cage au printemps sait fortement bien qu'il y a quelque chose à quoi il serait bon, il sent fortement bien qu'il y a quelque chose à faire, mais il ne peut le faire, qu'est-ce que c'est ? Il ne se le rappelle pas bien : puis il a des idées vagues et se dit : « Les autres font leurs nids et font leurs petits et élèvent la couvée », puis il se cogne le crâne contre les barreaux de la cage. Et puis la cage reste là et l'oiseau est fou de douleur.

« Voilà un fainéant », dit un autre oiseau qui passe, celui-là est une espèce de rentier. Pourtant le prisonnier vit et ne meurt pas, rien ne paraît en dehors de ce qui se passe en dedans, il se porte bien, il est plus ou moins gai au rayon de soleil. Mais vient la saison des migrations. Accès de mélancolie – « mais » disent les enfants qui le soignent dans sa cage, « il a pourtant tout ce qu'il lui faut » mais lui de regarder au-dehors le ciel gonflé, chargé d'orage, et de sentir la révolte contre la fatalité en dedans de soi. « Je suis en cage », « je suis en cage, et il ne me manque donc rien, imbéciles. » « J'ai tout ce qu'il me faut moi. » « Ah de grâce, la liberté, être un oiseau comme les autres oiseaux. »

Tel homme fainéant ressemble à tel oiseau fainéant.

Et les hommes sont souvent dans l'impossibilité de rien faire, prisonnier dans je ne sais quelle cage horrible, horrible, très horrible.

Il y a aussi, je le sais, la délivrance, la délivrance tardive. Une réputation gâtée à tort ou à raison, la gêne, la fatalité des circonstances, le malheur, cela fait des prisonniers.

On ne saurait toujours dire ce que c'est qui enferme, ce qui mure, ce qui semble enterrer, mais on sent pourtant je ne sais quelles barres, quelles grilles, des murs.

Tout cela est-ce imaginaire, fantaisie ? Je ne le pense pas ; et puis on se demande : mon Dieu est-ce pour longtemps, est-ce pour toujours, est-ce pour l'éternité ?

Sais-tu ce qui fait disparaître la prison, c'est toute affection profonde, sérieuse. Etre amis, être frères, aimer cela ouvre la prison par puissance souveraine, par charme très puissant. Mais celui qui n'a pas cela demeure dans la mort.

Mais là où la sympathie renaît, renaît la vie.

Puis la prison s'appelle quelquefois : préjugé, malentendu, ignorance fatale de ceci ou de cela, méfiance, fausse honte.

Mais pour parler d'autre chose, si moi j'ai baissé d'un autre côté tu as monté. Et si moi j'ai perdu des sympathies toi tu en as gagnées. Voilà ce dont je suis content, je le dis en vérité et cela me réjouira toujours. Si tu étais peu sérieux et peu profond, je pourrais craindre cela ne durera pas, mais puisque je pense que tu es très sérieux et très profond, je me sens porté à croire que cela durera.

Seulement s'il te devenait possible de voir en moi autre chose qu'un fainéant de la mauvaise espèce j'en serais bien aise. Puis si jamais je pourrais faire quelque chose pour toi, t'être utile en quelque chose, sache que je suis à ta disposition.

Si j'ai accepté ce que tu m'as donné, tu pourrais de même, en cas que de manière ou d'autre je pourrais te rendre service, me le demander, j'en serais content et je le considérerais comme une marque de confiance. Nous sommes assez éloignés l'un de l'autre et nous pouvons avoir à certains égards des manières de voir différentes, mais néanmoins telle heure, un tel jour, l'un pourrait rendre service à l'autre.

Pour aujourd'hui je te serre la main, en te remerciant encore de la bonté que tu as eue pour moi.

Si maintenant plus tôt ou plus tard tu voudrais m'écrire, mon adresse est chez Ch. Decrucq, rue du Pavillon 8, à Cuesmes près de Mons.

Et sache qu'en écrivant tu me feras du bien.

Bien à toi,

VINCENT (133).

Cuesmes, le 20 août 1880.

Cher Théo,

Si je ne me trompe pas, tu dois encore avoir *Les Travaux des champs* de Millet.

Voudrais-tu avoir la bonté de me les prêter pour un peu de temps et de me les envoyer par la poste ?

Tu dois savoir que je suis en train de griffonner de grands dessins d'après Millet, et que je fais les *Heures de la journée*, ainsi que le *Semeur*…

J'ai griffonné un dessin qui représente des charbonniers sclôneurs et sclôneuses, allant à fosse le matin dans la neige, sur un sentier le long d'une haie d'épines, des ombres qui passent vaguement discernables dans le crépuscule ; au fond s'estompent contre le ciel les grandes constructions du charbonnage et le ferris.

Je t'en envoie le croquis pour que tu puisses te le représenter. Mais je sens le besoin d'étudier le dessin de la figure sur des maîtres tels que Millet, Breton, Brion ou Boughton ou autre. Qu'est-ce que tu dis du croquis, l'idée te paraît-elle bonne ? (134)

J'ai un peu étudié certains ouvrages d'Hugo cet hiver

dernier, soit. *Le dernier jour d'un condamné* et un très beau livre sur Shakespeare. J'ai entrepris l'étude de cet écrivain déjà depuis longtemps, cela est aussi beau que Rembrandt, – Shakespeare est à Charles Dickens ou à V. Hugo, ce que Ruysdaël est à Daubigny et Rembrandt à Millet. Ce que tu dis dans ta lettre au sujet de Barbizon est très vrai et je te dirai chose et autre, qui te démontrera que c'est aussi là ma manière de voir à moi. Je n'ai pas vu Barbizon, mais quand bien même je n'aie pas vu cela, l'hiver dernier j'ai vu Courrières. J'avais entrepris un voyage à pied principalement dans le Pas-de-Calais, non pas la Manche, mais le département ou province.

Je l'avais entrepris ce voyage-là, espérant y trouver peut-être du travail quelconque si possible, j'aurais tout accepté. Mais après tout un peu involontairement, je ne saurais au juste définir pourquoi. Mais je m'étais dit : il faut que tu voies Courrières. Je n'avais que dix francs dans ma poche, et ayant commencé par prendre le train j'étais bientôt à bout de ressources, et ayant resté en route une semaine, j'ai piétiné assez péniblement. Toutefois, j'ai vu Courrières, et le dehors de l'atelier de M. Jules Breton. Le dehors de cet atelier m'a un peu désappointé, vu que c'est un atelier tout neuf et nouvellement construit en briques, d'une régularité méthodiste, d'un aspect inhospitalier et glaçant et agaçant. Si j'aurais pu voir le dedans, je n'aurais plus pensé au dehors, je suis porté à le croire et même j'en suis sûr, mais que veux-tu, le dedans je n'ai pas pu l'apercevoir.

Car je n'osais pas me présenter pour entrer. J'ai cherché à Courrières ailleurs quelque trace de Jules Breton, ou de quelque autre artiste ; tout ce que j'ai découvert, c'est son portrait chez un photographe, et puis dans la vieille église, dans un coin obscur, une copie de *la Mise au tombeau* du Titien qui, dans l'obscurité, m'a semblé être très belle et d'un ton magistral. Etait-ce de lui ? Je ne sais, n'ayant pu discerner aucune signature.

Mais d'artiste vivant nulle trace, seulement il y avait un café dit Café des Beaux-Arts, également en briques neuves inhospitalières, et glaçantes et mortifiantes, lequel café était décoré d'espèce de fresques ou peintures murales, représentant des épisodes de la vie de l'illustre chevalier Don Quichotte. Ces fresques, soit dit en confiance, me paraissaient alors d'assez malencontreux consolateurs, et plus ou moins médiocres. Je ne sais de qui ils sont.

Mais j'ai toujours vu alors la campagne de Courrières, les meules, la glèbe brune ou terre de marne à peu près couleur de café, avec des taches blanchâtres là où apparaît la marne, ce qui pour nous autres qui sommes habitués à des terrains noirâtres, est chose plus ou moins extraordinaire.

Puis le ciel français me parut bien autrement fin et limpide que le ciel du Borinage enfumé et brumeux. En outre, il y avait les fermes et hangars ayant encore conservé, que Dieu en soit loué et remercié, leurs toitures de chaume moussu, j'apercevais aussi les nuées de corbeaux fameux par les tableaux de Daubigny et de Millet. Pour ne pas mentionner tout d'abord, comme il conviendrait, les figures caractéristiques et pittoresques des travailleurs divers, bêcheurs, bûcherons, valet conduisant son attelage, et quelque silhouette de femme au blanc bonnet. Même là à Courrières, il y avait encore un charbonnage ou fosse, je voyais le trait du jour remonter à la brune, mais il n'y avait pas d'ouvrières en habit d'hommes comme au Borinage, seulement les charbonniers à la mine fatiguée et misérable, noircis par la poussière de charbon, accoutrés de loques de fosse, et l'un d'eux d'une vieille capote de soldat.

Quoique cette étape était pour moi presque assommante, et que j'en sois retourné épuisé de fatigue, les pieds meurtris, et dans un état plus ou moins mélancolique, je ne la regrette pas, car j'ai vu des choses intéressantes, et on apprend à voir d'un autre œil encore tout juste dans les rudes épreuves de la misère même. J'ai gagné quelques croûtes de pain en route, çà et là, en échange de quelques dessins dont j'en avais dans ma valise. Mais à bout de mes dix francs, les dernières nuits j'ai dû bivouaquer en plein champ, une fois dans une voiture abandonnée, toute blanche de givre au matin, gîte assez mauvais, une fois dans un tas de fagots, et une fois et c'était un peu mieux, dans une meule entamée, où je suis parvenu à pratiquer une niche quelque peu confortable, seulement une pluie fine n'augmentait pas précisément le bien-être.

Eh bien et pourtant ça a été dans cette forte misère que j'ai senti mon énergie revenir, et que je me suis dit : quoi qu'il en soit, j'en remonterai encore, je reprendrai mon crayon que j'ai délaissé dans mon grand découragement, et je me remettrai au dessin, et dès lors à ce qui me semble tout a changé pour moi, et maintenant je suis en route et mon crayon est devenu quelque peu docile, et paraît le devenir davantage de jour en jour. C'était la trop longue et la trop grande misère qui m'avait à ce point découragé que je ne pouvais plus rien faire.

Une autre chose que j'ai vue lors de cette excursion, c'est les villages des tisserands.

Les charbonniers et les tisserands sont encore une race à part quelque peu des autres travailleurs et artisans, et je me sens pour eux une grande sympathie et me compterais heureux si un jour je pourrais les dessiner en sorte que ces types encore inédits ou presque inédits, fussent mis au jour.

L'homme du fond de l'abîme, *de profundis*, c'est le charbonnier, l'autre a l'air rêveur, presque songeur, presque somnambule, c'est le tisserand. Voici à peu près deux ans déjà que je vis avec eux et j'ai appris à connaître quelque peu leur caractère original, du moins celui des charbonniers principalement. Et de plus en plus je trouve quelque chose de touchant, et de navrant même, dans ces pauvres et obscurs ouvriers, les derniers de tous pour ainsi dire, et les plus méprisés, qu'on se représente ordinairement par l'effet d'une imagination vive peut-être, mais très fausse et injuste, comme une race de malfaiteurs et de brigands. Des malfaiteurs, des ivrognes, des brigands, il y en a ici comme ailleurs, mais tel n'est pas du tout le véritable type.

Dans ta lettre, tu m'as parlé vaguement de venir à Paris

ou dans les environs, soit tôt ou tard, lorsqu'il serait possible et que je le voudrais. Certes, ce serait mon grand et ardent désir de venir soit à Paris, soit à Barbizon ou ailleurs. Mais comment le pourrais-je, car je ne gagne pas un sou, et quoique je travaille dur, il faudra encore du temps pour arriver au niveau de pouvoir penser à chose pareille que serait celle de venir à Paris. Car en vérité, pour pouvoir travailler comme il faut, il faudrait au moins cent francs par mois, on peut vivre de moins, mais alors on est dans la gêne, même beaucoup trop.

Pauvreté empêche les bons esprits de parvenir, c'est le vieux proverbe de Palizzy, où il y a du vrai et qui est tout à fait vrai si on en comprend la véritable intention et portée.

Pour le moment, je ne vois pas comment la chose serait praticable, et il vaut mieux que je reste ici, en travaillant comme je puis et pourrai, et après tout il fait meilleur marché ici pour vivre. Toutefois est-il que je ne saurais plus continuer beaucoup plus longtemps dans la petite chambre où je suis maintenant. Elle est déjà très petite, puis il y a deux lits, celui des enfants et le mien. Et maintenant que je fais les Bargues, feuille assez grande déjà, je ne saurais te dire combien je suis peiné. Je ne veux pas gêner les gens dans leur ménage, aussi est-il qu'ils m'ont dit que pour ce qui était de l'autre chambre de la maison, il n'y avait pas moyen pour moi de l'avoir, même en payant davantage, car il la faut à la femme pour faire sa lessive, ce qui dans une maison de charbonnier doit arriver presque tous les jours. Je voudrais donc prendre tout court une petite maison d'ouvrier, cela coûte 9 francs par mois en moyenne.

Tu me parles encore de Méryon, ce que tu dis de lui est bien vrai, je connais bien un peu ses eaux-fortes. Veux-tu voir quelque chose de curieux, mets un de ces griffonnages si justes et si puissants à côté de quelque planche de Viollet-le-Duc, ou de qui que ce soit qui font de l'architecture. Alors tu verras Méryon en pleine lumière à cause de l'autre eau-forte qui servira, ne vous déplaise, de repoussoir ou contraste. Bon, qu'aperçois-tu alors ? Ceci. Méryon, quand bien même il dessine des briques, du granit, des barres de fer, ou garde-fou d'un pont, met quelque chose de l'âme humaine, ébranlé par je ne sais quel navrement intime dans son eau-forte. J'ai vu des dessins d'architecture gothique de V. Hugo. Hé bien, sans avoir la puissante et magistrale facture de Méryon, il y avait quelque chose du même sentiment. Quel est ce sentiment ? Cela a quelque parenté avec celui qu'Albrecht Dürer exprima dans sa *Mélancolie*, que de nos jours James Tissot et M. Maris (quelque différents que ces deux soient entre eux), ont aussi ; avec raison quelque critique profond a dit de James Tissot : « C'est une âme en peine ». Mais quoi qu'il en soit, il y a quelque chose de l'âme humaine là-dedans, c'est pour cette raison que c'est grand, immense, infini, et mettez à côté Viollet-le-Duc cela est pierre, et l'autre, soit Méryon, cela est Esprit. Méryon aurait eu une telle puissance d'aimer que maintenant comme Sydney Cartone de Dickens, il aime les pierres mêmes de certains endroits.

Mais davantage et mieux, dans un ton plus noble, plus digne, s'il m'est permis de le dire plus évangélique, on la trouve aussi, la perle précieuse mise en évidence, l'âme humaine, dans Millet, dans Jules Breton, dans Jozef Israels.

Mais pour revenir à Méryon, il a encore, à ce qui me semble, quelque lointaine parenté avec Jongkind et peut-être Seymour Haden, car à certaines heures ces deux artistes ont été très forts. Attends, peut-être tu verras encore que moi aussi je suis un travailleur, quoique je ne sache pas d'avance ce qui me sera possible, toutefois j'espère bien encore faire quelque griffonnage où il pourrait y avoir quelque chose d'humain. Mais il faut d'abord dessiner les Bargues et faire d'autres choses plus ou moins épineuses. Le chemin est étroit, la porte est étroite, et il y en a peu qui la trouvent (136).

BRUXELLES (15 octobre 1880 - 12 avril 1881)

Bruxelles, Ier novembre.
72, boulevard du Midi.

J'ai dessiné ces derniers jours une chose qui m'a coûté beaucoup de travail, mais je suis content de l'avoir faite, j'ai notamment dessiné un squelette à la plume, et d'une assez grande dimension sur cinq feuilles de papier Ingres.

1 feuille : la tête, squelette et muscles.
1 feuille : tronc, squelette.
1 feuille : plat de la main, squelette et muscles.
1 feuille : dos de la main, squelette et muscles.
1 feuille : bassin et jambes, squelette.

J'ai fait ce travail d'après un manuel de John : *Esquisses anatomiques à l'usage des artistes.* Il y a dans cet ouvrage un grand nombre d'autres dessins de la main, du pied, etc. etc. qui me semblent très efficaces et clairs.

Et maintenant, je vais achever complètement le dessin des muscles, notamment du tronc et des jambes, qui formeront avec les dessins déjà exécutés un corps humain tout entier, suivra ensuite le corps vu de dos et de côté.

Tu vois donc que je poursuis avec une certaine énergie, ces choses ne sont pas si faciles et exigent du temps, et surtout beaucoup de patience.

Je vais tâcher à l'école vétérinaire de mettre la main sur les reproductions anatomiques, par exemple du cheval, de la vache et du mouton, et de les dessiner de même que l'anatomie de l'homme. Il y a des lois de proportions, de lumière et d'ombre, de perspective que l'on *doit connaître* pour pouvoir dessiner, si l'on ne possède pas cette connaissance, cela reste toujours « une lutte stérile » et on ne réussit jamais à « enfanter ». C'est pourquoi je crois avoir bien agi quand j'ai conçu l'affaire de cette façon et je veux m'efforcer de me constituer ici cet hiver un certain capital d'anatomie ; on ne peut attendre plus longtemps, et en fin de compte cela reviendrait encore plus cher, car ce serait une perte de temps. Je crois que ce sera là également ta façon de voir. Le dessin est une lutte rude et ardue. Je suis allé chez M. Van Rappard[1] qui habite actuellement rue Traversière, 6*a*, et j'ai causé avec lui. Il a bon aspect ; n'ai encore rien vu de lui que quelques petits paysages à la plume. Mais il est logé d'une façon plutôt luxueuse et j'ignore si c'est un homme avec qui moi, par exemple, je pourrais vivre ou travailler, ceci pour des raisons financières. En tout cas, je me propose de retourner chez lui. Il m'a donné l'impression de quelqu'un de sérieux (138).

Bruxelles, janvier 1881.

Mon cher Théo,

J'ai presque tous les jours quelque modèle, un vieux commissionnaire, ou quelque ouvrier, ou gamin que je fais poser. Dimanche prochain, j'aurai peut-être un ou deux soldats qui viendront poser. Et puisque donc maintenant je ne suis plus de mauvaise humeur, je me fais une toute autre et meilleure idée de toi, et tout le monde en général. J'ai aussi dessiné de nouveau un paysage soit une bruyère, ce que je n'avais pas fait depuis longtemps.

J'aime beaucoup le paysage, mais encore dix fois mieux ces études de mœurs, parfois d'effrayante vérité tels que Gavarni, Henri Monnier, Daumier, de Lemud, Henri Pille ; Th. Schuler, Ed. Morin, G. Doré (par ex. : dans son *Londres*), A. Lançon, de Groux, Félicien Rops, etc. les ont dessinées magistralement.

---

1. Alexandre Van Rappard (1858-1892), peintre hollandais, avait fait la connaissance de Théo à Paris, lors d'un voyage d'études. La visite que, sur les conseils de Théo, Vincent lui a rendue comme il est dit ci-dessus, fut le début d'une amitié qui dura environ cinq ans.

Maintenant en n'osant en aucune manière prétendre monter si haut que ceux-là, toutefois en continuant à dessiner ces types d'ouvriers, etc., j'espère bien arriver à être plus ou moins capable de travailler pour l'illustration de journaux ou de livres. Principalement lorsque je serai à même de me payer davantage de modèles, et aussi des modèles de femmes je ferai encore des progrès, je le sens et je le sais.

Et j'arriverai probablement aussi à savoir faire des portraits. Mais c'est à condition de travailler beaucoup ; pas un jour sans une ligne, comme disait Gavarni (140).

Je puis rester travailler chez Rappart encore une semaine environ, mais après il partira probablement. Ma petite chambre à coucher est trop exiguë, et la lumière n'y est pas bonne, et les gens auraient des objections à ce que je voile une partie de la lumière de la fenêtre ; je ne puis même pas pendre au mur mes eaux-fortes ou mes dessins. Si donc Rappard part d'ici en mai, je devrai déménager et je voudrais bien aller travailler quelque temps à la campagne, à Heyst, Calmpthout, Etten, Scheveningue, Katwijk ou ailleurs, ou ce qui serait encore plus près, Schaerbeek, Haeren, Groenendael (142).

ETTEN (avril 1881 - décembre 1881)

Quand il ne pleut pas, je sors chaque jour, généralement dans la bruyère. Je fais mes études assez grandes, comme tu en as vu déjà lors de ta visite. C'est ainsi que j'ai fait entre autres une cabane dans la bruyère, et aussi cette grange avec toit de roseaux[1] sur la chaussée de Roosendael, qu'on appelle ici la grange protestante. Tu te souviendras probablement de ce que je veux dire.

1. « Cabanes près de Nuenen », mai 1881, Musée Boymans, Rotterdam, n° 842.

Puis le moulin tout juste en face de ce pâturage, et les ormes au cimetière.

Et une autre encore avec des bûcherons occupés sur une vaste plaine où une grande forêt de pins a été abattue. Et je tâche aussi de dessiner des instruments de travail tels que : charrettes, charrues, herses, brouettes, etc. etc.

L'étude des bûcherons est la mieux réussie et je crois qu'elle te plairait.

Il est possible que Rappard vienne encore ici en été pour quelque temps, j'ai reçu une lettre de lui (145).

Etten, septembre 1881.

Cher Théo,

Quoique je vienne à peine de t'écrire, j'ai encore quelque chose à te dire.

Notamment qu'il y a eu du changement dans mon dessin, tout autant dans ma façon de faire que dans le résultat. A la suite aussi de choses et d'autres que Mauve m'a dites, j'ai recommencé à travailler d'après modèle vivant. J'ai heureusement réussi à convaincre diverses personnes, entre autres Piet Kaufman, l'ouvrier. L'étude soigneuse, le dessin constant et répété des *Exercices au fusain* de Bargue, m'ont donné une meilleure conception du dessin des figures. J'ai appris à mesurer et à voir et à chercher les grandes lignes. Si bien que ce qui jadis me semblait désespérément impossible, va devenir petit à petit possible, Dieu merci.

Jusqu'à cinq fois j'ai dessiné un paysan avec une bêche, « un bêcheur », dans toutes espèces d'attitudes, deux fois un semeur, deux fois une fille avec un balai. Ensuite, une femme avec un bonnet blanc, qui épluche des pommes de terre, et un berger appuyé sur son bâton, et enfin un vieux paysan malade, assis sur une chaise près du foyer, la tête dans les mains et les coudes sur les genoux. Evidemment, je n'en resterai pas là ; une fois qu'un mouton a passé le pont, tout le troupeau suit. Il faudra que je dessine sans cesse des bêcheurs, des semeurs, des laboureurs, hommes et femmes. Que j'examine et étudie tout ce qui fait partie de la vie à la campagne. Comme bien d'autres l'ont fait et le font encore. En face de la nature, je ne me sens plus impuissant comme jadis.

De La Haye, j'ai rapporté des Conté en bois (ainsi que des crayons) et je m'en sers beaucoup pour travailler.

Je commence également à travailler au pinceau et à l'estompe, avec un peu de sépia ou de l'encre de Chine, et de temps en temps avec un peu de couleur. Il est certain que les dessins que j'ai faits ces derniers temps ressemblent très peu à ce que j'ai fait jusqu'ici. La dimension des figures est à peu près celle d'un *Exercice au fusain.*

En ce qui concerne le paysage, j'estime que d'aucune façon il n'a à en souffrir, bien au contraire il y gagnera (150).

Septembre.

J'ai reçu de l'oncle de Princenhage, la semaine passée, une boîte à couleurs qui est assez bonne, bonne assez en tout cas pour commencer (les couleurs sont de Paillard). Et j'en suis fort content. J'ai immédiatement essayé de faire une espèce d'aquarelle d'après le motif ci-dessus (151).

La nature commence toujours par résister au dessinateur, mais celui qui prend sa tâche vraiment au sérieux ne se laisse pas dérouter, car cette résistance, au contraire, est un excitant pour mieux vaincre, et au fond la nature et un dessinateur sincère sont d'accord. Mais la nature est certes « intangible », il s'agit toutefois de s'y attaquer, et ce, d'une main ferme. Et après avoir lutté et combattu quelque temps avec la nature, celle-ci finit par céder et devenir docile, non pas que j'y sois déjà parvenu, personne plus que moi n'en est convaincu, mais cela commence à marcher.

La lutte avec la nature a parfois quelque chose de ce que

Shakespeare appelle « Taming the shrew » (c'est-à-dire vaincre celle qui résiste, par la ténacité, « bon gré et malgré »). A bien des égards, mais plus spécialement pour le dessin, j'estime que « serrer de près vaut mieux que lâcher ».

Je sens de plus en plus que plus spécialement le dessin des figures est une bonne chose, qui est indirectement profitable au dessin du paysage. Quand on veut dessiner un saule têtard comme si c'était un être vivant, et il en est ainsi à vrai dire, tout ce qui l'entoure vient relativement tout seul pourvu qu'on ait concentré toute son attention sur l'arbre en question, et qu'on ne se soit pas arrêté avant qu'on l'ait fait vivre (152).

Etten, 3 septembre 1881.

Mon cher Théo,

Quelque chose me pèse que je veux te raconter, peut-être es-tu déjà au courant et je ne te raconte rien de neuf. Je voulais te dire que cet été j'ai commencé à aimer K.[1] Mais quand je le lui ai dit, elle m'a répondu que son passé et son avenir restaient inséparables pour elle et que jamais elle ne pourrait répondre à mes sentiments.

J'ai eu alors à résoudre un dilemme terrible : me résigner à ce : « jamais, non, jamais », ou considérer la chose comme non terminée, garder bon espoir et ne pas me résigner ?

J'ai choisi cette dernière éventualité.

Entre temps, je continue à travailler dur, et depuis que je l'ai rencontrée, mon travail est bien plus facile.

Une année en sa compagnie serait salutaire pour elle et pour moi, mais les parents sont véritablement butés sur ce point.

Mais tu comprends bien que j'entends ne rien négliger

1. Une cousine de Vincent, veuve avec un enfant.

qui puisse me rapprocher d'elle et je suis décidé à l'aimer jusqu'à ce qu'elle finisse par m'aimer.

T'arrive-t-il parfois, Théo, d'être amoureux, je voudrais que tu le sois car, crois-moi, les « petites misères » ont également leur valeur. On est parfois désolé, il y a des moments où l'on se croirait en enfer, mais il y a encore autre chose et mieux. Il y a trois degrés :

1° ne pas aimer et ne pas être aimé ;

2° aimer et ne pas être aimé (c'est mon cas) ;

3° aimer et être aimé.

Je prétends quant à moi que le deuxième degré vaut mieux que le premier, mais le troisième ! c'est le *summum.*

Eh bien, old boy, sois donc aussi amoureux, et raconte-le-moi à ton tour, sois gentil dans un cas comme le mien et montre-moi de la sympathie.

Rappard est venu ici, il a apporté des aquarelles qui montrent des progrès. J'espère que Mauve viendra bientôt, sinon j'irai chez lui. Je dessine beaucoup et je crois que cela va mieux, je travaille plus au pinceau qu'auparavant. Il fait si froid que je ne dessine plus guère que des figures d'intérieur, une couturière, un vannier, etc.

. . . .

Si jamais tu deviens amoureux, et que tu dois entendre un « jamais, non, jamais », ne te résigne surtout pas ! Mais tu es un tel veinard que, j'espère, que cela ne t'arrivera jamais (153).

Etten, 7 septembre 1881.

Old boy, cette lettre est pour toi seul, tu voudras bien la garder pour toi, n'est-ce pas ?

Je dois te demander tout d'abord si cela t'étonne le *moins du monde* qu'il puisse exister un amour, suffisamment sérieux et ardent pour ne pas se laisser refroidir même pas par de nombreux « non, jamais, jamais » ? Il me semble certes que loin de t'étonner, cela doit te paraître naturel et « raisonnable ».

L'amour, en effet, est quelque chose de positif, quelque chose de fort, quelque chose à tel point réel, qu'il est aussi impossible pour quelqu'un qui aime, d'arracher ce sentiment que de porter atteinte à sa propre vie. Si tu me réponds : « Mais il y a pourtant des hommes qui attentent à leur vie », je réponds simplement : « Je ne pense pas être un homme ayant de pareilles inclinations. »

J'ai pris vraiment goût à la vie, et je suis très heureux d'aimer. Ma vie et mon amour ne font qu'un. « Mais, m'objecteras-tu, tu te trouves devant un "jamais, non, jamais". A quoi je réponds : old boy, provisoirement, je considère ce « jamais, non, jamais » comme un glaçon que je serre sur mon cœur pour le faire dégeler.

Savoir qui l'emportera, de la froideur de ce glaçon ou de ma chaleur vitale, c'est une question délicate sur laquelle je préfère provisoirement ne pas me prononcer, et je voudrais bien que les autres n'en parlent pas non plus s'ils n'ont rien de mieux à dire que : « indégelable », « besogne de fou » et autres insinuations aimables. Si j'avais devant le nez un iceberg du Groenland ou de la Nouvelle-Zemble, je ne sais de combien de mètres de hauteur, d'épaisseur et de largeur, la situation serait certes critique si on voulait étreindre cette masse et se la serrer sur le cœur pour la faire fondre.

Mais attendu que provisoirement je n'ai point aperçu devant mon étrave une masse de glace de pareille dimension, attendu, dis-je qu'avec tous ces « jamais, non, jamais » elle ne mesure pas de nombreux mètres de hauteur, d'épaisseur et de largeur et que, si j'ai bien mesuré, elle peut être embrassée, je ne puis encore me rendre compte du caractère « insensé » de ma conduite.

En ce qui me concerne donc, je presse sur le cœur le glaçon « jamais, non, jamais », je ne trouve aucune autre solution et si je veux m'efforcer de le faire disparaître et dégeler, qui donc pourrait formuler des objections ? ? ?

Je ne sais dans quel manuel de physique ils ont pu apprendre que la glace était indégelable.

Je me sens fort enclin à la mélancolie quand je vois tant

de gens prendre les choses trop au sérieux, mais je n'ai nullement l'intention de devenir mélancolique moi-même et de laisser abattre le courage dont je me sens armé. Loin de moi cette idée.

Soit mélancolique qui veut, j'en ai assez, et je ne veux être que joyeux comme une alouette au printemps ! Je ne veux chanter d'autre chanson que : *Aimer encore !* Te complairais-tu, Théo, dans ce « jamais, non, jamais » ? De toi, je crois vraiment le contraire. Mais il semble y avoir des hommes qui prennent plaisir et peut-être « sans le savoir », évidemment avec la meilleure volonté, avec les meilleures intentions, à s'occuper de m'arracher les glaçons de la poitrine, et inconsciemment versent sur mon amour ardent plus de seaux d'eau froide qu'ils ne le pensent.

Mais je suis sûr que de nombreux seaux d'eau froide ne me refroidiront pas, old boy, pour le moment.

Ne trouves-tu pas niais les gens qui ont insinué que je devrais m'y préparer, que j'apprendrais bientôt qu'elle a accepté un autre parti plus riche, qu'elle était devenue belle et serait demandée en mariage, qu'elle avait décidément peu de goût pour moi, si j'allais au-delà du « frère et sœur » (c'est l'extrême limite !), qu'il serait vraiment dommage si « dans l'entre-temps » (! ! !) je laissais passer une autre occasion peut-être meilleure !...

Celui qui n'a pas appris à dire : « Elle et aucune autre » sait-il ce que c'est que l'amour ? – Quand on m'a dit toutes ces choses, j'ai senti avec tout mon cœur, avec toute mon âme, avec toute mon intelligence : « elle et aucune autre ». « Faiblesse, passion, déraison, manque de connaissance du monde, voilà dont vous faites preuve, allègueront peut-être certains, quand vous dites : « elle et aucune autre », gardez-vous à carreau, tâchez d'arranger les choses ». Loin de moi cette idée !

Que ma faiblesse soit ma force, je veux être dépendant d'elle et d'aucune autre, et même si je pouvais je ne voudrais pas être indépendant *d'elle*.

Elle en a bien aimé un autre et ses pensées sont toujours

dans ce passé, et elle paraît avoir des scrupules de conscience à l'idée même d'un nouvel amour possible. Il y a une phrase pourtant, et tu la connais : « Il faut avoir aimé, puis désaimé, puis aimer encore ! »

« Aimez encore : ma chère, ma trois fois chère, ma bien-aimée. »

J'ai vu qu'elle songeait toujours au passé et s'y plongeait avec dévotion. Alors la pensée m'est venue : quoique je respecte ce sentiment et que son grand deuil m'émeut et me frappe, j'y trouve toutefois quelque chose de fatal.

Il ne peut donc attendrir mon cœur, mais il faut être ferme et décidé comme un stylet d'acier. Je veux m'efforcer de faire naître quelque chose de nouveau, qui ne fasse pas disparaître l'ancien, mais qui ait autant de droit à l'existence.

Et c'est alors que j'ai commencé – avec lourdeur et maladresse au début, mais avec décision pourtant pour arriver aux paroles : K. je vous aime comme moi-même – et c'est alors qu'elle me dit : jamais, non, jamais.

Jamais, non, jamais, que peut-on y opposer : « Aimer encore ! » Je ne puis dire encore qui l'emportera. Dieu le sait, je sais seulement cette chose unique : « that I had better stick to my faith. »

Quand cet été j'ai entendu le « jamais, non, jamais », mon Dieu, que ce fut terrible, quoique ce ne fût pas inattendu, j'ai ressenti au début quelque chose d'écrasant comme la damnation éternelle, – et vraiment – à ce moment-là j'en fus pour ainsi dire projeté un moment par terre.

Mais alors dans cette indicible angoisse de mon âme, une idée jaillit comme une clarté dans la nuit ; celle-ci notamment : se résigne celui qui *peut* se résigner, mais si vous *pouvez croire*, alors croyez ! Je me suis relevé alors, non pas comme un résigné, mais comme un croyant et n'ai eu d'autre pensée que celle-ci : *elle* et aucune autre !

Tu me diras : de quoi vivrez-vous si tu la décides à t'écouter, ou peut-être : tu ne l'auras pas, – mais non, tu ne diras pas cela. Qui aime vit, qui vit travaille, qui travaille a du pain.

Aussi suis-je calme et confiant en cette affaire, et cela précisément exerce son influence sur mon travail, qui m'attire de plus en plus, précisément parce que je me rends compte que je réussirai. Non pas que je deviendrai quelque chose d'extraordinaire, mais bien quelque chose d'ordinaire, et par là j'entends que mon œuvre sera saine et « raisonnable », et qu'elle aura une raison d'être et pourra servir à quelque chose. Je crois que rien ne nous place avec une telle intensité dans la réalité qu'un véritable amour. Et celui qui vit dans la réalité est-il sur le mauvais chemin ? Je pense que non. Mais à quoi puis-je comparer ce sentiment caractéristique, cette constatation caractéristique de l'état amoureux ? Car réellement c'est une découverte d'une nouvelle hémisphère pour un homme que de devenir sérieusement amoureux dans sa vie.

Et c'est pourquoi je voudrais qu'à ton tour, tu sois amoureux, mais pour cela il faut une « *elle* » ; en ce qui concerne cette « *elle* » cependant il en est comme d'autres choses : qui *cherche* trouve, quoique le fait de trouver soit un *bonheur*, et non point un mérite pour nous (154).

Etten, 12 novembre 1881.

Mais précisément parce que l'amour est si fort, nous ne sommes généralement pas assez forts pendant notre jeunesse (je veux dire 17, 18, 20 ans) pour pouvoir tenir droit notre gouvernail.

Vois-tu, les passions sont les voiles du petit bateau.

Et quelqu'un qui a vingt ans s'abandonne complètement à son sentiment, prend trop de vent dans les voiles et son bateau prend de l'eau et, – et il sombre, – à moins qu'il ne remonte.

Quelqu'un par contre qui hisse à son mât la voile Ambition et cingle droit à travers la vie, sans accidents, sans cabrioles, jusqu'à ce que – jusqu'à ce qu'enfin, enfin arrivent les circonstances où il remarque : je n'ai pas assez de voile, il dit alors : je donnerai tout ce que j'ai pour un mètre carré de voile en plus et je ne l'ai pas. Il est au désespoir.

Ah ! mais alors il se ravise et songe qu'il peut utiliser une autre force ; il songe à la voile jusque-là méprisée qu'il avait depuis toujours mise en cale. Et c'est cette voile qui le sauve.

La voile « Amour » doit le sauver, et s'il ne la hisse point, il n'arrivera pas (157).

LA HAYE (décembre 1881 - septembre 1883)

7 janvier 1882.

Tu sais que je m'acharne à faire des aquarelles, et si je réussis à me faire la main, elles se vendront.

Mais tu peux bien être certain, Théo, que quand j'ai été pour la première fois chez Mauve avec mon dessin à la plume, et que Mauve me dit : Vous devriez essayer de travailler au fusain et à la craie, au pinceau et à l'estompe, – j'ai eu bigrement de la peine à travailler avec ce nouveau matériel. J'ai été patient et cela ne semblait m'aider en rien, alors je devins parfois impatient au point de piétiner mon fusain et de perdre tout courage.

Quelque temps après, je t'ai envoyé des dessins à la craie et au fusain, et au pinceau, et je suis revenu chez Mauve avec toute une série de dessins, au sujet desquels il avait naturellement des remarques à faire, et à bon droit, et toi aussi, mais j'avais fait un pas en avant.

Me voilà de nouveau dans une pareille période de lutte et de découragement, de patience et d'impatience, d'espoir et de désolation. Mais il faut que je la traverse victorieusement et bientôt j'aurai une meilleure conception de l'aquarelle (169).

Je préfère ne pas manger à midi pendant six mois et

réaliser ainsi des économies plutôt que de recevoir de temps en temps 10 florins de Tersteeg, avec ses reproches.

Je voudrais bien savoir ce que les peintres diraient de son argument « travailler moins d'après modèle pour le bon marché », quand on a trouvé des modèles, après beaucoup de recherches, qui ne soient pas trop chers.

Travailler sans modèle est la peste pour un peintre de figures surtout au début (179).

P.S. – Théo, c'est presque miraculeux !!!

Voilà d'abord qu'on m'avise que je dois chercher ta lettre. En second lieu, C. M. me commande douze petits dessins à la plume, des vues de La Haye, dont quelques-unes étaient déjà prêtes (le Paddemoes, – le Geest, – la Vleersteeg étaient prêts) à 2,50 florins pièce, prix fixé par moi, avec la promesse si je les fais à son goût, qu'il m'en commandera douze autres, mais dont il fixera le prix au-dessus du mien. Tertio, voilà que je rencontre Mauve, heureusement délivré de son grand tableau qui me promet sa prochaine visite. Donc « ça va, ça marche, ça ira encore ! »

Et une chose encore qui m'a frappé et fortement frappé : j'avais dit que le modèle ne devait pas venir aujourd'hui – je n'avais pas dit pourquoi, – mais la pauvre femme s'amena tout de même et je protestai. « Oui, mais je ne viens pas pour poser, je viens simplement voir si vous avez à manger », elle m'apportait une portion de haricots verts et de pommes de terre. Il y a tout de même dans la vie des choses qui valent la peine.

Voici quelques mots qui m'ont fortement touché et ému dans le Millet de Sensier, ce sont des paroles de Millet :

« L'art c'est un combat – dans l'art il faut y mettre sa peau. »

« Il s'agit de travailler comme plusieurs nègres : *J'aimerais mieux ne rien dire que de m'exprimer faiblement.* »

Ce n'est qu'hier que j'ai lu cette dernière parole de Millet, mais auparavant j'avais déjà senti de même, c'est pourquoi je ressens parfois le besoin de m'exprimer avec un dur crayon de menuisier et une plume plutôt qu'avec un fin pinceau. « Gare ! Tersteeg ! Gare ! Tu as carrément tort » (180).

Je n'ai jamais entendu un bon sermon sur la résignation ni ne m'en suis jamais représenté un bon, sauf ce tableau de Mauve et l'œuvre de Millet.

C'est bien *la* résignation, mais la vraie, non pas celle des pasteurs. Ces haridelles, ces pauvres haridelles épuisées, noires, blanches, brunes ; elles sont là patientes, soumises, prêtes, résignées, calmes. Dans un moment elles devront haler encore un bout le lourd chaland, la corvée touche à sa fin. Un petit moment d'arrêt. Elles halètent, elles sont couvertes de sueur, mais elles ne murmurent point, elles ne protestent point, elles ne se plaignent pas, de rien. Il y a longtemps qu'elles y sont habituées, habituées depuis des années. Elles sont résignées à vivre encore un peu et à travailler, mais demain elles iront à l'équarrisseur ; « que soit », elles y sont prêtes.

Je trouve dans ce tableau une telle philosophie remarquablement élevée, pratique et silencieuse, il semble dire : « Savoir souffrir sans se plaindre, ça c'est la seule chose pratique, c'est là la grande science, la leçon à apprendre, la solution du problème de la vie. » Il me semble que ce tableau de Mauve serait un des rares tableaux devant lequel Millet s'arrêterait longtemps en murmurant : « Il a du cœur ce peintre-là » (181).

Théo, je ne suis décidément pas un paysagiste, si je fais des paysages, *il y aura toujours là-dedans trace de figures.*

Il est très bon pourtant qu'il y ait des hommes qui soient essentiellement paysagistes. Et cela me préoccupe fort que tu sois des leurs « sans le savoir ». Ce qui m'incite à te parler de cette question c'est que, au milieu des difficultés financières, je sens que rien n'est plus solide qu'un métier manuel, au sens littéral de travail exécuté avec les mains. Si tu devenais peintre, une des choses qui t'étonneraient, serait que le métier de peintre, avec tout ce qu'il comporte, est réellement un travail relativement dur du point de vue physique ; abstraction faite de l'effort de l'esprit, de la torture intellectuelle, ce métier exige chaque jour un effort d'énergie assez considérable (182).

La peinture est tout aussi bien un métier, qui vous permet de gagner assez d'argent pour vivre, que par exemple celui de forgeron ou de médecin. Un artiste est en tout cas diamétralement l'opposé d'un rentier, et comme je le dis, si l'on veut établir un parallèle, il a plus d'analogie avec celui du forgeron ou du médecin. Je me rappelle fort bien, maintenant que tu m'écrivais à ce sujet, que jadis lorsque tu me disais de devenir peintre, je trouvais cela fort déplacé et que je ne voulais en entendre parler.

Ce qui a fait cesser mon doute, c'est la lecture d'un livre compréhensif sur la perspective, de Cassagne : le *Guide de l'A.B.C. du dessin*, et le fait que huit jours après j'ai dessiné un intérieur d'une petite cuisine avec poële, chaise et table et fenêtre, à leur place et sur leurs pieds, tandis que jadis j'attribuais à un sortilège ou au hasard le fait qu'un dessin avait de la *profondeur* et une perspective exacte. Si tu avais dessiné qu'une seule chose comme il convient, tu prendrais un goût irrésistible à t'attaquer à mille autres choses.

Mais faire passer le pont à ce seul et unique mouton, voilà la difficulté !

Un beau jour que les gens commenceront par dire que je sais bien dessiner mais non peindre, je sortirai peut-être un tableau au moment où on ne s'y attend pas. Mais aussi longtemps que cela a l'air comme *si je devais* le faire, et comme *s'il m'était défendu* de faire autre chose, je ne le ferai sûrement pas.

Au sujet de la peinture, il y a deux façons de raisonner : *how not to do it*, et *how to do it, how to do it* avec beaucoup de dessin et peu de couleur, *how not to do it* avec beaucoup de couleur et peu de dessin (184).

Avril 1882.

Et c'est la conscience que rien (sauf la maladie) ne peut m'enlever cette force qui commence maintenant à se développer, c'est cette conscience qui fait que j'envisage l'avenir avec courage et que dans le présent je peux supporter beaucoup de désagréments.

C'est une chose admirable de regarder un objet et de le trouver beau, et d'y réfléchir, et de le retenir, et de dire ensuite : je vais me mettre à le dessiner, et de travailler alors jusqu'à ce qu'il soit reproduit.

Il va de soi toutefois que ce n'est pas une raison de me sentir content de mon œuvre au point de croire que je n'aurai pas besoin de faire mieux. Mais le chemin pour le faire mieux plus tard est aujourd'hui de le faire aussi bien que l'on peut, alors il y aura tout naturellement du progrès demain.

Le petit dessin ci-joint[1] est croqué d'après une grande étude, qui a une expression plus sombre. Il y a un poème de Tom Hood je crois, dans lequel il parle d'une grande dame, qui ne peut fermer l'œil la nuit parce que, étant sortie le jour pour acheter une robe, elle avait vu travailler dans une chambre enfumée de pauvres couturières pâles, tuberculeuses et épuisées. Et voilà que son opulence lui donne des remords de conscience et qu'elle se réveille la nuit pleine d'angoisse. En un mot, c'est une figure de femme svelte et blanche, inquiète dans la nuit sombre (185).

1. *The Great Lady*, aussi célèbre que *Sorrow*, est fait d'après la compagne de Vincent à cette époque, Christine, qu'il appelle, par abréviation, « Sien ». C'est d'elle qu'il est question dans les lettres suivantes. Comme l'écrit M. Louis Piérard, dans *la Vie tragique de Vincent Van Gogh*, « c'est un peu l'histoire de *Résurrection* qu'il vit avec cette femme ».

Mauve m'en veut d'avoir dit : « Je suis un artiste », et je ne me rétracte pas, parce qu'il va de soi que ce mot implique en lui la signification de : « toujours chercher sans jamais trouver la perfection. » C'est tout juste le contraire de « je le sais déjà, je l'ai déjà trouvé ».

Cette phrase signifie pour autant que je sache : « Je cherche, je pourchasse, je le fais de tout mon cœur. »

J'ai pourtant des oreilles pour entendre, Théo ; lorsqu'on me dit : « Vous avez un vilain caractère », que dois-je faire ?

J'ai fait demi-tour et je suis parti seul, mais avec beaucoup de tristesse au cœur parce que Mauve a osé me dire cela. Je ne lui demanderai pas de me l'expliquer, et je ne m'excuserai pas non plus. Et pourtant, – et pourtant – et pourtant !

Je voudrais que Mauve s'en repentît.

On me soupçonne de quelque chose, – c'est dans l'air, – il y a quelque chose derrière moi. Vincent cache quelque chose qui ne peut voir la lumière.

Eh bien, messieurs, je vais vous le dire, vous autres qui tenez aux formes et à la civilisation, et ce à bon droit à condition que ce soit du vrai de vrai, qu'est-ce qui est plus civilisé, plus délicat, plus viril, d'abandonner une femme ou de s'apitoyer sur une abandonnée ?

Cet hiver, j'ai rencontré une femme enceinte, abandonnée par l'homme dont elle portait l'enfant dans son corps.

Une femme enceinte qui, en hiver, errait par les rues, qui devait gagner son pain, tu sais bien comment.

J'ai pris cette femme comme modèle et j'ai travaillé avec elle tout l'hiver.

Je n'ai pu lui payer le plein salaire d'un modèle, mais cela n'empêche que je lui ai payé ses heures de pose, et que j'ai pu la sauver grâce à Dieu elle et son enfant, de faim et de froid, en partageant mon propre pain avec elle. Quand j'ai rencontré cette femme, j'ai été frappé par son air malade.

Je lui ai fait prendre des bains, et des fortifiants, autant qu'il était en mon pouvoir, elle est devenue bien plus saine. J'ai été avec elle à Leyde, où il y a un institut pour femmes enceintes qui peuvent aller y accoucher. (Ce n'était pas étonnant qu'elle fût malade, la position de l'enfant était mauvaise, elle a dû subir une opération, on a dû notamment à l'aide de forceps retourner l'enfant. Il y a pourtant beaucoup de chance qu'elle en réchappe. Elle doit accoucher en juin.)

Il me semble que chaque homme, qui vaut le cuir de ses souliers, se trouvant devant un cas pareil, aurait agi de même.

J'ai trouvé si simple et si évident ce que j'ai fait que j'avais cru pouvoir le garder pour moi. Poser lui était difficile, pourtant elle l'a appris, j'ai fait des progrès dans mon dessin parce que j'avais un bon modèle. Cette femme est maintenant attachée à moi comme une colombe apprivoisée, quant à moi, je ne puis me marier qu'une seule fois, et quand pourrais-je mieux le faire qu'avec elle, parce que c'est la seule façon de continuer à l'aider, sinon la misère la chassera à nouveau sur le chemin qui aboutit au précipice. Elle n'a pas d'argent, mais elle m'aide à gagner de l'argent par mon travail.

Je suis plein de joie et d'ambition pour mon métier et mon travail, si pour un temps j'ai abandonné la peinture et les aquarelles, c'est parce que j'ai été trop ému de l'abandon de Mauve, et s'il revenait sur ce qu'il a dit, je pourrais recommencer avec courage. Pour le moment, je ne puis même voir un pinceau, cela me rend nerveux.

J'avais cru que l'on m'aurait compris sans paroles. Je pensais bien à une autre femme pour laquelle mon cœur a battu, mais elle était loin et ne voulait pas me voir, tandis que celle-ci, elle courait en hiver, malade, enceinte, affamée, je n'ai pu agir autrement. Mauve, Théo, Tersteeg, vous avez mon pain dans vos mains, me laisserez-vous sans pain ou me tournerez-vous le dos? J'ai parlé et j'attends ce que l'on dira (192).

Voici comment je raisonne à propos du crayon de menuisier. Les vieux maîtres, avec quoi auraient-ils dessiné? Certes pas avec un Faber B, BB, BBB, etc., etc., mais avec un morceau de graphite brut. L'outil dont Michel-Ange et Dürer se sont servis ressemblait probablement beaucoup à un crayon de menuisier. Mais je n'étais pas là et ne le sais point. Je sais pourtant qu'avec un crayon de menuisier on peut obtenir des intensités, autrement qu'avec ces fins Faber, etc.

Le fusain est ce qu'il y a de mieux, mais quand on s'échine trop, la fraîcheur s'en va et pour y conserver la finesse, il faut fixer sur place. Pour le paysage également, je vois que des dessinateurs tels que par exemple Ruysdaël, et Goyen, et Calame, Rœlofs, aussi par exemple parmi les modernes, en ont tiré un grand parti. Mais si quelqu'un inventait une bonne plume pour travailler à l'extérieur, avec encrier, le monde verrait peut-être plus de dessins à la plume.

Avec du fusain ayant trempé dans l'eau, on peut faire des choses fameuses, j'ai pu le voir chez Weissenbruch, l'huile sert de fixage et le noir devient plus chaud et plus profond. Mais il est préférable que je fasse cela dans un an, plutôt que maintenant. C'est ce que je me dis, parce que je ne veux pas que la beauté soit due à mon matériel, mais à moi-même (195).

Sache qu'actuellement je suis dehors dès quatre heures du matin parce qu'il est difficile d'être en rue pendant le jour, à cause des passants et des gamins, et c'est aussi le plus beau moment pour voir les grandes lignes quand les choses sont encore dans un même ton (202).

. . . .

GRAVURES SUR BOIS QUE POSSÈDE VINCENT

1 Portefeuille Types populaires irlandais, mineurs, fabriques, pêcheurs, etc., pour la plupart petits croquis à la plume.
1 Portefeuille Paysages et animaux, Bodmer, Giacomelli, Lançon, ensuite quelques paysages déterminés.
1 Portefeuille *Travaux des champs* de Millet, ensuite Bre-

ton, Feyen Perrin et des feuilles anglaises de Herkomer, Boughton, Clausen, etc.

1 Portefeuille Lançon.

1 Portefeuille Gavarni, complété par des lithographies, mais sans rareté.

1 Portefeuille Ed. Morin.

1 Portefeuille G. Doré.

1 Portefeuille du Maurier, très nombreux } dessinateurs de Punch

1 Portefeuille Ch. Keene et Sambourne } dessinateurs de Punch

1 Portefeuille J. Tenniel complété par les Beaconsfield cartoons } dessinateurs de Punch

Il y manque John Leech, mais cette lacune peut être facilement comblée car on peut avoir une réimpression de ces gravures sur bois, qui n'est pas trop chère.

1 Portefeuille Barnard.

1 Portefeuille Fildes et Charles Green, etc.

1 Portefeuille Petites gravures sur bois françaises, album Bœtzel, etc.

1 Portefeuille Scènes à bord de navires anglais et croquis militaires.

1 Portefeuille *Heads of the people* par Herkomer, complété par des dessins d'autres artistes et par des portraits.

1 Portefeuille Scènes de la vie populaire londonienne, depuis les fumeurs d'opium et White-Chapel et The seven dials, jusqu'aux figures de dames les plus élégantes, et Rotten Row of Westminster Park. Y sont jointes des scènes correspondantes de Paris et de New York. Le tout est une curieuse « Tale of those cities ».

1 Portefeuille Les grandes feuilles de *Graphic, London News, Harpers Weekly Illustration*, etc., parmi lesquelles Frank Holl, Herkomer, Fred, Walker, P. Renouard, Menzel, Howard Pyle.

1 *The Graphic portfolio*, soit une édition à part de reproduction non pas de clichés, mais les blocs mêmes de quelques gravures sur bois, parmi lesquelles les Homeless et hungry de Fildes. Quelques livres illustrés, parmi lesquels Dickens, et le *Frederik le Grand* de Menzel, petite édition (205).

Peu à peu et lentement naquit entre elle et moi quelque chose d'autre : *un besoin certain l'un de l'autre*, si bien qu'elle et moi ne pouvions plus nous séparer, que nous nous insinuions de plus en plus dans nos vies réciproques, et alors ce fut *l'amour*. Ce qui existe entre Sien et moi, *est réel*, ce n'est pas un rêve, c'est la réalité. Je considère comme une grande bénédiction que mes pensées et que mon activité aient trouvé un point fixe, une direction déterminée. Il est possible que j'aie eu pour K. plus de *passion*, et qu'à certains égards elle était aussi plus jolie que Sien, que l'amour pour Sien soit moins sincère, certes non, car les circonstances sont trop graves, et ce qui importe c'est d'agir, et il en fut ainsi dès le début de notre rencontre.

Vois le résultat : quand tu viendras me voir, tu ne me trouveras plus découragé ou mélancolique, mais tu seras dans un milieu dont je crois que tu pourras t'accommoder, et qui tout au moins ne te déplaira pas. Un jeune atelier, un ménage encore jeune, en pleine action.

Pas d'atelier mystique ou mystérieux, mais un atelier qui jette ses racines en plein dans la vie même. *Un atelier avec un berceau et une chaise d'enfant.* Où il n'y a donc pas de stagnation, mais où tout incite, et pousse, et stimule à l'activité.

Quand l'un ou l'autre vient me raconter chez moi que je serais un mauvais financier, je lui montre mon installation. J'ai fait de mon mieux, frère, pour veiller à ce que tu puisses voir (et pas seulement toi, mais quiconque a des yeux) que je m'efforce, et réussis parfois, à entreprendre les choses d'une façon pratique. *How to do it* (212).

Aujourd'hui j'ai fait une étude du berceau d'enfant en quelques coups de couleur.

Je travaille en outre à un même dessin que les prairies, que je t'ai envoyé récemment.

Mes mains sont devenues un peu trop blanches à mon goût, mais que puis-je y faire ?

Je vais retourner à la campagne, peu me chaut s'il m'en

cuit, pourvu que je ne m'abstienne pas de travailler. L'art est jaloux, il ne veut pas que la maladie ait le pas sur lui. Je fais donc à son goût.

J'espère donc que bientôt tu recevras quelques lettres raisonnables.

Des gens comme moi ne devraient pas être malades.

Il faut comprendre comment je considère l'art. Pour arriver à la vérité, il faut travailler longtemps et beaucoup. Ce que je veux et ce à quoi je vise est bigrement difficile, et pourtant je ne crois pas viser trop haut.

Je veux faire des dessins qui *frappent* certaines gens. Sorrow est un petit début, il est possible qu'un petit paysage comme la Laan van Meerdervoort, les prairies de Rijswijk, le séchoir de limandes, sont aussi un petit début. Au moins contiennent-ils directement quelque chose de mon propre cœur.

Soit dans la figure, soit dans le paysage, je voudrais exprimer non pas quelque chose de sentimentalement mélancolique, mais une profonde douleur.

Somme toute, je veux arriver au point qu'on dise de mon œuvre : cet homme sent profondément et cet homme sent délicatement. Malgré ma soi-disant grossièreté, comprends-tu, ou précisément à cause d'elle.

Que suis-je aux yeux de la plupart – une nullité ou un homme excentrique ou désagréable – quelqu'un qui n'a pas de situation dans la société ou qui n'en aura pas, enfin un peu moins que rien.

Bon, suppose qu'il en soit exactement ainsi, alors je voudrais montrer par mon œuvre ce qu'il y a dans le cœur d'un tel excentrique, d'une telle nullité.

C'est mon ambition qui est moins fondée sur la rancœur que sur l'amour « malgré tout », plus fondé sur un sentiment de sérénité que sur la passion. Encore que je sois souvent dans la misère, il y a pourtant en moi une harmonie et une musique calme et pure. Dans la plus pauvre maisonnette, dans le plus sordide petit coin, je vois des tableaux ou dcs dcssins. Et mon esprit va dans cette direction par une poussée irrésistible.

De plus en plus d'autres choses me quittent, et plus elles me quittent, plus rapide devient mon regard pour voir le côté pictural. L'art demande un travail opiniâtre, un travail malgré tout et une observation toujours continue.

Par opiniâtre je veux dire un travail constant, mais également l'attachement à sa conception malgré les dires de l'un ou de l'autre.

J'espère bien, frère, que d'ici quelques années, et même maintenant déjà, tu verras petit à petit des choses de ma main qui te donneront quelque satisfaction des sacrifices que tu as consentis.

Ces derniers temps, je n'ai guère conversé avec des peintres. Je ne m'en suis pas trouvé mal. Ce n'est pas tant la langue des peintres que la langue de la nature à laquelle il faut tendre l'oreille. Je comprends mieux maintenant qu'il y a un an pourquoi Mauve disait : « Ne me parlez donc pas de Dupré, parlez-moi plutôt de ce bord de fossé ou de quelque chose d'analogue. » Cela paraît brutal, et c'est pourtant tout à fait exact. Sentir les choses elles-mêmes, la réalité a plus d'importance que de sentir des tableaux, en tout cas c'est plus fécond et plus vivifiant.

Parce que j'ai de l'art et de la vie elle-même, dont l'art est l'essence, un sentiment si vaste et si large, je trouve crispant et faux quand je vois des gens se mettre en chasse. En ce qui me concerne, je trouve dans beaucoup de tableaux modernes un charme particulier que les anciens n'ont pas.

Une des plus hautes et plus nobles expressions de l'art reste pour moi toujours l'art anglais, par exemple Millais et Herkomer et Frank Holl. Ce que je veux dire à propos de la différence entre l'art ancien et moderne est que les artistes modernes sont peut-être de plus grands penseurs.

Il y a encore une grande différence de sentiment entre le Chill October de Millais et les prairies d'Overveen de Ruysdael, par exemple. Et tout autant entre les Irish emigrants de Holl et les femmes qui lisent la Bible de Rembrandt.

Rembrandt et Ruysdael sont sublimes, et pour nous tout

autant que pour leurs contemporains, mais il y a dans l'art moderne quelque chose qui nous arrive d'une façon plus personnellement intime.

Il en est de même des gravures sur bois de Swain et de celles des vieux maîtres allemands.

Ce fut donc une erreur lorsqu'il y a quelques années les modernes furent pris de la rage d'imiter les anciens.

C'est pourquoi je trouve si juste ce que dit le père Millet : « Il me semble absurde que les hommes veuillent paraître autre chose que ce qu'ils sont. »

Cela paraît une parole simple, et pourtant elle est d'une profondeur insondable comme l'océan, et quand à moi j'estime qu'on fait bien en prenant en tout ces mots à cœur (218).

Nous sommes naturellement d'accord, pour autant que je comprenne, sur le noir dans la nature. Le noir absolu n'existe pas à vrai dire. Le noir, comme le blanc, existe dans presque toutes les couleurs et forme l'infinie variation de *gris*, différents de ton et de vigueur. Si bien que dans la nature on ne voit, à vrai dire, rien d'autre que ces tons ou intensités.

Les couleurs fondamentales ne sont que trois, rouge, jaune, bleu. L'orangé, le vert et le violet sont des tons « composés ».

Par l'adjonction du noir et d'un peu de blanc, ils produisent les variations infinies du gris : gris-*rouge*, gris-*jaune*, gris-*bleu*, gris-*vert*, gris-*orange*, gris-*violet*.

Dire combien il y a de gris-verts différents, par exemple, c'est impossible, cela varie à l'infini.

Mais toute la chimie des couleurs n'est pas plus compliquée que ces simples couleurs fondamentales. Et une bonne compréhension de celle-ci vaut plus que 70 différentes couleurs, attendu qu'avec les trois couleurs fondamentales et le blanc et le noir, on peut faire plus de 70 tons et intensités. Le coloriste est celui qui, voyant une couleur dans la nature, parvient à bien l'analyser et à dire, par cxemple : ce gris-vert est du jaune avec du noir et presque pas de bleu, etc.

Enfin, celui qui sait faire sur la palette les gris de la nature.

Mais pour prendre des notes à l'extérieur ou faire un petit croquis, un sentiment fortement développé du contour est une condition absolue, autant que par l'achèvement plus tard.

J'ai encore attaqué ce vieux lourdaud de saule têtard, et je crois que c'est devenu la meilleure de mes aquarelles. Un sombre paysage, cet arbre mort près d'une mare stagnante couverte de lentilles d'eau, au loin une remise du chemin de fer du Rhin où des lignes se croisent, des bâtiments noirs et enfumés, plus loin des prairies vertes, un chemin pour le transport du charbon, et un ciel où les nuages chassent, gris avec un seul petit bord éclatant en blanc, et une profondeur de bleu là où les nuages se déchirent un peu. Enfin, j'ai voulu le faire tel quel, à ce qu'il me semble, le petit garde-barrière avec sa blouse et son petit drapelet rouge doit le voir et le sentir quand il pense : Comme il fait triste aujourd'hui...

Le sentiment et l'amour de la nature trouvent tôt ou tard un écho chez ceux qui s'intéressent à l'art. Le peintre a pour devoir de se plonger complètement dans la nature, et d'utiliser toute son intelligence, de mettre son sentiment dans son œuvre, pour qu'elle devienne compréhensible pour d'autres. Mais travailler en vue de la vente n'est pas précisément le vrai chemin à mon sens, mais plutôt se foutre des amateurs (221).

Je veux te dire simplement que j'ai peint trois études. Une de la rangée de saules têtards dans la prairie, – (derrière la Geestbrug), ensuite une étude de la route cendrée tout près de chez moi, – et aujourd'hui j'ai été dans les jardins potagers de la Laan van Meerdervoort, et y ai trouvé un champ de pommes de terre avec un ruisseau. Un bonhomme en blouse bleue et une petite femme étaient en train d'y ramasser les pommes de terre, et j'y ai ajouté ces figures.

Le champ était une terre sablonneuse et blanche, à moitié bêché, – à moitié couvert de rangées de tiges desséchées – entre-mêlées de mauvaises herbes vertes.

A l'horizon, du vert sombre et quelques toits.

C'est avec un plaisir réel que j'ai fait cette dernière étude. Je dois te dire que la peinture ne me semble pas aussi étrange que tu pourrais le penser. Au contraire, elle m'est très sympathique parce que c'est un puissant moyen d'expression.

Et elle permet en même temps de dire des choses délicates, de laisser parler un gris ou un vert tendre au milieu de la rudesse.

Je suis très content d'avoir l'attirail nécessaire, car souvent déjà j'ai dû refréner mon envie. Cela entr'ouvre un horizon bien plus vaste (224).

Samedi soir j'ai attaqué un sujet dont j'ai déjà souvent rêvé.

C'est une vue sur des prés verts avec des tas de foin. Ils sont traversés par un chemin de cendrée le long d'un ruisseau. Et à l'horizon, au milieu du tableau, le soleil se couche, d'un rouge feu.

Il n'est impossible de dessiner l'effet à la hâte, mais voici la composition.

Mais ce n'était qu'une question de couleur et de ton, la nuance de la flamme des couleurs du ciel, d'abord une brume lilas, dans laquelle le soleil rouge est à moitié couvert d'un nuage violet sombre avec un mince petit bord de rouge éclatant ; près du soleil, des reflets de vermillon, mais au-dessus une bande jaune qui devient rouge et bleuâtre plus haut, le soi-disant *Cerulean blue*, et puis deci de-là des nuages lilas et gris qui prennent des reflets du soleil.

Le sol était une espèce de tapisserie de vert – gris-brun mais pleine de nuances et de fourmillement – l'eau du petit ruisseau brille dans ce sol coloré.

C'est une chose que, par exemple, Emile Breton peindrait.

J'ai encore peint un gros morceau de dune – empâté et grassement peint.

De ces deux, de la petite marine, du champ de pommes de terre, *je sais avec certitude qu'on ne dirait pas que ce sont mes premières études peintes.*

Pour te dire la vérité, cela me surprend bien quelque peu, j'avais cru que les premières études ne ressembleraient à rien, mais que plus tard, elles s'amélioreraient. Et je dois à la vérité de dire qu'elles ressemblent à quelque chose et cela m'étonne un peu.

Je crois que cela est dû au fait qu'avant de commencer à peindre j'ai dessiné et étudié la perspective, le temps qu'il fallait pour pouvoir composer un sujet que je voyais.

Depuis que j'ai acheté mes couleurs et mes ustensiles de peintre, j'ai trimé et travaillé au point d'être complètement épuisé d'avoir peint sept études. Il y en a encore une avec une petite figure, une mère avec un enfant à l'ombre d'un grand arbre, dans une harmonie de tons sur une dune éclairée par le soleil d'été. C'est d'un effet presque italien.

Je n'ai littéralement pas pu me retenir, je n'ai pu m'en abstenir, ni cessé d'y travailler…

Je voulais simplement te dire ceci, je sens qu'il y a des choses de couleur qui surgissent en moi pendant que je peins, que je ne possédais pas auparavant, des choses larges et intenses…

Pour autant que je puisse me rendre compte, ce ne sont pas les plus mauvais peintres qui sont parfois une semaine ou quinze jours à ne pouvoir travailler. Il y a une cause à cela, ce sont précisément eux « qui y mettent leur peau », comme dit Millet. Cela n'est pas un empêchement, et à mon avis il ne faut pas se ménager quand c'est nécessaire. Si pendant quelque temps on est épuisé, on s'en remet, et l'on y gagne que les études sont rentrées, tout comme le blé ou le foin du paysan. Quant à moi, je ne songe provisoirement pas à me reposer (225).

Il y a dans la peinture quelque chose d'infini – je ne puis te l'expliquer sans plus – mais c'est une chose si admirable pour l'expression d'une atmosphère. Il y a dans les couleurs des choses cachées d'harmonie ou de contraste qui collaborent d'elles-mêmes et dont on ne pourrait tirer parti sans cela (226).

J'ai peint dans le bois, cette semaine, quelques études assez grandes que j'ai tâché de pousser davantage et d'approfondir plus que les premières.

Celle qui, à mon sens, est le mieux réussie, n'est rien d'autre qu'un lopin de terre bêchée, du sable blanc, noir et brun après une pluie battante. Si bien que les mottes de terre prennent feu de-ci de-là et parlent mieux.

Après avoir dessiné pendant quelque temps ce lopin de terre, il y eut un orage avec une formidable pluie battante, qui a bien duré une heure. Mais j'avais tellement pris goût à la chose que je suis resté à mon poste et que j'ai cherché tant bien que mal un abri derrière un gros arbre. Quand l'orage avait passé, et que les corneilles s'étaient remises à voler, je ne regrettai pas d'avoir attendu à cause de l'admirable ton sombre que le sol du bois avait pris après la pluie.

Comme j'avais commencé sur mes genoux, avant l'orage, avec un horizon bas, j'ai dû m'agenouiller dans la boue, et c'est à cause de pareilles aventures, qui se produisent souvent sous formes diverses, qu'il n'est pas superflu à mon sens de porter des vêtements d'ouvrier auxquels il n'y a rien à gâter. Le résultat cette fois-ci a été que j'ai pu rentrer à l'atelier avec ces lambeaux du sol, cela n'empêche qu'un jour Mauve, comme nous parlions d'une de ses études, me disait avec raison que : c'est une rude corvée de dessiner ces mottes de terre, et d'y mettre de l'espace.

L'autre étude du bois a comme sujet de grands troncs de hêtres verts sur un fond de lattes sèches, et une petite figure de jeune fille en blanc. La grande difficulté a été de garder l'éclairage et de mettre du ciel entre les arbres se trouvant à différentes distances, et la place et l'épaisseur relatives de ces troncs sont modifiées par la perspective. Il faut faire en sorte qu'on puisse y respirer et s'y promener, et la forêt doit embaumer…

Ce qui me plaît dans la peinture, c'est qu'avec la même peine que donne un dessin on rapporte chez soi une chose qui donne bien mieux l'impression et est bien plus agréable à regarder. Et en même temps plus exacte. En un mot la peinture récompense mieux des peines que le dessin. Seulement c'est une nécessité absolue qu'avant de commencer on sache dessiner avec une certitude relative, la proportion exacte et la place des objets. Si l'on se trompe, tout est gâté...

Ces jours derniers j'ai lu en partie un livre assez mélancolique : *Lettres et journal de Gérard Bilders.*

Ce qui ne me plaît pas en lui, c'est *qu'en peignant* il se plaigne de son terrible ennui et de sa paresse comme d'une chose à laquelle il ne peut rien, et il continue à tourner toujours dans le même cercle mesquin de ses amis, et dans des amusements et un genre de vie qui le dégoûtent. Enfin, il est pour moi une figure sympathique, mais je préfère lire la vie du père Millet, ou de Th. Rousseau, ou de Daubigny.

Quand on lit le livre de Sensier sur Millet, on prend courage, tandis que le livre de Bilders vous rend malade.

Dans une lettre de Millet, je trouve toujours une énumération de difficultés, mais aussi : « J'ai tout de même fait ceci ou cela », et ensuite toujours la perspective d'autre chose qu'il veut absolument faire, et qu'il exécute d'ailleurs.

Et chez G. Bilders c'est trop souvent : « J'ai eu le cafard cette semaine et j'ai gâché ma besogne, et j'ai été à ce concert ou à cette pièce de théâtre et j'en suis revenu encore plus malade. » Ce qui me frappe dans Millet, ce sont ces simples paroles : « Il faut *tout de même* que je fasse ceci ou ça » (227).

J'ai peint cette semaine quelque chose qui, je crois, te donnera à peu près l'impression de Scheveningue, comme nous l'avons vu quand nous nous y sommes promenés. Une grande étude de sable de mer et de ciel – un grand ciel de gris fin et de blanc chaud où transparaît une seule petite tache de bleu tendre – le sable et la mer sont traités en clair, si bien que le tout devient blond, animé toutefois par des petites figures et des barques de pêche colorées d'une façon brutale et curieuse. Le motif du croquis que j'en ai fait est une barque de pêche dont on lève l'ancre. Les chevaux sont prêts pour y être attelés et tirer la barque en mer. Je t'en envoie ci-joint un petit croquis. Il m'a coûté beaucoup de peine, j'aurais préféré l'avoir peint sur panneau ou sur toile. J'ai tâché d'y mettre plus de couleur, notamment de la profondeur et de la fermeté de coloris. Il est bien curieux que toi et moi semblons souvent avoir les mêmes idées. C'est ainsi, que je suis rentré hier soir avec une étude du bois, et précisément cette semaine j'ai été fort accaparé par cette question de la profondeur du coloris. Et j'aurais beaucoup aimé en parler avec toi précisément à propos de l'étude que j'ai faite et voilà que, dans ta lettre de ce matin, tu me dis par hasard avoir été frappé à Montmartre par les couleurs fortement prononcées qui restent harmonieuses.

Je ne sais pas si nous avons été frappés précisément par la même chose, mais je sais bien que ce qui m'a frappé spécialement, tu l'aurais également senti toi-même, et peut-être vu de la même façon.

Le bois devient déjà fort automnal, il y a des effets de couleur que je n'ai retrouvés que rarement dans les tableaux hollandais.

Je me suis occupé, hier soir, d'un terrain boisé un peu en pente couvert de feuilles de hêtre vermoulues et sèches. Le sol était d'un rouge-brun tantôt plus clair et tantôt plus sombre, à cause, plus encore, des ombres portées des arbres qui y jetaient des lignes, tantôt plus faibles, tantôt plus fortes, à moitié effacées. Il s'agissait, et j'ai constaté que c'était fort difficile, d'obtenir la profondeur du coloris, l'énorme force et la fermeté de ce terrain, et pourtant ce n'est qu'en peignant que je me suis rendu seulement compte combien il y avait encore de clarté dans cette obscurité. Il s'agit de conserver la clarté et de conserver en même temps l'ardeur et la profondeur de cette teinte riche.

Car on ne peut imaginer un tapis aussi admirable, que ce

brun-rouge profond dans l'ardeur d'un soleil de crépuscule d'automne tempéré par les branches.

De ce sol surgissent de jeunes hêtres qui prennent de la lumière d'un côté, y sont d'un vert étincelant, et le côté ombré de ces troncs est d'un vert noir, chaud et puissant.

Derrière ces petits troncs, derrière ce sol brun-rouge, il y a un ciel, très fin, bleu-gris, chaud, presque pas bleu, étincelant. Et en dessous il y a un bord nébuleux de verdure et une résille de petits troncs et de fleurs jaunâtres. Quelques figures de chercheurs de bois y errent comme des masses sombres d'ombres mystérieuses.

Le bonnet blanc d'une femme qui se baisse pour saisir une brindille sèche contraste tout à coup avec le rouge-brun profond du sol. Une jupe prend de la lumière – une ombre portée tombe – une silhouette sombre d'un homme se dresse au-dessus du taillis. Un bonnet blanc, un capuchon, une épaule, un buste de femme se profile contre le ciel. Ces figures, elles sont grandes et pleines de poésie, elles apparaissent dans le crépuscule d'une ombre profonde, comme « d'énormes terres cuites » en formation dans un atelier.

Je te décris la nature, je ne sais moi-même à quel point j'ai pu la reproduire dans mon croquis, mais je sais bien avoir été frappé par l'harmonie de vert, rouge, noir, jaune, bleu, brun, gris. C'était très genre de Groux, un effet comme par exemple ce croquis du *Départ du conscrit*, jadis au Palais Ducal.

J'ai bien eu de la peine à le peindre. Il y a dans le fond un tube et demi de blanc – et pourtant ce fond est très sombre – ensuite de l'ocre rouge, jaune, brun, du noir, de la terre de Sienne, du bistre, et le résultat est un brun-rouge, mais qui varie du bistre au bordeaux profond et au rose pâle et blond. Il y a encore des mousses et un petit bord de gazon frais, qui prend la lumière et brille fort, et a été fort difficile à rendre. Voici enfin un croquis dont, quoi qu'on puisse en dire, je prétends qu'il a une signification et qu'il est parlant.

En le faisant, je me suis dit : ne partons pas avant de

voir l'effet d'automne et de crépuscule de ceci, ce qu'il y a de mystérieux, de sérieux.

Je suis forcé – comme l'effet ne reste pas, – de peindre rapidement, les figures y ont été placées en quelques coups de brosse énergiques et d'un coup. J'ai été frappé de voir combien ces petits troncs tiennent solidement dans le sol, je les ai commencés au pinceau, mais à cause du sol déjà empâté – un coup de pinceau fondait comme rien, c'est alors que, pinçant le tube, j'en ai fait sortir les racines et les troncs – et je les ai quelque peu modelés avec le pinceau.

Oui, – les y voilà, ils en jaillissent, ils y sont solidement enracinés. Dans un certain sens, je suis content de ne pas avoir *appris* à peindre. Peut-être que j'aurais *appris* à laisser passer inaperçus des effets de ce genre, maintenant, je dis non, – c'est précisément cela que je dois avoir, si ce n'est pas possible, ce n'est pas possible, je veux l'essayer, quoique je ne sache pas comment il faut faire. *Je ne sais moi-même* comment je le peins, je viens m'asseoir avec un panneau blanc devant l'endroit qui me frappe, je regarde ce que j'ai devant les yeux, je me dis, ce panneau blanc doit devenir quelque chose – je reviens mécontent – je le mets de côté et après m'être reposé, je le regarde avec une certaine angoisse – je reste mécontent, parce que j'ai trop à l'esprit cette merveilleuse nature pour que je puisse en être content – mais pourtant je vois dans mon œuvre un écho de ce qui m'a frappé, je vois que la nature m'a raconté quelque chose, m'a parlé, et que je l'ai noté en sténographie. Dans mon sténogramme il peut y avoir des mots indéchiffrables – des fautes ou des lacunes, pourtant il reste quelque chose de ce que le bois, ou la plage, ou la figure ont dit, et ce n'est pas une langue mate ou conventionnelle, qui n'est pas née de la nature elle-même, mais d'une manière de faire ou d'un système savant. Voici encore un petit croquis des dunes. Il y avait là de ces petites broussailles, dont les feuilles sont blanches d'un côté, vert-sombre de l'autre, et qui s'agitent et brillent constamment. Derrière le bois sombre (228).

Je sens en moi-même la force de produire, j'ai conscience qu'il arrivera un temps où je pourrai pour ainsi dire *quotidiennement* faire l'une ou l'autre bonne chose, et cela, régulièrement (229).

Je suis plein des nouveaux plaisirs que je prends dans les choses que je vois parce que j'ai un nouvel espoir de faire moi-même quelque chose où il y ait de l'âme.

Je suis à tel point barbouillé de couleurs qu'il y a même de la couleur sur cette lettre, je suis occupé à la grande aquarelle du banc.

Je voudrais bien qu'elle réussisse, mais la grande question est de garder le dessin par une profondeur de ton, et la clarté est énormément difficile (230).

J'ai été parfois à Scheveningue ces derniers jours, et un soir j'ai eu la chance de voir arriver une barque de pêche. Près du monument il y a une maisonnette en planches où un homme fait le guet. Dès que la barque s'approcha de façon à être visible, l'homme sortit avec un grand drapeau bleu, suivi par une bande de marmots qui ne lui arrivaient pas aux genoux. C'était pour eux un grand plaisir de pouvoir rester près de l'homme au drapeau et de s'imaginer qu'ils contribuaient de la sorte à faire rentrer la barque de pêche. Quelques minutes après que l'homme eut agité son drapeau passa un gaillard sur un vieux cheval qui devait aller chercher l'ancre.

Des hommes et des femmes, également des mères avec des enfants, se joignirent alors au groupe pour recevoir l'équipage.

Lorsque la barque fut à distance suffisante, l'homme à cheval entra en mer et revint avec l'ancre.

Les hommes furent ensuite ramenés à terre sur le dos de gaillards chaussés de hautes bottes, et à chaque homme qui arrivait, il y eut un concert de bienvenue.

Quand ils y furent tous, le troupeau rentra à la maison tels des moutons ou une caravane, avec le gaillard sur le chameau, je veux dire le cheval, dépassant la troupe comme un fantôme. J'ai évidemment mis toute mon attention à croquer les différents incidents.

J'en ai aussi peint quelque chose, notamment le groupe que j'ai croqué ci-contre.

J'ai encore peint une étude marine, rien qu'un bout de sable, mer, ciel, gris et solitaire, j'ai parfois besoin de cette solitude – où il n'y a que la mer grise – avec un seul oiseau aquatique, mais aucun autre bruit que le bruissement des vagues. C'est pour me rafraîchir des rumeurs du Geest ou du marché aux pommes de terre.

Ensuite je me suis surtout occupé, cette semaine, de croquis pour aquarelles. J'ai continué à achever la grande aquarelle du banc et aussi un croquis de femme dans le jardin de l'hôpital et un bout du Geest.

Mais comme il est difficile d'y mettre de la vie et du mouvement, et de mettre les figures à leur place tout en les séparant. C'est le grand problème : *moutonner* ; des groupes de figures qui, quoique formant un tout, viennent regarder de la tête ou des épaules l'un au-dessus de l'autre, tandis qu'à l'avant-plan, les jambes des premières figures se dessinent énergiquement, et que plus loin, les jupes et les pantalons forment une espèce de mêlée où il y a encore du dessin.

Ensuite à droite et à gauche d'après l'endroit du point de vue, l'expansion ou le rétrécissement des côtés. En matière de composition, toutes les scènes possibles comportant des figures, soit un marché, soit l'arrivée d'une barque, soit un groupe de gens près d'une cuisine populaire dans la salle d'attente, à l'hôpital, au Mont de Piété, les groupes bavardant ou se promenant en rue, sont tous basés sur le même principe du troupeau de moutons, d'où le mot *moutonner* et tout revient aux mêmes questions de lumière et de brun et de perspective (231).

Faire des études, selon moi, c'est semer, et faire des tableaux, c'est récolter.

Je crois qu'on pense bien plus sainement lorsque les

idées surgissent du contact direct avec les choses que lorsque l'on se met à regarder les choses avec le but d'y trouver telle ou telle idée.

Il en est de même de la question du coloris. Il y a des couleurs qui contrastent agréablement toutes seules, mais je m'efforce de faire comme je le vois, avant que je me mette à travailler pour l'avoir comme je le sens. Et pourtant, le sentiment est une grande chose sans laquelle on ne pourrait rien exécuter (233).

J'ai encore fait des études de vieillards de l'hospice et cette semaine j'espère avoir une femme de l'hospice. Mais je suis dans une forte gêne, il faut beaucoup de choses et je dois encore un peu d'argent à Stam. Imagine-toi que, cette semaine, à ma grande surprise, j'ai reçu de la maison un paquet avec un paletot d'hiver, un gros pantalon, et un chaud manteau de femme, j'en fus très touché.

Le cimetière avec les croix de bois me trotte fort en tête, j'en ferai peut-être quelques études préliminaires – je le voudrais sous la neige – un enterrement de paysan ou quelque chose d'analogue. Enfin, un *effet* comme le croquis des mineurs ci-joint.

Pour compléter les saisons, je t'envoie encore un petit croquis du printemps et un de l'automne, qui me sont venus à l'idée comme je faisais le premier (236).

Je suis tout à fait d'accord sur ce que tu dis au sujet des moments qu'on a parfois, où l'on semble impénétrable pour les choses de la nature ou que la nature ne semble plus nous parler.

Cela m'arrive si souvent, et cela me vient parfois en aide pour me permettre d'entamer autre chose. Si je suis rebelle au paysage ou aux effets de lumière, je m'attaque aux figures et vice versa. Souvent, il n'y a rien à faire qu'à attendre que cela passe, mais plus d'une fois je réussis à chasser l'insensibilité en changeant de motifs, auxquels je donne mon attention. Mais les figures m'intéressent de plus en plus. Je me rappelle avoir connu un temps où le sentiment du paysage m'obsédait fortement, et que j'étais plus frappé par un tableau ou un dessin, dans lesquels un effet de lumière ou une atmosphère de paysage étaient bien exprimés, que par une figure.

En général, les peintres de figures m'inspiraient une espèce de froid respect plutôt qu'une chaude sympathie.

Je me souviens encore avoir été particulièrement frappé en ces temps par un dessin de Daumier, un vieillard sous les marronniers des Champs-Elysées (une illustration de Balzac), quoique ce dessin ne fût pas si important, mais je sais bien qu'il me frappa particulièrement par la conception forte et virile de Daumier. Je me dis : il doit être bon de sentir et de penser de telle façon, et de passer outre à une masse de choses, pour se concentrer sur ce qui donne à réfléchir, et sur ce qui concerne d'une façon plus personnelle l'homme comme homme que les prés ou les nuages.

Je désire si souvent ta présence et pense tant à toi. Ce que tu m'écris au sujet de certains caractères d'artistes parisiens qui vivent avec des femmes, qui sont moins mesquins que d'autres et qui, par désespoir peut-être, s'accrochent à la jeunesse, me semble juste. Il y en a de pareils là-bas et ici. Il est peut-être encore plus difficile là-bas qu'ici pour l'homme, de conserver un peu de fraîcheur dans la vie domestique, parce que là-bas il faut presque aller à contre-courant. Qu'ils sont nombreux ceux qui sont devenus désespérés à Paris, d'un désespoir calme, raisonné et logique. J'ai encore lu quelque chose à ce sujet à propos de Tassaert que j'aime beaucoup et dont le sort m'a fait beaucoup de peine.

Je trouve toute tentative dans cette direction digne de respect. Je crois aussi qu'il peut arriver que l'on réussisse, et que l'on ne doit pas commencer par désespérer, même si on perd parfois courage, si l'on sent parfois une espèce d'abattement. Il s'agit de revivre, de reprendre courage même si l'issue est autre qu'on avait cru au début. Ne crois pas que je méprise des personnes dans le genre de celles que tu me décris, parce que leur vie ne serait pas basée sur des principes sérieux et réfléchis. Mon opinion à ce sujet est la suivante : le résultat doit être un *acte*, non une idée abstraite. Je n'approuve les principes et ne les juge dignes que s'ils se développent en actes. J'approuve qu'on réfléchisse et qu'on s'efforce d'être consciencieux parce que cela détermine davantage l'activité d'un homme et fait un tout de ses divers actes. Je trouve que ceux que tu me décris pourraient acquérir plus de solidité en agissant d'une façon plus raisonnée. Mais au demeurant, je les préfère à ceux qui colportent leurs principes sans se donner la moindre peine ni même songer à les mettre en pratique. Car ces derniers n'ont aucun profit aux plus beaux principes, et les premiers sont précisément ceux qui, quand ils se décident de vivre avec énergie et réflexion, sont capables de grandes choses. Car les grandes choses ne se font pas par impulsion seulement, et elles sont un enchaînement de petites choses réunies en un tout.

Qu'est-ce que dessiner ? Comment y arrive-t-on ? C'est l'action de se frayer un passage à travers un mur de fer invisible, qui semble se trouver entre ce que l'on *sent*, et ce que l'on *peut*. Comment doit-on traverser ce mur, car il ne sert de rien d'y frapper fort, on doit miner ce mur et le traverser à la lime, lentement et avec patience à mon sens. Et voilà comment on pourra rester assidu à ce travail sans se laisser distraire, à moins qu'on ne réfléchisse et qu'on ne règle sa vie d'après des principes. Et il en est des choses artistiques comme des autres. Et la grandeur n'est pas une chose fortuite, elle doit être *voulue*. Si à l'origine les actes d'un homme doivent le conduire aux principes, ou les principes aux actes, c'est une chose qui me semble aussi difficile à décider, et qui en vaut aussi peu la peine que la question de savoir ce qui a existé d'abord de la poule ou de l'œuf. Mais je considère comme une chose positive et de grande importance qu'on s'efforce de développer son énergie et sa pensée (237).

J'ai vu ces derniers jours, et je l'ai également dans ma collection une grande gravure sur bois d'après un tableau de Roll, *Une grève de charbonniers.* Connaîtrais-tu ce peintre, par hasard, et dans l'affirmative, qu'as-tu vu de lui ? Ce tableau représente le carreau d'un charbonnage, devant lequel grouille un groupe nombreux d'hommes, de femmes et d'enfants qui ont visiblement fait l'assaut du bâtiment. Ils sont debout ou assis autour d'une charrette renversée et sont maintenus en respect par des gendarmes à cheval. Un homme jette encore une pierre, mais une femme tâche d'arrêter son bras. Les caractères sont excellents, c'est dessiné d'une façon rude et brutale et peint aussi en concordance avec le genre du sujet. Ce n'est pas comme Knaus ou Vautier, mais avec plus de passion pour ainsi dire – presque pas de détails, le tout massé et simplifié – mais il y a beaucoup de style. Il y a beaucoup d'expression et d'atmosphère et de sentiment et les mouvements des figures, les différentes actions sont magistralement exprimés.

Cela m'a fort frappé, de même que Rappard, à qui j'en ai envoyé un exemplaire. Cela se trouvait dans un vieux numéro de *l'Illustration.*

J'en ai par hasard encore un d'un dessinateur anglais Emslie, qui a pour motif des hommes se rendant dans la mine au secours des victimes d'accidents, pendant que des femmes attendent. De pareils sujets sont assez rarement traités. Quant à celui de Roll, j'ai un jour assisté à une scène analogue, ce que je trouve beau dans son tableau, c'est qu'il exprime exactement une pareille situation, encore qu'on n'en retrouve que peu de détails. Cela m'a fait songer à un mot de Corot : « Il y a des tableaux où il n'y a rien et *pourtant tout y est.* » Il y a dans l'ensemble quelque chose de grand et de classique comme dans un beau tableau d'histoire, dans la composition et les lignes, et c'est une qualité qui, actuellement, reste aussi rare qu'elle a toujours été et qu'elle restera. Cela me fait songer quelque peu à Géricault, notamment au *Radeau de la Méduse* et en même temps à Munkaczy, par exemple (238).

Je dois te demander s'il y a dans le commerce des feuilles à bon marché de Daumier, et dans l'affirmative, lesquelles ? Je l'ai toujours trouvé très fort, mais ce n'est qu'en ces derniers temps que je commence à croire qu'il est encore d'une plus grande importance que je ne pensais. Si tu sais quelque chose de spécial à son sujet, ou si tu connais des choses importantes au sujet de ses dessins, voudrais-tu me l'écrire ?

J'ai vu jadis de ses caricatures, et c'est pourquoi j'ai peut-être reçu de lui une autre impression que la vraie. Ses figures m'ont toujours spécialement frappé, mais je crois ne connaître qu'une infime partie de son œuvre, et je pense que, par exemple, les caricatures ne constituent absolument pas son œuvre ordinaire ou principale.

Je me rappelle que nous en avons parlé l'année passée sur la route de Princenhage, et que tu me disais que tu trouvais Daumier plus beau que Gavarni. J'ai pris le parti de Gavarni et je t'ai parlé du livre que j'avais lu sur Gavarni. Ce livre est maintenant en ta possession. Je dois te dire cependant que malgré que mon estime pour Gavarni n'ait pas faibli, je commence par croire que je ne connais qu'une toute petite partie de l'œuvre de Daumier, *et que la partie de son œuvre que je ne connais pas* renferme précisément les éléments qui (autant que j'apprécie déjà ce que je connais de lui) m'intéresseraient le plus. Et il me souvient vaguement, mais je puis me tromper, que tu m'as parlé de grands dessins, de types ou de portraits populaires, et je voudrais les connaître. S'il y avait plusieurs choses de lui aussi belles qu'une feuille que j'ai récemment trouvée : *Les cinq âges d'un buveur*, ou que cette figure d'un vieillard sous le marronnier dont je t'ai déjà entretenu, oui, vraiment, il serait peut-être notre maître à tous. Peux-tu me donner quelques renseignements à ce sujet ? (239)

Il m'arrive de penser à l'année passée quand je suis arrivé dans cette ville. Je m'étais imaginé que les peintres formaient une espèce de cercle ou d'association où régnaient la chaleur et la cordialité et une certaine unanimité. Cela me paraissait tout naturel et je ne savais pas qu'il *pût* en être autrement.

Je ne voudrais pas perdre les illusions que je nourrissais à cet égard en venant ici, même si je dois les modifier et faire la distinction entre ce qui est et ce qui pourrait être.

Je ne pourrais croire que c'est un état naturel, qu'il y a tant de froideur et de désaccord. A quoi cela tient-il ? ? ? je ne le sais pas, et je n'ai pas qualité pour examiner cette question, mais je pose en principe qu'en ce qui me concerne, je dois m'abstenir de deux choses : tout d'abord il ne faut pas se disputer, et plutôt chercher à favoriser la paix, pour les autres autant que pour soi-même. Et ce dont on doit s'abstenir ensuite à mon sens, c'est de vouloir être autre chose dans la société que peintre, quand on est peintre. Comme peintre on doit *faire abstraction* de toutes ambitions sociales et ne pas participer à ce que font les gens qui habitent au Voorhout, dans le Willemspark, etc... Car dans les vieux ateliers enfumés et sombres il régnait un esprit de camaraderie et de vérité qui valait infiniment mieux que ce qui risque de le remplacer (256).

Ce que je voudrais apprendre de toi, c'est s'il te semble que cette façon de faire pourrait peut-être faire disparaître quelques-unes des objections que tu avais contre le crayon. Ce sont quelques « Heads of the people » et j'aurais l'intention, en cherchant beaucoup de choses de l'espèce, de constituer un ensemble qui ne serait pas tout à fait indigne de porter le titre de « Heads of the people ».

J'espère, mon vieux, en travaillant beaucoup, faire un jour quelque chose de bon. Je n'y suis pas encore arrivé, mais je ne lâche pas la proie, je me débats pour l'atteindre, je voudrais réaliser quelque chose de sérieux, quelque chose de frais, où il y ait une âme !

En avant, en avant (257).

Précisément parce que je cherche et que je voudrais entretenir une véritable amitié, il m'est difficile de me résigner à l'amitié conventionnelle.

Quand, *de part et d'autre*, existe le désir de vivre en amitié, si de temps en temps on n'est pas d'accord, on ne se froisse pas si facilement, ou, si on se froisse, on se remet vite. Mais lorsque c'est conventionnel, il est presque inévitable qu'il se produise de l'amertume, précisément parce qu'on ne peut pas se sentir libre, et même si l'on ne donne pas cours à ses vrais sentiments, ceux-ci suffisent à laisser réciproquement une impression désagréable durable et on doit désespérer de la possibilité d'être quelque chose l'un pour l'autre. Là où il y a convention, il y a défiance et de la défiance naissent toutes espèces d'intrigues. Et avec un peu plus de sincérité, on se rendrait mutuellement la vie plus facile.

On s'habitue néanmoins aux situations existantes, mais ce n'est pas normal, et si c'était possible de se replacer d'un coup trente, quarante ou cinquante ans en arrière, je crois qu'on se sentirait plus à l'aise à cette époque qu'à présent, c'est-à-dire que toi et moi par exemple nous nous y sentirions à l'aise. Dans cinquante ans, je crois, on ne voudra pas revivre cette *époque.* Car si elle donne naissance à une époque de décadence, on sera trop abruti pour y réfléchir, et s'il se produit un changement en bien, « tant mieux ».

Je ne pense pas qu'il soit absurde d'estimer possible qu'il puisse y avoir encore jamais une espèce d'époque rococo, car ce que, dans l'histoire de la Hollande, on a appelé l'époque rococo, avait trouvé son origine dans le relâchement des principes, et dans la substitution du conventionnel à l'original. Quand les Hollandais le veulent, ils sont les syndics des drapiers, mais quand le sel perd sa saveur, c'est une époque de décadence. L'histoire prouve qu'elle ne vient pas d'un coup, mais qu'elle peut en provenir (266).

Je devrai toutefois passer par d'autres échecs, car je crois que l'aquarelle exige une grande habileté et une grande rapidité dans le travail. On doit travailler dans la matière mi-humide pour obtenir de l'harmonie, et on n'a pas beaucoup de temps pour réfléchir. Il ne s'agit donc pas de travailler fragmentairement, non, on doit ébaucher presque d'un coup ces vingt ou trente têtes. Voici quelques mots spirituels au sujet des aquarelles : « L'aquarelle est quelque chose de diabolique » et l'autre est de Whistler qui a dit : « Oui, j'ai fait cela en deux heures, mais j'ai travaillé des années pour pouvoir le faire en deux heures. »

. . . .

Te rappelles-tu m'avoir rapporté, l'été passé, des morceaux de craie de la montagne ? J'ai voulu alors m'en servir, mais cela n'a pas marché. Il m'en est resté quelques morceaux que j'ai de nouveau employés ces derniers jours : ci-joint un croquis fait à l'aide de cette craie, tu vois que c'est d'un noir chaud et caractéristique. Je voudrais bien que, par exemple cet été, tu m'en rapportes encore un peu.

Elle offre un grand avantage. Les morceaux solides sont bien plus agréables à tenir en main, quand on fait un croquis, qu'un petit conté sur lequel on n'a pas de prise et qui casse à tout bout de champ.

Cette craie est donc excellente pour faire des croquis à l'extérieur (270).

Il y a dans cette craie de la montagne une *âme* et une vie, dans le conté je trouve quelque chose de mort. Même si deux violons ont à peu près le même aspect extérieur, quand on en joue, l'un rend parfois un beau son que l'autre ne possède pas.

La craie de la montagne renferme beaucoup de tonalité. La craie de la montagne, je dirais qu'elle comprend presque ce que l'on veut, elle écoute avec intelligence et obéit, et le conté est indifférent et ne collabore pas.

La craie de la montagne a une véritable âme de tzigane : voudrais-tu m'en envoyer un peu si ce n'est pas trop demander ? (272)

Je crois découvrir dans la craie de la montagne toutes sortes de caractéristiques qui en font un moyen par excellence pour rendre certaines choses de la nature. J'ai fait ce matin une promenade hors de la ville, dans les prairies derrière le Zuidbuitensingel, où Maris a habité tout d'abord et où se trouve le dépotoir des cendres. J'ai longtemps regardé une rangée de saules têtards, les plus noueux, les plus tordus et les plus désorientés que j'aie jamais vus. Ils délimitaient une partie de potager – fraîchement bêché – et se reflétaient dans un sale ruisseau – très sale – mais où étincelaient déjà des brins de verdure printanière. Mais ces écorces rugueuses et brunes, la terre bêchée, dans laquelle on pouvait voir pour ainsi dire la fécondité, tout cela avait quelque chose de curieusement chaud dans des tons sombres et puissants, qui me firent songer à la craie de la montagne. Dès que j'en aurai à nouveau, je compte aussi m'attaquer au paysage (273).

Il me semble parfois que les prix des différents accessoires pour dessinateurs et peintres ont horriblement augmenté. Si bien que plus d'un peintre doit en être contrarié. Un de mes idéaux serait qu'il y eût plus d'institutions comme par exemple le Graphic, où les gens qui veulent travailler peuvent trouver tous les matériaux à condition de faire preuve de capacités certaines et d'énergie. De même que, jadis, Cadart a mis plus d'un artiste à même de faire des eaux-fortes, qui n'aurait jamais pu en faire à cause des frais, s'il avait dû payer de sa propre poche.

Je jouis de plus d'avantages que maint artiste, mais je ne puis toutefois faire tout ce que j'aurais le courage et l'envie d'entreprendre. Les frais sont si multiples, à commencer par le modèle et la nourriture et le gîte pour finir avec les diverses couleurs et les pinceaux.

Et tout cela est un métier de tisserand dont les divers fils ne doivent pas s'entremêler.

Mais nous avons tous les mêmes difficultés, et précisément parce que tous ceux qui peignent ou dessinent ont à les affronter et succombent presque sous elles, pourquoi les peintres ne se tendent-ils pas plus la main pour travailler ensemble, comme des soldats dans le même rang ? Et surtout, pourquoi les branches de l'art, qui sont les moins onéreuses, sont-elles vouées à un tel mépris ? (274)

Pour celui qui cherche à exprimer ce qu'il y a de brutal dans une figure, son ampleur et sa puissance, l'aquarelle n'est pas le moyen le plus sympathique. Si l'on recherche plus exclusivement le ton ou la couleur, il n'en est plus de même, l'aquarelle s'y prête alors excellemment. Je veux *bien* concéder que, de ces mêmes figures dans la réalité, on pourrait faire d'autres études d'un autre point de vue (notamment ton et couleur) faites dans une autre intention, mais je pose la question de savoir si, étant donné que mon état d'âme et mon sentiment personnel me font remarquer en tout premier lieu le caractère, la structure, l'action des figures, on m'en voudra si, suivant cette émotion, j'en arrive, non pas à une aquarelle, mais à un dessin uniquement en brun ou noir ?

Il y a pourtant des aquarelles dont les contours sont très fortement exprimés par exemple celles de Regamey, celles de Pinwell et Walker et Herkomer, auxquelles je songe parfois (celles du Belge Meunier) mais même si je recherchais cela, Tersteeg ne s'en déclarerait pas satisfait non plus. Dire toujours, ce n'est pas vendable, et il faut en tout premier lieu que ce soit vendable.

Quant à moi j'attache à cela la signification suivante : « Vous êtes une médiocrité et vous êtes prétentieux de ne pas vous soumettre et de faire des petites choses médiocres, vous vous rendez ridicule avec vos soi-disant recherches, et vous ne travaillez pas. »

C'est ce qui se trouve au fond des paroles que Tersteeg m'a dites avant l'année passée et l'année passée, et je m'y heurte toujours.

Je pense que Tersteeg restera pour moi « *the everlasting no* ».

Je ne suis pas le seul. Presque chacun de ceux qui cherchent leur propre voie a ainsi derrière soi ou à côté de soi quelqu'un de ce genre qui, éternellement, les décourage. Il peut arriver que cela vous pèse et vous trouble et qu'on en soit pour ainsi dire abasourdi.

Mais comme je disais, c'est « *the everlasting no* » ; par contre, dans l'exemple d'hommes de caractère, on trouve un « *everlasting yes* », et l'on voit en eux ce que c'est que « la foi du charbonnier » (297).

Il faut que j'essaie de prendre un peu de force car si je pouvais en retrouver si peu que ce soit, il serait grandement temps de m'en servir.

Car j'ai perdu de mes forces; il n'est pas normal que je sois fatigué d'avoir fait un bout de chemin comme d'ici au bureau de poste, et voilà où j'en suis à présent. Oh ! je ne me laisse pas aller, mais il faut que je me soigne.

Au fond ma santé n'est pas compromise et ce n'est pas un état chronique, car il n'est pas provoqué par les excès, mais par le manque de nourriture ou par une nourriture devenue à la longue trop peu substantielle. Fais donc ton possible pour venir rapidement, frère, car je ne sais pas jusqu'à quand je pourrai tenir. Je suis trop accablé, je sens que je vais succomber sous le poids.

Je te dis franchement que je commence à craindre de ne pouvoir en sortir de cette façon-là, car ma constitution serait assez bonne si je n'avais pas dû jeûner ou bien moins travailler, et autant que possible j'ai choisi la première solution, jusqu'au moment où me voilà devenu trop faible. Comment continuer à résister ? Je vois si nettement, si clairement, l'influence de cet état de choses sur mon œuvre, que je me demande anxieusement comment aller de l'avant.

Surtout, frère, ne parle pas de cela, car si certaines personnes venaient à le savoir, on dirait : « Tu vois bien, il y a longtemps que nous l'avions prévu et prédit », et non seulement on ne m'aiderait tout de même pas, mais encore on m'enlèverait la possibilité de reprendre patiemment des forces et de me redresser.

Dans les circonstances présentes, mon travail ne saurait être autrement qu'il n'est (304).

Ai peint encore une étude sur la plage. Il y a quelques digues de mer, ou môles, – piers, jetées, – il y en a même d'excellents, faits de pierres rongées par le temps et de branches entrelacées. Je me suis installé sur l'un d'eux pour peindre la marée montante, jusqu'à ce qu'elle fût venue si près de moi que j'ai dû sauver tout mon fourbi. Et puis, il y a là entre le village et la mer des arbustes d'un vert foncé bronzâtre, ébouriffés par le vent du large et si réels que plusieurs d'entre eux vous font penser : mais ! c'est *le Buisson* même de Ruysdaël. Le tram à vapeur vous y mène à présent, on peut donc y arriver même quand on a des bagages ou quand on a des études encore fraîches à ramener.

Il faut non seulement remonter de dix, mais de trente ou même de quarante et de cinquante années en arrière, pour retrouver la période où l'on se mit à peindre les dunes etc…, dans leur aspect véritable. En ces temps-là, les choses étaient plus ruysdaëliennes qu'à présent.

Si l'on veut voir une chose qui évoque l'atmosphère d'un Daubigny, d'un Corot, on doit aller plus loin, là où le terrain est quasiment vierge de pas de baigneurs, etc…

Scheveningue est sans contredit très beau, mais il y a longtemps que la nature n'y est plus vierge ; mais cette virginité de la nature, je l'ai trouvée par extraordinaire au cours de l'excursion dont je t'ai parlé.

Voici à peu près comment était ce « pier » (jetée).

Rarement le silence, la nature seule m'a parlé comme cela, dans ces derniers temps (307).

Je crois, en ce qui me concerne, qu'il existe dans la vie de chaque peintre une période de tâtonnements, et je crois que je l'ai dépassée déjà depuis pas mal de temps. D'autre part, que chez moi, tout marche régulièrement mais sûrement et que, plus tard, par un meilleur travail, j'aurai sur ce que je fais actuellement, une vue *rétrospective*, qui fera mieux ressortir qu'il y a là-dedans quelque chose de simple et de vrai, et – puisque aussi bien tu le dis toi-même, – une manière vigoureuse de concevoir et de regarder les choses (317).

Je suis donc arrivé à Voorburg et, de là, à Leidschendam. Tu connais, là-bas, cette nature ; des arbres superbes, pleins de majesté et de sérénité, à côté d'horribles petites coupoles vertes du genre joujou et de tout ce que la lourde imagination des rentiers hollandais peut concevoir d'absurde en fait de parterres de fleurs, de tonnelles, de vérandas. Les maisons presque toutes très laides, quelques-unes toutefois vieilles et distinguées. Mais, à ce moment, très haut, au-dessus des pâturages infinis comme le désert, se poussaient les unes après les autres, d'immenses masses de nuages, et le vent donnait d'abord contre la file des maisons de campagne avec leurs bouquets d'arbres de l'autre côté du canal, où passe le noir chemin de cendrée. Ils étaient superbes, ces arbres, je dirai presque qu'il y avait un drame dans chaque *figure*, je veux dire dans chaque arbre. Et malgré tout, l'ensemble était presque encore plus beau que ces arbres tourmentés considérés chacun intrinsèquement, justement parce que la minute était telle que même ces absurdes petites coupoles prenaient un caractère étrange, mouillées par la pluie et tiraillées par le vent.

Cette image m'a fait voir comment aussi un homme de formes et d'attitudes absurdes ou plein d'excentricité et de caprices, pourvu seulement qu'il se sente saisi d'une véritable douleur ou qu'un malheur l'émeuve, peut devenir une figure dramatique d'un caractère extraordinaire. J'en arrivai à penser un instant à la société actuelle, comment, elle aussi, pendant qu'elle court à sa ruine, elle peut parfois, vue par contraste à la lumière d'un renouveau, apparaître un moment comme une grande et sombre silhouette.

Oui, pour moi, le drame de la tempête dans la nature, le drame de la douleur dans la vie, est bien le plus parfait. Le « Paradou » est bleu, mais Gethsémani est tout de même plus beau (319).

DRENTHE (septembre 1883 - novembre 1883)

Tout est beau ici, où qu'on aille. La bruyère est beaucoup plus étendue qu'en Brabant, au moins près de Zundert ou de Etten, quelque peu monotone à l'heure de midi et surtout quand il y a du soleil, mais justement cet effet-là, que j'ai en vain voulu peindre déjà quelques fois, je ne voudrais pas le rater. La mer non plus n'est pas toujours pittoresque, mais il faut aussi regarder ces moments et ces effets-là si l'on ne veut pas se tromper sur son caractère propre. Alors, à cette heure brûlante de midi, la bruyère est quelquefois loin d'être charmante, elle est agaçante, ennuyeuse et fatigante comme le désert, aussi peu hospitalière et en quelque sorte hostile. La peindre dans cette pleine lumière, et rendre ce recul des plans jusqu'à l'infini, c'est quelque chose qui vous donne le vertige.

Il ne faut pourtant pas croire qu'un tel paysage doit être compris d'une manière sentimentale, bien au contraire, ce n'est presque jamais le cas. Ce même endroit agaçant et ennuyeux – le soir, quand un pauvre petit personnage se meut dans le crépuscule – quand cette énorme étendue de terre, grillée par le soleil, devient sombre par opposition aux fins tons lilas d'un ciel à la tombée du jour, et que la toute dernière petite ligne bleu sombre de l'horizon sépare ciel et terre, il peut devenir sublime comme dans un J. Dupré.

De même, les hommes, paysans et femmes ; ils ne sont pas toujours intéressants, mais quand on a de la patience avec eux, on voit tout ce qu'il y a de Millet dans ces gens.

Hier j'ai découvert un des plus caractéristiques cimetières que j'aie jamais vus ; figure-toi un bout de bruyère entouré d'une haie de petits sapins serrés les uns contre les autres, de sorte que l'on croirait que c'est tout bonnement une sapinière. Toutefois il y a une entrée, une courte allée, et alors on arrive à des tombes couvertes de touffes d'herbe et de bruyère. Plusieurs marquées de poteaux blancs sur lesquels on lit des noms.

C'est quelque chose de très beau de voir la vraie bruyère sur les tombes, l'odeur de térébenthine a quelque chose de mystique, la ligne sombre des sapins clôturant le cimetière sépare un ciel étincelant d'une terre rude qui, en général, est rose, fauve, brunâtre, jaunâtre, avec cependant partout des tons lilas.

Ce n'était pas facile à peindre, je chercherai encore différents effets de ce cimetière ; avec de la neige, par exemple, il doit être très caractéristique. J'avais déjà entendu parler de Liebermann, mais ta description de sa facture m'éclaire beaucoup mieux à son sujet.

Sa couleur doit être *infiniment* meilleur que Henkès (tu le dis très bien, « couleur d'ardoise avec des transitions vers le gris-jaune et le gris-brun »). Je le comprends parfaitement par ce que tu dis. *Cela*, cette manière de peindre est une chose merveilleuse quand on l'a découverte.

Et si je désire beaucoup peindre, cela s'explique justement parce que j'ai voulu, dans ma facture, quelque chose de ferme et, je l'avoue *très volontiers* – quoique j'aie entendu dire maintes fois : « tu ne dois pas avoir de système », – quelque chose de systématique.

Ce que lui et plusieurs autres possèdent. Par ta description je vois que lui, Liebermann, doit se rapprocher beaucoup de la manière de Herkomer. Surtout par sa façon conséquente d'aller jusqu'au bout de son système et d'analyser cela, ces petites taches de lumière et d'ombre causées par les rayons du soleil à travers le feuillage, où il arrive à plus d'un d'avoir l'œil chaviré.

Je suis occupé à une autre étude d'un soleil rouge entre des bouleaux qui se trouvent dans une prairie marécageuse d'où s'élèvent les vapeurs blanches du soir, au-dessus de quoi on voit encore une ligne d'horizon d'un bleu gris faite de massifs d'arbres et de quelques toits (325).

Je ne vois pas le moyen de te décrire le pays comme il le faudrait, car les mots me font défaut, mais imagine-toi les bords du canal comme des kilomètres et des kilomètres de Michel ou de Th. Rousseau, de Van Goyen ou de Ph. de Koninck.

Des bandes plates ou des plans différents de couleur qui deviennent de plus en plus étroits à mesure qu'ils s'approchent de l'horizon. De-ci, de-là, accentués par une chaumière en mottes de gazon ou une petite ferme, ou quelques maigres bouleaux, peupliers, chênes, partout des tas de tourbe, et continuellement passent des barques chargées de tourbe ou de laîches venant des marais. De-ci de-là, de maigres vaches, aux colorations exquises, souvent des moutons, des cochons. Les figures qui apparaissent de temps en temps dans la plaine ont le plus souvent beaucoup de caractère, elles ont quelquefois un charme prodigieusement fin ; j'ai dessiné, notamment, une femme dans une barque ; il y avait du crêpe autour des garnitures en métal de son bonnet, parce qu'elle était en deuil ; et plus tard encore, une mère avec son enfant ; celle-ci avait un fichu mauve autour de la tête. Il y a quantité de types d'Ostade parmi eux ; des physionomies qui rappellent les cochons ou les corbeaux, mais de temps en temps, une jolie figure qui est comme un lys sous des épines.

Enfin, je suis tout à fait content de ce voyage, car je suis tout rempli de ce que j'ai vu. Ce soir, la bruyère était extraordinairement belle. Dans un des Albums Bœtzel, il y a un Daubigny, qui rend exactement cet effet. L'air était d'un fin lilas blanc inexprimable. Non pas des nuages moutonneux, car ils étaient plus ramassés les uns sur les autres et recouvraient tout le ciel, mais comme des flocons nuancés de lilas, de gris, de blanc, avec une seule petite déchirure à travers laquelle le bleu perçait. Puis, à l'horizon, une ligne rouge resplendissante ; là-dessous, l'étonnante étendue sombre de la bruyère brune, et sur la brillante ligne rouge, quantité de toits bas des petites chaumières. Le soir, cette bruyère a souvent des effets pour lesquels les Anglais ont les expressions de « weird » et de « quaint ». Des moulins donquichottesques ou de singulières masses de pont-levis profilent leurs capricieuses silhouettes sur le ciel grouillant du soir.

Avec les reflets dans l'eau ou dans la boue et les flaques de ses fenêtres éclairées, un village comme celui-là est souvent bien sympathique (330).

N. Amsterdam.

Tout est ici parfaitement beau, tel que je l'aime. Je veux dire qu'ici, c'est la paix.

Je trouve bien encore autre chose de beau : c'est le tragique, mais ce tragique, il est partout, tandis qu'ici ce ne sont *pas seulement* des effets de Van Goyen qu'on trouve. Hier j'ai dessiné des souches de chêne pourries, appelées troncs de tourbe (ce sont des chênes restés enfouis un siècle peut-être sous la tourbe qui ont eux-mêmes formé une nouvelle couche de tourbe ; lorsqu'on creuse, on découvre ces troncs de tourbe).

Ces souches se trouvaient dans une flaque, dans de la boue noire.

Les unes, noires, se trouvaient sous l'eau dans laquelle elles miroitaient, les autres, décolorées, sur la plaine noire. Un petit chemin blanc court tout au long, et derrière il y a plus de tourbe encore, d'un noir de suie. Par là-dessus un ciel de tempête. Cette flaque dans la boue avec ces souches pourries, c'était mélancolique et dramatique absolument comme Ruysdaël, comme Jules Dupré. Voici un petit croquis de Veen[1].

Tu m'as écrit à propos de Liebermann : son coloris consiste en des tons gris-ardoise, avec des transitions vers le brun principalement vers le jaune-gris. Je n'ai jamais rien vu de lui, mais maintenant que je vois la nature ici, je

1. Le « Veen », en Hollande, désigne à la fois la tourbe et la tourbière. On dira : le Veen, dans le sens où l'on dit la lande, la dune, la plaine.

saisis parfaitement comment il en arrive à cela logiquement. Les objets me font aussi souvent songer à Michel par leurs couleurs ; tu sais que chez lui aussi, le ciel est gris (quelquefois gris-ardoise), la terre brune avec des jaunes gris. C'est tout à fait vrai et conforme à la nature.

Il y a des effets Jules Dupré ; certainement, il y en a, mais par un temps d'automne, c'est exactement pareil à ce que tu écris de Liebermann. Si je trouve ce que je cherche – et pourquoi ne le trouverais-je pas – je ferai à coup sûr souvent la même chose dans la même gamme.

Bien entendu, pour voir de cette façon, il ne faut pas regarder la couleur locale isolément, mais considérer cette couleur locale par rapport au ton du ciel.

Ce ciel est gris, toutefois si lumineux que notre blanc *pur* ne peut peut-être pas en rendre la lumière et l'éclat. Que si le ciel, sur la toile, est déjà gris, restant ainsi inférieur de loin à la puissance de la nature, combien plus encore ne faudra-t-il pas, pour rester logique, baisser de quelques tons les bruns et les gris-brun.

Il me semble que si on analyse un instant ceci de cette façon, cela paraît tellement normal qu'on peut difficilement comprendre qu'on ne l'ait pas toujours vu de cette façon.

Mais c'est la couleur locale d'un champ vert ou d'une bruyère rousse, considérée isolément, qui induit si facilement quelqu'un en erreur (331).

Tu as été mêlé à quelques événements que je ne juge pas indifférents. Mieux, et d'une autre façon que la plupart, tu as lu les livres de Zola, que je trouve les meilleurs traitant de l'époque actuelle.

Tu m'as dit un jour : « Je suis comme cette personne de Pot-bouille », j'ai dit : non. Si tu étais *tel*, tu ferais bien d'entrer dans une nouvelle affaire, mais tu es plus enfoncé que lui, et je ne sais pas si « au fond » tu es un homme d'affaires, « au fond des fonds », je vois en toi l'artiste, le véritable artiste.

Tu as eu des expériences sentimentales, que tu n'as pas

cherchées, qui ont laissé des traces en toi ; voilà que les choses se passent comme elles se passent, pourquoi ? Où vas-tu ? est-ce le nouveau début d'une carrière analogue ? Je crois décidément que non, c'est plus profond que cela. Tu dois changer, mais c'est une régénération totale, non pas une répétition de la même chose. Tu ne t'es pas trompé dans le passé, non étant donné le passé, tu devais être comme tu as été, ce passé est droit. S'ensuit-il que ce n'était *pas* simplement une préparation générale, des fondations, un dégrossissement, et pas encore la vraie solution ? Pourquoi *cela* n'en résulterait-il pas ? Il me semble que c'est précisément tout cela.

Je crois que les choses parlent si puissamment d'elles-mêmes qu'il me paraît impossible de te dire autre chose qu'une lapalissade ; même à tes propres yeux.

Il est en outre assez curieux à mon sens que, précisément ces jours-ci, il s'est opéré en moi un changement. Que je suis précisément maintenant, dans une atmosphère qui m'exalte si puissamment, qui ordonne, règle, raffermit, rénove et agrandit mes pensées, au point que j'en suis complètement possédé. Et que je puisse t'écrire plein des sentiments que cette triste bruyère solitaire fait naître en moi. Précisément à ce moment, je sens en moi le début de quelque chose de meilleur. Une chose qui n'y est pas encore, mais je vois pourtant dans mon œuvre des choses que récemment je n'y avais pas encore mises. La peinture me devient plus facile, je sens l'envie de m'attaquer à un tas de choses que j'ai omises jusqu'ici. Je sais que cela coïncide avec une indécision des circonstances telle qu'il n'est guère certain que je puisse rester ici. Il est possible que par les circonstances provenant de ton côté, les choses prennent un autre tour. Mais je le regretterais beaucoup, encore que je prendrais le tout avec calme.

Mais je ne puis m'empêcher de me présenter l'avenir comme ne se composant pas seulement de moi seul, mais de toi et moi, peintres et collaborateurs, camarades, dans ce petit pays de tourbe (333).

J'aimerais mieux gagner comme peintre cent cinquante francs par mois que mille cinq cents francs par mois par d'autres moyens, même comme marchand de tableaux. Je crois bien que je pourrais apprendre mon métier à Paris aussi bien qu'ici dans la bruyère; en ville j'aurais l'occasion d'apprendre encore quelque chose des autres, de profiter de leur expérience, et cela ne m'est pas du tout indifférent; par ailleurs, en travaillant ici, je crois aussi pouvoir progresser, même sans voir d'autres peintres (335).

Je connais de deux personnes le combat qui se livre en elles : « je suis peintre », et « je ne suis pas peintre ». De Rappard et de moi-même. Une lutte effrayante quelquefois, une lutte qui est justement la différence entre nous et certains autres qui prennent les choses moins au sérieux; pour nous-mêmes, c'est quelquefois très dur; après une crise de mélancolie, un peu de lumière, un peu de progrès; certains autres ont moins à lutter, travaillent peut-être plus facilement, mais aussi le caractère de l'individu se développe moins.

Tu aurais aussi cette lutte à subir[1], et je te le dis : sois intimement persuadé que tu cours le risque d'être ébranlé par des gens qui, sans aucun doute, auront les meilleures intentions du monde.

Si quelque chose au fond de toi te dit : « Tu n'es pas peintre », *c'est alors qu'il faut peindre*, mon vieux, et cette voix-là aussi se taira, mais seulement par ce moyen; celui qui, ressentant cela, s'en va chez ses amis et leur conte ses peines, celui-là perd un peu de son énergie, un peu de ce

---

1. Théo ayant des difficultés avec la maison Goupil où il travaille, a parlé dans une lettre d'un vague projet de faire de la peinture. Vincent écrit alors plusieurs fois à son frère pour le persuader d'abandonner définitivement la profession de marchand et de se consacrer tout entier à la peinture, ce qui les rapprocherait l'un de l'autre. Il établira même dans les plus petits détails matériels un plan de vie commune, basé sur un emprunt d'argent à son logeur, à Drenthe, sans mettre en doute qu'il le leur accorderait.

qu'il y a de meilleur en lui. Seuls peuvent être tes amis ceux qui, eux-mêmes, luttent là-contre, ceux qui, par l'exemple de leur propre activité stimulent ce qu'il y a d'actif en toi. Il faut se mettre à l'œuvre avec un aplomb, une certaine conscience que ce qu'on fait est conforme à la raison, comme le paysan guide sa charrue ou comme notre ami qui, sur mon petit croquis, herse son champ et le herse lui-même. Si on n'a pas de cheval, on est son propre cheval, c'est ce qu'une masse de gens font ici.

Il y a un mot de Gustave Doré que j'ai toujours trouvé fort beau : *J'ai la patience d'un bœuf.* Je vois là-dedans à la fois quelque chose de bien, une certaine honnêteté résolue, enfin ce mot contient beaucoup de choses : c'est un vrai mot d'artiste. Quand on songe à des gens dont l'esprit conçoit des choses de ce genre, il me semble que des raisonnements comme ceux que l'on n'entend que trop chez les marchands de tableaux à propos d'« artistes doués », sont un si affreux croassement de corbeau. *J'ai la patience*, comme c'est calme, comme c'est digne ; peut-être on ne le dirait pas si justement s'il n'y avait tout ce croassement de corbeaux.

Je ne suis pas un artiste, – comme c'est grossier, – même de le penser de soi-même, – pourrait-on ne pas avoir de la patience, ne pas apprendre de la nature à avoir de la patience, à avoir de la patience en voyant silencieusement lever le blé, croître les choses, – pourrait-on s'estimer une chose si absolument morte que de penser qu'on ne puisse même plus croître ? Est-ce que l'on songerait à contrarier intentionnellement son développement ? Je dis cela pour montrer combien je trouve sot de parler d'artistes doués ou non doués.

Mais si l'on veut croître, il faut s'enfoncer dans la terre. Je te dis donc : plante-toi dans la terre de Drenthe, tu y germeras, ne te dessèche pas sur le trottoir.

Il y a des plantes qui croissent dans les villes, me diras-tu, soit, mais tu es blé et ta place est dans un champ de blé…

Je n'imagine pas te dire quelque chose de neuf, pas le moins du monde, je demande seulement que tu n'ailles pas à l'encontre des meilleures pensées que tu aies en propre (336).

Songe à Barbizon, cette histoire est sublime. Quand ils y vinrent ceux qui les premiers y firent leurs débuts, étaient loin de laisser voir tout ce qu'ils étaient vraiment au fond. Le pays les a formés ; ils n'avaient qu'une certitude : on ne peut rien faire de bon en ville, il faut aller à la campagne, ils pensaient, je le suppose ; il faut que j'apprenne à travailler, que je devienne tout à fait différent de ce que je suis pour l'instant, oui, quelque chose d'opposé à ce que je suis. Ils se disaient : ce que je fais ne vaut rien, je vais me renouveler dans la nature.

Du moins, je raisonne ainsi pour moi, et s'il fallait que j'aille à Paris, – et devrais-je même trouver là-bas quelque chose à faire, – je trouve mon avenir infiniment meilleur ici. Ce qui m'attire le plus vers Paris, ce qui me ferait faire le plus de progrès, c'est d'être avec toi, d'avoir des discussions avec quelqu'un qui sait ce que c'est qu'un tableau, qui comprend ce que la recherche a de sensé. Je trouve Paris très bien, parce que tu es à Paris et *même* là, cela irait mieux si, de cette façon, j'étais moins seul.

Allons mon vieux, viens peindre avec moi dans la bruyère, les champs de pommes de terre, viens donc galoper avec moi derrière la charrue et le berger, viens avec moi voir les feux, prendre un bain d'air pur dans la tempête qui souffle sur la bruyère. Viens te mettre au vert. Je ne connais pas l'avenir, s'il faut en attendre du changement ou non, ou si nous aurons le vent avec nous, mais je ne puis, en tout cas, parler autrement ; ce n'est pas à Paris, ce n'est pas en Amérique qu'il faut chercher, tout est éternellement pareil. Change, en effet, mais c'est dans la bruyère qu'il faut chercher (339).

J'aimerais te parler un peu d'une promenade à Zweeloo le village où Liebermann a longtemps habité et fait des études pour son tableau du dernier Salon, avec les lavandières. Où Termeulen et Jules Bakhuijzen ont aussi longtemps séjourné. Imagine-toi une promenade à travers la bruyère, le matin à trois heures, dans une charrette découverte (j'accompagnais le bonhomme chez qui je loge et qui se rendait au marché de Assen). Par le chemin, – une « diek » comme on dit ici, – sur lequel, pour le remblayer, on avait jeté de la boue au lieu de sable. C'était encore plus drôle que dans la barque. Quand il commença à faire un peu clair et que les coqs se mirent à chanter autour des chaumières dispersées dans la bruyère : les quelques petites maisons devant lesquelles nous passions, entourées de peupliers dépouillés dont on entendait tomber les petites feuilles jaunes ; – une vieille tour tronquée dans un petit cimetière limité par une levée de terre et une haie de champs de blé ; – tout, tout, tout devint exactement pareil aux plus beaux Corot. Un calme, un mystère, une paix, comme lui seul a peint.

Il faisait encore pourtant tout à fait nuit quand nous sommes arrivés à Zweeloo, à six heures du matin ; j'ai vu les vrais Corot, encore plus tôt à l'aube.

Notre entrée dans le village fut cependant tellement belle. Les toits de mousse immenses des maisons, des écuries, des étables, des granges.

Ici les habitations sont très grandes parmi des chênes d'un bronze superbe. Dans la mousse, des tons d'un vert-or, sur le sol, d'un sombre lilas-gris tirant sur le rouge, le bleu, ou le jaune, des tons d'une pureté inexprimable dans le vert des petits champs de blé, des tons noirs sur les troncs humides contrastant avec la pluie d'or des feuilles d'automne, tournoyantes et bruissantes qui, comme des perruques défaites sur lesquelles on aurait soufflé, pendaient aux branches des peupliers, des bouleaux, des tilleuls, des pommiers, à peine attachées et laissant même passer la lumière du ciel.

Un ciel sans aucune tache, lumineux, pas blanc, mais d'un lilas défiant l'analyse, du blanc dans lequel on voit courir du rouge, du bleu, du jaune, un ciel qui reflète tout et que l'on sent partout au-dessus de soi, qui est vaporeux et s'accorde avec la légère brume d'au-dessous.

Tout se résout dans une gamme de gris exquis. Néanmoins je n'ai pas trouvé à Zweeloo un seul peintre ; les gens m'ont d'ailleurs dit qu'il n'en venait jamais en hiver.

J'espère justement, moi, y être l'hiver prochain. Puisqu'il n'y avait pas de peintres, je décidai de rentrer à pied et de dessiner un peu en cours de route, au lieu d'attendre le retour de mon propriétaire. Je me suis mis à faire un petit croquis du fameux verger de pommiers dont Liebermann fit son grand tableau. Ensuite, je repris le chemin que nous avions fait tôt le matin.

. . . .

Je passai près d'une petite église exactement *l'Eglise de Gréville* du petit tableau de Millet au Luxembourg ; ici, au lieu du petit paysan du tableau avec sa bêche, il y avait un berger avec un troupeau de moutons près de la haie. Dans le fond, on n'apercevait pas la mer, mais une mer de jeune blé, une mer de sillons au lieu de celle des vagues.

L'*effet produit*, – le même. Je vis alors des laboureurs très occupés, – une charrette de sable, des bergers, des hommes travaillant à la route, des tombereaux à engrais. Je dessinai dans une petite auberge au bord de la route une petite vieille occupée à son rouet, un petit personnage noir comme sorti d'un conte de fées, – petit personnage noir devant une fenêtre claire, par laquelle on voyait le ciel clair et un sentier à travers le vert exquis des champs et quelques oies qui becquetaient de l'herbe.

Quand ensuite le crépuscule tomba, représente-toi le silence, la paix de cet instant. Représente-toi à cet instant une petite allée de hauts peupliers avec leurs feuilles d'automne, représente-toi un large chemin de boue, entièrement de boue noire avec à droite la bruyère à l'infini, à gauche la bruyère à l'infini, les noires silhouettes triangulaires de quelques chaumières en mottes d'herbe à travers les fenêtres desquelles luit la lumière rouge du feu, – quelques flaques d'une eau jaunâtre et sale qui reflètent le ciel, dans lesquelles pourrissent des troncs de tourbe ; représente-toi cet amas de boue, le soir, au crépuscule, avec, au-dessus, un ciel blanchâtre, tout par conséquent noir sur blanc. Et, parmi cet amas de boue, un personnage hirsute, le berger, une troupe de choses en forme d'œuf, mi-laine, mi-boue qui se bousculent en masse, se pressent, – le troupeau.

Tu le vois arriver – tu restes au milieu – tu te retournes et le suis. Il avance difficilement et de mauvais gré sur le chemin boueux. Mais voilà dans le lointain la ferme, quelques toits de mousse et des tas de paille et de tourbe entre les peupliers.

La bergère aussi est une silhouette presque triangulaire, toute sombre. La porte est large ouverte. Derrière, par les interstices des planches, luit encore la clarté du ciel.

Toute la caravane de laine et de boue disparaît en masse dans cette caverne, une fois à l'intérieur, le berger et une femme tenant une lanterne referment la porte hermétiquement.

Le retour du troupeau dans le crépuscule est le final de la symphonie que j'ai entendue hier.

Ce jour se passa comme un rêve, j'ai été tellement plongé toute la journée dans cette musique poignante que j'en avais littéralement oublié le boire et le manger. J'avais pris une miche de pain de paysan et une tasse de café dans la petite auberge où j'avais dessiné la femme au rouet. Le jour avait fui et, depuis l'aube jusqu'au crépuscule, ou plutôt de l'une à l'autre nuit, je m'étais perdu dans cette symphonie.

Je rentrai à la maison et en m'asseyant devant le feu, je me rendis compte que j'avais faim et je constatai que j'avais étonnamment faim… Mais voilà comment il en va ici. On a absolument la même impression qu'à une exposition des *Cent Chefs-d'Œuvre*, par exemple. Qu'est-ce qu'on rapporte d'une journée comme celle-là ? Rien qu'une quantité de croquis. Tout de même, on rapporte autre chose : un tranquille désir de travailler (340).

NUENEN (décembre 1883 - novembre 1885).

L'isolement est chose assez pénible, on se sent comme en prison. Je ne puis pourtant pas encore affirmer jusqu'à quel point cela avancera mes affaires. Ce que, d'ailleurs, tu ne fais pas davantage.

Pour ma part, je me trouve souvent mieux que dans le monde civilisé, parmi les gens qui ignorent jusqu'au mot d'isolement, par exemple les paysans, les tisserands. C'est bien heureux pour moi. Ainsi, pendant que je suis ici, je me suis intimement mêlé aux tisserands (351).

Ecris-moi si tu veux de façon un peu plus détaillée à propos de l'exposition Manet, dis-moi les tableaux qui s'y trouvent. J'ai toujours trouvé Manet très original. Connais-tu l'article que Zola a écrit sur lui ? Je regrette de n'avoir vu de lui que quelques rares peintures. J'aimerais surtout voir ses nus.

Je ne trouve pas exagéré que certains – Zola, par exemple, – en sont *emballés*, quoique, pour ma part, je ne trouve pas du tout qu'il puisse être rangé parmi les tout premiers de ce siècle. Mais c'est un talent qui *a très certainement* sa « raison d'être », et c'est déjà beaucoup. L'article que Zola a écrit sur lui se trouve dans *Mes Haines*.

Je ne puis, quant à moi, être d'accord avec Zola quand il *conclut* comme si Manet était un homme qui ouvre en somme un nouvel avenir aux conceptions modernes en art. Pour moi, ce n'est pas Manet, c'est Millet, le peintre essentiellement moderne grâce à qui l'horizon s'est ouvert devant beaucoup (355).

J'ai beaucoup pensé à toi, ces jours-ci, à cause notamment d'un petit livre qui vient de toi et que m'a prêté van

L. : les poèmes de François Coppée. Je n'en connaissais que quelques-uns et ils m'ont déjà frappé dans le temps.

C'est un de ces vrais artistes – *qui mettent leur peau* – ce qui est visible par plus d'une émouvante confidence.

D'autant plus artiste qu'il est frappé par tant de choses très différentes, et qu'il sait peindre aussi bien une salle d'attente pleine d'émigrants de 3e classe qui y passent la nuit, – tout cela gris et sombre et mélancolique, – et dessiner quand même dans une tout autre atmosphère une petite marquise qui danse le menuet, aussi élégante qu'un personnage de Watteau (357).

Après avoir lu ta lettre au sujet des dessins, je t'ai immédiatement envoyé une aquarelle d'un tisserand et cinq dessins à la plume. Pour ma part, je le dirai franchement, je crois vrai ce que tu dis, que mon travail doit s'améliorer, mais aussi, je crois que ton énergie pour en tirer parti pourrait être un peu plus marquée.

Tu n'as *jamais rien vendu* de moi, peu ou prou, et tu ne l'as *pas encore essayé, en réalité.*

Tu vois, je ne me *fâche pas*, mais il est tout à fait inutile de nous payer de mots. Je finirais tout de même par renâcler.

De ton côté aussi, continue à parler *franchement.*

Question de savoir si c'est vendable ou invendable, c'est une vieille scie, et je ne suis pas du tout disposé à laisser mon énergie s'user dessus.

En guise de réponse, tu le vois, je te fais parvenir quelques nouveaux travaux et je continuerai très volontiers à t'en envoyer, on ne peut plus volontiers.

Seulement, il faut une bonne fois dire franchement, je préfère, si tu crois pouvoir t'en occuper par la suite ou si ta dignité ne le permet pas. Abstraction faite du passé, je me trouve devant l'avenir et, réserve faite de ce que tu en penses, je suis tout à fait décidé à lui donner bonne figure.

Il faut aussi que je me débrouille, Théo, et en ce qui te concerne, je suis encore au même point qu'il y a quelques années ; ce que tu dis de mon travail actuel (« presque vendable, mais… »), c'est *à peu près textuellement la même chose que ce que tu m'écrivais quand je t'envoyais mes premiers croquis brabançons de Etten.*

C'est pourquoi je dis que c'est une vieille scie. Et quand je réfléchis, je prévois que tu diras toujours la même chose ; mais si, jusqu'à présent, je me suis presque systématiquement interdit de faire des démarches auprès des marchands, je vais changer de tactique et essayer activement de trouver des amateurs pour mes ouvrages.

J'ai peint la petite église et de nouveau un tisserand. Les études de Drenthe sont-elles donc si franchement mauvaises ? Je n'ai pas fort envie de t'envoyer les études peintes ici, non, ce n'est pas la peine, tu pourras les voir si peut-être tu viens au printemps.

Oui, que dois-je penser de ce que tu dis de mon travail ? Par exemple, parlons donc de mes études de Drenthe. Il y en a qui sont très superficielles, je l'ai dit moi-même ; mais qu'est-ce que je prends pour celles qui sont simplement peintes à l'extérieur, calmement, posément, où je n'essaie pas *d'exprimer autre chose que ce que j'ai vu*, qu'est-ce que je prends ! Est-ce que tu n'es pas trop obsédé par Michel ? (Je pense ici à l'étude de la chaumière dans l'obscurité, et à la plus grande des huttes en mottes d'herbe, notamment à celle avec le petit champ vert à l'avant-plan.) Tu diras sans doute exactement la même chose du vieux cimetière.

Et pourtant, ni pour le cimetière, ni pour les chaumières, je n'ai songé à Michel, j'ai pensé au sujet qui était devant mes yeux (358).

Je trouve très important ce que tu écris au sujet du Salon. Ce que tu dis de Puvis de Chavannes me fait *énormément* plaisir du fait que tu voies son œuvre de cette façon ; je partage absolument ton avis sur son talent.

En ce qui concerne les coloristes, il en va, au fond, de même pour moi que pour toi. Je puis m'intéresser beaucoup à un Puvis de Chavannes, cela n'empêche que je ressentirais la même chose que toi devant un paysage de Mauve avec des vaches et devant les tableaux de Maris et d'Israels.

Pour ce qui est de ma propre couleur, tu ne trouveras

pas dans mon œuvre d'ici, des tons argentés, mais plutôt des tons bruns (par exemple du bitume et du bistre) ; je ne doute pas que certains m'en tiendront rigueur. Mais tu verras bien toi-même, quand tu viendras, ce qui en est.

Il me semble que les gens de Nuenen sont meilleurs en général que ceux de Etten ou de Helvoirt ; il y a ici plus de sincérité, c'est, du moins, mon impression, maintenant que j'y vis depuis quelque temps.

On a bien un peu ici la mentalité d'un « dominée »[1] mais d'une manière telle que je m'en accommode assez facilement.

La réalité est parfois très près du Brabant qu'on a *rêvé.*

Je dois avouer que je reprends fortement goût à mon premier plan, tombé à l'eau, celui de me fixer en Brabant (368).

Je t'écris au sujet d'un passage de *Les artistes de mon temps* de Charles Blanc.

« Trois mois environ avant la mort d'Eug. Delacroix, nous le rencontrâmes dans les galeries du Palais-Royal, sur les dix heures du soir, Paul Chenavard et moi. C'était au sortir d'un grand dîner où l'on avait agité des questions d'art, et la conversation s'était prolongée entre nous deux sur le même sujet, avec cette vivacité, cette chaleur, que l'on met surtout aux discussions inutiles. Nous en étions à la couleur, et je disais :

« "Pour moi, les grands coloristes sont ceux qui ne font pas le ton local", et j'allais développer mon thème lorsque nous aperçûmes Eugène Delacroix dans la galerie de la Rotonde.

« Il vint à nous en s'écriant : je suis sûr qu'ils parlent peinture. En effet, lui dis-je, j'étais sur le point de soutenir une proposition qui n'est pas, je crois, un paradoxe, et dont vous êtes, en tout cas, meilleur juge que personne ; je disais que les grands coloristes ne font pas le ton local, et avec vous je n'ai besoin sans doute d'aller plus loin.

1. Pasteur protestant.

« Eugène Delacroix fit deux pas en arrière, selon son habitude en clignant des yeux : “Cela est parfaitement vrai, dit-il, voilà un ton par exemple (il montrait du doigt le ton gris et sale du pavé) eh bien, si l'on disait à Paul Véronèse : peignez-moi une belle femme blonde dont la chair soit de ce ton-là, il la peindrait, et la femme *serait une blonde dans son tableau.”* »

A propos de « couleur pauvre », il ne faut pas, à mon sens, considérer les couleurs d'un tableau en elles-mêmes ; une « couleur pauvre » peut très bien exprimer le vert très tendre et frais d'une prairie ou d'un champ de blé quand par exemple, elle est soutenue par un brun-rouge, un bleu sombre ou un vert-olive.

Je ne renonce pas à croire que De Bock, qui a baptisé certaines couleurs « snotkleurtjes » (enfants pauvres, mal mouchés) ne contredirait pas, dans le fond, ce qui précède, car je lui ai entendu dire un jour que, dans certains tableaux de Corot, dans les ciels du soir par exemple, il y avait des tons qui étaient très *lumineux* sur le tableau et qui, considérés en eux-mêmes sont *des tons grisâtres relativement sombres.*

On t'écrira bientôt de la maison pour te remercier de ta lettre.

Mais, pour en revenir encore à cette question que l'on pourrait avec une sale petite couleur comme le gris des pavés, peindre un ciel au crépuscule ou une femme blonde, quand on l'approfondit, on voit qu'elle se dédouble.

Car, d'abord, il y a ceci :

Une couleur sombre peut paraître ou plutôt *faire clair*, ceci, au fond, est encore plus une question de ton.

Mais alors, pour ce qui est de *la couleur* proprement dite, un rouge-gris, relativement peu rouge, paraîtra plus ou moins rouge, selon les couleurs qui voisineront.

Ainsi du bleu et ainsi du jaune. Il suffit de mettre un tout petit peu de jaune dans une couleur pour la faire devenir très jaune, quand on met cette couleur dans ou à côté d'un violet ou d'un lilas.

Je me souviens comment quelqu'un s'efforçait de rendre

un toit rouge sur lequel donnait la lumière, au moyen de vermillon et de jaune chrome etc. Ça ne marchait pas.

Jaap Maris l'a fait dans plus d'une aquarelle en glaçant légèrement avec de l'ocre rouge une couleur qui était rougeâtre. Et cela rendait parfaitement la lumière du soleil sur les toits rouges. Si j'en ai le temps, je te transcrirai encore un passage du bouquin sur Delacroix traitant des lois auxquelles les couleurs sont toujours assujetties. J'ai pensé plus d'une fois que, lorsqu'on parle de la couleur, on veut dire en réalité le ton. Et peut-être y a-t-il actuellement plus de tonalistes que de coloristes. Ce n'est pas la même chose, quoique cela puisse très bien aller de pair (370).

J'ai lu avec beaucoup de plaisir *Les maîtres d'autrefois* de Fromentin. J'ai trouvé *traitées* dans ce livre à divers endroits les mêmes questions qui me préoccupaient beaucoup ces temps derniers et auxquelles je songe continuellement, justement depuis la fin de mon séjour à La Haye où j'ai entendu répéter ce qu'Israels avait dit sur le fait de commencer dans une tonalité mineure et de chercher à donner déjà une valeur claire au moyen de tons encore relativement sombres. D'exprimer enfin la lumière par opposition à l'obscurité. Je sais déjà tout ce que tu penses du « trop noir », mais cependant je ne suis pas encore absolument convaincu, pour ne citer qu'un seul exemple, qu'un ciel gris doive toujours être peint dans le ton local. C'est ce que fait Mauve, mais Ruysdaël ne le fait pas, Dupré ne le fait pas. Corot et Daubigny ? ? ?

Ainsi, comme il en est du paysage, il en est de la figure, j'entends qu'Israels peint tout autrement un mur blanc que Regnault ou Fortuny.

Et, par conséquent, la figure fait, par rapport à ce mur, un tout autre effet.

Pour moi, quand je t'entends parler d'un tas de noms nouveaux, je ne saisis pas toujours, si je n'ai absolument *rien* vu d'eux.

D'après ce que tu m'as dit, au sujet de « l'impressionnisme », j'ai bien compris que c'était autre chose que ce que je croyais, mais ce que l'on doit entendre par là, ça n'est pas encore clair pour moi. Mais pour ma part, je trouve chez Israels, par exemple, tant et tant, que j'ai une curiosité ou un attrait très faible pour quelque chose d'autre ou de neuf.

Depuis longtemps déjà, Théo, je suis mécontent que certains peintres actuels nous privent du bistre et du bitume avec quoi on a peint tant de choses magnifiques et qui, bien employés, donnent au coloris de la saveur, de la richesse, de la générosité, tout en étant si distingués. Et qui possèdent des propriétés on ne peut plus remarquables et spécifiques.

Ils exigent aussi, d'ailleurs, qu'on se donne la peine d'apprendre à les employer, car on doit en user autrement qu'avec les couleurs ordinaires, et j'estime qu'il est fort probable que plus d'un est effrayé par les essais qu'il faut faire d'abord et qui, naturellement, ne réussissent pas dès le premier jour où l'on commence à s'en servir.

Il y a maintenant à peu près *un an* que je m'y suis mis, justement pour des intérieurs, mais au début, cela m'a terriblement mal réussi, et malgré tout, j'ai conservé le souvenir de bien belles choses. Tu as mieux que moi l'occasion d'entendre parler de livres d'art. Quand tu rencontres de bons ouvrages comme par exemple le livre de Fromentin sur les peintres hollandais, ou si tu te rappelles de l'un d'eux, n'oublie pas que je désire vivement que tu en achètes quelques-uns en déduction de ce que tu as l'habitude de m'envoyer, pourvu qu'ils traitent de *technique*. J'ai l'intention d'apprendre sérieusement la théorie ; je ne considère pas cela du tout comme inutile, et je crois que souvent ce que l'on sent ou pressent instinctivement, devient clair et certain quand on est guidé dans ses recherches par quelques textes ayant un réel sens pratique.

Lorsque j'entends dire que « dans la nature, il n'y a pas de noir », je songe qu'en réalité le noir n'existe pas non plus, si l'on veut, dans la couleur.

Il ne faudrait surtout pas tomber dans l'erreur de croire que les coloristes n'emploient pas le noir, car il va de soi que, dès que le noir entre en composition avec des éléments bleus, rouges ou jaunes, ceux-ci deviennent gris, soit ici rouge foncé, jaune ou bleu-gris. Je trouve notamment on ne peut plus intéressant ce que Ch. Blanc, dans les *Artistes de mon temps*, dit de la technique de Vélasquez, dont les ombres et les demi-tons consistent la plupart du temps, *en gris froids et incolores*, où le noir et un peu de blanc sont les éléments de base. Sur ce milieu neutre et incolore, le moindre petit nuage, par exemple, est déjà parlant (371).

Mon compte de couleurs est toutefois tel qu'il peut que je ne me lance qu'avec prudence dans de nouvelles choses de plus grand format et d'autant plus que cela me coûtera davantage encore pour les modèles, pourvu que je puisse encore avoir des modèles convenant bien au type que j'ai en tête (des faces rudes, plates, avec le front bas et de grosses lèvres, pas des traits accusés mais pleins et dans le genre de Millet), et vêtus comme je l'ai dans l'idée.

Car tout se tient ici très exactement, et on n'a pas la liberté de s'écarter de la couleur du costume, puisque l'effet réside dans le rapprochement du ton indigo rompu et du ton cobalt rompu, relevés par les éléments cachés orange et brun-roux des blés.

Cela pourrait être quelque chose qui exprime bien l'été ; l'été, à mon avis, n'est pas facile à exprimer ; la plupart du temps, un effet d'été est même souvent, ou impossible, ou laid ; c'est du moins mon impression, mais il y a, par contre, les crépuscules.

Mais il faut dire qu'il n'est pas facile de trouver l'été un effet de soleil qui soit aussi riche, aussi simple et aussi agréable à regarder que les effets caractéristiques des autres saisons.

Le printemps, il y a le jeune blé vert tendre et les pommiers roses en fleurs.

L'automne, il y a le contraste des feuilles jaunes avec les tons violets.

L'hiver, il y a la neige et les petits personnages noirs.

Donc, si l'été il y a l'opposition des bleus avec un élément orange dans le bronze-doré des blés, on pourrait justement faire de cette façon, un tableau qui exprime bien l'atmosphère des saisons, avec tous les contrastes des couleurs complémentaires (rouge et vert, bleu et orange, jaune et violet, blanc et noir) (372).

Je n'ai pas pu donner à ma dernière lettre une autre forme. Mais sache qu'il me semble qu'il s'agit d'un différend inévitable entre toi et moi, plutôt que de quelque chose dont la faute nous incomberait uniquement à nous-mêmes.

Tu dis qu'il y aura bientôt une exposition de l'œuvre de Delacroix. Bien. Tu y verras certainement un tableau : *la Barricade* que je connais uniquement par des biographies de Delacroix. Il a été peint, je crois, en 1848. Tu connais, en outre, une lithographie par de Lemud, je crois ; si elle n'est pas de lui, elle est de Daumier ; elle représente aussi la barricade de 1848. Je voudrais que tu puisses t'imaginer que, toi et moi, nous ayons vécu en cette année 1848, ou une période analogue, car lors du coup d'Etat de Napoléon, il y avait eu encore quelque chose de semblable. Je ne te dirai rien d'irritant, – cela n'a, d'ailleurs, jamais été mon but. – Je veux te faire comprendre dans quelle mesure l'écart qui s'est fait entre nous est en rapport avec les courants généraux qui se produisent dans le monde et qu'ainsi cet écart est tout autre chose qu'une méchanceté délibérée. Suppose donc cette époque de 1848.

Quels étaient ceux qui se trouvaient face à face, que l'on peut prendre comme types de tout le reste ? Guizot, ministre de Louis-Philippe, d'une part, Michelet et Quinet avec les étudiants de l'autre côté.

Je commence par Guizot et Louis-Philippe ; étaient-ils mauvais ou tyranniques ? Pas précisément, c'étaient des gens, d'après ce que je vois, comme par exemple papa et grand-père, le vieux Goupil. Des personnes, enfin, d'aspect extrêmement vénérable, grave et sérieux, mais quand on les regarde un peu plus attentivement et de près, ils ont quelque chose de lugubre, d'inexpressif, de caduc, à tel point même qu'on en deviendrait malade. Est-ce que c'est exagéré ? ? ?

A part les différences de position, même esprit, même caractère. Est-ce que je m'abuse ? ? ?

Prenons maintenant, par exemple, Quinet ou Michelet ou, plus tard, V. Hugo. La différence entre eux et leur adversaire était-elle si formidable ? Oui, mais à voir les choses superficiellement, on ne l'aurait pas dit ; moi-même, *j'ai dans le temps* trouvé également bien un livre de Guizot et un livre de Michelet. Mais dans mon cas, à mesure que j'ai été plus au fond, j'ai vu la différence et la *contradiction*, ce qui est plus.

J'ai vu, enfin, que l'un tourne dans un cercle, perd pied et que, de l'autre au contraire, il demeure quelque chose d'infini. Depuis il s'est passé beaucoup de choses. Mais je tiens pour certain que si toi et moi nous avions vécu *alors*, toi, tu te serais trouvé du côté du Guizot et moi, du côté de Michelet. Et en restant tous deux logiques avec nous-mêmes, nous aurions pu nous trouver avec une certaine tristesse face à face, comme des ennemis, par exemple sur une de ces barricades, toi devant, soldat du gouvernement, moi derrière, révolutionnaire ou rebelle.

Et voici qu'aujourd'hui en 1884 (*par hasard les chiffres sont exactement les mêmes, mais intervertis*), nous nous trouvons de nouveau face à face, encore qu'il n'y ait pas à vrai dire de barricades. Mais il y en a pour les esprits qui ne peuvent se mettre d'accord. « *Le moulin n'y est plus, mais le vent y est encore.* »

Et nous nous trouvons, à mon avis, face à face dans des camps différents, il n'y a rien à y faire.

Que tu le veuilles ou non, *toi*, tu dois continuer, *moi*, je dois continuer. Mais puisque nous sommes des frères, il ne faut pas que nous nous entretuions (au sens figuré).

Quant à nous aider comme deux hommes qui se trouvent côte à côte dans le même camp, c'est impossible, car si nous devions chercher à nous rejoindre, nous risquerions de nous trouver sous le feu de l'autre.

Les mots irritants qui me viennent sont des balles tirées non pas sur toi qui es mon frère, mais bien en général sur le parti dans lequel tu te trouves. Je ne me crois pas non plus directement visé par les mots irritants qui viennent de *toi. Mais tu tires sur la barricade* et tu crois par là avoir du mérite, et il se fait que moi je me trouve derrière elle.

Songe donc un instant à tout ceci, veux-tu, car je ne crois pas que tu puisses trouver beaucoup à y reprendre. Je ne puis pas parler autrement que je ne pense ; c'est à peu de chose près de cette façon qu'il faut voir les choses.

J'espère que tu saisiras ce que je veux dire au figuré.

Ni toi ni moi ne nous occupons de politique, mais nous sommes sur la terre, dans le monde, et les hommes se groupent d'eux-mêmes par catégories.

Est-ce que les nuages en peuvent, *après tout*, d'appartenir à l'un ou l'autre amas d'orage ? S'ils sont porteurs d'électricité positive ou négative ? Il est bien vrai que les hommes ne sont pas des nuages. En tant qu'individu, on fait partie d'un tout qui constitue l'humanité. Dans cette humanité, il y a des partis. Jusqu'à quel point est-ce la volonté propre, jusqu'à quel point la fatalité des circonstances, qui fait que l'on appartient à l'un ou à l'autre parti opposé ?

Enfin on était alors en 48, nous sommes aujourd'hui en 84 ; *le moulin n'y est plus, le vent y est encore.* Tâche toutefois de savoir pour toi-même de quel côté tu te trouves réellement, comme j'essaie de le savoir pour moi-même (379).

Les jeunes de *maintenant* ne veulent *pas entendre* parler de *moi* ; très bien, *cela ne me touche pas ; et* en tant qu'homme, *et* en tant que peintre, la génération des environs de 48 m'est plus chère que celle de 84, mais en ce qui concerne 48, *non pas* les Guizot, mais les *révolutionnaires, Michelet, et aussi les peintres paysans de Barbizon* (380).

Rappard est encore toujours ici et y restera encore bien une semaine car le travail lui réussit à merveille.

Il fait des fileuses et différentes études de têtes ; il a déjà fait une dizaine d'études que je trouve toutes belles.

Nous avons beaucoup parlé de l'impressionnisme ; je *crois* que c'est là dedans que tu rangerais son travail. Mais ici, en Hollande, il est difficile de comprendre ce que l'impressionnisme veut dire en réalité.

Mais cela nous intéresse beaucoup, et moi et lui aussi, de savoir ce que représente la tendance actuelle. Il est certain que des conceptions nouvelles imprévues sont en train de se former. Que l'on commence à peindre dans un tout autre ton qu'il y a quelques années. Ce que j'ai fait en dernier lieu est une étude d'une allée de peupliers avec les feuilles d'automne jaunes où le soleil fait de-ci de-là parmi les feuilles tombées sur le sol, des taches éblouissantes alternant avec les ombres portées des troncs d'arbres.

Au bout du chemin, il y a une petite maison de paysans et le ciel bleu par là-dessus entre les feuilles.

Je crois que dans un an, en passant cette année encore à peindre beaucoup et sans interruption, j'aurai encore beaucoup changé ma manière et ma couleur, et que je l'aurai rendue encore un peu plus sombre que plus claire (383).

Tu es tout à fait dans le vrai quand tu dis que « j'arriverai mieux à une réalisation si je fais de bons tableaux plutôt que de discuter de questions révolutionnaires ».

Je trouve même cela tellement vrai que, pendant que tu écrivais ceci, j'ai justement fait une nouvelle démarche ayant directement pour but de me faire faire des progrès, en demandant justement de pouvoir encore peindre quelques études à l'atelier de Mauve.

Tu continues la phrase ci-dessus de ta lettre en me demandant : « si je puis peut-être te procurer de nouveaux éléments au sujet des réformes à apporter dans le commerce d'art ».

Veux-tu que je t'en conseille une dans ton intérêt et dans le mien propre ? Laisse là les généralistes, appuie ma démarche auprès de Mauve et de Tersteeg.

Que tu m'aides à remonter le courant et en gagnant de

l'argent, non seulement en envoyant de l'argent, mais aussi par ton influence et une plus étroite collaboration, et une amitié d'un meilleur aloi. J'ai en moi assez de force pour pouvoir réaliser quelque chose et aussi gagner de l'argent.

Et alors, comme tu le dis toi-même, si je fais des progrès dans ma peinture et si j'arrive à avoir une bonne position indépendante, je vaudrai plus que maintenant. Alors, c'est-à-dire donc plus tard, quand cela ira un peu mieux pour moi, j'essaierai bien volontiers de te donner des nouveaux éléments pour cette question de réforme du commerce ; j'ai bien là-dessus, en effet, mes idées qui résultent de mon expérience propre sur ce qui empêche les peintres de faire des progrès et je connais quelle sorte de choses rendent la vie des peintres parfois insupportable (384).

Je ne puis me soucier de ce que les gens pensent de moi, il faut que j'aille de *l'avant*, c'est à cela que je dois penser (388).

Il fait triste dehors, les champs sont une véritable marnière de blocs de terre noire avec un peu de neige, et souvent des journées où ce n'est que brume et que boue, le soir, le soleil rouge, et le matin, des corbeaux, de l'herbe desséchée et de la verdure flétrie qui pourrit, des bosquets noirs, et les branches des peupliers et des saules hérissées sur un ciel triste, comme un amas de fils barbelés. Ceci, je ne le vois qu'en passant, mais c'est tout à fait en harmonie avec les intérieurs très sombres par ces obscures journées d'hiver.

C'est aussi en harmonie avec la physionomie des paysans et des tisserands. Je n'entends pas se plaindre ces derniers, mais ils ont la vie rude. Mettons qu'un tisserand qui travaille dur fasse une pièce de soixante aunes en une semaine. Pendant qu'il tisse, il faut qu'une femme bobine pour lui, c'est-à-dire qu'elle enroule le fil sur les fuseaux ; ils sont donc *deux* à travailler et à devoir vivre de ce travail. Sur cette pièce, le tisserand en cette semaine gagne net par exemple quatre florins et demi, et quand il la porte au fabricant, il s'entend souvent dire à présent qu'il ne recevra seulement une nouvelle pièce à tisser que dans huit ou quinze jours. Donc, non seulement le salaire est bas, mais le travail plutôt rare. Aussi, ces gens sont-ils souvent nerveux et inquiets. C'est un autre état d'esprit que celui que j'ai connu chez les « charbonniers » (mineurs), une année où il y eut des grèves et beaucoup d'accidents (392).

Je trouve que, quand on a essayé attentivement de découvrir les maîtres, on les retrouve tous à certains moments au fond de la réalité. Je veux dire qu'on voit aussi dans la réalité ce qu'on appelle leurs *créations*, à mesure que l'œil, le sentiment deviennent semblables aux leurs. Et je crois aussi que, si les critiques ou les connaisseurs étaient plus familiarisés avec la nature, leur faculté de juger serait meilleure que maintenant qu'ils n'ont que la routine de vivre parmi les tableaux et de faire des comparaisons entre ceux-ci. Ce qui est en soi est excellent, mais on manque de base solide si l'on se met à oublier que la nature existe et si l'on n'approfondit pas.

Si plus tard je fais quelque chose de plus beau, je ne travaillerai en tout cas pas *autrement* que maintenant, je veux dire que ce sera la même pomme, mais qu'elle sera plus mûre ; je ne varierai même pas sur ce que j'ai pensé dès le début. Et c'est la raison pour laquelle je dis à mon sujet : si je ne vaux rien, maintenant, je ne vaudrai pas davantage plus tard, mais si je vaux quelque chose plus tard, c'est que je vaux aussi quelque chose maintenant. Car le blé est le blé, même si les citadins le prennent au début pour de l'herbe, et de même inversement.

En tous cas, si les gens trouvent bon ou pas bon ce que je fais, et comment je le fais, pour ma part je ne vois pas d'autre parti que de lutter avec la nature aussi longtemps qu'il le faudra pour qu'elle me confie son secret.

Je suis toujours en train de travailler à diverses études de têtes et de mains (393).

Je suis toujours à la recherche du bleu. Les figures de

paysans, ici, en règle générale, sont bleues. Dans le blé mûr, ou se détachant sur les feuilles sèches d'une haie de hêtres, de sorte que les nuances dégradées de bleu sombre et de bleu clair reprennent de la vie et se mettent à parler en s'opposant aux tons dorés ou aux bruns rouges, cela, c'est très beau, et dès le début, j'en ai été impressionné. Les gens d'ici portent aussi instinctivement des vêtements du plus beau bleu que j'aie jamais vu.

C'est du drap rude qu'ils tissent eux-mêmes, le fil de chaîne est noir, la trame bleue et cela donne des dispositions lignées de noir et de bleu. Quand ces étoffes passent de ton et sont décolorées par le temps et la pluie, elles prennent un ton fin extrêmement doux, bien fait pour relever les couleurs de la chair. Un ton tout juste assez bleu pour réagir sur toutes les couleurs dans lesquelles il y a des éléments cachés d'orange, et assez décoloré pour ne pas faire hurler.

Mais ceci est une question de couleur, et la question de forme m'importe encore plus au point où je me trouve actuellement. Pour exprimer la forme, il me semble que l'on y arrive le mieux avec un coloris presque monochrome dont les tons diffèrent principalement en intensité et en valeur. Par exemple « La Source », de Jules Breton, est peinte presque en une seule couleur.

Mais il importe d'étudier chaque couleur en elle-même en fonction de ses oppositions avant qu'on puisse être tout à fait certain de rester harmonieux (394).

On croit que j'imagine – ce n'est pas vrai – je me souviens[1], disait quelqu'un qui savait composer magistralement.

En ce qui me concerne, je ne puis *montrer* encore aucun tableau, à la rigueur encore aucun *dessin.* Mais ce que je fais bien, ce sont des études, et c'est bien pourquoi je puis très bien m'imaginer qu'il me sera un jour aussi possible de composer très rapidement. Et d'ailleurs, il est difficile de dire où finit l'étude et où commence le tableau (396).

1. En français dans le texte.

Il y a des gens qui protègent des peintres à une époque où ils ne le méritent pas encore. Bien.

Mais que de fois n'arrive-t-il pas que cela finit mal, chose désagréable pour les deux personnes en cause. D'une part, parce que le protecteur est désappointé d'avoir dépensé de l'argent qui est, ou du moins semble s'être évanoui en fumée. D'autre part, parce que le peintre croit pouvoir exiger plus de confiance, plus de patience et de marques d'intérêt qu'on ne veut lui en donner. Mais dans la plupart des cas, c'est à cause de la nonchalance qu'il y a des deux côtés que les malentendus surgissent.

Je veux croire que ce ne sera pas le cas entre nous.

Et je veux croire que, petit à petit, mes études te mettront toujours un peu plus de courage au cœur. Ni toi ni moi ne sommes contemporains de cette génération que Gigoux, dans le livre que j'ai reçu de toi, nomme « les vaillants ».

Mais il n'en est pas moins convenable d'après moi de conserver cet enthousiasme-là à notre époque, car tout de même il est souvent vrai que la fortune sourit aux audacieux et quoi qu'il advienne, notamment du bonheur ou de la « joie (?) de vivre », il faut œuvrer et avoir de l'audace si l'on veut vivre réellement.

Et je dis : peignons et produisons en abondance, et *soyons nous-mêmes avec nos défauts et nos qualités* ; je dis « nous » car l'argent qui vient de toi, cet argent que, je le sais, tu as pas mal de peine à gagner pour moi, te donne le droit si quelque chose de bon sort de mon travail, de le considérer comme étant pour moitié ta propre création (399).

Je pense à ce que dit Millet : « *Je ne veux point supprimer la souffrance*, car souvent c'est elle qui fait s'exprimer le plus énergiquement les artistes. »

Quand je dis que je suis un peintre des paysans, c'est bien ainsi en réalité et tu verras mieux par la suite que c'est là que je me sens dans mon milieu. Ce n'est pas pour des prunes que j'ai tant de soirs médité près du feu, chez les mineurs et les tourbiers et les tisserands, sauf quand le travail ne me laissait pas de temps pour la réflexion.

Je me suis si intimement mêlé à la vie des paysans à force de la voir continuellement à toutes les heures du jour, que je ne me sens réellement pas attiré par d'autres idées.

Tu m'écris que l'opinion du public, c'est-à-dire son indifférence envers l'œuvre de Millet, comme tu as eu l'occasion de la constater ces jours-ci à l'exposition, n'est encourageante ni pour les artistes ni pour ceux qui doivent vendre des tableaux. Je suis d'accord avec toi, mais Millet l'a ressentie et connue lui-même. En lisant Sensier, ce qu'il dit du début de sa carrière m'a frappé, je ne me rappelle pas textuellement, mais je me souviens bien du sens et que notamment cette indifférence serait assez dure pour lui s'il sentait le besoin de porter de beaux souliers et s'il avait une vie de château, mais, disait-il, « puisque j'y vais en sabots, je m'en tirerai ». Et c'est d'ailleurs ce qui est arrivé.

Aussi ce que j'espère ne jamais perdre de vue, c'est « qu'il s'agit d'y aller en sabots », je veux dire par là qu'il s'agit d'être content d'avoir le boire, le manger et le dormir et l'habillement, d'être en somme content de ce qu'ont les paysans.

C'est ainsi que faisait Millet et d'ailleurs il *ne désirait pas autre chose*, et c'est ce qui fait qu'à mes yeux il a, *en tant qu'homme*, montré le chemin qu'il faudrait suivre à des peintres qui, eux, ne le montrent pas, comme par exemple Israels et Mauve qui vivent plutôt largement.

Et je le répète : Millet est le « père Millet », c'est-à-dire le conseiller et le guide des jeunes peintres dans tous les domaines. La plupart de ceux que je connais – mais d'ailleurs je n'en connais pas beaucoup – renonceraient à de tels services ; en ce qui me concerne, je pense comme lui et je crois absolument ce qu'il dit. Si je m'étends un peu longuement sur cette parole de Millet, c'est parce que précisément tu écris à ce sujet que, lorsque des *citadins* peignent des paysans, même si leurs personnages sont magnifiquement peints, ils font cependant penser involontairement aux gens des faubourgs parisiens.

J'ai déjà eu aussi cette impression (encore que la femme qui arrache des pommes de terre de B. Lepage constitue une très nette exception, à mon avis), mais cela provient justement de ce que, si souvent, les peintres ne se mêlent pas assez *eux-mêmes* à la vie des paysans. Millet dit autre part, « dans l'art il faut y mettre sa peau ».

De Groux – c'était *là une* de ses qualités – peignait joliment bien les paysans. (Et l'Etat lui demandait de faire de la peinture d'histoire ! Ce qu'il faisait aussi très bien, mais combien il était meilleur quand il pouvait être *lui-même.*)

C'est encore toujours une honte et une perte pour les Belges que De Groux ne soit pas encore apprécié entièrement comme il le mérite. De Groux est un *des bons maîtres du genre Millet.* Mais que le grand public ne l'ait pas reconnu et ne le reconnaisse pas encore et même, s'il reste dans l'ombre comme Daumier, comme Tassaert, il y en a néanmoins – Mellery par exemple, pour ne citer que lui – qui œuvrent de nouveau à présent selon *son* sentiment.

J'ai vu dernièrement de Mellery, dans un illustré, une famille de bateliers dans la cabine de leur péniche, homme, femme et enfants autour d'une table.

Pour ce qui est de la sympathie *générale* des gens à mon égard, j'ai lu à ce propos il y a quelques années dans Renan, ce qui m'est toujours resté en mémoire et à quoi je continuerai toujours de croire, que celui qui veut faire quelque chose de bon ou d'utile ne doit pas tabler sur l'approbation ou l'appréciation générale, ni la désirer, mais au contraire n'espérer de sympathie ou d'aide que de très rares cœurs et encore de quelques-uns (400).

Ci-joint quelques pages intéressantes au sujet de la *couleur*, il s'agit des grandes vérités en lesquelles Delacroix avait foi.

Ajoute à cela : *les anciens ne prenaient pas par la ligne, mais par les milieux*, c'est-à-dire qu'il faut attaquer les bases ellipsoïdales ou en cercle des masses au lieu du contour.

J'ai découvert sur ce sujet le livre de Gigoux qui dit cela très exactement, mais le fait lui-même me préoccupait depuis longtemps.

Les anciens n'ont admis que trois couleurs primaires, le jaune, le rouge et le bleu, et les peintres modernes n'en admettent pas d'autres. Ces trois couleurs en effet sont les seules indécomposables et irréductibles. Tout le monde sait que le rayon solaire se décompose en une suite de sept couleurs que Newton a appelées primitives : le violet, l'indigo, le bleu, le vert, le jaune, l'orangé et le rouge ; mais il est clair que le nom de primitives ne saurait convenir à trois de ces couleurs, qui sont composites, puisque l'orangé se fait avec du rouge et du jaune, le vert avec du jaune et du bleu, le violet avec du bleu et du rouge. Quant à l'indigo, il ne saurait compter non plus parmi les couleurs primitives puisqu'il n'est qu'une variété du bleu. Il faut donc reconnaître avec l'antiquité qu'il n'y a dans la nature que trois couleurs véritablement élémentaires, lesquelles en se mélangeant deux à deux, engendrent trois autres couleurs composées dites binaires : l'orangé, le vert et le violet.

Ces rudiments développés par des savants modernes ont conduit à la notion de certaines lois qui forment une lumineuse théorie des couleurs, théorie qu'Eugène Delacroix possédait scientifiquement et à fond, après l'avoir connue par instinct (voir *Grammaire des arts du dessin*, 3e éd., Renouard). Si l'on combine deux des couleurs primaires, le jaune et le rouge, par exemple, pour en composer une couleur binaire, l'orangé, cette couleur binaire atteindra son maximum d'éclat dès qu'on la rapprochera de la troisième couleur primaire non employée dans le mélange. De même si l'on combine le rouge et le bleu pour en produire le violet, cette couleur binaire, le violet, sera exaltée par le voisinage immédiat du jaune. On appelle avec raison complémentaire chacune des trois couleurs primitives, par rapport à la couleur binaire qui lui correspond. Ainsi le bleu est complémentaire de l'orangé, le jaune est complémentaire du violet, et le rouge complémentaire du vert.

Réciproquement chacune des couleurs composées est complémentaire de la couleur primitive non employée dans le mélange. Cette exaltation réciproque est ce qu'on nomme la loi du contraste simultané.

Si les couleurs complémentaires sont prises à égalité de valeur, c'est-à-dire au même degré de vivacité et de lumière, leur juxtaposition les élèvera l'une et l'autre à une intensité si violente que les yeux humains pourraient à peine en supporter la vue.

Et par un phénomène singulier, *ces mêmes couleurs qui s'exaltent par leur juxtaposition se détruiront par leur mélange.* Ainsi, lorsqu'on mêle ensemble du bleu et de l'orangé à quantités égales, l'orangé n'étant pas plus orangé que le bleu n'est bleu, le mélange détruit les deux tons, et *il en résulte un gris absolument incolore.* Mais si l'on mêle ensemble deux complémentaires à proportions inégales, elles ne se détruiront que partiellement et on aura *un ton rompu* qui sera une variété du gris. Cela étant, de nouveaux contrastes pourront naître de la juxtaposition de deux complémentaires, dont l'une est pure et l'autre rompue. La lutte étant inégale, une des deux couleurs triomphe, et l'intensité de la dominante n'empêche pas l'accord des deux.

Que si maintenant on rapproche les semblables à l'état pur, mais à divers degrés d'énergie, par exemple le bleu foncé et le bleu clair, on obtiendra un autre effet dans lequel il y aura contraste par la différence d'intensité, et harmonie par la similitude des couleurs. Enfin si deux semblables sont juxtaposées, l'une à l'éclat pur, l'autre rompue, par exemple du bleu pur avec du bleu gris, il en résultera un autre genre de contraste, qui sera tempéré par l'analogie. On voit donc qu'il existe plusieurs moyens différents entre eux, mais également infaillibles, de fortifier, de soutenir, d'atténuer ou de neutraliser l'effet d'une couleur, et cela en opérant sur ce qui l'avoisine, en touchant ce qui n'est pas elle. Pour exalter et harmoniser ces couleurs, il emploie tout ensemble le contraste des complémentaires et la concordance des analogues, en d'autres termes : la répétition d'un ton vif par le même ton rompu (401).

Il y a, – je crois, – une école d'impressionnistes.

Mais je n'en connais pas grand'chose. Toutefois je sais bien quels sont les artistes véritables et originaux autour desquels tourneront, comme autour d'un axe, les paysagistes et les peintres de paysans. Delacroix, Millet, Corot et le reste. Ceci est mon propre sentiment mal exprimé.

Je veux dire qu'il existe, plutôt que des personnes, des règles ou des principes ou des vérités fondamentales, autant pour le *dessin* que pour la *couleur*. A quoi il *faut revenir quand il s'y trouve quelque chose de vrai.*

Pour ce qui est du dessin, il y a par exemple, cette façon de travailler en rond, notamment en se basant sur les ovales pour le dessin des figures. Les Grecs ont déjà senti cela et cela sera ainsi jusqu'à la fin du monde. Pour ce qui est de la couleur, il y a d'éternelles questions celle, par exemple, qui fut posée par Corot à Français quand Français (qui avait déjà un nom) demandait à Corot (qui n'avait pas encore de nom, qui était même inconnu ou connu plutôt à son désavantage) lorsque lui (Français) vint chez Corot pour lui demander certaines choses : « Qu'est-ce qu'un ton rompu ? Qu'est-ce qu'un ton neutre ? »

Chose que l'on peut mieux montrer sur la palette qu'exprimer par des mots.

Je veux donc assurer à Portier dans cette lettre que ma croyance en Eugène Delacroix et ces vieilles gens, est très exactement juste.

Et pendant que je travaille à un tableau où l'on ne voit pas des lueurs de lampe à la façon de Dou ou de Van Schendel, il n'est peut-être pas inutile de remarquer qu'une des plus belles choses des peintres de notre siècle a été de peindre l'*obscurité* qui est tout de même de la *couleur*.

J'ai bon espoir que la peinture de ces mangeurs de pommes de terre va marcher. Je travaille en dehors de cela encore à un coucher de soleil rouge.

Pour peindre la vie du paysan, il faut être maître de tant

de thèmes. Comme c'est bien cela, à propos des personnages de Millet : *son paysan semble peint avec la terre qu'il ensemence !*

Comme c'est juste et vrai. Et comme il importe de pouvoir faire sur sa palette ces couleurs que *l'on ne sait pas nommer* et qui forment la base de tout.

Tu te préoccupes peut-être de nouveau, j'oserais même dire *certainement*, des questions de *couleurs* et principalement des couleurs rompues et neutres (402).

Pour ce qui est des mangeurs de pommes de terre, c'est un tableau qui ferait bien entouré d'or, j'en suis sûr. Il ferait bien également sur un mur couvert d'un papier peint qui aurait le ton profond du blé mûr.

S'il n'est pas séparé du reste de cette façon, il n'est même *tout bonnement* pas à regarder.

Il ne rend *pas sa valeur* sur un fond sombre, et surtout pas sur un fond terne. Du fait que c'est un intérieur très gris.

Dans la réalité, il est d'ailleurs aussi dans un cadre doré, si l'on peut dire, puisque le spectateur verrait un âtre et le reflet des flammes sur les murs blancs qui sont, il est vrai, exclus du tableau, mais qui dans la nature flanquent tout par terre.

Encore une fois, il faut donc le séparer du reste en l'entourant de quelque chose ayant le ton de l'or ou du cuivre.

Songe à cela, s'il te plaît, si tu veux le voir tel qu'il faut qu'il soit vu.

Ce rapprochement avec un ton doré donne en même temps de la clarté à des taches, là où tu n'en supposais pas, et supprime l'aspect marbré qu'il aurait s'il était placé par malheur sur un fond terne ou noir.

Les ombres sont peintes avec du bleu et une couleur or agit là-dessus. Je l'ai porté hier à Eindhoven chez un ami qui peint également. D'ici trois ou quatre jours, je le finirai là-bas avec un peu de blanc d'œuf et je retravaillerai encore certains détails… Comme cet ami travaille également d'après modèle, il voit aussi très bien ce qu'il y a dans une tête ou une grosse patte de paysan et en parlant des mains, il m'a dit qu'il avait, en ce qui le concerne, acquis une tout autre notion pour les faire.

J'ai voulu m'attacher consciencieusement à donner l'idée que ces gens qui, sous la lampe, mangent leurs pommes de terre avec leurs mains, qu'ils mettent dans le plat, ont aussi labouré la terre et que mon tableau exalte donc le travail manuel et la nourriture qu'ils ont eux-mêmes si honnêtement gagnée.

J'ai voulu qu'il fasse penser à une tout autre façon de vivre que la nôtre, gens civilisés. Ainsi je ne désire donc pas du tout que tout le monde le trouve même beau ou bon.

Tout l'hiver, j'ai tenu en mains le fil de ce tissu dont je cherchais le modèle définitif et si maintenant c'est devenu un tissu d'aspect rude et grossier, il n'en est pas moins vrai que les fils en ont été choisis avec soin et suivant certaines règles. Et il pourrait bien se faire que ce soit une *vraie* peinture *de paysans. Je sais que c'est cela.* Mais que celui qui préfère voir des paysans doucereux passe outre. Pour ma part, je suis convaincu qu'on obtient à la longue de meilleurs résultats en les peignant dans leur rudesse plutôt qu'en y apportant une joliesse de convention.

Avec sa jupe et sa camisole bleues, couvertes de poussière et rapiécées, qui sous l'effet du temps, du vent et du soleil ont pris les plus délicates nuances, une fille de ferme est, à mon avis, plus belle qu'une dame ; qu'elle mette une toilette de dame, et tout ce qu'il y a de vrai en elle disparaît.

Un paysan est plus beau parmi les champs dans son costume de futaine que lorsqu'il se rend le dimanche à l'église affublé comme un monsieur.

Et de la même manière, on aurait tort, à mon avis, de donner à une peinture de paysans un certain poli conventionnel. Si une peinture de paysans sent le lard, le fumet, l'odeur de pommes de terre, parfait ! Ce n'est pas malsain ; si une étable sent le fumier, bon ! c'est à cause de cela que c'est une étable ; si les champs ont une odeur de blé mûr ou de pommes de terre ou de guano et de fumier, c'est là justement la santé, surtout pour les citadins.

Par de tels tableaux, *ils apprennent quelque chose d'utile.* Un tableau de paysans, ça ne doit jamais être parfumé. Je suis curieux si tu trouveras dans le mien quelque chose qui te plaise, je l'espère. Je suis heureux que M. Portier ait dit qu'il veut s'occuper de mes œuvres. De mon côté, j'ai des choses plus importantes que de simples études.

Pour ce qui est de Durand-Ruel, même s'il a estimé que les dessins ne valaient pas lourd, montre-lui ce tableau. Qu'il le trouve mauvais, bon. Mais montre-le-lui quand même, afin qu'il puisse voir que nous mettons de l'énergie dans notre lutte. Tu entendras certainement dire « quelle croûte », prépare-toi à cela comme moi-même j'y suis préparé. Mais nous finirons bien par donner quelque chose de *vrai* et d'*honnête.*

La peinture de la vie des paysans est une chose sérieuse et, pour ma part, je me reprocherais de ne pas essayer de faire des tableaux de telle façon qu'ils puissent faire réfléchir sérieusement ceux qui réfléchissent sérieusement à l'art et à la vie.

Millet, De Groux, tant d'autres nous ont montré par leur exemple qu'ils avaient du *caractère* et savaient ne pas se soucier de reproches comme « *sale, grossier, boueux, puant,* etc. » Et ce serait une honte ne fût-ce que d'en douter.

Non, on doit peindre les paysans comme si l'on était un des leurs, en sentant, en pensant comme eux-mêmes.

Comme si l'on ne pouvait pas être autrement qu'on est.

Je pense souvent que les paysans sont un monde à part et en beaucoup de points, tellement meilleur que le monde civilisé (404).

Quand je suis arrivé ce soir à la chaumière, j'ai trouvé les gens en train de casser la croûte à la lumière de la petite fenêtre au lieu d'être attablés sous la lampe. C'était étonnamment beau. La couleur aussi était extraordinaire, tu te souviens de ces têtes peintes devant la fenêtre, l'effet était le même, mais encore plus sombre.

De sorte que les deux femmes et l'intérieur étaient d'une couleur à peu près semblable à celle du savon vert foncé.

Mais la figure d'homme, à gauche, était légèrement éclairée par la lumière entrant par une porte, plus loin. Ainsi la couleur de la tête et des mains était la même que, par exemple, celle d'une pièce de dix centimes, bref, celle du cuivre mat. Et son sarrau, là où la lumière le frappait, était d'un bleu déteint, le plus délicat qu'on puisse imaginer.

Pour ce qui est des tableaux *clairs* d'à présent, j'en ai vu si peu ces dernières années. Mais néanmoins j'ai pas mal réfléchi à ce propos. Corot, Millet, Daubigny, Israels, Dupré, d'autres encore *ont aussi peint des tableaux clairs*, c'est-à-dire que, quelque profonde qu'en soit la gamme, le regard pénètre dans tous les coins et toutes les profondeurs.

Mais ceux que je viens de nommer ne sont pas des gens qui s'en tiennent littéralement au ton local, ils suivent la gamme dans laquelle ils commencent, vont jusqu'au bout de leurs conceptions sur la couleur, le ton et le dessin. Je veux dire qu'intrinsèquement *leurs lumières sont le plus souvent des gris assez sombres*, qui dans le tableau font lumineux par le contraste, c'est une vérité que tu as l'occasion de vérifier tous les jours. Comprends bien. Je ne dis pas que Millet n'emploie *pas* de blanc quand il peint de la neige, mais je prétends que lui et les autres tonalistes, s'ils le voulaient un jour, pourraient le faire de la même manière que Delacroix le dit de Véronèse, qui peint des femmes nues blanches et blondes avec une couleur qui, par elle-même, ressemble beaucoup à la boue des rues (405).

Dans mes nouveaux dessins, je commence les figures par le torse et il me semble qu'ils acquièrent ainsi plus d'ampleur et de largeur. Au cas où 50 ne suffiraient pas, j'en dessinerai 100 et si cela encore ne suffit pas, j'en ferai davantage jusqu'à ce que j'aie pleinement ce que je désire, c'est-à-dire que tout soit rond et qu'il n'y ait en quelque sorte ni fin ni commencement dans la forme, mais qu'elle fasse un ensemble harmonieux de vie.

Tu sais que c'est là justement la question dont traite Gigoux dans son livre *Ne pas prendre par la ligne, mais par le milieu.*

Muntz dit : *le modelé est la probité de l'art*, et ce qu'il changeait au mot d'Ingres est que Ingres disait : *le dessin est la probité de l'art*, en y ajoutant *je voudrais marquer le contour d'un fil de fer.* Hébert avait aussi ce qu'il nommait *l'honneur de la ligne.*

Il y en a d'autres encore qui prétendent que tous les dogmes sont absurdes en tant que tels. Dommage que cela, c'est encore un dogme. Il faut donc se borner à faire ce que l'on fait et essayer d'en tirer quelque chose, chercher à la faire vivre.

Si on n'avait pas tellement ennuyé Thys Maris, et si on ne l'avait pas rendu trop mélancolique pour travailler, il aurait peut-être trouvé quelque chose d'étonnant.

Je songe si souvent à ce garçon, Théo, car comme son œuvre est admirable.

C'est de la rêverie, mais quel maître.

Dieu, si ce type pouvait encore être tel qu'il était en débutant, quel centre il serait devenu.

Car l'école hollandaise actuelle a besoin d'éléments nouveaux qui sachent faire quelque chose (408).

Voici le croquis d'une tête que je viens de rapporter. Parmi mon dernier envoi d'études, tu as reçu la même, notamment la plus grande d'entre elles, mais peinte d'une façon lisse.

Cette fois, je n'ai pas étendu mon coup de pinceau, et la couleur est d'ailleurs tout autre.

Je n'ai pas encore fait de tête qui soit à tel point *peinte avec de la terre*, mais maintenant plusieurs autres vont suivre.

Si tout va bien, si je gagne un peu plus et qu'ainsi je puisse voyager davantage, eh ! bien, alors, j'espère aussi pouvoir un jour peindre des têtes de mineurs.

Quelle est l'opinion de Portier sur les mangeurs de pommes de terre ? Je sais bien moi-même qu'il y a des défauts, mais justement parce que je vois que les têtes actuelles deviennent plus puissantes, j'ose prétendre que, rapprochés des tableaux suivants, les mangeurs de pommes de terres resteront aussi (409).

J'ai expédié aujourd'hui la dite caissette, contenant en dehors de ce que je t'écrivais déjà, encore un tableau, *Cimetière de paysans.* J'ai négligé quelques détails – j'ai voulu exprimer comment cette ruine démontre que *depuis des siècles* les paysans là-bas sont ensevelis dans les champs mêmes qu'ils labourent pendant leur vie – j'ai voulu dire combien simple est le fait de mourir et d'être enterré, tout tranquillement comme la chute de la feuille d'automne – rien qu'un peu de terre retournée – une petite croix de bois. Là où l'herbe du cimetière s'arrête, les champs d'alentour, – ils tracent, par-delà le mur, une dernière ligne sur l'horizon, – comme un horizon marin. Et cette ruine me dit comment une foi, une religion est devenue vermoulue, bien qu'elle ait eu des fondements solides, comment cependant, pour les petits paysans, vivre et mourir, c'est tout comme, et cela reste tout comme, de même que pour l'herbe et les fleurettes qui croissent là, sur cette terre de cimetière, le fait de germer et de se faner tout uniment.

« Les religions passent, Dieu demeure », a dit Victor Hugo, que l'on vient, lui aussi, d'enterrer.

Je ne sais si tu trouveras quelque chose dans ces deux sujets, la chaumière au toit de roseaux m'a fait penser au nid d'un roitelet (411).

Je te le demande, connais-tu dans la vieille école hollandaise un seul bêcheur, un seul semeur ??? Ont-ils jamais cherché à faire un « travailleur » ? Est-ce que Vélasquez l'a cherché dans son Porteur d'eau, ou dans ses types du peuple ? Non.

Dans les vieux tableaux, les personnages ne *travaillent* pas. Je trime ces jours-ci sur une femme que j'ai vue cet hiver arracher des carottes dans la neige.

Eh ! bien, Millet l'a fait, Lhermitte, et en général les peintres de paysans de ce siècle, – un Israëls ; – qui trouvent cela plus beau que n'importe quoi.

Mais *même* dans ce siècle, combien peu nombreux, parmi la légion de peintres, sont ceux qui font la *figure*, – oui, avant tout, – pour la *figure*, c'est-à-dire pour la forme et le modelé, ceux qui ne peuvent s'imaginer un travailleur qu'au travail, et qui sentent le besoin de ce qu'esquivaient les anciens, aussi les anciens Hollandais, qui recouraient trop aux actions conventionnelles, combien sentent le besoin *de peindre l'action pour l'action.*

De sorte que la peinture ou le dessin soit bien un dessin de la *figure* pour la figure et l'inexprimable forme harmonieuse du corps humain, mais en même temps l'action de *tirer des carottes dans la neige.*

Est-ce que je m'exprime clairement ? Je l'espère ; dis donc ceci à Serret. Je puis l'exprimer brièvement : un nu de Cabanel, une dame de Jacquet et une paysanne, *excepté celles de Bastien-Lepage, bien sûr*, mais une paysanne d'un *Parisien* qui apprit à dessiner à l'académie feront toujours sentir les membres et la structure du corps de la même manière, correcte de proportion et d'anatomie, parfois charmante. Mais quand Israels, ou quand Daumier, ou Lhermitte, par exemple, dessinent une figure, *on sentira bien plus la forme du corps*, et pourtant, et c'est pourquoi je cite exprès Daumier, les proportions seront presque arbitraires, l'anatomie et la structure ne seront pas bonnes du tout *aux yeux des académiciens.* Mais ça *vivra.* Et aussi surtout chez Delacroix.

Ce n'est pas encore bien exprimé. Dis à Serret *que je serais désespéré si mes figures étaient bonnes*, dis-lui que je ne les *veux* pas académiquement correctes, dis-lui que je veux dire que si on photographiait un homme qui bêche, *il ne bêcherait certainement pas.* Dis-lui que je trouve les figures de Michel-Ange admirables, quoique les jambes soient décidément trop longues, les hanches et les cuisses trop larges. Dis-lui qu'à mes yeux Millet et Lhermitte sont pour cela les vrais peintres, parce qu'ils ne peignent pas les choses telles qu'elles sont, d'après une analyse fouillée et sèche, mais comme eux, Millet, Lhermitte, Michel-Ange, les sentent. Dis-lui que mon grand désir est d'apprendre à faire de telles inexactitudes, de telles anomalies, de tels remaniements, de tels changements de la réalité, qu'il en sorte, mais oui, des mensonges si l'on veut, mais plus vrais que la vérité littérale.

Exprimer *le paysan dans son action*, c'est là, je le répète, une figure essentiellement moderne, le cœur de l'art moderne lui-même, ce que ni les Grecs, ni la Renaissance, ni les anciens Hollandais n'ont fait.

A la vérité, il ne m'est pas arrivé souvent de voir carrément exprimer, dans des articles sur l'art, la différence, entre, d'une part, les grands maîtres autant que les petits maîtres actuels (les grands, par exemple, Millet, Lhermitte, Breton, Herkomer, les petits, par exemple, Raffaëli et Regamey), et d'autre part, les anciennes écoles (418).

Quand je songe à Millet ou à Lhermitte, je trouve l'art moderne aussi grand que Michel-Ange et Rembrandt, – l'ancien est infini, le nouveau aussi est infini, – l'ancien, *génie*, le nouveau, *génie.* Quelqu'un comme Chenavard ne le croit sans doute pas. Mais, quant à moi, je suis convaincu qu'en ce qui concerne cela, on peut avoir foi dans le présent.

Ce qui fait que je sais ce que je veux mettre dans mon œuvre à moi, et que je m'efforcerai d'y parvenir, dussé-je y sombrer moi-même, c'est que j'ai une foi absolue en art (423).

Tu recevras une grande nature morte représentant des pommes de terre, à laquelle j'ai essayé de donner du *corps*, je veux dire d'exprimer la matière de telle sorte qu'elle devienne des masses qui ont du poids et qui sont solides, que l'on sentirait si on devait les jeter, par exemple (425).

Je suis allé cette semaine à Amsterdam : je n'ai presque pas eu le temps de voir autre chose que le musée ; j'y suis resté trois jours, arrivé mardi, parti jeudi. Le résultat est que je suis *très heureux* d'y être allé « coûte que coûte » ; je ne me rappelle plus être resté si longtemps sans voir des tableaux. Je ne sais pas si tu te souviens qu'il y a, à gauche de *la Ronde de Nuit*, par conséquent en pendant avec *les Syndics des Drapiers*, un tableau (qui m'était inconnu jusqu'ici) de Frans Hals et P. Codde représentant une vingtaine d'officiers en pied. Y as-tu fait attention ? ? ? Sinon, rien que *ce* tableau à lui seul vaut la peine – surtout pour un coloriste – de faire le voyage à Amsterdam. Il y a là une figure, la figure du porte-étendard, dans l'angle gauche, tout juste à côté du cadre, – cette figure est, des pieds à la tête, en gris, je dirai du gris perle, – d'un ton neutre caractéristique, obtenu, je pense, avec de l'orange et du bleu mélangés de façon à se neutraliser, en faisant varier ce ton fondamental, en le rendant ici un peu plus clair, là un peu plus foncé, le peintre est arrivé à donner l'impression que la figure entière est toute d'un seul et même gris. Cependant les souliers de cuir sont d'une matière différente que les bas lesquels diffèrent des hauts-de-chausses, qui diffèrent du pourpoint, – chaque fois une autre matière est représentée, l'une de l'autre très différente de couleur, – et tout est pourtant fait de gris de la seule et même famille.

Un moment ! ce n'est pas tout.

Dans ce gris, il va mettre du bleu et de l'orange, – et un peu de blanc ; le pourpoint est garni de rubans de satin d'un bleu divinement tendre, l'écharpe et le drapeau sont orange, – une collerette blanche.

Orange-blanc-bleu, comme étaient alors les couleurs nationales, – orange et bleu juxtaposés, la plus merveilleuse gamme, sur un fond gris, ces deux couleurs, – que je nommerai des pôles électriques (toujours en matière de couleur), savamment mélangées et réunies de manière qu'elles se détruisent dans ce gris et dans ce blanc.

Plus loin, il a introduit dans ce tableau d'autres gammes orange sur d'autres bleues, plus loin encore les plus beaux noirs sur les plus beaux blancs ; les têtes, – une vingtaine, – pétillantes d'esprit et de vie, et achevées ! et une couleur ! les tournures superbes de tous ces gens, jusqu'aux pieds.

Mais j'ai rarement vu figure plus divinement belle que celle du bonhomme orange-blanc-bleu dans l'angle gauche. C'est quelque chose d'unique.

Delacroix aurait été emballé, – mais alors, emballé à l'extrême. J'en étais littéralement cloué au sol. Et puis, tu connais le chanteur, cet homme qui rit, – le buste d'un noir verdâtre avec du carmin carmin, même dans la couleur de la chair.

Tu connais le buste de l'homme en jaune, citron amorti, dont le visage, par des oppositions de tons, est d'un bronze osé et magistral, rouge lie-de-vin (violet).

Burger a écrit sur *la Fiancée juive* de Rembrandt, comme il a écrit sur Vermeer de Delft, comme il a écrit sur Frans Hals, s'abandonnant et se surpassant. *Les Syndics* sont parfaits, c'est le plus beau Rembrandt ; mais *la Fiancée juive* – considérée à part – quel tableau intime, infiniment sympathique, peint « d'une main de feu ». Vois-tu, dans *les Syndics*, Rembrandt reste fidèle à la nature, même quand, *là aussi* et encore, il va dans les hauteurs, les hauteurs les plus élevées, des hauteurs infinies ; mais tout de même, Rembrandt pouvait encore faire autrement, quand il n'éprouvait pas le besoin de rester fidèle, au sens littéral du mot, comme dans le portrait, quand il pouvait être *poète*, c'est-à-dire Créateur.

C'est cela qu'il est dans *la Fiancée juive.*

Comme Delacroix aussi aurait bien compris ce tableau. Quel sentiment noble d'une profondeur immense. *Il faut être mort plusieurs fois pour peindre ainsi* voilà une parole qui peut bien lui être appliquée.

On peut dire ce qu'on veut des tableaux de Frans Hals, il reste toujours *sur la terre*, tandis que Rembrandt, lui, pénètre si loin dans le mystère qu'il dit des choses qu'aucune langue ne peut exprimer. C'est à juste titre que l'on dit de Rembrandt : le Magicien… Ce n'est pas un métier facile.

J'ai emballé plusieurs natures mortes, que tu recevras la semaine prochaine, avec encore deux souvenirs d'Amsterdam que j'ai pris au vol, ainsi que quelques dessins.

T'enverrai aussi d'ici peu un livre de Goncourt : *Chérie.* De Goncourt est toujours beau et sa manière de travailler si fidèle, et puis c'est tellement travaillé.

J'ai vu deux tableaux d'Israels à Amsterdam, notamment *le Pêcheur de Zandvoort* et un de ses tout derniers : une vieille femme recroquevillée comme un paquet de guenilles, près du lit de mort de son homme.

J'ai trouvé les deux œuvres merveilleuses. Qu'on chante ce qu'on veut sur la technique, avec des paroles de pharisien, creuses et hypocrites, les vrais peintres se laissent guider par cette conscience que l'on nomme le sentiment. Leur âme, leur esprit ne sont pas au service de leur pinceau, mais leur pinceau au service de leur esprit. Aussi la toile a peur du bon peintre et non pas le peintre de la toile.

J'ai encore vu à Amsterdam des tableaux de contemporains, Witkamp et autres. Witkamp est bien le meilleur, il fait songer à Jules Breton. D'autres à qui je pense, mais que je ne nommerai pas, et qui s'escriment avec ce qu'ils nomment technique, sont précisément ceux qui, d'après moi, ont *une technique faible.* Tu connais tous ces tons gris qu'ils croient distingués et qui sont plats, et enquiquinants, secs, puérils. Actuellement, on fabrique des couleurs spéciales, composées de teintes ordinaires mélangées de blanc pur, à l'usage des peintres qui travaillent dans ce qu'ils croient être une gamme de tons distinguée.

Je le répète, la *technique*, le mélange des couleurs, le modelé du *Pêcheur de Zandvoort*, par exemple, est, à mes yeux, du Delacroix, et superbe, et les gris d'aujourd'hui, plats et froids, ne signifient pas grand'chose en fait de technique, c'est une couche de *peinture* et Israels est au-dessus de la *peinture.*

Sache-le bien, je ne parle pas de Jaap Maris, de Willem Maris, de Mauve, Neuhuys, qui tous travaillent selon la bonne manière, dans leur propre gamme à eux, Blommer, etc.

Mais l'école de ces maîtres, leurs élèves, je trouve, Théo, qu'elle est pâle.

Ai aussi vu Fodor.

Le berger de Decamps est, il faut le dire, un chef-d'œuvre : te souviens-tu du Meissonier, le croquis d'un lit de mort ? Du Diaz ?

Ensuite, Bosboom, Waldorp, Nuyen, Rochussen, les artistes *personnels* de cette période d'il y a quarante ans, ceux-là j'aime toujours bien les voir.

Rochussen a de l'entrain comme Gavarni.

Les natures mortes que j'envoie sont des études pour la couleur.

J'en ferai encore plusieurs ; ne crois pas que ce soit inutile. Elles deviendront un peu moins bonnes dans quelque temps, mais dans un an par exemple, elles seront meilleures que maintenant quand elles auront bien séché et reçu une bonne couche de vernis.

Si tu attaches au mur de ta chambre une grande quantité de mes études avec des punaises, l'une parmi l'autre, tant celles de maintenant que les anciennes, tu verras, je crois, qu'il y a un rapport entre ces études et que les couleurs s'harmonisent bien.

Pour parler du « trop noir », je suis très heureux qu'on trouve mes études trop noires, surtout plus je vois de tableaux dans cette gamme puérile et froide.

Regarde donc *le Pêcheur de Zandvoort*, avec quoi est-il peint ? Est-il, oui ou non, peint avec du rouge, du bleu, du jaune, du noir et un peu de blanc sale, avec du brun (le tout bien mélangé et bien rompu) ? Quand Israels dit qu'il ne faut pas faire noir, il ne veut certainement jamais dire ce qu'on en fait maintenant. Il veut dire que l'on doit mettre de la couleur dans les ombres, mais cela n'exclut aucune gamme, aussi basse soit-elle, et assurément pas celle des noirs et des bruns, et des bleus profonds, c'est évident.

Mais que faut-il penser à ce sujet ; il vaut mieux penser à Rembrandt, à Frans Hals, à Israels qu'à cette impuissance distinguée (426).

Pour obtenir quelque chose de chaud, il faut y aller avec chaleur, sinon on ne chasse pas facilement le froid. Ce qu'ils nomment luminosité est, dans beaucoup de cas, le vilain ton d'atelier, d'un atelier de ville pas sympathique. On dirait qu'on ne voit jamais ni l'aube, ni le crépuscule. C'est comme si rien n'existait d'autre que les heures de midi, de deux à trois ; une heure très bien, ma foi ; mais souvent sans plus de personnalité qu'une chiffe molle (427).

Ce que tu m'écris à propos d'une certaine étude d'un panier de pommes est bien vu. Mais cela vient-il donc de toi-même ? ? ? car je crois me rappeler, je dirais même que je *suis sûr* que *tu n'as pas* toujours vu les choses de cette façon. Quoi qu'il en soit, nous sommes à présent en voie de tomber d'accord à propos des couleurs. Continue donc à réfléchir à *ces* questions, car tu verras où cela te mènera, Burger et Manz et Sylvestre ne l'ignoraient pas.

Te dire *comment* j'ai peint cette étude, c'est bien simple ; le vert et le rouge sont des complémentaires. Ainsi il y a un certain rouge en lui-même très « canaille » dans les pommes, et plus loin, à côté de cela, d'autres tirent sur le vert. Il y a encore une ou deux pommes d'une autre couleur qui rendent le tout très bon, d'un certain rose. Ce rose est la couleur rompue, issue du mélange du rouge précité et du vert précité.

Voilà les raisons pour lesquelles il y a un rapport entre les couleurs. Il y a un deuxième contraste : le fond forme contraste avec l'avant-plan, l'un est d'une couleur neutre obtenue en rompant du bleu par l'orange, l'autre est de la même couleur neutre modifiée seulement par l'adjonction d'un peu de jaune.

La dernière étude, – c'est la grande, la meilleure, à mon avis, – malgré le fond noir mat, que j'ai laissé expressément mat, parce que les ocres sont des couleurs par nature *non* transparentes. En ce qui concerne cette étude, la plus grande avec les pommes de terre, elle est faite en modifiant ces ocres non transparents, en les rompant par un bleu transparent.

L'ocre rouge formant un orange avec l'ocre jaune, leur combinaison avec du bleu est plus neutre, et ils deviennent soit plus rouge, soit plus jaune, vis-à-vis de cette couleur neutralisée. La plus forte lumière de toute cette toile est simplement de l'ocre jaune pur. Et le fait que ce jaune mat parle encore provient de ce qu'il se trouve dans un large champ d'une sorte de violet presque neutre ; en effet... l'ocre rouge avec du bleu donne des tons violets.

Or donc, les nids sont aussi peints sur un fond noir à dessin, parce que je veux affirmer franchement dans ces études que les objets ne se trouvent pas dans leur entourage naturel, mais sur un fond conventionnel. Un nid *vivant* dans la nature est tout autre chose, on y voit à peine le nid lui-même, on voit les oiseaux.

Le Rembrandt de Lacaze est réellement dans le sentiment de la dernière époque de Rembrandt. Il y a bien douze ans que je l'ai vu, mais je m'en souviens parce qu'il m'a frappé autant que la tête de Fabritius qui est à Rotterdam.

Si je me rappelle bien, la femme nue de la collection Lacaze est aussi très belle, mais d'une période postérieure. Devant le morceau de Rembrandt, *la Leçon d'anatomie*, ah ! vraiment, je n'en suis pas revenu ! Te souviens-tu des couleurs de la chair, c'est *de la terre*, surtout les pieds. Ecoute-moi bien ; chez Frans Hals aussi, les couleurs de la chair sont terreuses, ici dans le sens que tu connais. Du moins, souvent. Il y a aussi quelquefois, j'oserais même dire, toujours, un rapport d'opposition entre le ton du vêtement et le ton du visage. Le rouge et le vert sont opposés ; le chanteur *(Dupper)* qui a des tons de carmin dans la carnation, a des manches noires qui ont des tons verts, et sur ces manches, des rubans *d'un autre rouge* que ce carmin. Le visage du bonhomme orange-bleu-blanc à propos duquel je t'ai écrit[1], est d'une couleur neutre, rose terreux, violacé par opposition à son costume de cuir jaune à la Frans Hals.

Le bonhomme *jaune* « citron amorti » a du violet terne dans la gueule, ça ne fait pas de doute. Donc, plus le vête-

1. Voir lettre 426.

ment est sombre, plus clair est quelquefois le visage, non pas par hasard, ainsi dans son portrait et celui de sa femme au jardin, il y a là *deux* violets noirs (violet bleu et violet roux) et un noir uni (noir jaune ?), je le répète, violet roux et violet bleu, noir et noir, donc les trois choses les plus sombres ; ainsi donc, les figures sont *très* blanches, *extraordinairement* blanches même pour Hals.

Enfin, Frans Hals est un coloriste *parmi les coloristes*, coloriste comme Véronèse, comme Rubens, comme Delacroix, comme Vélasquez.

On a dit à juste titre plus d'une fois de Millet, Rembrandt, et par exemple Israels qu'ils sont plutôt des harmonistes que des coloristes. Me le diras-tu cette fois ; le *noir* et le *blanc* peuvent-ils être employés ou non, sont-ils des fruits défendus ?

Je pense que non, Frans Hals possède au moins vingt-sept noirs. Du blanc ? Mais tu sais tout de même bien quels tableaux extraordinaires ont été faits par quelques coloristes modernes, intentionnellement, blanc sur blanc. Que signifie donc : *il ne faut pas ?* Delacroix appelait cela des *repos* et les employait comme tels. Il ne faut pas avoir de parti-pris là-contre, car on peut employer tous les tons, si seulement ils sont à leur place et en rapport avec le reste, cela va de soi.

Sais-tu bien que je trouve souvent très bonnes les choses de Apol, par exemple ses blanc sur blanc.

Son coucher de soleil dans le bois à La Haye, par exemple, qui est à Amsterdam. Vraiment, cette chose est diablement belle.

Non, le noir et le blanc ont leur raison d'être et leur signification, et ceux qui veulent les escamoter n'en sortent pas.

Le plus logique, certes, est de les considérer chacun comme des *neutres* : le blanc, la plus haute combinaison du rouge, bleu, jaune le plus lumineux possible ; le noir, la plus haute combinaison du rouge, bleu, jaune le plus sombre ; je n'ai rien à redire à cette assertion, je la trouve absolument vraie.

Donc, le *lumineux* et le *brun*, le *ton* pour ce qui est de la *valeur*, est en rapport direct avec cette 4e gamme du *blanc au noir.*

En effet, on a :

Gamme 1	du jaune	au violet
Gamme 2	du rouge	au vert
Gamme 3	du bleu	à l'orange

Somme :

une 4e gamme (celle des tons neutres, rouge + bleu + jaune).	du blanc (rouge + bleu + jaune, l'extrême lumière).	au noir (rouge + bleu + jaune l'extrême noir).

C'est ainsi que personnellement je comprends les noirs et les blancs.

Quand je mélange du rouge et du vert jusqu'au vert-rouge ou rouge-vert, j'obtiens en y ajoutant du blanc, du vert-rose ou du rose-vert. Et si tu veux, en y ajoutant du noir, du vert-brun ou du brun-vert. Est-ce que cela n'est pas clair ?

Quand le mélange du jaune et du violet jusqu'au lilas-jaune ou jaune-lilas, en d'autres termes jusqu'au jaune neutralisé ou jusqu'au lilas neutralisé, j'obtiens des gris en y ajoutant du blanc ou du noir.

Enfin des *gris* et des *bruns*, il en est surtout question lorsqu'on rend des couleurs plus claires ou plus sombres, quelles que soient d'ailleurs leur nature et leur teneur en rouge, jaune ou bleu.

On s'exprime bien, à mon avis, quand on parle de gris et de bruns clairs, de gris et de bruns sombres. Mais comme c'est beau, ce que dit Silvestre au sujet de Delacroix, qu'il prenait un ton au hasard sur sa palette : « Une nuance innommable violacée », qu'il jetait ce ton quelque part, *soit pour la plus grande lumière, soit pour l'ombre la plus profonde*, mais que de cette *boue*, il parvenait à faire en sorte qu'elle étincelait comme la lumière ou devenait muette comme une ombre profonde.

Ainsi j'ai entendu parler d'une expérience avec une feuille de papier de couleur neutre. Elle devenait verdâtre sur fond rouge, rougeâtre sur fond vert, bleuâtre sur l'orange, jaunâtre sur le violet, et violacée sur le jaune.

Ecoute-moi encore ; en supposant que l'on veuille dans un tableau rendre claire telle *couleur boueuse* ou telle *snotkleur*[1], ce dont parle Delacroix à propos de Véronèse qui pouvait peindre un nu blond avec une couleur pareille à de la boue de telle manière que, sur le tableau, elle *faisait* blond, eh ! bien, je te le demande, comment cela est-il possible, sinon par l'opposition de fortes puissances dans les noirs bleus ou les violets ou les bruns roux ?

Toi, qui cherches si tu ne vois pas des ombres obscures, et qui crois que ça ne vaut rien quand ces ombres sont sombres, mêmes noires, as-tu raison ? Je pense que non, car alors *le Dante* de Delacroix par exemple, ou encore *le Pêcheur de Zandvoort*, ne valent rien, car là-dedans il y a vraiment les plus fortes puissances de noirs bleus ou violets.

Est-ce que Rembrandt et Hals n'employaient pas de noir ? Et Vélasquez ? Pas seulement un, mais vingt-sept noirs, je t'assure. Ainsi, ce : « Il ne faut pas employer de noir », allons ! sais-tu bien ce que cela veut dire ? Sérieusement, réfléchis ! car je pense que tu pourrais encore arriver à cette constatation que je trouve on ne peut plus vraisemblable, que tu as mal appris et mal compris la question des *tons*, ou mieux, que tu l'as apprise et comprise d'une façon *imprécise.* Il y en a tant comme cela, la plupart sont comme cela. Mais grâce à Delacroix et à d'autres de son époque, tu finiras par comprendre. Dis-moi, as-tu observé que mes études qui ont des fonds noirs sont toutes posées dans une tonalité très basse ? ? ? Et que là où je pose mes études *plus bas* que nature, vu que non seulement mes ombres, *mais aussi mes lumières*, devien-

1. Couleur rousse.

nent proportionnellement plus sombres, je garde quand même le rapport des tons ?

Mes études n'ont pour moi d'autre raison que d'être une sorte de gymnastique, pour monter et descendre dans les tons, ainsi donc, n'oublie pas que j'ai peint ma mousse blanche ou grise avec une couleur boueuse et que malgré tout, sur l'étude, cela fait clair.

Adieu, salut

VINCENT.

La question des couleurs complémentaires, du contraste simultané et de la destruction réciproque des complémentaires est la première et la plus importante ; autre est la question de l'influence réciproque de deux semblables, par exemple, un carmin et un vermillon, un rose-lilas et un bleu-lilas. La troisième question est d'opposer un bleu pâle à un même bleu sombre, un rose à un brun rouge, un jaune citron à un jaune chamois, etc. Mais la première question est la plus importante (428).

Il est certain qu'on peut arriver en étudiant les lois des couleurs à se rendre compte pourquoi on trouve beau ce qu'on trouve beau, au lieu d'avoir une foi instinctive dans les grands maîtres, et c'est bien nécessaire à présent quand on songe combien les jugements sont terriblement arbitraires et superficiels.

Il ne faut pas essayer de m'enlever mon pessimisme au sujet du commerce de tableaux, car il n'en résulte *pas* nécessairement du découragement. Je raisonne pour ma part comme ceci : Suppose que j'aie raison d'assimiler de plus en plus le singulier tripotage des prix en peinture à une sorte de trafic dans le genre de celui des tulipes. Suppose, dis-je, que comme le trafic des tulipes à la fin du siècle dernier, le commerce de tableaux, – et d'autres branches de cette spéculation, – disparaisse à la fin de ce siècle-ci, comme il est venu, c'est-à-dire assez rapidement. Disparaisse donc le trafic des tulipes, *la culture des fleurs reste.* Et pour ma part, je suis heureux d'être un petit jardinier plus ou moins bon ou mauvais qui a du cœur pour sa pépinière.

Pour l'instant, ma palette se dégèle et la rudesse du début a disparu.

Je me casse encore souvent la tête en commençant, mais quand même les couleurs se suivent comme d'elles-mêmes, et en prenant une couleur comme point de départ, il me vient clairement à l'esprit ce qui doit en être déduit et comment on peut arriver à y mettre de la vie.

Dans le paysage, Jules Dupré est bien comme Delacroix, car quelle énorme variété d'émotion il exprime dans ses symphonies de couleur.

Ici une marine avec les plus tendres vert-bleu et bleus rompus et toute sorte de tons nacrés, là un paysage d'automne avec un feuillage qui va du rouge profond lie-de-vin jusqu'au vert violent, de l'orangé prononcé jusqu'au sombre havane, avec encore d'autres couleurs dans le ciel, des gris, des lilas, des bleus, des blancs, qui forment encore contraste avec des feuilles jaunes. Plus loin encore un coucher de soleil en noir, en violet, en rouge vif. Encore plus fantastique, comme un coin de jardin que j'ai vu de lui et que je n'ai jamais oublié : du noir dans l'ombre, du blanc dans le soleil, un vert prononcé, un rouge vif, et puis encore un bleu sombre, un brun-vert bitumeux et un jaune clair. Des couleurs vraiment qui peuvent se faire la conversation.

J'ai toujours exalté Jules Dupré, et plus tard, on l'estimera encore plus que maintenant. Car c'est un vrai coloriste, toujours intéressant, et avec quelque chose de si puissant et de si dramatique.

Oui, il est bien le frère de Delacroix.

Comme je l'ai déjà dit je trouve très bien ta lettre au sujet des noirs, et quand tu dis qu'il ne faut pas faire de la couleur locale, c'est juste également.

Toutefois cela ne me satisfait pas. D'après moi, il y a beaucoup plus derrière ce : *ne pas faire la couleur locale.*

« Les vrais peintres sont ceux qui ne font pas la couleur locale », c'est ce qui fit l'objet des discussions de Blanc et de Delacroix.

Ne puis-je brutalement comprendre par là qu'un peintre

fait bien lorsqu'il part des couleurs de sa palette au lieu de partir des couleurs de la nature ?

Je veux dire que quand on désire, par exemple, peindre une tête, on regarde une bonne fois la nature que l'on a devant soi ; alors on se dit : cette tête est une harmonie de brun-rouge, de violet, de jaune, le tout rompu, je mettrai un violet et un jaune et un brun-rouge sur ma palette, et je les romprai.

Je conserve de la nature un certain ordre de succession et une certaine précision dans le placement des tons, j'étudie la nature pour ne pas faire des choses insensées, pour rester « raisonnable », mais il m'importe moins que ma couleur soit précisément identique, à la lettre, du moment qu'elle fasse beau sur ma toile comme elle fait beau dans la vie.

Un portrait de Courbet est d'une valeur plus haute, il est énergique, libre, peint dans toutes sortes de beaux tons profonds de brun-rouge, dorés, violet plus froid dans l'ombre avec le noir comme « repoussoir », avec un morceau de linge teinté de blanc pour reposer l'œil, plus beau qu'un portrait de qui tu veux, qui aurait imité la couleur du visage avec une affreuse *exactitude.*

La couleur par elle-même exprime quelque chose, on ne peut s'en passer, il faut en tirer profit ; ce qui fait beau, vraiment beau, est vrai également. Quand Véronèse a peint les portraits de son beau monde dans les *Noces de Cana*, il a appliqué toute la richesse de sa palette dans des violets sombres, en de merveilleux tons dorés. Alors il restait encore un azur léger et un blanc nacré auxquels il avait songé, – et cela ne figure pas à l'avant-plan. Il l'a fichu derrière – et c'était réussi, et d'elle-même cette couleur est devenue un entourage de palais de marbre et un ciel, ce qui complète d'une façon caractéristique le groupe des figures. Ce fond est si superbe parce qu'il est né spontanément d'un calcul de couleurs.

Ai-je tort en disant cela ? N'est-ce pas peint autrement que quelqu'un l'aurait fait s'il avait songé à la fois au palais *et* aux figures ? comme un seul tout.

Toute cette architecture et ce ciel sont conventionnels et subordonnés aux figures, sont calculés pour les rendre belles. Ceci, c'est vraiment de la peinture, et c'est plus beau que l'imitation exacte des choses elles-mêmes. Il faut penser à une chose et rendre l'entourage indispensable, le faire découler du reste.

Je me suis adonné pendant des années presque vainement et avec toutes sortes de résultats pénibles, à l'étude de la nature, à la lutte avec la réalité, je ne le nie pas.

Je ne voudrais pas m'être privé de cette *erreur.*

Je veux admettre que ç'aurait été une folie et une stupidité de continuer toujours de la même manière, mais *non pas* que je me suis donné toute cette peine en pure perte.

« On commence par tuer, on finit par guérir », c'est une parole de médecin (429).

4 novembre 1885.

Je suis entièrement préoccupé par ces lois des couleurs. Ah, si on nous les avait apprises dans notre jeune temps !

Mais c'est l'histoire de la plupart des gens, que l'on doive par une sorte de fatalité chercher longtemps la lumière. Car les lois des couleurs que Delacroix a codifiées pour la première fois, et qu'il a mises avec netteté à la portée de la généralité des hommes dans toute leur ampleur et tous leurs rapports, comme Newton fit pour la pesanteur et Stephenson pour la vapeur, ces lois de la couleur, dis-je, sont une vraie lumière, c'est absolument certain.

Ne te tracasse pas parce que je laisse voir dans mes études les coups de pinceau avec des épaisseurs plus ou moins grandes de couleur. Cela ne signifie rien, si on les laisse une année (six mois suffisent aussi) et qu'alors on les gratte rapidement au rasoir, la peinture aura une couleur beaucoup plus consistante que si elle avait été faite légèrement. Il est bon pour la conservation des couleurs que surtout les parties lumineuses d'un tableau soient solidement peintes. Et les anciens aussi bien que les Français actuels ont fait ce raclage. Je crois que les glacis d'une couleur transparente se compénètrent et disparaissent souvent complètement par le temps s'ils sont appliqués avant que la préparation du tableau soit tout à fait sèche. Mais appliqués *plus tard* ils résistent bel et bien.

Tu as souvent toi-même fait la remarque qu'avec le temps mes études d'atelier, au lieu de perdre de leur couleur, devenaient plutôt meilleures.

Je crois que ceci provient du fait que ma couleur a de la résistance, là où je n'emporte pas d'huile. Après un an, le peu d'huile qu'il y a dans toute couleur, a disparu et alors on obtient une bonne pâte solide.

Peindre ainsi, c'est-à-dire de façon que l'œuvre sèche bien, c'est une question qui à mon avis a de l'importance ; il est regrettable que certaines couleurs résistantes comme le cobalt soient si chères. Je ne sais ce qu'il faut penser des chromes et du rouge de garance, mais je puis bien me représenter que certains tableaux, surtout des couchers de soleil américains, – tu connais cette sorte de peinture, – obtenus avec des *glacis* de chromes, résisteront terriblement peu au temps.

Daubigny et Dupré au contraire se conservent. N'est-il pas curieux que ce v. d. Meer de Delft à La Haye soit resté si merveilleux de couleur, avec toute sa série de tons osés, rouge, vert, gris, brun, bleu, noir, jaune, blanc (430) ?

Cher Théo,

J'ai reçu hier soir le livre de Goncourt, je me suis mis immédiatement à le lire, et quoique je doive encore le relire calmement, j'avais déjà ce matin un aperçu de l'ensemble, donc tu vois que j'étais plutôt désireux de l'avoir.

Je ne puis trouver qu'il loue trop Boucher.

Si je ne connaissais de Boucher que ces trois choses dissemblables : un bleu riche (ciel), un bronze (figure d'homme) et un blanc de nacre (figure de femme), surtout en y ajoutant l'anecdote de la duchesse d'Orléans, je trouverais déjà qu'il est *quelqu'un* dans le monde de la peinture. Goncourt ne le loue pas trop, parce qu'il dit en même temps : *canaille*, et ceci sans déplaire aux braves bourgeois, de la même façon qu'on peut traiter de canaille la peinture de Bouguereau, de Perrault, etc.

De plus il ne loue pas trop Boucher, à mon sens, parce que je ne crains pas un instant que Goncourt songerait à nier la supériorité de Rubens par exemple. Rubens qui était même encore plus productif que Boucher, pas moins que lui, mais plus encore le peintre des femmes nues.

Ce qui est très souvent chez Rubens n'exclut pas le côté poignant et intime auquel je songe, surtout pas dans ces portraits de femme où il est encore lui-même ou se surpasse.

Mais Chardin !

J'ai souvent désiré savoir quelque chose de *l'homme* (*Watteau* était exactement ce que je pensais).

Tiers état, le genre Corot pour ce qui est de la bonhomie, mais avec une plus grande somme de chagrin et de malchance dans la vie.

C'est un livre admirable. Latour est spirituel et voltairien.

Le pastel est un procédé que je voudrais bien connaître, j'en ferai sans doute aussi un jour ; on doit pouvoir l'apprendre en quelques heures, si on sait *peindre* une tête.

J'ai extrêmement apprécié ce qu'il dit de la technique de Chardin. Je suis de plus en plus convaincu que les vrais peintres n'achevaient pas dans le sens qu'on donne trop souvent au mot achever, c'est-à-dire avec tant de précision qu'on puisse mettre le nez dessus.

Les meilleures peintures et justement les plus parfaites du point de vue technique, en les regardant de près, sont faites de couleur l'une à côté de l'autre et produisent leur effet à une certaine distance. Rembrandt n'en a pas démordu, malgré toutes les souffrances que cela lui a values. (Ces bons bourgeois trouvaient Van der Helst bien meilleur, parce qu'on pouvait aussi le voir de près.)

Chardin est en cela aussi grand que Rembrandt. Israels a quelque chose de semblable, et pour ma part je trouve Israels toujours « admirable » justement à cause de sa technique. *Ce serait trop beau* si tout le monde savait cela et pensait de même, dirait *Bonnemort.*

Pour travailler ainsi, il faut aussi être un peu magicien, ce qui coûte cher à apprendre ; et la parole sombre et sarcastique de Michel-Ange : « Ma manière est destinée à faire de grands sots », est vraie également en ce qui concerne les audacieux de la *couleur*, car là aussi, les lâches et ceux qui manquent de personnalité ne peuvent *imiter.*

Je crois que mon travail avance.

Hier soir il m'est arrivé une chose que je vais te raconter aussi exactement que possible. Tu connais les trois chênes derrière le jardin de la maison ; j'ai trimé là-dessus pour la quatrième fois. Pendant trois jours j'ai été assis devant avec une toile de la grandeur de la chaumière et du cimetière de paysans que tu possèdes.

Il s'agissait de ces tignasses de feuilles havane, de les modeler et de leur donner la forme, la couleur, le ton qu'il faut. Le soir, j'ai pris le tableau avec moi et je suis allé à Eindhoven où demeure cet ami, qui a un salon assez cossu (tapisserie grise, meubles noir et or) et nous avons accroché la peinture.

Eh ! bien, jamais je n'ai eu autant la conviction que je parviendrai à faire des choses bonnes, que je réussirai à évaluer mes couleurs de manière à obtenir l'effet que je désire. Il y avait ici du havane, du vert tendre et du blanc (gris), même du blanc pur tel qu'il sort du tube. (Tu vois que pour ma part, bien que je tienne pour le sombre, je n'ai aucun préjugé contre l'autre extrême, même le plus extrême.)

Quoique donc cet homme ait de l'argent, quoiqu'il eût bien envie de mon tableau, je me suis senti si brûlant de courage quand j'ai vu que c'était ce qu'il fallait, que tel quel, mon tableau, avec la douce et mélancolique paix provenant de la combinaison des couleurs, créait une atmosphère, que je *n'ai pas pu me décider à le vendre.*

Mais comme ça l'avait frappé, je le lui ai donné et il l'a accepté simplement comme je le voulais, sans beaucoup de paroles, en me disant à peine que « ce machin est diablement bien ».

Moi, je n'en pense pas encore autant. Il faut d'abord que je voie encore quelques Chardin, des Rembrandt, d'anciens maîtres hollandais et français et que je médite encore un peu là-dessus, parce qu'en employant un peu moins de couleur que je n'en ai employé dans ceci, je veux pousser encore beaucoup plus loin.

Sais-tu que les Goncourt ont fait des gravures et des dessins. Tu ne dois pas croire que je manque de sens pratique quand j'insiste tellement pour que tu t'obstines à dessiner ou à peindre.

Tu pourrais fort bien y parvenir. Si tu le voulais, le résultat ne serait pas médiocre. Et *justement* pour le *commerce*, pour être vraiment un *connaisseur* d'art, cela te donnerait une supériorité vis-à-vis de beaucoup d'autres. Une supériorité dont, à dire vrai, on a bien besoin.

Je ne sais ce que l'avenir me réserve. Actuellement quand je lis quelque chose sur ce parfait démon que fut le fameux La Tour, je me dis sacrebleu ! comme c'est vrai, et comme ce type a bien su prendre la vie (excepté pour ce qui est de son effroyable avarice), et aussi la peinture.

Je *viens de voir* des Frans Hals, eh ! bien, tu sais comme j'en étais enthousiaste, que je t'ai écrit longuement aussitôt sur la question *de poser son sujet du premier coup.* Quelle analogie il y a entre les intentions de La Tour, etc. et de Frans Hals, quand ils expriment la vie *avec du pastel* qu'on pourrait enlever *en soufflant dessus.* Je ne sais ce que je ferai et ce que l'avenir me réserve, mais j'espère ne pas oublier les leçons que j'apprends ainsi ces temps derniers. Poser son sujet nettement *du premier coup*, mais avec un effort absolument complet de tout son esprit et de toute son attention.

Actuellement, rien ne m'est plus cher que le travail au pinceau, – même pour dessiner, – au lieu de faire de l'esquisse au fusain.

Quand je me demande comment les anciens hollandais entamaient leurs tableaux, je constate qu'il y a *relativement* peu de dessins proprement dits. Et cependant, ils dessinent d'une façon étonnante. Mais je crois que dans la plupart des cas ils ont commencé, continué et terminé au pinceau.

Ils ne remplissaient pas. Par exemple, un Van Goyen. Je viens seulement de voir de lui, dans la collection Dupper, un chêne sur une dune dans la tempête, et de Cuyp, une vue de Dordt.

Une technique étonnante, mais avec rien et comme spontanée, et en ne tenant pas compte de la couleur, et en apparence on ne peut plus simple.

Mais qu'il s'agisse de la figure, ou du paysage, il y a toujours eu, parmi les peintres, une tendance à convaincre les gens qu'un tableau était autre chose que la représentation de la nature comme on la verrait dans un miroir, autre chose qu'une imitation, c'est-à-dire que c'est une recréation.

Je voudrais encore te parler beaucoup de ce que Chardin surtout me fait penser au sujet de la couleur et de la nécessité de ne pas faire la couleur locale. Je trouve cela admirable : « Comment surprendre, comment dire de quoi est faite cette bouche démeublée, qui a d'infinies délicatesses. Cela n'est fait que de quelques traînées de *jaune* et de quelques balayures de *bleu* ! »

Quand j'ai lu cela, j'ai pensé à Vermeer de Delft, le paysage de La Haye ; quand on le regarde de près, c'est *incroyable*, c'est fait avec de toutes autres couleurs qu'on pourrait croire en le regardant à quelque distance.

Salut, je n'ai pas voulu laisser de te dire combien j'ai trouvé beau le livre de Goncourt.

Tout à toi,

VINCENT (431).

Cher Théo,

J'ai trouvé dans le livre de Goncourt la phrase suivante que tu as annotée dans l'article sur Chardin. Après avoir parlé de la façon médiocre dont les peintres sont payés, il dit : « Que faire ? Que devenir ? Il faut se jeter dans une condition subalterne ou mourir de faim. On prend le premier parti », dit-il ensuite et à l'exception de quelques *martyrs*, les autres se font « maître d'armes, soldat ou comédien ».

Tout cela au fond est resté une réalité. Puisque tu as noté ce qui précède, j'ai pensé que sans doute tu désirerais savoir ce que je compte faire à l'avenir, d'autant plus que je viens de t'annoncer que j'ai résilié mon atelier actuel.

Les temps ne sont plus du tout les mêmes qu'à l'époque de Chardin. Et à présent il y a bien des choses qu'il est difficile d'éliminer par le raisonnement.

Le nombre de peintres a beaucoup augmenté. Actuellement si un peintre fait « quelque chose à côté », cela fait fatalement une impression défavorable sur le public.

Je ne suis rationnellement pas au-dessus de cela, moi je dirais : Continue de peindre, fais donc cent études et si cela ne suffit pas, fais-en deux cents, et vois si cela ne te fait passer le goût de « faire quelque chose à côté ».

Or, s'habituer à la pauvreté, voir comment un soldat ou un portefaix vit et conserve une bonne santé par tous les temps en ne se nourrissant et se logeant que comme le simple peuple, c'est tout aussi utile que de gagner un pauvre florin de plus par semaine.

On n'est tout de même pas sur la terre pour rigoler et il n'est pas nécessaire de vivre mieux qu'un autre.

Au fond cela ne sert relativement à *rien* de vivre un peu mieux ; nous ne pouvons tout de même pas retenir notre jeunesse. *Si cela* se pouvait ! mais ce qui rend vraiment heureux, matériellement heureux, être jeune et le rester longtemps, eh ! bien, ce n'est pas possible ici, ce n'est même pas possible en Arabie ou en Italie, quoique là-bas *cela* soit déjà plus facile qu'ici.

Et pour ma part j'ai l'idée qu'on a le plus de chance de rester fort et de se renouveler sous le « tiers-état » actuel. Enfin ! je dis donc que je cherche en peignant à trouver le moyen de vivre sans arrière-pensée. Mais je crois bien faire de ne pas négliger le portrait, si je veux gagner quelque chose. Je sais que ce n'est pas aisé de le faire au goût des gens, qui exigent la « ressemblance » et je n'ose dire d'avance que je me sens sûr de mon affaire. Je n'estime toutefois pas la chose impossible, car les gens d'ici ne doivent sans doute pas être différents des gens d'ailleurs. Les paysans et les gens du village ne se trompent pas et disent sans ambages, *même en dépit de ce que je leur dis si je leur assure qu'ils se trompent*; ça, c'est René de Greef, ça, c'est Toon de Groot, et ça, c'est Dien van de Beek, etc. Ils reconnaissent même parfois une figure vue de dos. Les bourgeois en ville, et les « cocottes » au moins autant qu'eux, sont férus des portraits. Et Millet a même découvert que les capitaines de navires *estimaient quelqu'un* capable d'en faire. (Ces portraits sont sans doute destinés à leurs maîtresses restées à terre.) Ceci n'est pas encore exploité. Te souviens-tu de cela dans Sensier ? Je me suis toujours rappelé comment Millet a tenu le coup de cette façon au Havre.

Ainsi donc, j'ai un vague projet de me rendre à Anvers. Avec quoi et comment, il m'est encore impossible de le prévoir.

Je suis parvenu à connaître l'adresse de six marchands de tableaux ; je voudrais emporter donc quelque chose avec moi. Ensuite, j'ai l'intention de peindre dès mon arrivée quelques coins de la ville et en outre de les exposer sans tarder. Donc tout concentrer pour arriver à un résultat. Et puisque je pars pauvre, je ne puis en aucun cas y perdre beaucoup.

Ici, je connais trop la région et les gens, et j'y tiens trop. Je suis certain que tout n'est pas fini. Je louerai une chambre où je rangerai tout mon fourbi et ainsi je suis à couvert pour le cas où je voudrais me retirer quelque temps d'Anvers, ou si j'avais la nostalgie de la campagne.

Quant à « faire quelque chose à côté », dès le début, Tersteeg, par exemple, n'a cessé *de me rabâcher cela.*

Et c'était vraiment rabâcher, quoi qu'il en soit d'ailleurs de Tersteeg. Ceux-là qui en parlent le plus sont eux-mêmes incapables de donner une précision. Et à cet égard, pour éclaircir un peu mon cas, la seule chose que je pourrais faire, si je « faisais quelque chose à côté », ce serait, si je connaissais soit des marchands, soit des peintres, de faire par exemple pour eux un voyage en Angleterre, etc.

Des choses de ce genre, naturellement, qui se rapportent directement à la peinture, forment une exception, sinon un peintre doit, en règle générale, être peintre et rien d'autre.

N'oublie pas non plus que je n'ai pas trouvé la mélancolie dans mon berceau ; dans les environs, on m'a donné pour surnom : *Het Schildermenneke* et ce n'est pas tout à fait sans une certaine dose de malice que je m'en vais là-bas.

J'ai aussi pensé à Drenthe, mais c'est assez difficile à réaliser.

Ce serait toutefois à faire au cas où mes travaux sur la campagne plairaient à Anvers. Si les choses d'ici pouvaient plaire, soit maintenant, soit plus tard, je continuerais dans cette voie et j'alternerais avec d'autres semblables de Drenthe.

Mais la question est que je ne puis faire qu'une chose à la fois, et que si je suis occupé ferme à peindre des paysans, je ne pourrais pas me mettre à travailler en ville.

Le moment est bien choisi pour m'évader, car j'ai eu des histoires au sujet de modèles, et en tout cas, je vais déménager. A cet égard, il faut le prévoir, cela n'en finirait jamais, dans cet atelier, avec le pasteur et le marguillier juste à côté. Ainsi donc, je vais changer.

Au surplus, cela ne laisse pas une impression durable sur les gens, et en louant une autre chambre et en laissant les affaires dormir pendant un mois ou deux, l'intrigue aura fortement perdu de son importance.

Si je pouvais être là-bas, pendant les premiers mois qui vont venir, décembre et janvier, est-ce que ce ne serait pas mieux ? A Amsterdam, j'avais une pension pour cinquante cents dans une gargote populaire ; je pourrais le faire aussi là-bas, ou mieux encore, je pourrais faire accord avec l'un ou l'autre peintre pour pouvoir travailler dans son atelier.

Il y a encore une autre raison, c'est qu'il n'est pas absolument impossible que je trouve l'occasion de peindre des nus. A l'académie, on ne me voudra certainement pas, pas plus que je ne le voudrais moi-même sans doute, mais chez un sculpteur, par exemple (il doit certainement y en avoir quelques-uns) on rencontre assez facilement de la sympathie. Il va de soi qu'avec de l'argent on a des modèles tant qu'on veut, mais sans cela c'est une question difficile. Il doit pourtant bien se trouver là-bas des gens avec qui on puisse s'arranger pour les frais et qui disposent de modèles pour le nu. J'en ai besoin pour beaucoup de choses (433).

Je désirerais maintenant aller à Anvers. La première chose que j'y ferai sera sans doute d'aller voir les tableaux de Leys dans sa *salle à manger*, si on peut les voir. Tu connais cette *Promenade sur les remparts*, et celle qui a été gravée par Bracquemond : *la Table, la Servante.*

J'imagine qu'il doit faire beau aussi là-bas, en hiver, sur les docks dans la neige.

J'emporterai naturellement quelques tableaux, et ce seront ceux que je t'aurais sinon envoyés d'ici peu.

Un grand moulin dans la bruyère, le soir, et une vue du village derrière une rangée de peupliers avec des feuilles jaunes, une nature morte et un certain nombre de dessins avec des figures.

Pour l'instant, je suis un peu bloqué dans mon travail. Il gèle ferme, de sorte qu'il est impossible d'aller travailler dehors. Il vaut mieux que je m'abstienne sans plus de prendre des modèles aussi longtemps que j'habite cette maison; sinon peut-être quand je reviendrai. Ainsi j'épargne mes toiles et mes couleurs pour avoir des munitions là-bas. *Au plus vite parti d'ici, au mieux.*

J'ai reçu ces jours derniers une lettre de Leurs au sujet de mes tableaux. Tersteeg et Wisselingh les avaient vus et « ne les avaient pas trouvés à leur gré », écrit-il.

Malgré tout, je reste convaincu que je parviendrai à faire changer d'avis certaines gens, même en supposant que Tersteeg et Wisselingh ne le veuillent pas.

Je viens de lire quelques livres dans le genre des *Souvenirs* de Gigoux, que mon ami de Eindhoven a fait venir, et j'y ai trouvé des choses très intéressantes sur les gens d'aujourd'hui, à partir de Paul Huet. Et cela me donne du courage de voir que je ne m'y suis pas mal pris pour peindre la nature, ni pour ce qui est de la technique de la peinture, quoique j'avoue volontiers que je changerai encore et que c'est nécessaire.

Ainsi, vois les têtes qui sont chez toi. Il y en a de bonnes, j'en suis presque tout à fait certain. Eh ! bien, donc, en avant ! Je crois que je ne m'ennuierai pas cet hiver. Il est évident que ce sera surtout une question de travailler dur. Mais il y a justement quelque chose d'extraordinaire dans la sensation qu'il faut entrer dans le feu.

Du fait que j'ai pendant longtemps travaillé *isolément*, je m'imagine que, même *si je veux et si je peux* apprendre quelque chose des autres et faire même des emprunts à leur technique, je continuerai toujours à regarder *avec mes propres yeux* et à avoir ma façon de concevoir à moi.

Que j'essaierai d'apprendre quelque chose, rien de plus certain. Et surtout pour le nu, si je le puis. J'imagine cependant que je ne serai pas à même de prendre d'emblée de bons modèles et *en aussi grand nombre* que je le désire, mais que je devrai, pour m'en procurer, gagner de l'argent en faisant autre chose. Soit des paysages, soit des coins de ville, soit des portraits, comme je te l'ai dit, ou s'il le fallait, des enseignes et de la décoration. Ou, ce que je ne disais pas dans ma précédente lettre parmi les choses que je *pourrais bien* faire à côté, donner des leçons de peinture, en commençant par les natures mortes, ce qui est, je crois, une autre méthode que celle des maîtres de dessin. J'ai eu des preuves de cela avec mon ami à Eindhoven et j'oserais recommencer.

Ici je n'ai fait que peindre inlassablement *pour apprendre à peindre*, pour acquérir de solides principes sur la couleur etc., sans laisser beaucoup de place à d'autres préoccupations. Mais quand je me suis évadé pendant quelques jours à Amsterdam j'ai été très satisfait de revoir des tableaux. Car il est quelquefois diablement dur d'être tout à fait en dehors de la peinture et du monde des peintres et de ne rien voir des autres.

Depuis lors, j'ai bien eu envie d'y retourner pendant quelque temps.

Quand on est absolument éloigné de cela depuis des années et qu'on lutte avec la nature, il est vrai qu'on ne perd pas son temps et sans doute y trouve-t-on une nouvelle provision de courage et de santé, ce qui n'est en aucun cas superflu, car la vie du peintre est déjà bien assez rude.

Pour mon travail, il me faudra le régler d'après les circonstances, je veux dire que si je pouvais entrer en relations avec un amateur d'art, je ferais tout pour lui montrer quelque chose de moi.

Mais ce qui est différé n'est pas perdu, et surtout si je parvenais à faire quelques nouvelles études de têtes ou de figures, tu les verrais aussitôt. Je crois que tu aimerais un des paysages que j'emporte, et même peut-être les deux, mais je crois que celui avec les feuilles jaunes surtout te plairait. J'en joins un rapide croquis.

L'horizon est une ligne sombre sur la ligne claire du ciel blanc et bleu. Sur cette ligne sombre, il y a de petites taches rouges, bleuâtres et vertes ou brunes formant la silhouette des toits et des vergers, le champ est verdâtre. Le ciel, plus haut sur lequel les minces troncs noirs et les feuilles jaunes se détachent, est gris. L'avant-plan entièrement couvert de feuilles jaunes qui sont tombées, et là-dedans deux figures noires et une bleue. A droite un tronc de hêtre, noir et blanc, et un tronc vert avec des feuilles brun-rouge (434).

Tu as raison de me dire que je sentirai le manque d'atelier à Anvers. Mais je dois choisir entre un atelier sans travail ici et du travail sans atelier là-bas.

J'ai pris le dernier parti et avec un enthousiasme si grand que c'est comme un « retour d'exil ». En effet, j'ai été pendant longtemps éloigné du monde de la peinture. Et entre-temps mes forces ont un peu mûri, de sorte que je me sens plus indépendant à l'égard des intrigues et capable de leur tenir tête. Je veux dire qu'à La Haye j'étais plus faible que les autres avec mon pinceau, – je ne dis pas en dessin, – et que pour ce qui était de peindre et jeter de la couleur, j'étais plus facile à confondre que maintenant.

Je désire violemment voir Rubens. Mais as-tu remarqué comme Rubens est théâtral, et même théâtral quant au sentiment de ses sujets religieux, souvent même d'un mauvais théâtral. Tiens, prends Rembrandt, Michel-Ange, prends *le Penseur* de Michel-Ange. Cela représente bien un penseur, n'est-ce pas ? Mais ses pieds sont petits et lestes, mais sa main a la rapidité de l'éclair comme une griffe de lion, et ce penseur est à la fois un homme d'action, on voit que sa pensée est une concentration de l'esprit, en vue uniquement de bondir et d'agir d'une manière ou de l'autre.

Rembrandt s'y prend *autrement.* Son Christ, surtout, dans *les Disciples d'Emmaüs*, est une âme dans un corps, ce qui n'est pas tel toutefois dans un torse de Michel-Ange, mais tout de même, dans le geste qu'il fait pour convaincre il y a quelque chose de puissant.

Place à présent Rubens à côté de cela, une de ses multiples figures méditatives – et ce sont des gens qui, pour stimuler la digestion, se sont retirés dans un coin. Ainsi dans tout ce qui est religieux ou philosophique, il est *plat* et *creux.* Mais ce qu'il sait faire, ce sont des femmes, – comme Boucher et mieux que lui, – c'est là encore qu'il fait penser le plus juste et qu'il est le plus profond. Ce qu'il sait faire, – des combinaisons de couleur, – ce qu'il sait faire, c'est une reine, un homme d'Etat, – bien analysés, tels qu'ils sont.

Mais le surnaturel, – là où la magie commence, – non ? sinon mettre quelque chose d'infini dans une expression de femme, qui toutefois n'est pas dramatique.

J'ai trouvé un passage au sujet de Gainsborough qui me pousse encore à travailler *d'un seul coup.* Voici :

« C'est cette brusquerie de touche qui donne tant d'effet. La spontanéité de son impression y est tout entière, et se communique au spectateur. Gainsborough avait d'ailleurs une méthode parfaite pour assurer l'ensemble de ses compositions. Il ébauchait tout d'un trait son tableau et le poussait harmonieusement du haut en bas, sans isoler son attention sur de petits fragments, sans s'obstiner aux détails, car il cherchait l'effet général et il le trouvait presque toujours, grâce à cette large vue sur la toile, qu'il regardait comme on regarde la nature, d'un seul coup d'œil » (435).

ANVERS (novembre 1885 - février 1886)

Je commence par te raconter que j'ai vu la salle à manger de Leys, tu sais : *la Promenade sur les Remparts, les Patineurs, la Réception, la Table* et sur un panneau entre les fenêtres *Saint Luc.* A mon étonnement, la composition, je me l'imagine du moins, était assez différente des compositions définitives quoique je n'aie pas encore eu l'occasion de les comparer aux photos des *tableaux.*

C'est peint à fresque, donc sur le plâtre des murs. Une fresque peut et doit à vrai dire durer des siècles mais celles-ci sont déjà sensiblement décolorées et surtout celle du dessus de la cheminée (fragment de *la Réception*) est même déjà fendue. Aussi le fils du baron Leys – qui est roublard, – a transformé la salle en agrandissant une porte de sorte que dans *les Patineurs,* les jambes des bonhommes qui se trouvent sur le pont et regardent par-dessus la balustrade sont coupées, ce qui est d'un effet défavorable.

De plus, la lumière y est horriblement mauvaise, mais je pense que la salle était à l'origine peinte pour être vue à la lumière artificielle. C'est pourquoi, comme je ne pouvais vraiment rien voir, j'ai fait allumer le lustre par la bonne à qui j'ai donné un pourboire, et ainsi j'ai pu mieux voir.

Après tant de choses qui m'avaient en partie déçu (en premier lieu la couleur à fresque et, je le crains, *un mau-*

vais procédé de fresque, ce à quoi Leys ne nous a pas habitués) après tant de choses qui m'avaient déçu, c'est tout de même superbe.

La servante, la femme près de la boulangerie, l'amoureuse et les autres figures dans *la Promenade sur les Remparts*, la vue sur la ville à vol d'oiseau, la silhouette des tours et des toits sur le ciel, le grouillement des patineurs sur les fossés gelés d'une tournure superbe.

J'ai vu aussi le Musée de peintures anciennes et le Musée Moderne. Je suis d'accord avec toi pour dire que les figures de premier plan, – les têtes – dans *le Christ au Purgatoire* sont *très* belles, plus belles que le reste et que la figure principale ; surtout ces deux têtes de femmes blondes sont du Rubens de première qualité. Le Frans Hals, *Jeune Pêcheur*, m'a frappé particulièrement ; M. de Vos, portrait de doyen de gilde, Rembrandt *très* beau, deux petits Rembrandt qui peut-être ne sont pas de Rembrandt mais de N. Maas ? ? ou d'un autre ; Jordaens, le Concert de Famille ; Van Goyen, S. Ruysdael. Et le Quentin Matsys, le dessin de Sainte-Barbe par Van Eyck etc.

Musée moderne : le grand Mols est dans le genre Mesdag avec des traces caractéristiques de Vollon (Vollon le connaissait bien) Braekeleer, *pas* les mauvais : une auberge brabançonne, curieusement belle ; de beaux paysages de C. de Cock, Lamorinière, Coosemans, Asselbergs, Rosseels, Baron, Munthe, Achterbach, un beau Clays, des vieux Leys, l'un genre Braekeleer, encore un romantique, l'autre beau ; un beau portrait d'Ingres, un beau portrait de David, d'autres belles choses encore, aussi des choses horribles comme des vaches grandeur nature du pieux et respectueux Verbœkhoven, etc. (436).

P.-S. – Etrange que mes études paraissent plus sombres ici en ville qu'à la campagne. Est-ce que ceci provient de ce que la lumière est moins claire partout en ville ? Je n'en sais rien. Mais ceci est plus important qu'on ne le croirait au premier abord, cela m'a frappé et cela m'aiderait à comprendre que certaines choses que tu as chez toi paraissent aussi plus sombres que je ne l'aurais cru à la campagne. Mais celles que j'ai emportées ne font pas mal, le moulin, l'allée avec les arbres en automne, la nature-morte et deux ou trois petits tableaux (437).

Je trouve Rubens très beau à cause de sa façon franche de peindre, de travailler avec les moyens les plus simples.

Je ne range pas Henri de Braekeleer parmi ces gens qui partout cherchent des effets nacrés, car chez lui, il y a un curieux, un très intéressant effort pour serrer de près l'exactitude et il est très personnel.

Je ne renonce pas à l'idée que j'ai sur le portrait car c'est une bonne chose de se battre pour cela, de montrer aux gens qu'il y a encore en eux autre chose que ce que le photographe avec son appareil peut en tirer (439).

Mais je préfère tellement peindre des figures, je crois aussi que le marché pourrait être un jour encombré de paysages et quoiqu'on ait assez de difficultés à cause des modèles il y a plus de chance de ce côté.

Les marchands disent que ce qu'on vend le mieux, ce sont les têtes et les figures de femmes.

Il faudra que je me décide au printemps si je reste ou non dans les environs de Nuenen. J'aimerais que tu me donnes ton idée à ce sujet (440).

Hier j'ai peint quelques études où l'on voit la cathédrale.

Et j'en ai également une petite du parc.

Néanmoins, je préfère peindre les yeux des hommes que les cathédrales, car dans les yeux il y a quelque chose qu'il n'y a pas dans les cathédrales, même si elles sont majestueuses et qu'elles en imposent, l'âme d'un homme, même si c'est un pauvre gueux ou une fille de rue, est plus intéressante à mes yeux (441).

Je viens de terminer quelques études et plus je peins, plus il me semble que je fais des progrès. Dès que j'ai reçu ton argent, j'ai pris un beau modèle d'après lequel j'ai fait une tête grandeur nature.

C'est tout à fait clair, sauf ce qui est noir, mais la tête ressort d'une façon uniforme sur un fond où j'ai cherché à mettre un reflet doré.

Voici d'ailleurs la gamme des couleurs : une couleur chair d'une belle tonalité, dans le cou plus bronzé des cheveux noirs de jais, d'un noir que j'ai dû faire avec du carmin et du bleu de Prusse, un blanc douteux pour la blouse, du jaune clair beaucoup plus lumineux que le blanc pour le fond. Une note de rouge vif dans les cheveux noirs de jais et un deuxième trait rouge vif dans le blanc sale.

C'est une serveuse d'un café chantant et, malgré tout, l'expression que j'ai cherchée est un peu celle d'un *ecce homo.*

Mais c'est justement ce que j'ai voulu comme expression encore que j'aie voulu rester vrai malgré cela. Quand le modèle est venu chez moi, elle avait visiblement eu quelques nuits très chargées. Elle me dit alors quelque chose d'assez caractéristique : *pour moi le champagne ne m'égaie pas, il me rend toute triste.*

J'avais ce qu'il me fallait et j'ai cherché quelque chose d'à la fois voluptueux et désolé. J'ai commencé une nouvelle étude d'après elle, mais de profil.

J'ai vu hier une grande photo d'après un Rembrandt que je ne connaissais pas et qui m'a étonnamment frappé. C'est une tête de femme, la lumière tombait sur la poitrine, le cou, le menton et l'aile du nez, le bas de la joue.

Le front et les yeux dans l'ombre d'un grand chapeau avec sans doute des plumes rouges, sans doute aussi du rouge ou du jaune dans la petite blouse décolletée. Un fond sombre. L'expression, un sourire mystérieux comme celui de Rembrandt lui-même dans son propre portrait où Saskia est sur ses genoux et où il tient un verre de vin dans la main.

Toutes mes pensées actuellement sont pleines de Rembrandt et de Frans Hals, non pas parce que je vois beaucoup de leurs tableaux, mais parce que je vois parmi le peuple d'ici tant de types qui me font songer à cette époque.

Le cobalt est une couleur divine, et il n'y a rien d'aussi beau pour mettre de l'air autour des objets ; le carmin est le rouge du vin et il est chaud, spirituel comme du vin.

Le vert émeraude aussi. Ce n'est pas une économie de se passer de ces couleurs.

Du cadmium non plus.

Je crois que tu conçois assez l'importance d'être vrai pour que je puisse te parler librement.

Pour le même motif que quand je peins des paysannes, je veux que ce soient des paysannes, pour la même raison quand ce sont des putains, je veux que ce soit une expression de putain.

C'est pour cela que cette tête de putain de Rembrandt m'a tant frappé.

Parce qu'il a infiniment bien saisi ce sourire mystérieux avec le sérieux que lui seul, le magicien des magiciens, pouvait.

Ceci est quelque chose de nouveau pour moi, et je le veux à tout prix. Manet l'a fait et Courbet, eh bien, sacrebleu, j'ai la même ambition, parce que, en plus, j'ai trop senti jusqu'à la moelle l'infinie beauté des analyses féminines des grands maîtres de la littérature, Zola, Daudet, de Goncourt, Balzac.

Même Stevens ne me satisfait pas parce que ses femmes ne sont pas celles dont personnellement je sais quelque chose. Et je trouve que celles qu'il choisit ne sont pas les plus intéressantes. Enfin quoi qu'il en soit, je veux à tout prix aller de l'avant, je veux être moi-même.

C'est que je sens en moi-même de l'obstination et je suis au-dessus de ce que les gens peuvent dire de moi et de mon œuvre (442).

Avant que je ne l'oublie, je veux commencer par répondre à ta question de l'autre jour, au sujet du tableau de Franck ou Francken à l'église Saint-André, que j'ai vu aujourd'hui. Je trouve que c'est un bon tableau – le sentiment surtout en est beau – mais ce sentiment n'est pas fort flamand ni rubénien. On songe plutôt à Murillo. Le coloris est chaud dans une gamme rousse, comme parfois chez Jordaens.

Les ombres de la carnation sont très énergiques c'est ce que Rubens n'a pas, mais parfois Jordaens, et c'est ce qui donne quelque chose de mystérieux à ce tableau que l'on peut bien apprécier dans cette école.

Je n'ai pu m'en approcher d'assez près pour me rendre compte de la technique, ce qui eût bien valu la peine. La *Tête du Christ* est moins conventionnelle que les peintres flamands ne la conçoivent en général.

Je m'imagine toutefois pouvoir faire de même, et le tableau ne m'a rien appris de neuf.

Et comme je ne suis pas content de ce dont je suis actuellement capable, et que je veux faire des progrès – passons, – allons voir d'autres tableaux. Ce qui m'a frappé dans cette église, c'était un croquis de Van Dyck ou Rubens ? une *Descente de croix* très haut placée mais qui semblait belle. Beaucoup de sentiment dans le cadavre blême. Ceci en passant.

Il y a un vitrail que je trouve superbe – très, très curieux. Une plage, une mer verte avec un château sur les roches, un ciel bleu étincelant dans les plus belles teintes de bleu, verdâtre, blanchâtre, tantôt plus bas tantôt plus haut de ton.

Un énorme trois-mâts, fantasque et fantastique dresse sa silhouette sur le ciel, de la réfraction partout, de la lumière dans l'obscurité, de l'obscurité dans la lumière. En bleu, une figure de la Sainte Vierge, en jaune prononcé, blanc orange. Au-dessus c'est encore le vitrail, en vert foncé, avec du noir, avec du rouge éclatant.

Enfin, t'en souviens-tu ? C'est très beau, et Leys en aurait certes été épris, ou James Tissot première manière, ou Thys Maris.

J'ai vu quelques tableaux achetés pour le Musée Moderne, *Verhas et Farasyn. Verhas* : des dames montant à ânes et des garçons pêcheurs sur la plage ; *Farasyn* : une grande machine de l'ancien marché aux poissons d'Anvers.

Egalement un Emile Wauters : *le Caire*, je crois, une place de marché.

Le *Verhas* y fait bien, c'est en tout cas un bon tableau, osé de couleurs dans une gamme claire, quelques belles combinaisons, entre une figure orange sur un fond bleu-clair, vert-clair et blanc.

Je travaille toujours à mes portraits et j'en ai enfin deux qui décidément « sont ressemblants », (un profil et un 3/4). Ce n'est pas tout, ce n'est même pas le principal.

Cela vaut la peine pourtant de le rechercher, et on apprend peut-être à dessiner ainsi. Je commence d'ailleurs par aimer de plus en plus les portraits.

Il y a par exemple certains Rubens très fameux : *la Vierge au Perroquet, le Christ à la Paille*, etc... Quant à moi je passe à côté pour regarder plutôt ce brutal portrait d'homme – peint d'une main si admirablement ferme – ayant de-ci de-là des aspects de croquis, qui ne pend pas loin de la *Saskia* de Rembrandt.

Dans une *Descente de croix*, de Van Dyck, celle en hauteur, la grande, il y a aussi un *portrait*, décidément un portrait, non pas d'une tête seule, Dieu merci, de toute une figure, superbe en jaune et lilas, une femme penchée qui pleure, le torse, les jambes sous la robe, exécutés et sentis d'une façon bien intime. Que l'art est grand quand l'art est simplement vrai.

Et un Ingres, un David, des peintres dont vraiment la peinture n'est pas toujours belle, combien ils deviennent intéressants quand, mettant de côté leur pédantisme ils s'oublient à être vrais, à rendre un caractère, comme dans les deux têtes au Musée Moderne. Enfin.

Ah ! si l'on pouvait avoir les modèles qu'on voudrait (443).

Dimanche passé, j'ai vu pour la première fois les deux grands tableaux de Rubens, et, parce que j'avais examiné ceux du Musée à diverses reprises et à mon aise, ces deux tableaux, *la Descente de croix* et *l'Elévation* en furent d'autant plus intéressants. *L'Elévation* a une caractéristique, qui m'est directement apparue, notamment qu'il n'y a pas de figure de femme. Si ce n'est sur les volets latéraux du triptyque.

Il n'en est pas meilleur par conséquent. Laisse-moi te dire que *la Descente de croix* me plonge dans l'exaltation. Non pas à cause de la profondeur des sentiments qu'on trouverait chez un Rembrandt, ou dans un tableau de Delacroix ou un dessin de Millet. Rien ne me navre moins que Rubens au point de vue de l'expression de la douleur humaine.

Que je te dise tout d'abord, pour mieux expliquer ma pensée, que les plus belles têtes de Madeleine ou de *Mater Dolorosa* en pleurs me font toujours penser aux larmes d'une belle fille qui aurait par exemple un chancre, ou quelque autre « petite misère de la vie humaine ».

Comme tels, ces tableaux sont magistraux, mais on ne doit rien y chercher d'autre.

Rubens est étonnant dans la peinture de belles femmes ordinaires. Mais dans l'expression il n'est *pas* dramatique. Compare-le, par exemple, à la tête de Rembrandt dans la collection Lacaze, à la figure d'homme de la *Fiancée juive*, tu comprendras ce que je veux dire, notamment que ses huit figures boursouflées de gaillards qui exécutent un tour de force avec une lourde croix de bois dans *l'Elévation* me semble *absurdes* dès que je me place du point de vue de l'analyse moderne des passions et des sentiments humains. Surtout dans ses expressions d'hommes (à l'exception toujours des portraits proprement dits) Rubens est superficiel, creux, boursouflé, voire totalement conventionnel et tout autant que Jules Romain et d'autres peintres encore pires de la décadence.

Mais pourtant Rubens me plonge dans l'exaltation parce qu'il est précisément celui qui cherche à exprimer et à représenter réellement – encore que ses figures soient parfois creuses – une atmosphère de joie, de sérénité, de douleur, par la combinaison des couleurs.

Ainsi dans *l'Elévation de la croix* même, la tache blanche – le cadavre d'une forte intensité de lumière – est dramatique dans son rapport de contraste avec le reste, traité en teintes sombres.

De même nature, mais à mon sens bien plus beau, est le charme de la *Descente de croix* où la tache blanche est rappelée par les cheveux blonds, le visage et le cou blancs des figures de femmes, tandis que l'entourage sombre est étonnamment riche par les différentes masses de rouge, vert sombre, noir, gris, violet, traitées en mineur et rapprochées des autres par le ton.

Delacroix a tenté de redonner foi dans les symphonies des couleurs. Et l'on dirait que ce fut en vain, quand on observe que presque tout le monde considère qu'une chose est bien en couleur lorsqu'on y trouve *l'exactitude* de la couleur locale, une mesquine précision.

Ni Rembrandt, ni Millet, ni Delacroix, ni qui que ce soit, même Manet ou Courbet, n'ont jamais visé à l'atteindre, pas plus que Rubens ou Véronèse.

J'ai encore vu plusieurs autres tableaux de Rubens dans différentes églises. Et il est très intéressant d'étudier Rubens, précisément parce que dans sa technique il est ou paraît être la simplicité même. Parce qu'il lui faut si peu de chose, qu'il le fait d'une main si lente, et qu'il peint et surtout dessine sans aucune hésitation. Mais son fort, ce sont les portraits et les têtes ou figures de femmes. C'est là qu'il est profond et intime aussi. Et que ces tableaux sont restés frais, précisément par la simplicité de la technique.

Que te dirais-je de plus ? Que j'ai de plus en plus envie de reprendre sans me hâter, c'est-à-dire sans précipitation nerveuse, d'une façon calme et tranquille, toutes mes études de figures en commençant par le commencement. Je voudrais que ma connaissance du nu et de la structure de la figure fût telle que je puisse travailler par cœur (444).

Enfin Verlat a vu mon travail. Quand il vit les deux paysages et la nature morte que j'avais rapportée de la campagne, il me dit « oui, mais cela ne me regarde pas », mais quand je lui eus montré les deux portraits, il me dit : « Ça c'est autre chose, s'il s'agit de figures, vous pouvez venir. »

De sorte que dès demain je puis aller travailler dans la classe de peinture de l'académie. J'ai parlé en outre à Vinck (un élève de Leys dont j'ai vu des choses à la manière de Leys, moyenâgeuses) pour faire le soir du dessin d'après l'antique.

. . . .

J'ai déjà dessiné là-bas deux soirs, et je dois dire que je pense que, précisément pour faire des figures de paysans, il est très bon de dessiner d'après l'antique, à condition toutefois qu'on ne procède pas comme d'habitude. Les dessins que j'y vois, je les trouve tous à vrai dire fatalement mauvais et radicalement ratés. Et je sais fort bien que les miens sont tout autres : le temps nous apprendra qui tient le bon bout. Il n'y en *a absolument aucun*, tonnerre ! qui ait le sens de ce qu'est une statue antique (446).

Les études des autres (élèves) ont à peu près la *même couleur que la chair*, et vues de près en donnent donc très exactement l'impression – mais quand on recule un peu, cela devient pénible à voir, et plat, – tout ce rose et ce jaune fin, etc., etc., délicat par lui-même, donne un « effet produit » tellement dur. Chez moi, vu de près, c'est d'un roux verdâtre, gris-jaune, blanc, noir et beaucoup de teintes neutres, et généralement des couleurs inqualifiables. Mais cela devient juste, question de couleur mise à part, quand on recule un peu, et alors l'air circule tout autour et il y a là-dedans comme un certain ondulement lumineux. En outre, le moindre plus petit pointillé de couleur, avec lequel on aurait éventuellement glacé, se met à parler.

. . . .

Il y a quelques élèves qui ont vu mes dessins : l'un d'eux, à propos de mes figures de paysans, a commencé immédiatement, à la classe du nu, par dessiner le modèle avec un modelé plus énergique, en soulignant solidement les ombres. Il m'a montré ce dessin, et nous en avons parlé, il était plein de vie et c'était devenu le plus beau dessin que j'aie vu des gens d'ici. Sais-tu ce qu'on en pense ? Le professeur Sibert le fit venir exprès chez lui et lui dit que s'il avait le toupet de recommencer, il serait considéré comme s'étant moqué de son professeur. Et je te dis, c'était le seul dessin « grassement fait », genre Tassaert ou Gavarni. Tu vois donc ce qui en est. Mais ce n'est pas grave et on ne doit pas s'en faire et prendre un air innocent comme si on voulait bien désapprendre cette mauvaise manière, mais que malheureusement on y retombe chaque fois. Les figures qu'ils dessinent sont presque toujours trop lourdes de la tête et font la culbute, aucune qui *se tiennent* solidement sur ses pieds.

Et c'est le fait de *tenir* qui doit déjà *résulter du premier croquis* (447).

Laisse-moi te dire comment les choses se sont encore passées ici.

Le cours de peinture a pris fin la semaine passée, parce qu'avant la fin du cours il y a un concours pour ceux qui l'ont suivi ; je n'en suis donc pas.

Je dessine donc pendant le jour également et le professeur de ce cours, qui actuellement fait des portraits dont il obtient de gros prix, m'a demandé à diverses reprises si jadis je n'avais jamais dessiné d'après l'antique et si j'avais appris à dessiner moi-même.

Et il conclut : « Je vois que vous avez beaucoup travaillé » – et « vous ne serez pas long à faire des progrès, vous y gagneriez beaucoup, – il faut un an, mais qu'est-ce que cela fait ? »

Mais il y a à côté de moi un élève de mon âge, auquel il ne tient pas ce propos et qui a peint longtemps et qui a dessiné *trois ans* d'après l'antique.

En règle générale, les élèves dessinent sans fond et cela est absolument interdit à ce monsieur en question.

C'est ce qui donne des dessins affreusement secs.

Voilà que Sibert, c'est le nom du professeur, – qui dirige également la classe du nu, – a dit : « Quant à vous, vous dessinerez comme il vous plaira, puisque je vois que vous prenez le dessin au sérieux ; quant aux autres, en général, je ne leur permets pas de faire un fond, parce qu'alors ils escamotent le dessin des formes tandis que sur fond blanc, ils sont bien obligés de les faire, c'est donc une camisole de force. »

Il dit aussi que Verlat lui avait dit que mon travail avait du bon, ce que Verlat ne m'a pas dit.

C'était précisément après avoir reçu ta lettre que Sibert vint examiner les dessins (le mien était une tête de Niobé et une main qui eût pu être de Michel-Ange, la main, je l'avais faite en quelques heures, et celle-là précisément il la trouva bonne). Je lui dis alors que je songeais à aller chez Cormon, à quoi il répondit : « Vous ferez comme vous voudrez, mais je vous dis que Verlat en a formé plusieurs de forts et nous y tenons de former des élèves qui nous fassent honneur, et je vous engage bien fortement de rester[1]. »

C'est presque une belle promesse de réussite garantie. Que dois-je faire ? D'un autre côté, j'ai fait plus ample connaissance, par exemple, avec ces Anglais qui ont été à Paris, et j'ai écouté leurs expériences. L'un a été chez Gérôme, l'autre chez Cabanel, etc.

Ils prétendent qu'à Paris on est relativement plus libre, et qu'on peut par exemple choisir soi-même ce que l'on veut faire, bien plus qu'ici, mais que la correction est indifférente.

Sais-tu ce que je pense ? Ceci : à Paris je travaillerais certes *plus* qu'ici, par exemple un dessin chaque jour ou tous les deux jours. Et nous connaissons ou plutôt tu connais assez de braves gens qui ne nous refuseront pas de les examiner et de nous donner des conseils.

En tout cas, nous sommes donc, à vrai dire, sur une piste, soit que je reste encore ici un peu de temps, soit que j'aille chez toi (448).

Nous sommes au quatrième quart d'un siècle qui finira par une révolution colossale.

Mais supposons que nous en voyions encore tous deux

1. En français dans le texte.

le commencement sur la fin de notre vie. Certes, nous ne connaîtrons *pas* les temps meilleurs d'air pur et de rafraîchissement de toute la société après ces grands orages.

Mais une chose importe : c'est de ne pas être dupe de la fausseté de son époque, pas au point toutefois qu'on n'y repère les heures malsaines, étouffantes et déprimées qui précèdent l'orage.

Et qu'on ne se dise : nous sommes dans l'angoisse, mais les générations futures pourront respirer plus librement.

Un Zola et les Goncourt, ils y crient avec la candeur de grands enfants, eux les analystes les plus rigoureux, dont le diagnostic est si brutal et si précis à la fois.

Et précisément, ceux que tu as nommés, Tourguéniev et Daudet, ils ne travaillent pas sans but ni sans jeter un regard de l'autre côté.

Mais tous, et à bon droit, évitent de prédire des utopies, et ils sont pessimistes pour autant que, quand on analyse, on voit terriblement dans l'histoire de ce siècle, comment avortent les révolutions, même quand elles ont noblement commencé.

Vois-tu, ce qui donne du réconfort, c'est qu'on ne doit pas toujours courir seul avec ses sentiments et ses idées, c'est quand on collabore et qu'on travaille avec un groupe.

Alors aussi *on est capable* de bien plus, et on est infiniment plus heureux. Voilà ce que, depuis longtemps, j'aurais voulu avoir entre nous et, vois-tu, je m'imagine que si tu restais seul, tu aurais le cafard, parce que les temps sont peu réjouissants, *à moins que l'on ne trouve son bonheur dans son travail* (451).

J'ai absolument besoin de te dire que cela me tranquilliserait beaucoup si tu trouvais bon qu'au besoin je vienne à Paris beaucoup plus tôt qu'en juin ou en juillet. Plus j'y songe, plus cela me paraît désirable.

. . . .

S'il s'agit de vivre plus intensément, eh ! bien, dans le Brabant, je suis excédé par la question des modèles ; la même histoire recommence toujours et il me semble que cela ne peut rien donner de bon. De cette façon, on s'écarte de sa route. Donne-moi donc, s'il te plaît, la permission de venir au besoin plus tôt. Je dirais même immédiatement. Si à Paris je prends une mansarde, que j'apporte ma boîte à couleurs et mes instruments de dessin, je puis, en ce qui concerne le travail, achever d'un coup ce qui presse le plus, ces études de l'antique qui me seront certes utiles quand j'irai chez Cormon. Je puis aller dessiner, soit au Louvre, soit à l'Ecole des Beaux-Arts. Nous pourrions alors, avant de nous décider de nous installer ailleurs, aviser et réfléchir d'autant mieux.

Au besoin, je consens à passer le mois de mars à Nuenen, je verrai comment cela va là-bas, et comment sont les gens, et si je puis avoir des modèles ou non.

Mais si cela ne réussit pas, ce qui est probable, je pourrais venir directement à Paris après le mois de mars et commencer par dessiner, par exemple au Louvre.

. . . .

Je dois te dire aussi que, quoique je m'y habitue, les critiques des gens de l'académie me sont souvent insupportables, car décidément ils sont restés désagréables. Je cherche toutefois à éviter systématiquement les disputes, et vais mon petit bonhomme de chemin. Il me semble que je suis en voie de trouver ce que je cherche, et peut-être le trouverais-je encore plus vite, si j'étais tout seul à dessiner d'après l'antique. Je suis content d'être allé à l'académie, précisément parce que je puis y voir en abondance les résultats de ce qu'on appelle « prendre par le contour ».

Car c'est ce qu'ils font systématiquement et c'est à ce sujet qu'ils me cherchent chicane : « Faites d'abord un contour, votre contour n'est pas juste, je ne corrigerai pas cela, si vous modelez avant d'avoir sérieusement arrêté votre contour. » Vois-tu, tout cela revient à cela. Et tu devrais voir ! ! ! Comme les résultats de ce système sont plats, morts et enquiquinants ; oh ! je te dis, je suis très content d'avoir pu le voir de près. David, ou encore pire, Pieneman en pleine fleur. Bien vingt fois j'ai voulu dire : « votre contour est un truc, etc. ». Mais j'ai jugé que cela ne valait pas la peine de se disputer. Pourtant, quoique je ne dise rien, je les agace et ils m'agacent (452).

PARIS (mars 1886 - février 1888)

Paris, en mars 1886.

Mon cher Théo,

Ne m'en veux pas d'être venu tout d'un trait, j'y ai tant réfléchi et je crois que de cette manière nous gagnons du temps. Serais au Louvre à partir de midi ou plus tôt si tu veux.

Réponse s. v. p. pour savoir à quelle heure tu pourrais venir dans la Salle Carrée. Quant aux frais, je te le répète, cela revient au même. J'ai de l'argent de reste, cela va sans dire, et avant de faire aucune dépense je désire te parler. Nous arrangerons la chose, tu verras.

Ainsi, viens-y le plus tôt possible.

Je te serre la main.

Tout à toi,

VINCENT (459).

Paris, été 1887.

Je me sens triste de ce que même en cas de succès, la peinture ne rapportera pas ce qu'elle coûte.

J'ai été touché de ce que tu écris de la maison : « On se porte assez bien, mais pourtant c'est triste de les voir. »

Il y a une douzaine d'années pourtant on aurait juré que quand même la maison prospérerait toujours et que cela marcherait. Cela ferait bien plaisir à la mère si ton mariage réussit, et pour ta santé et tes affaires il faudrait pourtant ne pas rester seul.

Moi – je me sens passer l'envie de mariage et d'enfants – et à des moments je suis assez mélancolique d'être comme ça à trente-cinq ans lorsque je devrais me sentir tout autrement.

Et j'en veux quelquefois à cette sale peinture.

C'est Richepin qui a dit quelque part :

l'amour de l'art fait perdre l'amour vrai

Je trouve cela terriblement juste, mais à l'encontre de cela, l'amour vrai dégoûte de l'art.

Et il m'arrive de me sentir déjà vieux et brisé, et pourtant encore amoureux assez pour ne pas être enthousiaste pour la peinture. Pour réussir il faut de l'ambition, et l'ambition me semble absurde. Il en résultera je ne sais quoi, je voudrais surtout t'être moins à charge – et cela n'est pas impossible dorénavant – car j'espère faire du progrès de façon à ce que tu puisses hardiment montrer ce que je fais sans te compromettre.

Et puis je me retire quelque part dans le Midi, pour ne pas voir tant de peintres qui me dégoûtent comme hommes...

J'ai vu Tanguy hier, et il a mis dans la vitrine une toile que je venais de faire, j'en ai fait quatre depuis ton départ et j'en ai une grande en train.

Je sais bien que ces grandes toiles longues sont de vente difficile, mais plus tard on verra qu'il y a du plein air et de la bonne humeur. Maintenant le tout fera une décoration de salle à manger ou de maison de campagne (462).

ARLES (février 1888 - mai 1889)

Arles, le 21 février 1888.

Mon cher Théo,

Durant le voyage j'ai pour le moins autant pensé à toi qu'au nouveau pays que je voyais.

Seulement je me dis que plus tard tu viendras peut-être toi-même souvent ici. Il me semble presque impossible de pouvoir travailler à Paris, à moins que l'on n'ait une retraite pour se refaire, et pour reprendre son calme et son aplomb. Sans cela on serait fatalement abruti.

Maintenant je te dirai que pour commencer il y a partout au moins soixante centimètres de neige de tombée, et il en tombe toujours. Arles ne me semble pas plus grand que Breda ou Mons.

Avant d'arriver à Tarascon j'ai remarqué un magnifique paysage d'immenses rochers jaunes, étrangement enchevêtrés des formes les plus imposantes.

Dans les petits vallons de ces rochers étaient alignés de petits arbres ronds au feuillage d'un vert olive ou vert gris, qui pourraient bien être des citronniers.

Mais ici à Arles le pays paraît plat. J'ai aperçu de magnifiques terrains rouges plantés de vignes, avec des fonds de montagnes du plus fin lilas. Et les paysages dans la neige avec les cimes blanches contre un ciel aussi lumineux que la neige étaient bien comme les paysages d'hiver qu'ont faits les Japonais.

Voici mon adresse :

Restaurant Carrel,
30, Rue Cavalerie, Arles.
(Département Bouches-du-Rhône).

Je n'ai encore fait qu'un petit tour dans la ville, étant plus ou moins esquinté hier soir.

J'écrirai bientôt – un antiquaire où j'entrais hier dans la même rue ici, me disait connaître un Monticelli. Avec une bonne poignée à toi et aux copains,

Tout à toi,

VINCENT.

Merci de ta bonne lettre ainsi que du billet de 50 francs.

Je ne trouve pas jusqu'à présent la vie ici aussi avantageuse que j'eusse pu l'espérer, seulement j'ai trois études de faites, ce qu'à Paris de ces jours-ci probablement je n'aurais pas su faire...

Il me semble par moments que mon sang veuille bien plus ou moins se remettre à circuler, cela n'ayant pas été le cas dans les derniers temps à Paris, je n'en pouvais véritablement plus.

Les études que j'ai sont : une vieille femme arlésienne, un paysage avec de la neige, une vue d'un bout de trottoir avec la boutique d'un charcutier. Les femmes sont bien belles ici, c'est pas une blague, par contraire, le musée d'Arles est atroce et une blague, et digne d'être à Tarascon. Il y a aussi un musée d'antiquités, vraies celles-là (464).

J'ai reçu ici une lettre de Gauguin, qui dit qu'il a été malade, au lit durant quinze jours. Qu'il est à sec, vu qu'il a eu des dettes criardes à payer. Qu'il désire savoir si tu lui as vendu quelque chose, mais qu'il ne peut pas t'écrire de crainte de te déranger. Qu'il est tellement pressé de gagner un peu d'argent, qu'il serait résolu de rabattre encore sur les prix de ses tableaux...

Pour l'exposition des Indépendants fais comme bon te semblera. Qu'en dirais-tu d'y exposer les deux grands paysages de la butte Montmartre ? Pour moi cela m'est plus ou moins égal, je compte plutôt un peu sur le travail de cette année.

Ici il gèle ferme et dans la campagne il y a toujours de la neige, j'ai une étude d'une campagne blanchie avec la ville dans le fond. Puis deux petites études d'une branche d'amandier déjà en fleur pourtant (466).

A la fin des fins, voilà que ce matin le temps a changé et s'est adouci – j'ai donc déjà eu occasion d'apprendre ce que c'est que ce mistral aussi. J'ai fait plusieurs courses dans les environs, mais toujours il était par ce vent impossible de rien faire.

Le ciel était d'un bleu dur avec un grand soleil brillant, qui a fait fondre à tant soit peu près toute la quantité de neige, mais le vent était si froid et si sec qu'on en avait la chair de poule.

Mais néanmoins j'ai vu de bien belles choses – une ruine d'abbaye sur une colline plantée de houx, de pins, d'oliviers gris.

Nous attaquerons cela sous peu, j'espère.

Maintenant je viens de terminer une étude comme celle qu'a Lucien Pissarro de moi, mais cette fois-ci c'est des oranges.

Cela fait jusqu'ici huit études que j'ai. Mais cela ne compte pas, comme j'ai pas encore pu travailler bien à mon aise et au chaud…

Mais comme pour beaucoup d'entre nous – et sûrement nous serons de ce nombre nous-mêmes – l'avenir est encore difficile ! Je crois bien à la victoire finale, mais les artistes en profiteront-ils et verront-ils des jours plus sereins ?

Samedi soir j'ai eu la visite de deux peintres amateurs, dont l'un est épicier et vend aussi les articles de peinture, et l'autre est un juge de paix, qui a l'air bon et intelligent.

Je viens de lire *Tartarin sur les Alpes*, qui m'a énormément amusé.

Le pauvre Gauguin n'a pas de chance, je crains bien que dans son cas la convalescence soit encore plus longue que la quinzaine qu'il a dû passer au lit.

Nom de Dieu, quand est-ce que l'on verra une génération d'artistes qui aient des corps sains ! A des moments je suis vraiment furieux contre moi-même, car il ne suffit pas du tout de n'être ni plus ni moins malade que d'autres, l'idéal serait d'avoir un tempérament fort assez pour vivre quatre-vingts ans, et avec ça un sang qui serait du vrai bon sang.

On s'en consolerait pourtant, si on sentait qu'il va y venir une génération d'artistes plus heureux (467).

Arles, le 10 mars 1888.

Peut-être serait-il plus facile de mettre d'accord quelques marchands et amateurs pour acheter les tableaux impressionnistes que de mettre d'accord les artistes pour partager également le prix des tableaux vendus. Néanmoins les artistes ne trouveront pas mieux que de se mettre ensemble, de donner leurs tableaux à l'association, de partager le prix de vente, de telle façon du moins que la société garantisse la possibilité d'existence et de travail de ses membres.

Si Degas, Claude Monet, Renoir, Sisley, C. Pissarro, prenaient l'initiative disant : Voici, à nous 5 nous donnons chacun 10 tableaux (ou plutôt nous donnons chacun pour une valeur de 10 000 fr. valeur estimée par les membres experts, par exemple Tersteeg et toi, que la société s'adjoint, lesquels experts également versent un capital en tableaux) puis nous nous engageons en outre de donner par an pour une valeur de…

Et nous vous invitons, vous autres, Guillaumin, Seurat, Gauguin, etc, etc., à vous joindre à nous (vos tableaux passant au point de vue valeur par la même expertise).

Alors les grands impressionnistes du Grand Boulevard donnant des tableaux devenant propriété générale, garderaient leur prestige, et les autres ne pourraient plus leur reprocher de garder pour eux les avantages d'une réputation, acquise sans aucun doute par leurs efforts personnels et par leur génie individuel en premier lieu, mais – cependant en deuxième lieu réputation grandissante, solidifiée et maintenue actuellement aussi par les tableaux de tout un bataillon d'artistes qui, jusqu'à présent, travaillent dans une dèche continuelle.

Quoi qu'il en soit, il est bien à espérer que la chose se fasse, et que Tersteeg et toi deviennent les membres experts de la société (avec Portier peut-être ?).

Pour ce qui est du travail, j'ai rapporté une toile de 15

aujourd'hui, c'est un pont-levis sur lequel passe une petite voiture, qui se profile sur un ciel bleu – la rivière bleue également, des berges orangées avec verdure, un groupe de laveuses aux caracos et bonnets bariolés. Puis autre paysage avec un petit pont rustique et laveuses également. Enfin une allée de platanes près de la gare. En tout, depuis que je suis ici, 12 études.

Mais, mon cher frère – tu sais je me sens au Japon – je ne te dis que cela et encore je n'ai encore rien vu dans la splendeur accoutumée.

C'est pourquoi (tout en étant chagriné de ce que actuellement les dépenses sont raides et les tableaux des non-valeurs), c'est pourquoi je ne désespère pas d'une réussite de cette entreprise de faire un long voyage dans le Midi.

Ici je vois du neuf, j'apprends, et étant traité avec un peu de douceur, mon corps ne me refuse pas ses services.

Je souhaiterais pour bien des raisons pouvoir fonder un pied-à-terre, qui en cas d'éreintement, pourrait servir à mettre au vert les pauvres chevaux de fiacre de Paris, qui sont toi-même et plusieurs de nos amis, les impressionnistes pauvres.

J'ai assisté à l'enquête d'un crime, commis à la porte d'un bordel ici ; deux Italiens ont tué deux zouaves. J'ai profité de l'occasion pour entrer dans un des bordels de la petite rue, dite « des Ricolettes ».

Ce à quoi se bornent mes exploits amoureux vis-à-vis des Arlésiennes. La foule a *manqué* (le méridional, selon l'exemple de Tartarin, étant davantage d'aplomb pour la bonne volonté que pour l'action) la foule, dis-je, a *manqué* lyncher les meurtriers emprisonnés à l'hôtel de ville, mais sa représaille a été que tous les Italiens et toutes les Italiennes, y compris les marmots savoyards, ont dû quitter la ville de force.

Je ne te parlerais pas de cela si ce n'était pour te dire que j'ai vu les boulevards de cette ville plein de monde réveillé. Et vraiment c'était très beau.

J'ai fait mes trois dernières études au moyen du cadre perspectif que tu me connais. J'attache de l'importance à l'emploi du cadre, puisqu'il ne me semble pas improbable que dans un avenir peu éloigné plusieurs artistes s'en serviront, de même que les anciens peintres allemands et italiens sûrement, et je suis porté à le croire pas moins les Flamands, s'en sont servis.

L'emploi moderne de cet instrument peut différer de l'emploi qu'anciennement on en a fait, mais n'est-ce pas de même qu'avec le procédé de la peinture à l'huile on obtient aujourd'hui des effets très différents de ceux des inventeurs du procédé : J. et Hubert Van Eyck ? C'est pour dire que j'espère toujours ne pas travailler pour moi seul, je crois à la nécessité absolue d'un nouvel art de la couleur, du dessin – et de la vie artistique. Et si nous travaillons dans cette foi-là, il me semble qu'il y ait des chances pour que notre espérance ne soit pas vaine. Tu sauras toujours qu'à la rigueur je suis en état de te faire parvenir des études, seulement pour les rouler c'est encore impossible. Je te serre bien la main. J'écris dimanche à Bernard et à de Lautrec, puisque j'ai formellement promis, je t'enverrai d'ailleurs les lettres. Je regrette bien le cas de Gauguin, surtout parce que sa santé étant ébranlée, il n'a plus un tempérament auquel les épreuves ne puissent faire que du bien, au contraire cela ne fera désormais que l'éreinter, et cela doit le gêner pour travailler. A bientôt.

Tout à toi,

VINCENT (468).

Mon cher Théo,

Voici un petit mot pour Bernard et pour Lautrec, auxquels j'avais formellement promis d'écrire. Je te l'envoie pour que tu le leur donnes à l'occasion, cela ne presse pas le moins du monde, et cela sera pour toi une raison de voir ce qu'ils font et d'entendre ce qu'ils disent, si tu veux.

Ces derniers jours, vent et pluie, j'ai travaillé chez moi à l'étude dont j'ai fait un croquis dans la lettre de Bernard. Je voulais arriver à y mettre des couleurs comme dans les vitraux et un dessin à lignes fermes.

Suis en train de lire *Pierre et Jean*, de Guy de Maupassant, c'est beau, as-tu lu la préface, expliquant la liberté qu'a l'artiste d'exagérer, de créer une nature plus belle, plus simple, plus consolante dans un roman, puis expliquant ce que voulait peut-être bien dire le mot de Flaubert : *le talent est une longue patience*, et l'originalité un effort de volonté et d'observation intense ?

Il y a ici un portique gothique, que je commence à trouver admirable, le portique de Saint-Trophime.

Mais c'est si cruel, si monstrueux, comme un cauchemar chinois, que même ce beau monument d'un si grand style me semble d'un autre monde, auquel je suis aussi bien aise de ne pas plus appartenir qu'au monde glorieux du Romain Néron.

Faut-il dire la vérité, et y ajouter que les zouaves, les bordels, les adorables petites Arlésiennes, qui s'en vont faire leur première communion, le prêtre en surplis, qui ressemble à un rhinocéros dangereux, les buveurs d'absinthe, me paraissent aussi des êtres d'un autre monde ? C'est pas pour dire que je me sentirais chez moi dans un monde artistique, mais c'est pour dire que j'aime mieux me blaguer que de me sentir seul. Et il me semble que je me sentirais triste, si je ne prenais pas toutes choses par le côté blague. Tu as encore eu de la neige en abondance à Paris, à ce que nous raconte notre ami *l'Intransigeant.* Ce n'est pourtant pas mal trouvé qu'un journaliste conseille au général Boulanger de se servir désormais pour donner le change à la police secrète, de lunettes roses, qui selon lui iraient mieux avec la barbe du général. Peut-être cela influencerait-il d'une façon favorable, déjà tant désirée depuis si longtemps, le commerce des tableaux.

Remarquez que les vendeurs de tableaux chers s'abîment eux-mêmes en s'opposant pour des raisons politiques à l'avènement d'une école qui, depuis des années, a montré une énergie et une persévérance dignes de Millet, Daubigny et d'autres (470).

Abricotiers en fleurs. – Je viens de faire un bouquet d'abricotiers en fleurs dans un petit verger vert frais.

Ai eu contrariété pour le coucher de soleil avec figures et un pont, le mauvais temps m'empêchant de travailler sur place, j'ai éreinté complètement cette étude en voulant la finir chez moi. Seulement j'ai aussitôt après recommencé le même motif sur une autre toile, mais le temps étant tout autre, dans une gamme grise, et sans figures.

Il faudra insérer mon nom dans le catalogue tel que je le signe sur les toiles, c'est-à-dire Vincent et non pas Van Gogh, pour l'excellente raison que ce dernier nom ne saurait se prononcer ici (471).

J'avais travaillé une toile de 20 en plein air dans un verger, un terrain lilas labouré, une clôture en roseaux, deux pêchers roses contre un ciel glorieux bleu et blanc. Probablement le meilleur paysage que j'aie fait. Au moment où je l'ai rapporté chez moi, je reçois de la part de notre sœur un écrit hollandais dédié à la mémoire de Mauve, avec son portrait (fort bien le portrait), le texte mal et disant rien, eau-forte jolie. Seulement un je ne sais quoi m'a empoigné et serré la gorge d'émotion, et j'ai écrit sur mon tableau :

VINCENT ET THÉO

et si tu trouves bien, tel quel nous l'enverrons à nous deux à Mme Mauve. J'ai exprès pris la meilleure étude que j'ai fabriquée ici ; je ne sais pas ce qu'ils en diront chez nous, mais cela nous est égal, il me semblait qu'il fallait en mémoire de Mauve quelque chose et de tendre et de très gai, et non pas une étude dans une gamme plus sérieuse que cela.

« Ne crois pas que les morts soient morts
Tant qu'il y aura des vivants,
Les morts vivront, les morts vivront. »

C'est comme ça que je sens la chose, pas plus triste que cela. J'ai beaucoup de mal en peignant à cause du vent, mais j'attache mon chevalet à des piquets plantés dans le terrain, et travaille quand même, c'est trop beau (472).

Mon cher Théo,

Je suis dans une rage de travail, puisque les arbres sont en fleurs et que je voulais faire un verger de Provence d'une gaieté monstre. T'écrire à tête reposée présente des difficultés sérieuses, hier j'ai écrit des lettres que j'ai anéanties ensuite.

... J'ai trouvé une chose drôle comme je n'en ferais pas tous les jours.

C'est le pont-levis avec petite voiture jaune et groupe de laveuses, une étude où les terrains sont orangé vif, l'herbe très verte, le ciel et l'eau bleus.

Il lui faut seulement un cadre calculé exprès en bleu de roi et or, de ce modèle le plat bleu, la baguette extérieure or, au besoin le cadre pourrait être en peluche bleue, mais mieux vaut le peindre. Je crois pouvoir t'assurer que ce que je fabrique ici est supérieur à la campagne d'Asnières au printemps dernier (473).

Suis de nouveau en plein travail, toujours des vergers en fleurs. L'air d'ici me fait décidément du bien, je t'en souhaiterais à pleins poumons ; un de ses effets est assez drôle, un seul petit verre de cognac me grise ici, donc n'ayant pas recours à des stimulants pour faire circuler mon sang, quand même la constitution s'usera moins.

Seulement j'ai l'estomac terriblement faible depuis que je suis ici, enfin cela c'est une affaire de longue patience probablement. J'espère faire du progrès réel cette année, dont j'ai grand besoin d'ailleurs.

J'ai un nouveau verger, qui est aussi bien que les pêchers roses, des abricotiers d'un rose très pâle.

Actuellement je travaille à des pruniers d'un blanc jaune avec mille branches noires.

J'use énormément de toiles et de couleurs, mais j'espère ne pas perdre de l'argent tout de même.

Hier j'ai encore vu un combat de taureaux, où cinq hommes travaillaient le bœuf avec des banderilles et des cocardes, un toréador s'est écrasé une couille en sautant la barricade. C'était un homme blond aux yeux gris, qui avait beaucoup de sang-froid, ils disaient qu'il en aurait pour longtemps. Il était habillé en bleu céleste et or, absolument comme le petit cavalier dans notre Monticelli à trois figures dans un bois. Les arènes sont fort belles lorsqu'il y a soleil et foule.

Le mois sera dur pour toi et pour moi, seulement c'est pourtant, si la chose t'est possible, dans notre avantage de faire le plus possible des vergers en fleur. Je suis maintenant bien en train, et il m'en faut encore dix, il me semble, même motif.

Tu sais que je suis changeant dans mon travail, et que cette rage de peindre des vergers ne durera pas toujours. Après ce sera possiblement les arènes. Puis j'ai *énormément* à dessiner, car je voudrais faire des dessins dans le genre des crépons japonais. Je ne puis pas faire autrement que battre le fer tant qu'il est chaud.

Serai éreinté après les vergers, car c'est des toiles 25 et 30 et 20. Nous n'en aurions pas trop, si je pouvais en abattre 2 fois autant. Car il me semble que cela pourra peut-être définitivement fondre la glace en Hollande. La mort de Mauve a été un rude coup pour moi. Tu le verras bien que les pêchers roses ont été peints avec une certaine passion.

Il me faut aussi une nuit étoilée avec des cyprès ou – peut-être au-dessus d'un champ de blé mûr ; il y a des nuits fort belles ici. J'ai une fièvre de travail continuelle.

Suis bien curieux de savoir le résultat au bout d'un an, j'espère qu'alors je serai moins embêté par des malaises. A présent je souffre beaucoup certains jours, mais cela ne m'inquiète pas le moins du monde, parce que c'est rien que la réaction de cet hiver, qui n'était pas ordinaire. Et le sang se refait, c'est le principal.

Il faut arriver à ce que mes tableaux vaillent ce que je dépense et même l'excèdent, vu tant de dépenses faites déjà. Eh bien à cela nous arriverons. Tout ne me réussit pas, bien sûr, mais le travail marche. Jusqu'à présent, tu ne t'es pas plaint de ce que je dépense ici, mais je t'avertis que si je continue mon travail dans les mêmes proportions, j'ai bien du mal à arriver. Seulement le travail est excessif.

S'il arrive un mois ou une quinzaine où tu te sens gêné, avertis-moi, dès lors je me mets à faire des dessins, et cela nous coûtera moins. C'est pour te dire qu'il ne faut pas te forcer sans cause, ici il y a tant à faire, de toutes sortes d'études, que c'est pas la même chose qu'à Paris, où l'on ne peut pas s'asseoir où l'on veut (474).

Tu demanderas – je t'en prie – au père Tasset ou au père L'Hôte, le tout dernier prix de 10 mètres de sa toile au plâtre ou absorbante – et me feras parvenir le résultat de la discussion, que tu auras probablement avec ce monsieur, pour livraison de la marchandise ci-dessus mentionnée.

Voici la commande :

20 Blanc d'Argent, gros tubes,
10 idem blanc de Zinc,
15 Vert Véronèse, doubles tubes,
10 Jaune de Chrome *citron* id.,
10 Jaune de Chrome (N°. deux), id.,
3 Vermillon, id.,
3 Jaune de Chrome N° trois, id.,
6 Laque géranium, petits tubes
12 Laque ordinaire,
2 Carmin,
} nouvellement broyés, s'ils sont graissés, je les renverrais.
4 Bleu de Prusse, petits tubes,
4 Cinabre *vert* très clair, petits tubes,
2 Mine orange, petits tubes,
6 Vert émeraude, petits tubes.

Il va sans dire que si tu achètes des couleurs pour moi, mes dépenses ici diminueront de plus que 50 %.

Jusqu'à présent, j'ai dépensé plus pour mes couleurs, toiles, etc., que pour moi. J'ai encore un nouveau verger pour toi, mais au nom de Dieu fais-moi parvenir la couleur sans retard. La saison des vergers en fleurs est si passagère, et tu sais que ces motifs sont de ceux qui égaient tout le monde. Aussitôt que je pourrai payer caisse et affranchissement (le dernier sans doute meilleur marché ici à la petite station, que le résultat Gare de Lyon) je t'expédie les études.

Suis sans le sou pour le moment, comme déjà je te le disais (475).

Ce matin, j'ai travaillé à un verger de pruniers en fleurs, tout à coup il a commencé à faire un vent formidable, un effet que je n'avais jamais vu qu'ici, et qui revenait par intervalles. Entre-temps du soleil, qui faisait étinceler toutes les petites fleurs blanches.

C'était tellement beau ! Mon ami le Danois est venu me rejoindre, et aux risques et périls à chaque moment de voir tout le tremblement par terre ai continué à peindre – il y a dans cet effet blanc beaucoup de jaune avec du bleu et du lilas, le ciel est blanc et bleu. Mais la facture de ce qu'on fait ainsi dehors, qu'en diront-ils ? Enfin, attendons.

J'ai regretté de ne pas avoir demandé les couleurs au père Tanguy tout de même, quoiqu'il n'y ait pas le moindre avantage à cela – au contraire – mais c'est un si drôle de bonhomme, et je pense encore souvent à lui. N'oublie pas de lui dire bonjour pour moi si tu le vois, et dis-lui que s'il veut des tableaux pour sa vitrine, il en aura d'ici, et des meilleurs. Ah ! il me semble de plus en plus que *les gens* sont la racine de tout, et quoique cela demeure éternellement un sentiment mélancolique de ne pas se trouver dans la vraie vie, dans ce sens qu'il vaudrait mieux travailler dans la chair même que dans la couleur ou le plâtre, dans ce sens qu'il vaudrait mieux fabriquer des enfants que de fabriquer des tableaux ou de faire des affaires, cependant on se sent vivre, quand on y songe, qu'on a des amis dans ceux qui, eux non plus, sont dans la vie vraie.

Toutes les couleurs que l'impressionisme a mises à la mode sont changeantes, raison de plus de les employer hardiment trop crues, le temps les adoucira que trop.

Ainsi toute la commande que j'ai faite, soit les 3 chromes (l'orange, le jaune, le citron), le bleu de Prusse, l'émeraude, les laques de garance, le vert Véronèse, la mine orange, tout cela ne se trouve guère sur la palette hollandaise Maris, Mauve et Israels. Seulement cela se trouvait sur celle de Delacroix qui avait la rage des deux couleurs les plus condamnées, et pour les meilleures raisons, le citron et le bleu de Prusse. Cependant, il me semble qu'il en ait fait de superbes avec cela, des bleus et des jaunes citron (476).

Maintenant, je te dirai que je travaille aux deux tableaux desquels je voulais faire des répétitions.

Le pêcher rose me donne le plus de mal.

Tu vois par les trois carrés de l'autre côté que les trois vergers se tiennent plus ou moins. J'ai maintenant aussi un petit poirier en hauteur, flanqué également de deux toiles en largeur. Cela fera 6 toiles de vergers en fleurs. Je cherche actuellement tous les jours à les achever un peu et à les faire tenir ensemble.

J'ose espérer 3 autres, se tenant également, mais ceux-là ne sont encore qu'à l'état d'embryons ou de fœtus.

Je voudrais bien faire cet ensemble de 9 toiles.

Tu comprends qu'il nous est loisible de considérer les 9 toiles de cette année, comme première pensée d'une décoration définitive beaucoup plus grande (celle-ci se compose de toiles de 25 et de 12), qui serait exécutée d'après les mêmes motifs absolument, l'année prochaine à la même époque.

Voici l'autre pièce de milieu des toiles de 12.

Terrain violet, dans le fond un mur avec des peupliers droits et un ciel très bleu. Le petit poirier a un tronc violet et des fleurs blanches, un grand papillon jaune sur une des touffes. A gauche dans le coin, un petit jardin avec bordure de roseaux jaunes, et des arbustes verts et un parterre de fleurs. Une maisonnette rose. Voilà donc les détails de la décoration de vergers en fleurs, que je te destinais.

Seulement les 3 dernières toiles n'existent qu'à un état provisoire, et devraient représenter un très grand verger avec bordure de cyprès et grands poiriers et pommiers (477).

Arles, le 20 avril 1888.

Voici croquis d'un verger que j'avais plus spécialement destiné pour toi à l'occasion du 1er Mai. C'est absolument clair et absolument fait d'un coup. Une furie d'empâtements à peine teintés de jaune et le lilas dans la touffe blanche première.

Je doute de plus en plus de la véracité de la légende Monticelli absorbeur de quantités énormes d'absinthe. Considérant son œuvre, il me paraît pas possible qu'un homme énervé par la boisson ait fait cela.

Peut-être cette Limousin, la dame la Roquette, y a mis de sa médisance après tout, pour que cette légende se soit enracinée (478).

Arles, mai 1888.

Je n'aurais peur de rien si n'était cette sacrée santé. Et pourtant je vais mieux qu'à Paris, et si mon estomac est devenu excessivement faible, c'est un mal que j'ai attrapé là-bas probablement en grande partie par le mauvais vin, dont j'ai trop bu. Ici le vin est aussi mauvais, seulement je n'en bois que fort peu. Et le cas est donc que ne mangeant guère et ne buvant guère, je suis très faible, mais le sang se refait au lieu de se gâter.

Encore une fois donc, c'est la patience qu'il me faut dans le cas, et persévérance.

Seulement nous avons dépensé déjà tant d'argent dans cette sacrée peinture qu'il ne faut pas oublier que cela doit rentrer en tableaux.

Si nous osons croire, et j'en reste persuadé, que les tableaux impressionnistes monteront, il faut en faire beaucoup et les tenir à prix. Raisons de plus pourquoi il faut tranquillement soigner la qualité de la chose et ne pas perdre le temps.

Je pourrai à la rigueur rester à deux dans le nouvel atelier et je le voudrais bien. Peut-être Gauguin viendra-t-il dans le Midi. Peut-être je m'arrangerais avec Mc Knight. Alors on pourrait faire de la cuisine chez soi.

En tout cas, l'atelier est trop en vue pour que je puisse croire que cela puisse tenter aucune bonne femme, et une crise juponnière pourrait difficilement aboutir à un collage. Les mœurs d'ailleurs sont, il me semble, moins inhumaines et contre nature qu'à Paris. Mais avec mon tempérament faire la noce et travailler ne sont plus du tout compatibles, et dans les circonstances données, faudra se contenter de faire des tableaux. Ce qui n'est pas le bonheur, et pas la vraie vie, mais que veux-tu ? Même cette vie artistique, que nous savons ne pas être *la* vraie, me paraît si vivante et ce serait ingrat que de ne pas s'en contenter.

J'ai un grand souci de moins, maintenant que j'ai trouvé le petit atelier blanc. C'est en vain que j'avais vu un tas d'appartements. Cela te paraîtra drôle que le cabinet d'aisances se trouve chez le voisin, dans un assez grand hôtel, qui appartient au même propriétaire. Dans une ville du Midi, il me semble qu'on aurait tort de s'en plaindre, puisque ces administrations sont rares et sales et qu'involontairement on se les représente comme des nids de microbes. D'un autre côté, j'y ai de l'eau.

Je mettrai quelques japonaiseries sur le mur (480).

Arles, le 4 mai 1888.

Très souvent, je pense à Renoir ici et son dessin pur et net. C'est bien comme ça que sont les objets ou personnages ici dans la clarté.

Je crois qu'il y aurait quelque chose à faire ici pour le portrait. Si les gens sont d'une ignorance crasse en tant que quant à la peinture en général ils sont *bien plus artistes* que dans le nord pour leur propre figure et leur propre vie. J'ai vu ici des figures certes aussi belles que des Goya et des Vélasquez. Elles savent vous ficher une note rose dans un costume noir, ou bien confectionner un habillement blanc, jaune, rose, ou encore vert et rose, ou encore *bleu et jaune* où il n'y a rien à changer au point de vue artistique. Seurat trouverait ici des figures d'hommes très pittoresques, malgré leurs costumes modernes.

Maintenant j'ose dire que ces gens d'ici mordraient au portrait.

Mon pauvre ami, notre névrose, etc., vient bien aussi de notre façon de vivre un peu trop artistique mais elle est aussi un héritage fatal, puisque dans la civilisation on va en s'affaiblissant de génération en génération. Si nous voulons envisager en face le vrai état de notre tempérament, il faut nous ranger dans le nombre de ceux qui souffrent d'une névrose, qui vient déjà de loin.

Je crois Gruby dans le vrai pour ces cas-là – bien manger, bien vivre, voir peu de femmes, en un mot vivre d'avance absolument comme si on avait déjà une maladie cérébrale et une maladie de la moelle, sans compter la névrose, qui elle existe réellement. Certes c'est là prendre le taureau par les cornes, ce qui n'est pas une mauvaise politique.

Et Degas fait comme ça et réussit.

Tout de même ne sens-tu pas comme moi que c'est rudement dur ? Et est-ce que en somme cela ne fait pas énormément du bien d'écouter les sages conseils de Rivet et de Pangloss, ces excellents optimistes de vraie et joviale race gauloise, qui vous laissent votre amour-propre.

Pourtant si nous voulons vivre et travailler, il faut être très prudent et nous soigner. De l'eau froide, de l'air, nourriture simple et bonne, être bien vêtu, être bien couché, et ne pas avoir des embêtements (481).

Arles, le 5 mai 1888.

Elle est sale cette ville, dans les anciennes rues !

Les Arlésiennes dont on parle tant n'est-ce pas, sais-tu

ce qu'en somme j'en trouve ? Certes, elles sont réellement charmantes, mais ce n'est plus ce que ça doit avoir été. Et voilà, c'est plus souvent du Mignard que du Mantegna, parce qu'elles sont en décadence. N'empêche que c'est beau, bien beau, et ici je ne parle que du type dans le caractère romain – un peu embêtant et banal. Que d'exceptions !

Il y a des femmes comme des Fragonard, et – comme Renoir. Et ce que l'on ne peut pas caser dans ce qui a déjà été fait en peinture ?

Le meilleur que l'on pourrait faire, cela serait à tous les points de vue de faire des portraits de femmes et d'enfants. Seulement il me semble que ce ne sera pas moi qui ferai cela, je ne me sens pas un monsieur assez Bel Ami pour cela.

Mais serais rudement content si ce Bel Ami du Midi, que Monticelli n'était pas – mais préparait – que moi je sens dans l'air, tout en sentant que c'est pas moi – serais dis-je, rudement content, si en peinture il nous venait un homme à la Guy de Maupassant pour peindre gaiement les belles gens et choses d'ici. Pour moi je travaillerai, et par-ci par-là il y aura de mon travail qui restera, mais ce que Claude Monet est dans le paysage, cela dans la figure peinte, qui est-ce qui fera cela ? Pourtant tu dois sentir comme moi que cela est dans l'air. Rodin ? Il ne fait pas la couleur lui, c'est pas lui. Mais le peintre de l'avenir, c'est un *coloriste comme il n'y en a pas encore eu.* Manet l'a préparé, mais tu sais bien que les impressionnistes ont déjà fait de la couleur plus forte que celle de Manet. Ce peintre de l'avenir, je ne puis me le figurer vivant dans de petits restaurants, travaillant avec plusieurs fausses dents, et allant dans des bordels de zouaves comme moi.

Mais il me semble être dans le juste, lorsque je sens que cela viendra dans une génération plus loin, et que, pour nous, il faut faire ce que nos moyens nous permettent dans cette direction sans douter et sans broncher.

Je viens de relire encore *Au Bonheur des dames* de Zola et je le trouve de plus en plus beau (482).

Tu verras de belles choses chez Claude Monet. Et tu trouveras bien mauvais ce que j'envoie, en comparaison. Je suis actuellement mécontent de moi et mécontent de ce que je fais, mais j'entrevois la possibilité de faire mieux dans la suite.

Et puis j'espère que plus tard d'autres artistes surgiront dans ce beau pays, pour faire ici ce que les Japonais ont fait chez eux.

Et travailler à cela, c'est pas si mauvais…

Tu trouveras dans la caisse que j'envoie, des roseaux pour Koning. Maintenant, l'adresse sera dorénavant :

Place Lamartine 2.

J'espère – et je ne doute pas – qu'à ton retour à Paris ce sera enfin le printemps, ce sera pas trop tôt, ma foi.

En vivant à l'hôtel, on n'avance jamais, et maintenant au bout d'un an j'aurai des meubles, etc., qui m'appartiendront, et si cela ne vaudrait rien si j'étais dans le Midi pour quelques mois seulement, la question devient tout autre dès qu'il s'agit d'un long séjour.

Et je n'en doute pas que j'aimerai toujours la nature d'ici, c'est quelque chose comme les japonaiseries, une fois qu'on aime cela on ne s'en repent pas.

Ce qui ici me rend souvent triste, c'est que c'est plus cher que je n'avais calculé et que je n'arrive pas à me débrouiller aux mêmes frais que ceux qui sont allés en Bretagne, Bernard et Gauguin. Maintenant puisque je vais mieux, je ne me tiens tout de même pas pour battu et d'ailleurs si j'avais eu ma santé que j'espère rattraper ici, cela et bien d'autres choses ne m'arriveraient pas. La caisse serait déjà partie, si c'était pas que toute la journée j'ai eu des tracas.

Je me dis que tu n'as encore rien reçu de mon travail et que j'ai déjà tant dépensé d'argent (483).

10 mai 1888.

Si tu mettais de côté ce qu'il y a de mieux dans l'envoi et si tu considérais ces tableaux comme un paiement de ma part en déduction de ce que je te dois.

Alors le jour où, de mon côté, j'aurais apporté quelque chose comme dix mille francs de cette façon, je me sentirais plus tranquille.

L'argent déjà dépensé dans d'autres années doit aussi revenir dans nos mains, au moins en valeurs.

Je suis encore loin de cela.

Mais je sens que, dans cette nature-ci, il y a tout le nécessaire pour faire de bonnes choses. Ce serait donc de ma faute si je ne réussissais pas. Mauve a dans un seul mois *fait* et vendu pour 6 000 francs d'aquarelles, à ce que toi-même me racontais dans le temps. Eh bien, il y a de telles veines, dont à travers les soucis actuels, je sens pourtant la possibilité.

Dans cet envoi, il y a le verger rose sur toile grossière, et le verger blanc en largeur, et le pont, qui si nous les gardons, il me semble que plus tard cela pourrait monter, et une cinquantaine de tableaux de cette qualité nous dédommagerait en quelque sorte de ce que, dans le passé, nous avons eu trop peu de chance. Prends donc ces trois pour la collection chez toi et ne les vends pas, car plus tard cela vaudra 500 chaque (485).

Maintenant j'ai deux nouvelles études comme ceci : tu en as un dessin déjà, d'une ferme au bord de la grande route dans les blés. Une prairie pleine de boutons d'or très jaune, un fossé avec des plantes d'iris aux feuilles vertes à fleurs violettes, dans le fond la ville, quelques saules gris, une bande de ciel bleu.

Si on ne coupe pas la prairie, je voudrais refaire cette étude, car la donnée était bien belle, et j'ai eu du mal à trouver la composition. Une petite ville entourée d'une campagne entièrement fleurie de jaune et de violet, tu sais ce serait joliment un rêve japonais (487).

J'ai deux nouvelles études, un pont et le bord d'une grande route. Beaucoup des motifs d'ici sont absolument, comme caractère, la même chose que la Hollande ; la différence est dans la couleur. Il y a partout du soufre là que tape le soleil.

Tu sais bien que nous avons vu de Renoir un magnifique jardin de roses. Je m'étais imaginé trouver des motifs pareils ici, et en effet lors des vergers en fleurs cela était le cas. Maintenant l'aspect a changé et la nature est beaucoup plus âpre. Mais une verdure et un bleu ! Je dois dire que les quelques paysages que je connais de Cézanne rendent fort bien la chose, et je regrette de ne pas en avoir vu davantage (488).

J'ai fait cette semaine deux natures mortes.

Une cafetière en fer émaillé bleu, une tasse (à gauche) bleu de roi et or, un pot à lait carrelé bleu pâle et blanc, une tasse – à droite – blanche à dessins bleus et orangés sur une assiette de terre jaune gris, un pot en barbotine ou majolique bleu avec dessins rouges, verts, bruns, enfin deux oranges et trois citrons ; la table est couverte d'une draperie bleue, le fond est jaune vert donc 6 bleus différents et 4 ou 5 jaunes et orangés.

L'autre nature morte est le pot de majolique avec des fleurs sauvages.

Je te remercie bien de ta lettre et du billet de 50 francs.

Au fur et à mesure que le sang me revient, l'idée de réussir me revient également. Cela ne m'étonnerait pas trop si ta maladie était aussi une réaction de cet affreux hiver, qui a duré une éternité. Et alors cela aura la même histoire que chez moi, prends autant d'air de printemps que possible, couche-toi *très de bonne heure*, car il te faudra dormir, et puis la nourriture, beaucoup de légumes frais, et pas de *mauvais* vin ou du *mauvais* alcool. Et très peu de femmes et *beaucoup de patience.*

Si cela ne se passe tout de suite cela ne fait rien. Maintenant Gruby te donnera une forte nourriture de viande là-bas. Ici moi je ne pourrais pas en prendre beaucoup et ici c'est pas nécessaire. C'est justement l'abrutissement qui s'en va chez moi, je ne sens plus tant le besoin de me distraire, je suis moins tiraillé par des passions, et je puis travailler avec plus de calme, je pourrais être seul sans m'embêter. J'en suis sorti dans mon sentiment encore un peu plus vieux, mais pas plus triste.

Je ne te croirais pas si dans la prochaine lettre tu me disais de ne plus rien avoir, c'est peut-être un changement plus grave, et je ne serais pas surpris si tu avais, dans le temps que cela te prendra pour te refaire, un peu d'abattement. Il y a et il y reste et il revient toujours par moments en pleine vie artistique la nostalgie de la vraie vie idéale et pas réalisable.

Et on manque parfois de désir de s'y rejeter en plein dans l'art, et de se refaire pour cela. On se sait cheval de fiacre, et on sait que ce sera encore au même fiacre qu'on va s'atteler. Et alors on n'en a pas envie, et on préférerait vivre dans une prairie avec un soleil, une rivière, la compagnie d'autres chevaux également libres, et l'acte de la génération.

Et peut-être au fond des fonds la maladie de cœur vient un peu de là, cela ne m'étonnerait pas. On ne se révolte plus contre les choses, on n'est pas résigné non plus, on en est malade et cela ne se passera point, et on n'y peut pas précisément remédier.

Je ne sais pas qui a appelé cet état : être frappé de mort et d'immortalité. Le fiacre que l'on traîne, ça doit être utile à des gens qu'on ne connaît pas. Et voilà, si nous croyons à l'art nouveau, aux artistes de l'avenir, notre pressentiment ne nous trompe pas. Lorsque le bon père Corot disait quelques jours avant sa mort : « J'ai vu cette nuit en songe des paysages avec des ciels tout roses », eh bien ne sont-ils pas venus ces ciels roses et jaunes et verts par-dessus le marché, dans le paysage impressionniste ? Ceci pour dire qu'il y a des choses que l'on sent dans l'avenir, et qui arrivent réellement.

Et nous qui ne sommes, à ce que je suis porté à croire, nullement si près de mourir, néanmoins nous sentons que la chose est plus grande que nous, et de plus longue durée que notre vie.

Nous ne nous sentons pas mourir, mais nous sentons la réalité de ce que nous sommes peu de chose, et que pour être un anneau dans la chaîne des artistes nous payons un prix raide de santé, de jeunesse, de liberté, dont nous ne jouissons pas du tout, pas plus que le cheval de fiacre, qui traîne une voiture de gens qui s'en vont jouir eux du printemps.

Enfin ce que je te souhaite, comme à moi-même, c'est de réussir à reprendre notre santé, car il en faudra. Cette Espérance de Puvis de Chavannes est une telle réalité. Il y a dans l'avenir un art, et il doit être si beau et si jeune, que vrai, si actuellement nous y laissons notre jeunesse à nous, nous ne pouvons qu'y gagner en sérénité. C'est peut-être trop bête d'écrire tout cela, mais je le sentais ainsi, il me semblait que, comme moi, tu en souffrais de voir ta jeunesse se passer en fumée, mais si elle repousse et paraît dans ce que l'on fait, il n'y a rien de perdu, et la puissance de travailler est une autre jeunesse. Guéris-toi donc avec un peu de sérieux, parce que nous aurons besoin de notre santé. Je te serre bien la main ainsi qu'à Koning (489).

Je dois ajouter à la présente une commande de couleurs, toutefois dans le cas où tu préférerais ne pas les prendre immédiatement, je ferais un peu davantage de dessins et n'y perdrais rien.

Aussi je sépare la commande en deux, selon que ce serait plus ou moins pressé.

Ce qui est toujours pressé, c'est de dessiner, et que cela soit fait directement à la brosse ou bien à autre chose, comme à la plume, on n'en fait jamais assez.

Je cherche maintenant à exagérer l'essentiel, à laisser dans le vague exprès le banal…

Je crois de plus en plus qu'il ne faut pas juger le bon

Dieu sur ce monde-ci, car c'est une étude de lui qui est mal venue.

Que veux-tu, dans les études ratées, quand on aime bien l'artiste – on ne trouve pas tant à critiquer – on se tait.

Mais on est en droit de demander mieux.

Ce serait pour nous nécessaire de voir d'autres œuvres de la même main pourtant, ce monde-ci est évidemment bâclé à la hâte dans un de ces mauvais moments où l'auteur ne savait plus ce qu'il faisait, où il n'avait plus la tête à lui.

Ce que la légende nous raconte du bon Dieu, c'est qu'il s'est tout de même donné énormément du mal sur cette étude de monde de lui.

Je suis porté à croire que la légende dit vrai, mais l'étude est éreintée de plusieurs façons alors. Il n'y a que les maîtres pour se tromper ainsi, voilà peut-être la meilleure consolation, vu que dès lors on est en droit d'espérer voir prendre sa revanche par la même main créatrice. Et dès lors cette vie-ci, si critiquée et pour de si bonnes et même excellentes raisons, nous ne devons pas la prendre pour autre chose qu'elle n'est, et il nous demeurera l'espoir de voir mieux que ça dans une autre vie (490).

29 mai 1888.

Mon cher frère, l'idée musulmane que la mort n'arrive que lorsqu'elle doit arriver – voyons ça pourtant – moi, il me semble que nous n'ayons aucune preuve d'une direction directe d'en haut tant que ça.

Au contraire il me semble prouvé qu'une bonne hygiène non seulement puisse prolonger la vie, mais surtout la rendre plus sereine, d'une eau plus limpide, tandis qu'une mauvaise hygiène non seulement trouble le courant de la vie, mais encore le manque d'hygiène peut mettre un terme à la vie avant le temps. N'ai-je pas, moi, vu mourir devant mes yeux un bien brave homme, faute d'avoir un médecin intelligent; il était si calme et si tranquille dans tout cela, seulement il disait toujours : « Si j'avais un autre médecin », et il est mort en haussant les épaules, d'un air que je n'oublierai pas...

Sais-tu ce qu'il faudrait en faire de ces dessins – des albums de 6 ou 10 ou 12, comme les albums de dessins originaux japonais. *J'ai grande envie* de faire un tel album pour Gauguin, et un pour Bernard. Car cela deviendra mieux que ça, les dessins.

C'est drôle qu'un de ces soirs-ci à Mont Majour j'ai vu un soleil couchant rouge, qui envoyait des rayons dans les troncs et feuillages de pins enracinés dans un amas de rochers, colorant d'orangé feu les troncs et les feuillages, tandis que d'autres pins sur des plans plus reculés, se dessinaient bleu de Prusse sur un ciel bleu vert tendre, céruléen. C'est donc l'effet de ce Claude Monet, c'était superbe. Le sable blanc et les gisements de rochers blancs sous les arbres prenaient des teintes bleues. Ce que je voudrais faire, c'est le panorama dont tu as les premiers dessins. C'est d'un large, et puis ça ne s'en va pas dans le gris, cela reste vert jusque dans la dernière ligne – bleue celle-là, la rangée de collines. Aujourd'hui orage et pluie, qui fera d'ailleurs du bien.

Je crois que pour le verger *blanc*, il faudrait un cadre blanc, froid et cru.

Saches bien que j'aimerais mieux abandonner ma peinture que de te voir t'éreinter pour gagner de l'argent. Certes il en faut, mais en sommes-nous là, qu'il faille aller le chercher si loin ? Tu vois bien que « se préparer à la mort », idée chrétienne – (heureusement pour lui le Christ lui-même ne la partageait aucunement il me semble – lui qui aimait les gens et les choses d'ici-bas plus que de raison, selon les gens qui ne voient en lui qu'un toqué), si tu vois si bien que se préparer pour la mort est une chose à laisser là pour ce qu'elle est, ne vois-tu pas qu'également le dévouement, vivre pour les autres, est une erreur si c'est compliqué de suicide, vu que vraiment dans ce cas on fait des meurtriers de ses amis (492).

Mon cher Théo,

J'ai pensé à Gauguin et voici – si Gauguin veut venir ici, il y a le voyage de Gauguin et il y a les deux lits ou les deux matelas que nous devons acheter absolument alors. Mais après, comme Gauguin est un marin, il y a probabilité que nous arriverons à faire notre soupe chez nous.

Et pour le même argent que je dépense à moi seul, nous vivrons à deux.

Tu sais que cela m'a toujours semblé idiot que les peintres vivent seuls, etc. On perd toujours quand on est isolé.

Enfin c'est en réponse à ton désir de le tirer de là.

Tu ne peux pas lui envoyer de quoi vivre en Bretagne et à moi de quoi vivre en Provence.

Mais tu peux trouver bon qu'on partage, et fixer une somme de, disons 250 par mois, si chaque mois en outre et en dehors de mon travail, tu aies un Gauguin.

N'est-ce pas que pourvu qu'on ne dépasse pas la somme il y aurait même avantage ?

C'est d'ailleurs ma spéculation de me combiner avec d'autres. Donc voici brouillon de lettre à Gauguin que j'écrirai, si tu approuves, avec les changements que sans doute il y aura à faire dans la tournure des phrases.

Mais j'ai d'abord écrit comme ça !

Considère la chose comme une simple affaire, c'est le meilleur pour tout le monde, et traitons-la carrément comme cela. Seulement, étant donné que tu ne fais pas d'affaires pour ton compte, tu peux par exemple trouver juste que moi je m'en charge, et Gauguin se combinerait en copain avec moi.

J'ai pensé que tu avais désir de lui venir en aide, comme moi-même j'en souffre de ce qu'il soit mal pris, chose qui ne changera pas d'ici à demain.

Nous ne pouvons pas proposer mieux que cela, et d'autres n'en feraient pas autant.

Moi, cela me chagrine de dépenser tant à moi seul, mais pour y porter remède il n'y en a pas d'autre que celui de trouver une femme avec de l'argent, ou des copains qui s'associent pour les tableaux.

Or je ne vois pas la femme, mais je vois les copains.

Si cela lui allait, faudrait pas le laisser languir.

Voici, ce serait un commencement d'association. Bernard qui va aussi dans le Midi nous joindra, et sache-le bien, moi je te vois toujours en France à la tête d'une association d'impressionnistes. Et si moi je pouvais être utile pour les mettre ensemble, volontiers je les verrais tous plus forts que moi. Tu dois sentir combien cela me contrarie de dépenser plus qu'eux ; il faut que je trouve une combinaison plus avantageuse et pour toi et pour eux. Et cela serait ainsi. Réfléchis-y bien pourtant, mais est-ce que ce n'est pas vrai qu'en bonne compagnie on pourrait vivre de peu, pourvu qu'on dépense son argent chez soi.

Plus tard, il peut y venir des jours où l'on sera moins gêné, mais je n'y compte pas. Cela me ferait tant plaisir que tu eusses les Gauguin d'abord. Moi je ne suis pas malin pour faire de la cuisine, etc., mais eux sont autrement exercés à cela, ayant fait leur service, etc. (493).

6 juin 1888.

Si tu m'envoies la prochaine lettre dimanche *matin*, il est probable que je file ce jour-là à Saintes-Maries pour y passer la semaine. Je lis un livre sur Wagner, que je t'enverrai après – quel artiste, un comme ça dans la peinture, voilà ce qui serait chic – *ça viendra.*

Je crois à la victoire de Gauguin et autres artistes, mais entre alors et aujourd'hui il y a du temps, et quand bien même qu'il aurait la chance de vendre une ou deux toiles, ce serait même histoire. Gauguin en attendant pourrait crever comme Méryon, découragé ; c'est mauvais qu'il ne travaille pas – enfin nous verrons la réponse (494).

Pour nous il faut chercher à ne pas être malades, car si nous l'étions, nous serions *plus isolés* que par exemple le pauvre concierge qui vient de mourir ; ces gens ont de l'entourage et voient le va-et-vient du ménage et vivent dans la bêtise. Mais nous sommes là seuls avec notre pensée et désirerions parfois être bêtes.

Etant donnés les corps que nous avons, nous avons besoin de vivre avec les copains (495).

J'ai reçu une lettre de Gauguin, qui dit avoir reçu de toi une lettre contenant 50 francs, ce dont il était très touché, et dans laquelle tu lui disais un mot du projet. Comme moi je t'avais envoyé ma lettre à lui, il n'avait, lorsqu'il écrivait, pas encore reçu la proposition plus nette.

Mais il dit qu'il a l'expérience, que lorsqu'il était avec son ami Laval à la Martinique, à eux deux ils s'en tiraient à meilleur compte que les deux seuls, qu'il était donc bien d'accord sur les avantages qu'aurait une vie en commun.

Il dit que ses douleurs d'entrailles continuent toujours encore, et il me paraît bien triste.

Il parle d'une espérance qu'il a de trouver un capital de six cent mille francs, pour établir un marchand de tableaux impressionniste, et qu'il expliquerait son plan et qu'il voudrait que toi tu fusses à la tête de cette entreprise.

Je ne serais pas étonné si cette espérance est un fata morgana, un mirage de la dèche, plus on est dans la dèche – surtout lorsqu'on est malade – plus on pense à des possibilités pareilles. J'y vois donc dans ce plan surtout une preuve de plus qu'il se morfond et que le mieux serait de le mettre à flot le plus vite possible.

Il dit que lorsque les matelots ont à déplacer un lourd fardeau ou une ancre à lever, pour pouvoir soulever un plus grand poids, pour être capable d'un effort extrême, ils chantent tous ensemble pour se soutenir et se donner du ton.

Que c'est là ce qui manque aux artistes ! Je serais donc bien étonné s'il n'était pas content de venir, mais les frais de l'hôtel et de voyage sont encore compliqués de la note du médecin, ainsi ce sera bien difficile.

Mais il me semble qu'il devrait laisser la dette en plan et

des tableaux en gage – si c'est qu'il vienne ici, et si les gens n'acceptent pas cela, laisser la dette en plan sans tableaux en gage. J'ai bien été obligé de faire la même chose pour venir à Paris, et quoique j'aie eu une perte de bien des choses, alors cela ne peut se faire autrement dans des cas comme cela, et mieux vaut marcher en avant quand même que rester dans le marasme…

Si tu voyais la Camargue et bien d'autres endroits, tu serais comme moi très surpris de voir que cela a un caractère absolument à la Ruysdaël.

J'ai un nouveau motif en train, des champs à perte de vue verts et jaunes, que j'ai déjà deux fois dessiné et que je recommence en tableau, absolument comme un Salomon Konink, tu sais l'élève de Rembrandt, qui faisait les immenses campagnes plates. Ou c'est comme du Michel, ou comme Jules Dupré, mais enfin c'est tout autre chose que des jardins de roses. Il est vrai que je n'ai parcouru qu'un côté de la Provence et que de l'autre côté il y a la nature que fait par exemple Claude Monet (496).

Je travaille à un paysage avec des champs de blé, que je ne crois pas inférieur au verger blanc par exemple, il est dans le genre des deux paysages : Butte Montmartre, qui ont été aux Indépendants, mais je crois que c'est plus solide et que cela a un peu plus de style. Et j'ai un autre motif, une ferme et des meules, qui sera probablement le pendant. Je suis bien curieux de savoir ce que fera Gauguin. J'espère qu'il pourra venir. Tu me diras que cela ne sert à rien de penser à l'avenir, mais la peinture avance lentement, et là-dedans on doit bien calculer d'avance.

Gauguin pas plus que moi serait sauvé s'il vendait quelques toiles. Pour pouvoir travailler, il faut autant que possible régler sa vie, et il faut une base un peu ferme d'avoir son existence garantie.

Si lui et moi restons ici longtemps, nous ferons des tableaux de plus en plus personnels, justement parce que nous aurions étudié les choses de ce pays plus à fond.

Je m'imagine assez difficilement de changer de direction, ayant commencé le Midi ; mieux vaut ne plus bouger que – toujours en pénétrant dans le pays.

Je crois que j'ai plus de chance de réussir les choses et mêmes les affaires un peu plus larges, que de me retenir en faisant trop petit. Et c'est justement pour cela, que je crois que je vais agrandir le format des toiles et hardiment adopter la toile de 30 carrée ; celles-là me coûtent ici 4 francs chaque et cela n'est pas cher, vu le transport.

La dernière toile tue absolument tout le reste, il n'y a qu'une nature morte avec des cafetières et des tasses et assiettes en bleu et jaune, qui se tienne à côté.

Cela doit tenir au dessin.

Involontairement ce que j'ai vu de Cézanne me revient à la mémoire, parce que lui a tellement – comme dans la Moisson que nous avons vu chez Portier, donné le côté âpre de la Provence. C'est devenu tout autre chose qu'au printemps, mais certes j'aime pas moins la nature qui commence à être brûlée dès maintenant. Dans tout il y a maintenant du vieil or, du bronze, du cuivre dirait-on, et cela avec l'azur vert du ciel chauffé à blanc, cela donne une couleur délicieuse, excessivement harmonieuse, avec des tons rompus à la Delacroix.

Si Gauguin voulait nous joindre, je crois que nous aurions fait un pas en avant. Cela nous poserait comme exploiteurs du Midi carrément, et on ne pourrait pas trouver à redire à cela. Il faut que j'arrive à la fermeté de couleur que j'ai dans cette toile, qui tue les autres. Lorsque j'y pense que Portier racontait dans le temps, que les Cézanne qu'il avait, avaient l'air de rien du tout, vus seuls, mais que rapprochés d'autres toiles, cela enfonçait les couleurs des autres. Et aussi que les Cézanne faisaient bien dans l'or, ce qui suppose une gamme très montée. Alors peut-être, peut-être je suis sur la piste et mon œil se fait-il à la nature d'ici. Attendons encore pour être sûr.

Ce dernier tableau supporte l'entourage rouge des briques, dont l'atelier est pavé. Lorsque je la mets par terre sur ce fond rouge brique *très rouge*, la couleur du tableau ne devient pas creuse ou blanchâtre. La nature près d'Aix où travaille Cézanne c'est juste la même qu'ici, c'est toujours la Crau. Si en revenant avec ma toile je me dis : « Tiens, voilà que je suis arrivé juste à des tons au père Cézanne », je veux seulement dire ceci que Cézanne étant *absolument du pays même* comme Zola, et le connaît donc si intimement, il faut qu'on fasse intérieurement le même calcul pour arriver à des tons pareils. Va sans dire que vus ensemble cela se tiendrait, mais ne se ressemblerait pas (497).

Tu as eu de la chance de rencontrer Guy de Maupassant, je viens de lire son premier livre *Des vers*, poésies dédiées à son maître Flaubert; il y en a un « Au bord de l'eau », qui est déjà *lui.* Voilà ce que Van der Meer de Delft est à côté de Rembrandt dans les peintres, il l'est dans les romanciers français à côté de Zola...

Tu sais que je crois qu'une association des impressionnistes serait une affaire dans le genre de l'association des 12 préraphaëlites anglais, et que je crois qu'elle pourrait naître. Qu'alors je suis porté à croire que les artistes entre eux se garantiraient la vie réciproquement et indépendamment des marchands, se résignant à donner chacun un nombre de tableaux considérable à la société, et que les gains comme les pertes seraient communs.

Je ne crois pas que cette société demeurerait indéfiniment, mais je crois que, pendant le temps qu'elle serait vivante, on vivrait courageusement et qu'on produirait.

J'aime mieux les choses telles qu'elles sont, les prendre comme cela est, sans rien y changer, que les réformer à demi.

La grande révolution : l'art aux artistes, mon Dieu, peut-être est-ce une utopie et alors tant pis.

Je crois que la vie est si courte et va si vite; or étant peintre il faut pourtant peindre.

Et tu sais bien aussi que puisque alors, cet hiver, avec Pissarro et les autres on a par hasard beaucoup causé de cela, je m'efforce maintenant de ne plus rien y ajouter que ceci, que personnellement avant l'année prochaine je veux faire ma part de 50 tableaux, si je réussis à faire cela, alors je garde mon opinion…

Les jours que je rapporte une étude, je me dis : si c'était ainsi tous les jours, cela pourrait marcher, mais les jours qu'on revient bredouille et qu'on mange et dort et dépense pourtant, on n'est pas content de soi et se sent un fou, un coquin ou une vieille peau (498).

Je t'écris de Saintes-Maries au bord de la Méditerranée enfin. La Méditerranée a une couleur comme les maquereaux, c'est-à-dire changeante, on ne sait pas toujours si c'est vert ou violet, on ne sait pas toujours si c'est bleu, car la seconde après le reflet changeant a pris une teinte rose ou grise…

Je me suis promené une nuit au bord de la mer sur la plage déserte. C'était pas gai, mais pas non plus triste, c'était – beau. Le ciel d'un bleu profond était tacheté de nuages d'un bleu plus profond que le bleu fondamental d'un cobalt intense, et d'autres d'un bleu plus clair, comme la blancheur bleue de voies lactées. Dans le fond bleu, les étoiles scintillaient claires, verdies, jaunes, blanches, roses, plus claires, diamantées davantage comme des pierres précieuses que chez nous – même à Paris – c'est donc le cas de dire : opales, émeraudes, lapis, rubis, saphirs.

La mer d'un outremer très profond – la plage d'un ton violacé et roux pâle il m'a semblé, avec des buissons sur la dune (de cinq mètres de haut la dune) des buissons bleu de Prusse (499).

Maintenant que j'ai vu la mer ici, je ressens tout à fait l'importance qu'il y a de rester dans le Midi, et de sentir qu'il faut encore outrer la couleur davantage – l'Afrique pas loin de soi. Je t'envoie par même courrier les dessins de Saintes-Maries. Au moment de partir, le matin, fort de bonne heure, j'ai fait le dessin des bateaux et j'en ai le tableau en train, toile de 30 avec davantage de mer et de ciel à droite.

C'était avant que les bateaux ne fichent le camp, je

l'avais observé tous les autres matins, mais comme ils partent très de bonne heure, n'avais pas eu le temps de le faire.

J'ai encore trois dessins de cabanes, dont j'ai encore besoin et qui suivront ceux-ci ; les cabanes sont un peu durs, mais j'en ai de plus soignés.

Pour ce qui est de rester dans le Midi, même si c'est plus cher, voyons : on aime la peinture japonaise, on en a subi l'influence, tous les impressionnistes ont ça en commun, et on n'irait pas au Japon, c'est-à-dire ce qui est l'équivalent du Japon, le Midi ? Je crois donc qu'encore après tout l'avenir de l'art nouveau est dans le Midi.

Seulement c'est mauvaise politique d'y rester seul, lorsque deux ou trois pourraient s'aider à vivre de peu.

Je voudrais que tu passes quelque temps ici, tu sentirais la chose au bout de quelque temps, la vue change, on voit avec un œil plus japonais, on sent autrement la couleur.

Aussi ai-je la conviction que justement par un long séjour ici, je dégagerais ma personnalité.

Le Japonais dessine vite, très vite, comme un éclair, c'est que ses nerfs sont plus fins, son sentiment plus simple.

Je ne suis ici que quelques mois, mais – dites-moi est-ce qu'à Paris j'aurais dessiné *en une heure* le dessin des bateaux ? Même pas avec le cadre, or ceci c'est fait sans mesurer, en laissant aller la plume…

Si Gauguin venait ici, lui et moi pourraient peut-être accompagner Bernard en Afrique, lorsque celui-là ira y faire son service. Qu'est-ce que tu as décidé pour la sœur ?

Ce que dit Pissarro est vrai, il faudrait hardiment exagérer les effets que produisent par leurs accords ou leurs désaccords les couleurs. C'est comme pour le dessin – le dessin, la couleur juste, n'est pas peut-être l'essentiel qu'il faut chercher, car le reflet de la réalité dans le miroir, si c'était possible de le fixer avec couleur et tout, ne serait aucunement un tableau, pas davantage qu'une photographie (500).

J'ai eu une semaine d'un travail serré et raide dans les blés en plein soleil, il en est résulté des études de blés, paysages et – une esquisse de semeur.

Sur un champ labouré, un grand champ de mottes de terre violettes – montant vers l'horizon un semeur en bleu et blanc. A l'horizon un champ de blé mûr court.

Sur tout cela un ciel jaune avec un soleil jaune.

Tu sens à la simple nomenclature des tonalités que *la couleur* joue dans cette composition un rôle très important.

Aussi l'esquisse telle quelle – toile de 25 – me tourmente-t-elle beaucoup dans ce sens que je me demande s'il ne faudrait pas la prendre au sérieux et en faire un terrible tableau, mon Dieu comme j'en aurais envie ! Mais c'est que je me demande si j'aurai la force d'exécution nécessaire.

Telle quelle je mets l'esquisse de côté, n'osant presque pas y penser. Cela a déjà depuis si longtemps été mon désir de faire un semeur, mais les désirs que j'ai depuis longtemps ne s'accomplissent pas toujours. J'en ai donc presque peur. Et pourtant, après Millet et Lhermitte, ce qui reste à faire, c'est... le semeur avec de la couleur et en grand format.

J'ai enfin un modèle – un zouave – c'est un garçon à petite figure, à cou de taureau, à l'œil de tigre, et j'ai commencé par un portrait et recommencé par un autre ; le buste que j'ai peint de lui était horriblement dur, en uniforme du bleu des casseroles émaillées bleues, à passementerie d'un rouge orangé fané, avec deux étoiles citron sur la poitrine, un bleu commun et bien dur à faire.

La tête féline très bronzée coiffée d'un bonnet garance, je l'ai plaquée contre une porte peinte en vert et les briques orangées d'un mur. C'est donc une combinaison brutale de tons disparates, pas commode à mener.

L'étude que j'en ai fabriquée me paraît très dure, et pourtant je voudrais toujours travailler à des portraits vulgaires et même criards comme cela. Cela m'apprend, et voilà ce que je demande surtout à mon travail. Maintenant le deuxième portrait sera assis en pied contre mur blanc (501).

Cela me chagrine bien souvent que la peinture soit comme une maîtresse qu'on aurait, qui dépense, dépense toujours et c'est jamais assez, et de me dire que si, par hasard de temps en temps, il y a une étude passable, il serait beaucoup meilleur marché de les acheter aux autres...

C'est bien beau que Claude Monet a trouvé moyen de faire de février à mai ces dix tableaux.

Travailler vite ce n'est pas travailler moins sérieux, cela dépend de l'aplomb qu'on a et de l'expérience...

Je ne retrouve pas ici la gaieté méridionale dont Daudet parle tant, au contraire une mignardise fade, une nonchalance sordide, mais n'empêche que le pays est beau.

Pourtant la nature ici doit être très différente de Bordighera, Hyères, Gênes, Antibes, où il y a moins de mistral, où les montagnes donnent un tout autre caractère. Ici, sauf une couleur plus intense, cela rappelle la Hollande, tout est plat, seulement on pense surtout à la Hollande de Ruysdaël et de Hobbema et d'Ostade, plutôt qu'à la Hollande actuelle.

Ce qui m'étonne, c'est la rareté des fleurs, ainsi pas de bleuets dans les blés, rarement des coquelicots...

J'ai travaillé hier et aujourd'hui au *Semeur*, qui est complètement remanié. Le ciel est jaune et vert, le terrain violet et orangé. Certes il y a un tableau à faire comme cela de ce magnifique motif, et j'espère qu'un jour on le fera, soit un autre, soit moi.

La question demeure celle-ci – *La Barque du Christ* d'Eugène Delacroix et *Le Semeur* de Millet sont d'une facture absolument différente. *La Barque du Christ* – je parle de l'esquisse bleue et verte avec taches violettes, rouges et un peu de jaune citron pour le nimbe, l'auréole – parle un langage symbolique par la couleur même. *Le Semeur* de Millet est *gris* incolore, comme le sont les tableaux d'Israels aussi. Peut-on maintenant peindre le *Semeur* avec de la couleur, avec un contraste simultané de jaune et de violet par exemple (comme le plafond

d'Apollon, qui justement est jaune et violet, de Delacroix), oui ou non ? Certes, oui. Mais faites-le donc ! Oui, c'est aussi ce que dit le père Martin : « Il faut faire le chef-d'œuvre. » Mais allez-y et cela vous rend abstrait comme un somnambule. Encore si on faisait quelque chose de bon.

Enfin, gardons courage et ne désespérons pas.

J'espère bientôt t'envoyer cet essai avec d'autres. J'ai une vue du Rhône – le pont de fer de Trinquetaille, où le ciel et le fleuve sont couleur d'absinthe, les quais d'un ton lilas, les personnages accoudés sur le parapet noirâtres, le pont de fer d'un bleu intense, avec dans le fond bleu une note orangé vive et une note vert véronèse intense. Encore un essai bien inachevé, mais enfin où je cherche quelque chose de plus navré et de plus navrant par conséquent.

Rien de Gauguin, j'espère bien recevoir ta lettre demain, pardon de ma nonchalance. Poignée de main (503).

Te rappelles-tu dans les petits dessins un pont de bois avec lavoir, une vue de ville dans le fond ? Je viens de peindre ce motif-là en grand format.

Je dois te prévenir que tout le monde va trouver que je travaille trop vite.

N'en crois rien.

N'est-ce pas l'émotion, la sincérité du sentiment de la nature, qui nous mène, et si ces émotions sont quelquefois si fortes qu'on travaille sans sentir qu'on travaille, lorsque quelquefois les touches viennent avec une suite et des rapports entre eux comme les mots dans un discours ou dans une lettre, il faut alors se souvenir que cela n'a pas toujours été ainsi et que dans l'avenir il y aura aussi bien des jours lourds sans inspiration.

Donc il faut battre le fer pendant qu'il est chaud et mettre les barres forgées de côté.

Je n'ai pas encore la moitié des 50 toiles présentables en public, et il me les faut toutes dans cette année.

Je sais d'avance que l'on les critiquera de *hâtives.*

Je sais aussi que j'espère bien garder mon raisonnement

de cet hiver, lorsque nous avons causé d'une association d'artistes.

Non pas que je garde grande envie ou espoir pour la réaliser, mais cela étant un raisonnement sérieux, reste à garder son sérieux et garder le droit d'y revenir sur cette question.

Si Gauguin viendrait pas travailler avec moi, alors je n'ai d'autre ressource pour contrebalancer mes dépenses que mon travail.

Cette perspective ne m'effraie que médiocrement. Si la santé ne me trahit pas, j'abattrai mes toiles, et dans le nombre il y en aura qui pourront aller.

Je suis presque réconcilié avec le verger qui n'était pas sur châssis et son pendant au pointillé. Dans le nombre, ils pourront aller. Seulement je travaille avec *moins de mal* en pleine chaleur qu'alors au printemps. Bientôt je t'enverrai quelques toiles roulées et les autres à fur et à mesure que cela soit possible de les rouler.

Je voudrais bien doubler la commande pour les *blancs de zinc*. Ce blanc de zinc est un peu cause que ça sèche si lentement, mais il a d'autres avantages dans les mélanges.

Est-ce que cela ne faisait pas plaisir chez Guillaumin cet hiver, d'y trouver le palier et l'escalier même, sans compter l'atelier, tout plein de toiles ? Tu comprends dès lors que j'ai une certaine ambition, non pour le *nombre* de toiles, mais pour que l'ensemble de ces toiles tout de même représente un vrai labeur, de ta part autant que de ma part.

Les blés, cela a été une occasion de travailler comme les vergers en fleurs. Et je n'ai que juste le temps pour me préparer pour la nouvelle campagne, celle des vignes.

Et entre les deux je voudrais encore faire des marines.

Les vergers représentaient le rose et le blanc, les blés le jaune, les marines le bleu.

Peut-être que maintenant je vais un peu chercher des verts. Or l'automne, cela donne toute la gamme de la lyre.

Sais-tu ce que je voudrais encore te répéter à toi, ceci que mes désirs personnels sont subordonnés à l'intérêt de plusieurs et qu'il me semble toujours qu'un autre pourrait profiter de l'argent, que je dépense seul. Soit Vignon, soit Gauguin, soit Bernard, soit un autre.

Et que pour ces combinaisons, même si elles entraîneraient mon déplacement, je suis prêt.

Deux personnes qui s'entendent ne dépensent, et même trois, pas beaucoup plus qu'un.

Pas non plus en couleur.

Alors, sans compter le surplus de travaux accomplis, il y aurait pour toi la satisfaction d'en nourrir deux ou trois au lieu d'un.

Ceci pour plus tôt ou plus tard. Et pourvu que moi je sois aussi fort que les autres, sachez bien ceci, que difficilement on pourrait être trompé, vu que s'ils font des difficultés pour travailler, je les connais aussi ces difficultés, et je saurais ce qui en était peut-être. Or on aurait parfaitement le droit, et même possiblement le devoir, de pousser au travail.

Et voilà ce qu'il faut faire.

Si je suis seul, ma foi, je n'y peux rien, j'ai alors moins le besoin de compagnie que celui d'un travail effréné, et voilà pourquoi hardiment je commande toile et couleurs. Alors seulement je ressens la vie, lorsque je pousse raide le travail.

Et en compagnie j'en sentirais un peu moins le besoin, ou plutôt je travaillerais à des choses plus compliquées.

Mais isolé je ne compte que sur mon exaltation dans de certains moments, et je me laisse aller à des extravagances alors (504).

J'ai gratté une grande étude peinte, un Jardin des oliviers, avec une figure de Christ bleue et orangée, un ange jaune. Un terrain rouge, collines vertes et bleues. Oliviers aux troncs violets et carminés à feuillage vert, gris et bleu. Ciel citron.

Je l'ai grattée parce que je me dis qu'il ne faut pas faire des figures de cette portée sans modèle (505).

Mon cher Théo,

Je rentre d'une journée à Mont Majour, et mon ami le sous-lieutenant m'a tenu compagnie. Nous avons alors à nous deux exploré le vieux jardin, et y avons volé d'excellentes figues. Si c'eut été plus grand, cela eût fait penser au Paradou de Zola, de grands roseaux, de la vigne, du lierre, des figuiers, des oliviers, des grenadiers aux fleurs grasses du plus vif orangé, des cyprès centenaires, des frênes et des saules, des chênes de roche, des escaliers démolis à demi, des fenêtres ogivales en ruines, des blocs de blancs rochers couverts de lichen, et des pans de murs écroulés ça et là dans la verdure ; j'en ai encore rapporté un grand dessin, non pas du jardin cependant. Cela me fait 3 dessins, lorsque j'en aurai demi-douzaine, les enverrai.

Hier j'ai été à Fontvieilles pour faire une visite à Bock et à Mc.Kn., seulement ces messieurs étaient partis pour huit jours pour un petit voyage en Suisse.

Je crois que la chaleur me fait toujours du bien, malgré les moustiques et les mouches.

Je crois bien faire en travaillant surtout les dessins dans ce moment, et faire de façon d'avoir de la couleur et de la toile en réserve pour le moment où Gauguin viendra.

Je voudrais bien qu'avec la couleur on eût aussi peu à se gêner qu'avec la plume et le papier. Parce que j'ai peur de gâcher de la couleur je rate souvent une étude peinte.

Avec le papier, si ce n'est pas une lettre que j'écris mais un dessin que je fais, ça ne rate guère, autant de feuilles Whatman autant de dessins. Je crois que si j'étais riche je dépenserais moins que maintenant.

Te rappelles-tu dans Guy de Maupassant le monsieur chasseur de lapins et autre gibier, qui avait si fort chassé pendant dix ans et s'était tellement éreinté à courir après le gibier, qu'au moment où il voulait se marier il ne bandait plus, ce qui lui causait les plus grandes inquiétudes et consternations.

Sans être dans le cas de ce monsieur en tant que quant à devoir ou vouloir me marier, quant au physique je commence à lui ressembler. Selon l'excellent maître Ziem, l'homme devient ambitieux du moment qu'il ne bande plus. Or si cela m'est plus ou moins égal de bander ou pas, je proteste lorsque cela doit fatalement me mener à l'ambition...

C'est certes un étrange phénomène que tous les artistes, poètes, musiciens, peintres, soient matériellement des malheureux – les heureux aussi – ce que dernièrement tu disais de Guy de Maupassant le prouve une fois de plus. Cela remue la question éternelle : la vie est-elle tout entière visible pour nous, ou bien n'en connaissons-nous avant la mort qu'un hémisphère ?

Les peintres – pour ne parler d'eux – étant morts et enterrés, parlent à une génération suivante ou à plusieurs générations suivantes par leurs œuvres.

Est-ce là tout ou y a-t-il même encore plus ? Dans la vie du peintre peut-être la mort n'est pas ce qu'il aurait de plus difficile.

Moi je déclare ne pas en savoir quoi que ce soit, mais toujours la vue des étoiles me fait rêver, *aussi simplement* que me donnent à rêver les points noirs représentant sur la carte géographique villes et villages. Pourquoi, me dis-je, les points lumineux du firmament nous seraient-ils moins accessibles que les points noirs sur la carte de France ?

Si nous prenons le train pour nous rendre à Tarascon ou à Rouen, nous prenons la mort pour aller dans une étoile.

Ce qui est certainement vrai dans ce raisonnement, c'est qu'étant *en vie*, nous ne pouvons *pas* nous rendre dans une étoile, pas plus qu'étant morts, nous puissions prendre le train.

Enfin il ne me semble pas impossible que le choléra, la gravelle, la phtisie, le cancer, soient des moyens de locomotion céleste, comme les bateaux à vapeur, les omnibus et le chemin de fer en soient de terrestres.

Mourir tranquillement de vieillesse serait y aller à pied (506).

Maintenant ta lettre m'apprenait une grosse nouvelle,

que Gauguin accepte la proposition. Certes le mieux serait qu'il filât tout droit ici au lieu de s'y démerder, peut-être s'emmerdera-t-il en venant à Paris avant.

Certainement que les Ricard et pas les Léonard de Vinci non plus ne sont pas moins beaux, parce qu'il y en a peu, d'autre part les Monticelli, les Daumier, les Corot, les Daubigny et les Millet ne sont pas laids parce qu'ils sont faits dans bien des cas avec une rapidité très grande et que relativement il y en ait beaucoup. Pour les paysages, je commence à trouver que de certains, faits encore plus vite que jamais, sont les meilleurs dans ce que je fais. Ainsi celui dont je t'ai envoyé le dessin, la moisson et les meules aussi, il est vrai que je suis obligé de retoucher *le tout* pour régler un peu la facture, pour harmoniser la touche, mais dans une seule longue séance tout le travail essentiel a été fait, et je l'épargne le plus possible en revenant dessus.

Mais lorsque je reviens d'une séance comme ça, je t'assure que j'ai le cerveau si fatigué, que si ce travail-là se renouvelle souvent, comme cela a été lors de cette moisson, je deviens absolument abstrait et incapable d'un tas de choses ordinaires.

Dans ces moments-là la perspective de ne pas être seul ne m'est pas désagréable.

Et bien souvent je pense à cet excellent peintre Monticelli, qu'on a dit si buveur et en démence, lorsque je me vois revenir moi-même d'un travail mental pour équilibrer les six couleurs essentielles, rouge – bleu – jaune – orange – lilas – vert.

Travail et calcul sec et où on a l'esprit tendu extrêmement, comme un acteur sur la scène dans un rôle difficile, où l'on doit penser à mille choses à la fois dans une seule demi-heure.

Après, la seule chose qui soulage et distrait, dans mon cas comme dans d'autres, c'est de s'étourdir en buvant un bon coup ou en fumant très fort. Ce qui est sans doute peu vertueux, mais c'est pour revenir à Monticelli. Je voudrais bien voir un buveur devant une toile ou sur les planches.

Naturellement, c'est un trop grossier mensonge tout ce conte méchant et jésuitique de la Roquette sur Monticelli.

Monticelli coloriste logique, capable de poursuivre les calculs les plus ramifiés et subdivisés relatives aux gammes de tons qu'il équilibrait, certes à ce travail surmenait son cerveau, comme aussi Delacroix et Richard Wagner.

Mais si lui a peut-être bu c'est qu'étant – Jongkind aussi – plus fort au physique que Delacroix, et plus tourmenté physiquement (Delacroix était plus riche) alors c'était – je serais moi pour un rien porté à croire – que s'ils ne l'avaient pas fait, leurs nerfs révoltés leur auraient joué d'autres tours. Ainsi Jules et Edmond de Goncourt disent mot à mot ceci : « Nous prenions du tabac très fort pour nous abrutir » dans la fournaise de la conception.

Ne crois donc pas que j'entretiendrais artificiellement un état fiévreux, mais sache que je suis en plein calcul compliqué, d'où résultent vite l'une après l'autre des toiles faites vites, mais longtemps calculé *d'avance*. Et voilà lorsqu'on dira que cela est trop vite fait, tu pourras y répondre qu'eux ils ont trop vite vu. D'ailleurs je suis maintenant en train de repasser un peu sur toutes les toiles, avant de te les envoyer. Mais pendant la moisson mon travail n'a pas été plus commode que celui des paysans, qui font cette moisson eux-mêmes. Loin de m'en plaindre c'est justement alors que dans la vie artistique, quand bien même qu'elle ne soit pas la vraie, je me sens presque aussi heureux que je pourrais l'être dans l'idéal de la vraie vie (507).

Hier j'étais au soleil couchant dans une bruyère pierreuse où croissent des chênes très petits et tordus, dans le fond une ruine sur la colline, et dans le vallon du blé. C'était romantique, on ne peut davantage, à la Monticelli, le soleil versait des rayons très jaunes sur les buissons et le terrain, absolument une pluie d'or. Et toutes les lignes étaient belles, l'ensemble d'une noblesse charmante. On n'aurait pas du tout été surpris de voir surgir soudainement des cavaliers et des dames, revenant d'une chasse au faucon, ou d'entendre la voix d'un vieux troubadour provençal. Les terrains semblaient violets, les lointains bleus. J'en ai rapporté une étude d'ailleurs, mais qui reste bien en dessous de ce que j'avais voulu faire.

Voici un motif nouveau – un coin de jardin avec des buissons en boule et un arbre pleureur, et dans le fond des touffes de lauriers-roses. Et le gazon qu'on vient de faucher avec les longues traînées de foin qui sèche au soleil, un petit coin de ciel bleu vert dans le haut.

Je suis en train de lire du Balzac : *César Birotteau*, je te l'envoie lorsque je l'aurai fini – je crois que je vais relire le tout de Balzac. En venant ici, j'avais espéré qu'il y aurait à faire des amateurs ici, jusqu'ici je n'ai pas avancé d'un seul centimètre dans le cœur des gens. Maintenant Marseille ? Je ne sais, mais cela pourrait bien être rien qu'une illusion. En tout cas, j'ai cessé de spéculer un peu là-dessus. Un grand nombre de journées se passe donc sans que je dise un mot à personne, que pour demander à dîner ou un café. Et cela a été ainsi dès le commencement.

Jusqu'à présent, la solitude ne m'a pourtant pas beaucoup gêné, tellement j'ai trouvé intéressant le soleil plus fort et son effet sur la nature (508).

Je l'ai déjà plus d'une fois dit combien la Camargue et la Crau, sauf une différence de couleur et de limpidité de l'atmosphère, me fait penser à l'antique Hollande du temps de Ruysdaël. Il me semble que ces deux vues de la campagne plate, couverte de vignes et de champs de chaumes, vue d'en haut, t'en donneront une idée…

Le charme que ces campagnes vastes ont pour moi est bien intense. Aussi je n'ai senti aucun *ennui*, malgré des circonstances essentiellement ennuyeuses ; le mistral et les moustiques. Si une vue fait oublier ces petites misères-là, il faut qu'il y ait quelque chose. Tu vois cependant qu'il n'y a aucun *effet*, c'est à première vue une carte géographique, un plan stratégique quant à la *facture*. Je me suis d'ailleurs promené là *avec un peintre* qui disait : voilà ce qui serait embêtant à peindre. Seulement voilà bien cinquante fois que je vais à Mont Majour pour regarder cette vue plate, ai-je tort ? Je m'y suis aussi promené avec quelqu'un qui n'était *pas peintre*, et comme je lui disais : tiens, pour moi cela est beau et infini comme la mer, il répond – et il connaît la mer, « moi j'aime cela *mieux* que la mer, parce que c'est aussi infini, et pourtant on sent que c'est *habité* ».

Comme j'en ferais un tableau, si ce sacré vent n'y était pas. C'est là ce qui est désolant ici, quand on plante son chevalet quelque part. Et c'est bien pour cela que les études peintes ne sont pas aussi faites que les dessins ; la toile tremble toujours.

Pour dessiner, cela ne me gêne pas.

Est-ce que tu as lu *Madame Chrysanthème* ? Cela m'a bien donné à penser que les vrais Japonais n'ont *rien sur les murs*, la description du cloître ou de la pagode où il n'y a *rien* (les dessins et curiosités sont cachés dans des tiroirs). Ah ! c'est donc comme ça qu'il faut regarder une japonaiserie, dans une pièce bien claire, toute nue, ouverte sur le paysage.

Veux-tu en faire l'épreuve avec ces deux dessins de la Crau et des bords du Rhône, *qui n'ont pas l'air japonais* et qui, peut-être, le sont plus que d'autres réellement. Regarde-les dans un café bleu clair, où il n'y ait rien d'autre en tableaux, ou dehors. Il y faudrait peut-être une bordure de roseau comme une baguette. Ici je travaille moi dans un intérieur nu, 4 murs blancs et des pavés rouges par terre. Si j'insiste que tu regardes ces deux dessins ainsi, c'est que je voudrais tant te donner une *idée vraie* de la simplicité de la nature d'ici (509).

L'art japonais en décadence dans sa patrie reprend racine dans les artistes français impressionnistes (510).

L'art japonais c'est quelque chose comme les primitifs, comme les Grecs, comme nos vieux Hollandais, Rembrandt, Potter, Hals, v. d. Meer, Ostade, Ruysdaël. *Cela ne finit pas*...

Est-ce que tu ne trouves pas qu'il parle très mal Boulanger, il ne fait pas d'effet en paroles du tout. Je le crois pas moins sérieux pour cela, puisqu'il aura l'habitude de se servir de sa voix pour des usages pratiques, pour expliquer des choses aux officiers ou aux gérants des arsenaux. Mais il ne fait pas d'effet du tout en public.

C'est tout de même une drôle de ville que Paris où il faut vivre en se crevant, et où tant qu'on n'est pas à moitié mort, on ne peut rien y foutre et encore !

Je viens de lire *l'Année terrible* de Victor Hugo. Là il y a de l'espoir, mais... cet espoir est dans les étoiles. Je trouve cela vrai et bien dit et beau, d'ailleurs volontiers je le crois aussi.

Mais n'oublions pas que la terre est également une planète, par conséquent une étoile ou globe céleste. Et si toutes ces autres étoiles étaient pareilles ! ! ! ! ! Ce ne serait pas très gai, enfin ce serait à recommencer. Or pour l'art, où on a besoin de *temps*, ce serait pas mal de vivre plus d'une vie. Et il n'est pas sans charme de croire les Grecs, les vieux maîtres hollandais et japonais continuant leur école glorieuse dans d'autres globes (511).

Tu verras par ce croquis le motif des nouvelles études, il y en a une en hauteur et une en largeur du même motif, des toiles de 30. Il y a bien un motif de tableau là-dedans, comme dans d'autres études que j'ai. Et vraiment je ne sais point si jamais je ferai des tableaux calmes et tranquillement travaillés moi, puisqu'il me semble que cela restera toujours décousu...

Je crois tout de même que le vent continuel d'ici doit y être pour quelque chose dans ce que les études peintes ont cet air hagard. Puisque chez Cézanne on voit cela aussi.

Ce qui doit faciliter aux Japonais de fourrer leurs œuvres d'art dans des tiroirs et des placards, c'est que l'on peut rouler les kakemonos et non pas nos études peintes, qui finiraient par s'écailler. Rien ne faciliterait davantage chez nous l'emplacement des toiles que de les faire accepter généralement comme ornements des habitations bourgeoises. Comme anciennement en Hollande.

Ainsi ici dans le Midi cela ferait rudement bien de voir

des tableaux sur les murs blancs. Mais allez-y voir – partout des grands médaillons Julien colorés, des horreurs. Et hélas ! nous n'y changerons rien à cet état de choses.

Pourtant – les cafés, peut-être plus tard on les décorera (512).

Quoi, une toile que je couvre, vaut davantage qu'une toile blanche. Ça – mes prétentions ne vont pas plus loin, n'en doute pas – mon droit de peindre, ma raison de peindre, pardi, mais je l'ai !

Ça ne m'a coûté à moi que ma carcasse bien démolie, mon cerveau bien toqué pour ce qui est de vivre comme je pourrais et devrais vivre en philanthrope.

Ça ne t'a coûté à toi qu'une, mettons, quinzaine de mille francs que tu m'as avancés.

Or... il n'y a pas à se foutre de nous...

Tous les plans que l'on fait, cela a des arrière-racines de difficultés. Comme avec Gauguin, cela serait si simple, mais le déplacement, après est-ce qu'il sera content encore ?

Mais puisque faire des plans ne peut se faire, je ne me préoccupe pas de ce que la position soit précaire.

La savoir telle et le sentir est ce qui nous fait ouvrir les yeux et travailler.

Si agissant ainsi on se fout dedans, moi j'ose en douter, il nous restera quelque chose. Mais quoi je déclare n'en rien prévoir lorsque des gens comme Gauguin, on les voit devant un mur. Espérons qu'il y aura issue pour lui et pour nous.

Si je songeais, si je réfléchissais aux possibilités désastreuses, je ne pourrais rien faire, je me jette tête perdue dans le travail, j'en ressors avec mes études ; si l'orage en dedans gronde trop fort, je bois un verre de trop pour m'étourdir.

C'est être toqué vis-à-vis de ce que l'on *devrait être*.

Mais auparavant je me sentais moins *peintre*, la peinture devient pour moi une distraction comme la chasse aux lapins aux toqués, qui le font pour se distraire.

L'attention devient plus intense, la main plus sûre.

Alors c'est pourquoi j'ose presque t'assurer que ma peinture deviendra meilleure. Car je n'ai plus que cela.

As-tu lu dans de Goncourt que Jules Dupré aussi leur faisait l'effet d'un *toqué* ?

Jules Dupré avait trouvé un bonhomme amateur qui le payait. Si je pouvais trouver cela, et ne pas tant t'être à charge !

Après la crise que j'ai passée en venant ici, je ne peux plus faire des plans ni rien, je me porte mieux maintenant décidément, mais *l'espérance*, le *désir d'arriver* est cassé et je travaille *par nécessité*, pour ne pas tant souffrir moralement, pour me distraire (513).

29 juillet 1888.

Maintenant tu parles du vide que tu sens parfois, cela c'est juste la même chose que j'ai moi aussi.

Considérant si tu veux le temps où nous vivons comme une renaissance vraie et grande de l'art, la tradition vermoulue et officielle qui est encore debout, mais qui est impuissante et fainéante au fond, les nouveaux peintres seuls, pauvres, traités comme des fous, et par suite de ce traitement le devenant réellement, au moins en tant que quant à leur vie sociale.

Alors sache que toi tu fais absolument la même besogne que ces peintres primitifs, puisque tu leur fournis de l'argent et que tu leur vends leurs toiles, ce qui leur permet d'en produire d'autres. Si un peintre se ruine le caractère en travaillant dur à la peinture, qui le rend stérile pour bien des choses, pour la vie de famille, etc., etc. Si conséquemment il peint non seulement avec de la couleur mais avec de l'abnégation et du renoncement à soi, et le cœur brisé – ton travail à toi non seulement ne t'est pas payé non plus, mais te coûte exactement comme à un peintre cet effacement de la personnalité, moitié volontaire, moitié fortuit.

Ceci pour dire que si tu fais de la peinture *indirectement*, tu es plus productif que par exemple moi. Plus tu deviens fatalement marchand, plus tu deviens artiste.

De même que j'espère bien être dans le même cas... plus je deviens dissipé, malade, cruche cassée, plus moi aussi je deviens artiste, créateur, dans cette grande renaissance de l'art de laquelle nous parlons.

Ces choses certes sont ainsi, mais cet art éternellement existant, et cette renaissance, ce rejeton vert sorti des racines du vieux tronc coupé, ce sont des choses si spirituelles qu'une certaine mélancolie nous demeure en y songeant qu'à moins de frais on aurait pu faire de la vie, au lieu de faire de l'art.

Tu devrais bien, si tu peux, me faire sentir que l'art est vivant, toi qui aimes peut-être l'art plus que moi.

Je me dis que cela tient non pas à l'art mais à moi, que le seul moyen de me retrouver d'aplomb et serein est de *faire mieux*.

Et nous revoilà à la fin de ma dernière lettre, je me fais vieux, ce n'est que de l'imagination si je croyais que l'art est une vieillerie. Maintenant si tu sais ce que c'est qu'une « mousmé » (tu le sauras lorsque tu auras lu *Madame Chrysanthème* de Loti), je viens d'en peindre une.

Cela m'a coûté toute ma semaine, je n'ai rien pu faire d'autre chose, ayant encore été pas trop bien portant. Voilà ce qui m'embête, si j'avais été bien portant, j'aurais sabré entre-temps encore des paysages, mais pour mener bien ma mousmé je devais réserver ma puissance cérébrale. Une mousmé est une fille japonaise – provençale dans ce cas – de douze à quatorze ans. Cela fait deux figures, le zouave et elle, que j'ai...

J'ai reçu de Bernard dix croquis comme son bordel, il y en a trois qui sont à la Redon ; enthousiasme qu'il a pour cela que moi je ne partage pas trop. Mais il y a une femme qui se lave, bien rembrandtesque, vu à la Goya et un paysage avec figures, très étrange. Il me défend expressément de te les envoyer, seulement tu les recevras par même poste...

Non seulement mes tableaux, mais surtout moi-même dans ces derniers temps, j'étais devenu hagard comme Hugues Van der Goes dans le tableau d'Emile Wauters à peu près.

Seulement m'étant fait soigneusement raser toute ma barbe, je crois que je tiens autant de l'abbé très calme dans le même tableau que du peintre fou y représenté si intelligemment.

Et je ne suis pas mécontent d'être un peu entre les deux, car il faut vivre, surtout parce qu'il n'y a pas à tortiller qu'un jour ou un autre il peut y avoir une crise (514).

Commencement d'août.

Comme la vie est courte et comme elle est fumée. Ce qui n'est pas une raison pour mépriser les vivants, au contraire.

Aussi avons-nous raison de nous attacher plutôt aux artistes qu'aux tableaux...

Maintenant je suis en train avec un autre modèle : un *facteur* en uniforme bleu, agrémenté d'or, grosse figure barbue, très socratique. Républicain enragé comme le père Tanguy. Un homme plus intéressant que bien des gens...

J'ai vu un effet magnifique et très étrange ce soir. Un très grand bateau chargé de charbon sur le Rhône amarré au quai. Vu d'en haut, il était tout luisant et humide d'une averse, l'eau était d'un blanc jaune et gris perle trouble, le ciel lilas et bande orangée au couchant, la ville violette. Sur le bateau, de petits ouvriers bleus et blancs sales allaient et venaient portant la cargaison à terre. C'était de l'Hokousaï pur. Il était trop tard pour le faire, mais un jour lorsqu'il reviendra ce bateau à charbon, il faudrait l'attaquer. C'est dans un chantier du chemin de fer que j'ai vu cet effet, c'est un endroit que je viens de trouver et où il y aura encore bien autre chose à faire (516).

Il n'y a pas de meilleur et plus court chemin pour améliorer le travail que de faire la figure. Aussi je me sens toujours de la confiance en faisant des portraits, sachant que ce travail-là est bien plus sérieux – c'est peut-être pas le mot, mais est plutôt celui qui me permet de cultiver ce que j'ai de mieux et de plus sérieux (517).

La semaine dernière, j'ai non seulement fait un, mais même deux portraits de mon facteur, un mi-corps avec mains et une tête grandeur nature, le bonhomme n'acceptant pas d'argent *était plus cher* mangeant, buvant avec moi et je lui donne en outre *la Lanterne* de Rochefort. Enfin voilà un mal faible et sans importance, en comparaison de ce qu'il a fort bien posé cela, et que je compte aussi peindre son nouveau-né sous peu, car sa femme vient d'accoucher...

Je vais aujourd'hui probablement commencer l'intérieur du café où je loge, le soir au gaz.

C'est ce qu'on appelle ici un « café de nuit » (ils sont assez fréquents ici) qui restent ouverts toute la nuit. Les « rôdeurs de nuit » peuvent y trouver un asile donc, lorsqu'ils n'ont pas de quoi se payer un logement ou qu'ils soient trop soûls pour y être admis. Toutes ces choses, famille, patrie, sont peut-être plus charmantes dans l'imagination de tels que nous, qui nous passons passablement bien de patrie ainsi que de famille, que dans aucune réalité. Il me semble toujours être un voyageur, qui va quelque part et à une destination.

Si je me dis, le quelque part, la destination n'existent point, cela me semble bien raisonné et véridique.

Le souteneur du bordel, lorsqu'il fout quelqu'un à la porte, en a une pareille de logique, raisonne bien aussi et a toujours raison je le sais. Aussi à la fin de la carrière j'aurai tort. Que soit. Je trouverai alors que non seulement les beaux-arts, mais le reste aussi n'étaient que des rêves, que soi-même on était rien du tout. Si nous sommes *si légers que ça*, tant mieux pour nous, rien ne s'opposant alors à la possibilité illimitée d'existence future. D'où vient que dans le cas présent de la mort de notre oncle, le visage du mort était calme, serein et grave. Lorsque c'est un fait que vivant il n'était guère ainsi, ni étant jeune ni vieux. Si souvent j'ai constaté un effet comme cela en regardant un mort comme pour l'interroger. Et cela est pour moi *une* preuve, non pas la plus sérieuse, d'une existence d'outre-tombe.

Un enfant dans le berceau également, si on le regarde à son aise, a l'infini dans les yeux. En somme je n'en sais rien, mais justement ce sentiment de *ne pas savoir* rend la vie réelle que nous vivons actuellement comparable à un simple trajet en chemin de fer. On marche vite, mais ne distingue aucun objet de très près, et surtout on ne voit pas la locomotive.

Il est assez curieux que notre oncle comme notre père croyaient à la vie future. Sans parler de notre père, j'ai plusieurs fois entendu l'oncle raisonner là-dessus.

Ah – par exemple, ils étaient plus sûrs que nous, et affirmaient, se fâchant si on osait approfondir.

La vie *future* des artistes *par leurs œuvres*, je n'en vois pas grand'chose. Oui les artistes se continuent en se passant le flambeau, Delacroix aux impressionnistes, etc. Mais est-ce là tout ?

Si une bonne vieille mère de famille à idées passablement bornées et martyrisées dans le système chrétien serait immortelle ainsi qu'elle le croit, et cela sérieusement et moi pour un n'y contredis point, pourquoi un cheval de fiacre poitrinaire ou nerveux comme Delacroix et de Goncourt, aux idées larges, cependant le seraient-ils moins ?

Vu qu'il paraît que juste les gens les plus vides sentent naître cette indéfinissable espérance.

Suffit, à quoi bon s'en préoccuper. Mais en vivant en pleine civilisation, en plein Paris et plein beaux-arts, pourquoi ne garderait-on pas ce *moi* de vieille femme, si les femmes elles-mêmes sans leur croyance de *ça y est* instinctif, ne trouveraient pas la force de créer et d'agir ?

Alors les médecins nous diront que non seulement Moïse, Mahomet, le Christ, Luther, Bunyan et autres étaient fous, mais également Frans Hals, Rembrandt, Delacroix et également toutes les vieilles bonnes femmes bornées comme notre mère.

Ah – c'est grave cela. – On pourrait demander à ces médecins : où alors seraient les gens raisonnables ?

Sont-ce les souteneurs de bordel, ayant toujours raison ? Il est probable. Alors que choisir ? heureusement il n'y a pas à choisir (518).

Le petit jardin de paysan en hauteur est, il me semble, le meilleur des trois grands. Celui avec les tournesols est un petit jardin d'un établissement de bains, le troisième jardin, en largeur, est celui dont j'ai fait des études peintes aussi.

Sous le ciel bleu, les taches orangées, jaunes, rouges des fleurs prennent un éclat étonnant, et dans l'air limpide il y a je ne sais quoi de plus heureux et plus amoureux que dans le nord.

Cela vibre comme le bouquet de Monticelli que tu as. Je m'en veux de ne pas prendre des fleurs ici. Enfin, tout en ayant déjà fabriqué une cinquantaine de dessins ou études peintes ici, il me semble avoir fait rien du tout absolument. Je m'en contenterais volontiers de n'être rien qu'un préparateur des autres peintres de l'avenir, qui viendront travailler dans le Midi.

Maintenant *la Moisson, le Jardin, le Semeur* et les deux *Marines* sont des croquis d'après études peintes. Je crois que toutes ces idées sont bonnes, mais les études peintes manquent de netteté dans la touche. Raison de plus pourquoi j'ai senti le besoin de les dessiner.

J'ai voulu peindre un vieux petit paysan, qui avait énormément de ressemblance avec notre père dans les traits. Seulement il était plus commun et frisait la caricature.

Néanmoins j'aurais énormément tenu à le faire justement, tel qu'il était, en petit paysan.

Il a promis de venir et ensuite il a dit qu'il lui fallait le tableau pour lui, enfin que j'avais à en faire deux pareils, un pour lui et un pour moi. Je lui ai dit que non. Peut-être reviendra-t-il un jour…

Pourquoi est-ce qu'on ne tient pas ce qu'on a, comme font les médecins et les mécaniciens ; une fois quelque chose de découvert et de trouvé, eux ils en gardent la science, dans ces affreux beaux-arts on oublie tout, on ne tient rien.

Millet a donné la synthèse du paysan et maintenant oui il y a Lhermitte, certes il y en a encore de rares autres, Meunier… puis a-t-on maintenant plus généralement appris à voir les paysans ? *Non*, presque personne ne sait en foutre un.

Est-ce que la faute n'est pas un peu à Paris et aux Parisiens, changeants et perfides comme la mer ?

Enfin, tu as bougrement raison de dire : allons notre chemin tranquillement en travaillant pour nous. Tu sais, quoi qu'il en soit de l'impressionnisme sacro-saint, j'aurais moi tout de même le désir de faire des choses, que la génération *d'avant* Delacroix, Millet, Rousseau, Diaz, Monticelli, Isabey, Decamps, Dupré, Jongkind, Ziem, Israels, Meunier, un tas d'autres, Corot, Jacques, etc., pourrait comprendre.

Ah Manet en a été bien près, et Courbet, de marier la forme à la couleur. Je voudrais moi bien me taire pendant dix ans, en ne faisant que des études, puis faire un tableau ou deux de figures. Le vieux plan tant recommandé est si rarement exécuté.

Si les dessins que je t'envoie, sont trop durs, c'est que je les ait faits de façon à pouvoir plus tard, s'ils restent, m'en servir encore à titre de renseignement pour la peinture.

Ce petit jardin de paysan en hauteur est superbe de couleur, dans la nature les dahlias sont d'un pourpre riche et sombre, la double rangée de fleurs est rose et verte d'un côté et orangée presque sans verdure de l'autre. Au milieu un dahlia blanc bas et un petit grenadier à fleurs du plus éclatant orangé rouge, à fruits vert jaune. Le terrain gris, les hauts roseaux « cannes » d'un vert bleu, les figuiers émeraude, le ciel bleu, les maisons blanches à fenêtres vertes, à toits rouges, le matin en plein soleil, le soir entièrement baigné d'ombre, portée, projetée par les figuiers et roseaux.

Si Quost était là ou Jeannin ! Que veux-tu, pour embrasser tout, il faudrait une école tout entière de gens travaillant d'ensemble au même pays, se complétant comme les vieux Hollandais, portraitistes, peintres de nature morte…

Ici il y a dans des journées sans argent seulement encore un avantage sur le nord, le beau temps (car même le mistral est *à voir* du beau temps). Un soleil bien glorieux où Voltaire s'est séché en buvant son café. On sent Zola et Voltaire partout involontairement. C'est si vivant ! à la Jan Steen, à la Ostade.

Certes il y aurait possibilité d'une école de peinture ici, mais tu diras que la nature est belle partout, si on y entre assez profondément…

J'ai vu dans le jardin d'un paysan une figure de femme en bois sculpté, provenant de la proue d'un vaisseau espagnol.

Cela se trouvait dans un bosquet de cyprès et c'était tout à fait Monticelli.

Ah ! ces jardins des fermes avec les belles grosses roses de Provence rouges, les vignes, les figuiers ! C'est bien poétique et l'éternel soleil fort malgré lequel la verdure reste très verte.

La citerne d'où sort une eau claire, qui arrose la ferme par des rigoles, formant petit système de canalisation. Un cheval, un vieux camarguais tout blanc, met la mécanique en marche.

Pas de vaches dans ces petites fermes.

Mais ici ferme et cabaret-assommoir sont moins lugubres, moins dramatiques que dans le Nord, puisque la chaleur etc. rend la pauvreté moins dure et mélancolique.

J'ai encore travaillé à une figure de zouave assis sur un banc contre un mur blanc, ce qui fait la cinquième figure.

Ce matin j'ai été à un lavoir avec des figures de femmes d'une tournure aussi large que les Négresses de Gauguin, une surtout en blanc-noir-rose, une autre toute jaune, il y en avait bien une trentaine, vieilles et jeunes (519).

Sous peu tu vas faire connaissance avec le sieur Patience Escalier, espèce d'homme à la houe, vieux bouvier camarguais, actuellement jardinier dans un mas de la Crau.

Aujourd'hui même je t'envoie le dessin que j'ai fait d'après cette peinture, ainsi que le dessin du portrait du facteur Roulin.

La couleur de ce portrait de paysan est moins noire que les mangeurs de pommes de terre de Nuenen – mais le très civilisé Parisien *Portier*, probablement ainsi nommé parce qu'il fout les tableaux à la porte, s'y trouvera le nez devant la même question. Maintenant toi depuis as changé, mais tu verras que lui n'a pas changé, et vraiment c'est dommage qu'il n'y ait pas davantage de tableaux *en sabots* à Paris. Je ne crois pas que mon paysan fera du tort par exemple au Lautrec que tu as et même j'ose croire que le Lautrec deviendra par contraste simultané encore plus distingué, et le mien gagnera par le rapprochement étrange, parce que la qualité ensoleillée et brûlée, hâlée du grand soleil et du grand air se manifestera davantage à côté de la poudre de riz et de la toilette chic.

Quelle faute que les Parisiens n'ont pas pris assez goût aux choses rudes, aux Monticelli, à la barbotine. Enfin je sais qu'on ne doit pas se décourager parce que l'utopie ne se réalise pas.

Il y a seulement que je trouve que ce que j'ai appris à Paris *s'en va*, et que je reviens à mes idées qui m'étaient venues à la campagne, avant de connaître les impressionnistes.

Et je serais peu étonné si, sous peu, les impressionnistes trouveraient à redire sur ma façon de faire, qui a plutôt été fécondée par les idées de Delacroix que par les leurs.

Car au lieu de chercher à rendre exactement ce que j'ai devant les yeux, je me sers de la couleur plus arbitrairement pour m'exprimer fortement.

Enfin, laissons cela tranquille en tant que théorie, mais je vais te donner un exemple de ce que je veux dire.

Je voudrais faire le portrait d'un ami artiste qui rêve de

grands rêves, qui travaille comme le rossignol chante, parce que c'est ainsi sa nature. Cet homme sera blond. Je voudrais mettre dans le tableau mon appréciation, mon amour que j'ai pour lui.

Je le peindrai donc tel quel, aussi fidèlement que je pourrai pour commencer.

Mais le tableau n'est pas fini ainsi. Pour le finir, je vais maintenant être coloriste arbitraire.

J'exagère le blond de la chevelure, j'arrive aux tons orangés, aux chromes, au citron pâle.

Derrière la tête, au lieu de peindre le mur banal du mesquin appartement, je peins l'infini, je fais un fond simple du bleu le plus riche, le plus intense, que je puisse confectionner, et par cette simple combinaison la tête blonde éclairée sur ce fond bleu riche obtient un effet mystérieux comme l'étoile dans l'azur profond.

Pareillement dans le portrait de paysan j'ai procédé de cette façon. Toutefois sans vouloir dans ce cas évoquer l'éclat mystérieux d'une pâle étoile dans l'infini. Mais en supposant l'homme terrible que j'avais à faire en pleine fournaise de la moisson, en plein midi. De là des orangés fulgurants comme du fer rougi, de là des tons de vieil or lumineux dans les ténèbres.

Ah ! mon cher frère... et les bonnes personnes ne verront dans cette exagération que de la caricature. Mais qu'est-ce que cela nous fait, nous avons lu *La Terre* et *Germinal*, et si nous peignons un paysan, nous aimerions montrer que cette lecture a un peu fini par faire corps avec nous.

Je ne sais si je pourrai peindre le facteur *comme je le sens*, cet homme est comme le père Tanguy en tant que révolutionnaire, probablement il est considéré comme bon républicain parce qu'il déteste cordialement la république de laquelle nous jouissons, et parce qu'en somme il doute un peu et est un peu désenchanté de l'idée républicaine elle-même.

Mais je l'ai vu un jour chanter *la Marseillaise*, et j'ai pensé voir 89, non pas l'année prochaine, mais celle d'il y a quatre-vingt-dix-neuf ans. C'était du Delacroix, du Daumier, du vieux hollandais tout pur.

Malheureusement cela ne se pose pas et pourtant il faudrait pour pouvoir faire le tableau un modèle intelligent.

Je dois maintenant te dire que ces jours-ci sont matériellement d'une excessive dureté.

La vie, quoi que je fasse, est assez chère ici, à peu près comme Paris où en dépensant cinq ou six francs par jour, on n'a pas grand-chose.

Ai-je des modèles conséquemment j'en souffre considérablement.

N'importe et aussi vais-je continuer.

Aussi je t'assure que si tu m'envoyais par hasard un peu plus d'argent quelquefois, cela ferait du bien aux tableaux, mais pas à moi. Je n'ai que le choix moi entre être un bon peintre ou un mauvais. Je choisis le premier. Mais les nécessités de la peinture sont comme celles d'une maîtresse ruineuse, on ne peut rien faire sans argent, et on n'en a jamais assez.

Aussi la peinture devrait s'exécuter aux frais de la société, et non pas l'artiste devrait en être surchargé.

Mais voilà, il faut encore se taire, car *personne ne nous force à travailler*, l'indifférence pour la peinture étant fatalement assez générale, assez éternellement.

Heureusement mon estomac s'est à tel point rétabli que j'ai vécu trois semaines du mois de biscuits de mer, avec du lait, des œufs.

C'est la bonne chaleur qui me rend mes forces, et certes je n'ai pas eu tort d'aller *maintenant* dans le midi, au lieu d'attendre jusqu'à ce que le mal fût irréparable. Oui je me porte aussi bien que les autres hommes maintenant, ce que je n'ai eu que momentanément à Nuenen par exemple, et cela n'est pas désagréable. Par les autres hommes, j'entends un peu les terrassiers grévistes, le père Tanguy, le père Millet, les paysans.

Si l'on se porte bien, il faut pouvoir vivre d'un morceau de pain, tout en travaillant toute la journée, et en ayant encore la force de fumer et de boire son verre, il faut ça dans ces conditions. Et sentir néanmoins les étoiles et l'infini en haut clairement. Alors la vie est tout de même presque enchantée. Ah ! ceux qui ne croient pas au soleil d'ici sont bien impies.

Malheureusement à côté du soleil bon dieu, il y a trois quarts du temps le diable *mistral.*

Le courrier de samedi est nom de Dieu passé, et j'avais pas doute de recevoir ta lettre, mais tu vois que je ne me fais pas de mauvais sang (520).

Ce que dit Gruby se priver de femmes et bien se nourrir, c'est vrai, cela fait du bien, et si on dépense en travaillant de la tête tout de même sa cervelle et sa moelle, c'est très logique de ne pas se dépenser en faisant l'amour plus que nécessaire.

Mais cela peut mieux se pratiquer à la campagne qu'à Paris.

Le désir de femmes qu'on contracte à Paris, n'est-ce pas un peu l'effet de la maladie d'énervement même, dont Gruby est l'ennemi juré, plutôt qu'un symptôme de vigueur.

Aussi voit-on ce désir disparaître justement au moment où l'on se refait. La racine du mal se trouvant dans la constitution même, dans l'affaiblissement fatal des familles de génération à génération, dans le mauvais métier d'ailleurs et la triste vie de Paris, la racine du mal certes reste là et on ne saurait en guérir…

Ce restaurant où je suis est bien curieux, c'est entièrement gris, le parquet est en bitume gris comme un trottoir, papier gris sur le mur. Stores verts toujours fermés, un grand rideau vert devant la porte toujours ouverte, empêche la poussière d'entrer.

Cela c'est d'un gris Vélasquez déjà – comme dans les *Fileuses* – le rayon de soleil très mince et très violent à travers un store, comme celui qui traverse le tableau de V. n'y manque même pas. Naturellement les petites tables à nappes blanches. Maintenant derrière cet appartement gris Vélasquez on aperçoit l'antique cuisine propre comme une cuisine hollandaise, parquet de briques très rouges, légumes verts, armoires de chêne, fourneau de cuisine à cuivres luisants, à briques bleues et blanches, et le grand feu orange clair. Maintenant il y a deux femmes qui servent, également en gris à peu près comme le tableau de Prévost qui est chez toi, bien comparable sur tous les points.

Dans la cuisine, une vieille femme et une grosse courte servante aussi en gris, noir, blanc. Je ne sais si je le décris assez clairement, mais voilà ce que j'ai vu de vrai Vélasquez ici.

Devant le restaurant une cour couverte, dallée de briques rouges et sur les murs des vignes folles, des convolvulus et plantes grimpantes.

Cela c'est encore du vrai vieux provençal, alors que les autres restaurants sont tellement à l'instar de Paris *qu'alors même qu'il n'y a aucune espèce de concierge* il y a tout de même sa loge et l'écriteau « parlez au concierge ».

Tout n'est donc pas toujours éclatant. Ainsi j'ai vu une étable avec quatre vaches café au lait, et un veau de même couleur, l'étable d'un blanc bleu tapissée de toiles d'araignées, les vaches fort propres et fort belles, un grand rideau vert contre la poussière et les mouches dans la porte d'entrée.

Gris aussi, gris Vélasquez !

C'était d'un calme – ce café au lait et havane des robes des vaches avec le doux blanc gris bleuâtre des murs, la tenture verte et le vert jaune et scintillant du dehors ensoleillé faisant opposition éclatante. Tu vois comme il y a encore tout autre chose à faire que ce que j'ai fait.

Je dois aller travailler. J'ai encore vu une chose fort calme et bien belle l'autre jour, une jeune fille à teint café au lait – si je me souviens bien – cheveux cendrés, yeux gris, corsage d'indienne rose pâle, sous lequel on voyait les seins droits durs et petits. Cela contre la verdure émeraude des figuiers. Une femme bien rustique, grande allure virginale.

Pas complètement impossible que je l'aie à poser en plein air, ainsi que la mère – jardinière – couleur de terre qui était alors en jaune sale et bleu fané.

Le teint café au lait de la jeune fille était plus foncé que le rose du corsage.

La mère était épatante, la figure jaune sale et bleu fané se détachait en plein soleil sur un carré de fleurs éclatant, blanc de neige et citron. Donc un vrai Van der Meer de Delft. C'est pas laid le Midi (521).

Maintenant nous avons une très glorieuse forte chaleur sans vent ici, qui fait bien mon affaire. Un soleil, une lumière que faute de mieux je ne peux appeler que jaune, jaune soufre pâle, citron pâle or. Que c'est beau le jaune ! Et combien je verrai mieux le Nord…

En fait d'études, j'ai deux études de Chardons dans un terrain vague, des chardons blancs de la fine poussière du chemin.

Puis une petite étude d'une halte de forains, voitures rouges et vertes ; également une petite étude de wagons du Paris-Lyon-Méditerranée, lesquelles deux dernières études ont été approuvées comme « bien dans la note moderne », par le jeune émule du brav' général Boulanger, le très brillant sous-lieutenant zouave. Ce vaillant militaire a laissé en plan l'art du dessin aux mystères duquel je m'efforçais de l'initier, mais pour une raison plausible, car inopinément il a dû passer un examen pour lequel je crains qu'il était rien moins que préparé.

Supposant que le jeune Français sus-mentionné dise toujours la vérité, il aurait étonné les examinateurs par l'aplomb de ses réponses, aplomb qu'il se serait affermi par la veille de l'examen passée dans un bordel…

As-tu reçu les dessins des jardins et les deux dessins de figure ? Je crois que le tableau de la tête de vieux paysan est aussi étrange de couleur que *le Semeur*, mais *le Semeur* est un échec et la tête de paysan y est davantage. Ah celle-là, je l'enverrai toute seule, aussitôt sèche, et j'y mettrai une dédicace pour toi (522).

Etre insouciant, espérer qu'un jour ou un autre délivre de la dèche, pure illusion ! Je me compterai bien heureux moi de travailler pour une pension juste suffisante et ma tranquillité dans mon atelier, toute ma vie.

Eh bien si je répète encore une fois que cela m'est on ne peut plus égal, de me fixer à Pont-Aven ou à Arles, je me propose d'être inflexible sur ce point de fonder un atelier fixe et de coucher là et pas à l'hôtellerie.

Si tu es bon assez de nous mettre, Gauguin et moi, à même de nous installer ainsi, je dis seulement ceci, que si nous ne profitons pas de cette occasion pour nous délivrer des logeurs, nous jetons à l'eau tout ton argent et notre possibilité de résister au siège de la dèche…

Je crains que je n'aurai pas un bien beau modèle de femme, elle avait promis, puis elle a – à ce qui paraît – gagné des sous en faisant la noce et a mieux à faire.

Elle était extraordinaire, le regard était comme celui de Delacroix, et une tournure bizarre primitive. Je prends les choses avec patience, faute de voir d'autres moyens de les supporter, mais c'est agaçant cette contrariété continuelle avec les modèles. J'espère faire de ces jours-ci une étude de lauriers-roses. Si on peignait lisse comme Bouguereau, les gens n'auraient pas honte de se laisser peindre, mais je crois que cela m'a fait perdre des modèles, on trouvait que c'était « mal fait », *ce n'était que des tableaux pleins de peinture* que je faisais. Alors les bonnes putains ont peur de se compromettre et qu'on se moquera de leur portrait. Mais il y a de quoi se décourager presque quand on sent qu'on pourrait faire des choses si les gens avaient plus de bonne volonté. Je ne peux pas me résigner à dire « les raisins sont verts », je ne m'en console pas de ne pas avoir plus de modèles.

Enfin il faut patienter et en rechercher d'autres…

Et si on peut croire, étant plus jeune, que par le travail assidu on puisse suffire à ses besoins, cela devient de plus en plus douteux actuellement. J'ai encore dit cela à Gauguin dans ma dernière lettre, que si on peignait comme Bouguereau, qu'alors on pouvait espérer de gagner, mais que le public ne changera jamais et n'aime que les choses douces et lisses. Avec un talent plus austère, il faut pas compter sur le produit de son travail ; la plupart des gens intelligents assez pour comprendre et aimer les tableaux impressionnistes, sont et resteront trop pauvres pour acheter. Est-ce que G. ou moi travaillerons moins pour cela – non – mais nous serons obligés d'accepter la pauvreté et l'isolement social de parti pris. Et pour commencer, installons-nous là où la vie coûte le moins. Tant mieux si le succès vient, tant mieux si un jour nous nous trouvions plus au large.

Ce qui me frappe le plus au cœur dans l'œuvre de Zola, c'est cette figure de Bongrand-Jundt.

C'est si vrai ce qu'il dit : « Vous croyez, malheureux que lorsque l'artiste a conquis son talent et sa réputation, qu'alors il est à l'abri ? Au contraire, alors il lui est défendu désormais de produire une chose pas tout à fait bien. Sa réputation même l'oblige à soigner d'autant plus son travail que les chances de vente se raréfient. Au moindre signe de faiblesse, toute la meute jalouse lui tombe dessus et démolit justement cette réputation et cette foi qu'un public changeant et perfide momentanément a eues en lui. »

Plus fort que cela est ce que dit Carlyle :

« Vous connaissez les lucioles qui au Brésil sont si lumineuses, que les dames le soir les piquent avec des épingles dans leur chevelure, c'est très beau la gloire, mais voilà, c'est à l'artiste ce que l'épingle de toilette est à ces insectes.

« Vous voulez réussir et briller, savez-vous au juste ce que vous désirez ? »

Or j'ai en horreur le succès, je crains le lendemain de fête d'une réussite des impressionnistes, les jours difficiles déjà de maintenant nous paraîtront plus tard « le bon temps ».

Eh bien G. et moi nous devons prévoir, nous devons travailler à avoir un toit sur la tête, des lits, l'indispensable enfin pour soutenir le siège de l'insuccès qui durera *toute notre existence*, et nous devons nous fixer dans l'endroit le moins cher. Alors nous aurons la tranquillité nécessaire de produire beaucoup, même en vendant peu ou pas…

Je conclus : vivre à peu près en moines ou ermites avec le travail pour passion dominatrice, avec résignation du bien-être.

La nature, le beau temps d'ici, cela c'est l'avantage du Midi. Mais je crois que jamais Gauguin renoncera à la bataille parisienne, il a cela trop au cœur et croit plus que moi à un succès durable. Cela ne me fera pas du mal, au contraire, je me désespère peut-être trop. Laissons-lui donc cette illusion, mais sachons que ce qu'il lui faudra toujours c'est le logement et le pain quotidien et la couleur. C'est là le défaut de sa cuirasse, et c'est parce qu'il s'endette maintenant qu'il serait foutu d'avance.

Nous autres en lui venant en aide lui rendons la victoire parisienne en effet possible.

Si j'avais les mêmes ambitions que lui, nous ne nous accorderions probablement pas. Mais je ne tiens ni à ma réussite ni à mon bonheur, je tiens à la durée des entreprises énergiques des impressionnistes, je tiens à cette question d'asile et de pain quotidien pour eux. Et je m'en fais un crime d'en avoir lorsque avec la même somme deux peuvent vivre.

Si on est peintre, ou bien vous passez pour un fou ou bien pour un riche ; une tasse de lait vous revient à un franc, une tartine à deux, et les tableaux ne se vendent pas. Voilà ce pourquoi il faut se combiner comme faisaient les vieux moines, les frères de la vie commune de nos bruyères hollandaises. Je m'aperçois déjà que Gauguin espère la réussite, il ne saurait se passer de Paris, il n'a pas la prévoyance de *l'infini* de la gêne. Tu conçois combien cela m'est absolument égal dans ces circonstances de rester ici ou de m'en aller. Il faut lui laisser faire sa bataille, il la gagnera d'ailleurs. Trop loin de Paris il se croirait inactif, mais gardons pour nous l'absolue indifférence pour ce qui est succès ou insuccès. J'avais commencé à signer les toiles, mais je me suis vite arrêté, cela me semblait trop bête. Sur une marine, il y a une très exorbitante signature rouge, parce que je voulais une note rouge dans le vert. Enfin tu les verras bientôt. Fin semaine sera un peu plus raide, j'espère donc plutôt avoir la lettre un jour plus tôt qu'un jour plus tard (524).

15 août 1888.

Maintenant j'ai gardé le grand portrait du facteur et sa tête ci-jointe est *une seule* séance.

Eh bien, voilà mon fort, faire un bonhomme rudement dans une séance. Si je me montais, mon cher frère, davantage le cou, je ferais toujours ainsi, je boirais avec le premier venu et je le peindrais, et cela non à la peinture à l'eau, mais à l'huile, séance tenante à la Daumier.

Si j'en faisais cent comme ça, il y en aurait des bons dans le nombre. Et je serais plus français et plus *moi*, et plus buveur. Cela me tente tant, non pas la boisson, mais la peinture de voyou. Ce qu'ainsi faisant je gagnerais en tant que quant à l'artiste, le perdrais-je en homme ? Si j'avais la foi de ça, je serais un fameux toqué, maintenant je n'en suis pas un de fameux, mais tu vois, je n'ai pas l'ambition de cette gloire-là suffisamment, pour mettre le feu aux poudres. J'aime mieux attendre la génération à venir, qui fera en portrait ce que Claude Monet fait en paysage, le paysage riche et crâne à la Guy de Maupassant.

Alors je sais que moi je ne suis – pas de ces gens-là, mais les Flaubert et les Balzac n'ont-ils pas fait les Zola et les Maupassant ? Vive donc non pas nous, mais la génération à venir. Tu es juge assez en peinture, pour voir et apprécier ce que je puisse avoir d'originalité, et tu l'es également assez pour voir l'inutilité de présenter ce que je fais au public de maintenant, car les autres me surpassent en touche plus nette. Cela tient plus au vent et circonstances qu'à ce que je pourrais sans le mistral et sans ces circonstances fatales de jeunesse évaporée, de pauvreté relative (525).

Je suis en train de peindre avec l'entrain d'un Marseillais mangeant la bouillabaisse, ce qui ne t'étonnera pas lorsqu'ils s'agit de peindre des grands tournesols.

J'ai 3 toiles en train : 1e) 3 grosses fleurs dans un vase vert, fond clair, toile de 15 ; 2e) 3 fleurs, une fleur en semence et effeuillée et un bouton sur fond bleu de roi, toile de 25 ; 3e) douze fleurs et boutons dans un vase jaune (toile de 30). Le dernier est donc clair sur clair et sera le meilleur, j'espère. Je ne m'arrêterai probablement pas là. Dans l'espoir de vivre dans un atelier à nous avec G., je voudrais faire une décoration pour l'atelier. Rien que des grands tournesols. A côté de ton magasin, dans le restaurant, tu sais bien qu'il y a une si belle décoration de fleurs, là je me rappelle toujours le grand tournesol dans la vitrine.

Enfin si j'exécute ce plan, il y aura une douzaine de panneaux. Le tout sera une symphonie en bleu et jaune donc. J'y travaille tous ces matins à partir du lever du soleil, car les fleurs se fanent vite et il s'agit de faire l'ensemble d'un trait…

Je commence à aimer le Midi de plus en plus.

J'ai encore une étude en train de Chardons poussiéreux avec un innombrable essaim de papillons blancs et jaunes.

J'ai encore manqué des modèles, que j'espérais avoir de ces jours-ci.

J'ai un tas d'idées pour de nouvelles toiles. J'ai revu aujourd'hui ce même bateau à charbon avec des ouvriers qui le déchargent, dont je t'ai parlé, au même endroit des bateaux de sable dont je t'ai envoyé un dessin. Ce serait un fameux motif. Seulement je commence de plus en plus à chercher une technique simple, qui peut-être n'est pas impressionniste. Je voudrais peindre de façon qu'à la rigueur tout le monde qui a des yeux puisse y voir clair (526).

Voudrais-tu demander à Tasset son opinion sur la question suivante. A moi il me semble que plus une couleur est broyée fine, plus aussi elle est saturée d'huile. Or nous n'aimons pas énormément l'huile, cela va sans dire.

Si on peignait comme M. Gérôme et les autres trompe-l'œil photographiques, nous demanderions sans doute des couleurs broyées très fines. Au contraire, nous ne détestons pas que la toile ait un aspect fruste. Si donc au lieu de faire broyer sur la pierre pendant Dieu sait combien d'heures la couleur, on la broyait juste le temps qu'il faut pour la rendre maniable, sans tant s'occuper de la finesse du grain, on aurait des couleurs plus fraîches, peut-être noircissant moins. S'il veut en faire un essai avec les 3 chromes, le véronèse, le vermillon, la mine orangée, le cobalt, l'outremer, je suis presque sûr qu'à bien moins de frais j'aurais des couleurs et plus fraîches et plus durables. Alors à quel prix ? Je suis sûr que cela doit pouvoir se faire. Probablement pour les garances, l'émeraude, qui sont transparentes, aussi.

Maintenant, j'en suis au quatrième tableau de tournesols.

Ce quatrième est un bouquet de 4 fleurs et est sur fond jaune, comme une nature morte de coings et de citrons, que j'ai fait dans le temps.

Seulement comme c'est beaucoup plus grand, cela produit un effet assez singulier, et je crois que cette fois-ci c'est peint avec plus de simplicité que les coings et citrons.

Est-ce que tu te rappelles que nous avons un jour vu à l'hôtel Drouot un Manet bien extraordinaire, quelques grosses pivoines roses et leurs feuilles vertes sur un fond clair ? Aussi dans l'air et aussi *fleur* que n'importe quoi, et pourtant peint en pleine pâte solide et pas comme Jeannin.

Voilà ce que j'appellerais simplicité de technique. Et je dois te dire que de ces jours-ci je m'efforce à trouver un travail de la brosse sans pointillé ou autre chose, rien que la touche variée. Mais un jour tu verras.

Quel dommage que la peinture coûte si cher ! Cette semaine j'avais de quoi me gêner moins que les autres semaines, je me suis donc laissé aller, j'aurai dépensé le billet de cent dans une seule semaine, mais au bout de cette semaine j'aurai mes quatre tableaux, et même si j'ajoute le prix de toute la couleur que j'ai usée, la semaine n'aura pas raté. Je me suis levé fort de bonne heure tous les jours, j'ai bien dîné et bien soupé, j'ai pu travailler assidûment sans me sentir faiblir. Mais voilà nous vivons dans des jours où ce que l'on fait n'a pas cours, non seulement on ne vend pas, mais comme tu le vois avec Gauguin, on voudrait emprunter sur des tableaux faits et on ne trouve rien, même lorsque ces sommes sont insignifiantes et les travaux importants. Et voilà comment nous sommes livrés à tous les hasards. Et de notre vie, je crains que cela ne changera guère. Pourvu que nous préparions des vies plus riches à des peintres qui marcheront sur nos traces, ce serait déjà quelque chose.

La vie est pourtant courte et surtout le nombre d'années où l'on se sent fort assez pour tout braver.

Enfin il est à redouter qu'aussitôt que la nouvelle peinture sera appréciée, les peintres se ramolliront.

Dans tous les cas, voilà ce qu'il y a de positif, ce ne sont pas nous autres d'à présent qui sommes la décadence. Gauguin et Bernard parlent maintenant de faire « de la peinture d'enfant ». J'aime mieux cela que la peinture des décadents. Comment se fait-il que les gens voient dans l'impressionnisme quelque chose de décadent ? C'est pourtant bien le contraire (527).

La peinture comme elle est maintenant, promet de devenir plus subtile – plus musique et moins sculpture – enfin elle promet la *couleur.* Pourvu qu'elle tienne cette promesse.

Les tournesols avancent, il y a un nouveau bouquet de 14 fleurs sur fond jaune vert, c'est donc exactement le même effet – mais en plus grand format, toile de 30 – qu'une nature morte de coings et de citrons, que tu as déjà, mais dans les tournesols la peinture est bien plus simple. Te rappelles-tu qu'un jour nous avons vu à l'hôtel Drouot un bouquet de pivoines de Manet ? Les fleurs roses, les feuilles très vertes, peints en pleine pâte et non pas par glacis comme ceux de Jeannin, se détachant sur un simple fond blanc je crois.

Voilà ce qui était bien sain.

Pour le pointillé, pour auréoler ou autre chose, je trouve cela une véritable découverte ; mais c'est déjà à prévoir que cette technique, pas plus qu'une autre, deviendra un dogme universel. Raison de plus pourquoi *la Grande Jatte* de Seurat, les paysages à gros pointillés de Signac, *le Bateau* d'Anquetin, par le temps deviendront encore plus personnels, encore plus originaux...

J'ai deux modèles cette semaine : une Arlésienne et le vieux paysan que cette fois-ci je fais contre un fond orangé vif qui, quoiqu'il n'ait pas la prétention de représenter le trompe-l'œil d'un couchant rouge, en est peut-être tout de même une suggestion.

Malheureusement je crains que la petite Arlésienne me posera un lapin pour le reste du tableau. Candidement elle avait demandé l'argent que je lui avais promis, pour toutes les poses d'avance, la dernière fois qu'elle était venue, elle a filé sans que je l'aie revue.

Enfin un jour ou un autre elle me doit de revenir et ce serait un peu fort si elle manquait tout à fait.

Egalement j'ai un bouquet en train, et aussi une nature morte d'une paire de vieux souliers (529).

1er septembre 1888.

Je sens que même encore à l'heure qu'il est je pourrais être un tout autre peintre, si j'étais capable de forcer la question des modèles, mais je sens aussi la possibilité de m'abrutir et de voir passer l'heure de la puissance de production artistique, comme dans le cours de la vie on perd ses couilles...

Je t'envoie aujourd'hui 3 volumes de Balzac, cela est bien un peu vieux, etc., mais du Daumier et du de Lemud n'est pas plus laid pour appartenir à une époque qui n'existe plus. Je lis dans ce moment enfin *l'Immortel* de Daudet que je trouve *très beau*, mais bien peu consolant.

Je crois que je serai obligé de lire un livre sur la chasse à l'éléphant ou un livre absolument menteur d'aventures catégoriquement impossibles de par exemple Gustave Aimard, pour faire passer le navrement que *l'Immortel* va me laisser. Justement parce que c'est si beau et si vrai, en tant que faisant sentir le néant du monde civilisé. Je dois dire que je préfère comme force vraie son *Tartarin* pourtant. Bien des choses à la sœur et encore merci de ta lettre (530).

Hier j'ai encore passé la journée avec ce Belge qui a aussi une sœur dans les vingtistes. Il ne faisait pas beau temps, mais c'était une bien bonne journée pour la causerie; nous nous sommes promenés et avons tout de même encore vu de bien belles choses aux courses de taureaux et hors la ville. Nous avons plus sérieusement causé du plan que si moi je garde un logement dans le Midi, lui devrait bien fonder une espèce de station dans les charbonnages. Qu'alors Gauguin et moi et lui pourrions dans des cas où l'importance d'un tableau motiverait le voyage, pourrions changer de place – tantôt étant dans le Nord, mais en pays connu où l'on a un ami, tantôt dans le Midi.

Tu le verras sous peu, ce jeune homme à mine dantesque, car il va venir à Paris, et en le logeant – si la place est libre – tu feras bien pour lui; il est bien distingué d'extérieur, et il le deviendra, je crois, dans ses tableaux.

Il aime Delacroix, et nous avons bien causé de Delacroix hier, justement il connaissait l'esquisse violente de la *Barque du Christ.* Eh bien, grâce à lui, j'ai enfin une première esquisse de ce tableau que depuis longtemps je rêve – le poète. Il me l'a posé. Sa tête fine au regard vert se détache dans mon portrait sur un ciel étoilé outremer profond, le vêtement est un petit veston jaune, un col de toile écrue, une cravate bigarrée. Il m'a donné deux séances dans une seule journée...

Je fais faire 2 cadres en chêne pour ma nouvelle tête de paysan et pour mon étude de *Poète.* Ah! mon cher frère, quelquefois je sais tellement bien ce que je veux. Je peux bien dans la vie et dans la peinture aussi me passer de bon Dieu, mais je ne puis pas, moi souffrant, me passer de quelque chose plus grand que moi, qui est ma vie, la puissance de créer.

Et si frustré dans cette puissance physiquement, on cherche à créer des pensées au lieu d'enfants, on est par là bien dans l'humanité pourtant.

Et dans un tableau je voudrais dire quelque chose de consolant comme une musique. Je voudrais peindre des hommes ou des femmes avec ce je ne sais quoi d'éternel, dont autrefois le nimbe était le symbole, et que nous cherchons par le rayonnement même, par la vibration de nos colorations.

Le portrait ainsi conçu ne devient pas de l'Ary Scheffer, parce qu'il y a un ciel bleu derrière comme dans le Saint Augustin. Car coloriste Ary Scheffer l'est si peu.

Mais ce serait plutôt d'accord avec ce que cherchait et trouvait Eug. Delacroix dans son *Tasse en prison* et tant d'autres tableaux, représentant un homme *vrai.* Ah ! le portrait, le portrait avec la pensée, l'âme du modèle, cela me paraît tellement devoir venir. Le Belge a dit qu'ils ont à la maison un de Groux, l'esquisse de la *Benedicite* du musée de Bruxelles...

Je suis ainsi toujours entre deux courants d'idées, les premières : les difficultés matérielles, se tourner et se retourner pour se créer une existence, et puis : l'étude de la couleur. J'ai toujours l'espoir de trouver quelque chose là-dedans. Exprimer l'amour de deux amoureux par un mariage de deux complémentaires, leur mélange et leurs oppositions, les vibrations mystérieuses des tons rapprochés. Exprimer la pensée d'un front par le rayonnement d'un ton clair sur un fond sombre.

Exprimer l'espérance par quelque étoile. L'ardeur d'un être par un rayonnement de soleil couchant. Ce n'est certes pas là du trompe-l'œil réaliste, mais n'est-ce pas une chose réellement existante ? (531).

8 septembre 1888.

Enfin à la grande joie du logeur, du facteur de poste que j'ai déjà peint, des visiteurs rôdeurs de nuit et de moi-même, 3 nuits durant j'ai veillé à peindre, en me couchant pendant la journée. Souvent il me semble que la nuit est bien plus vivante et richement colorée que le jour. Maintenant pour ce qui est de rattraper l'argent payé au logeur par ma peinture, je n'insiste pas car le tableau est un des plus laids que j'ai faits. Il est équivalent, quoique différent, aux *Mangeurs de pommes de terre.*

J'ai cherché à exprimer avec le rouge et le vert les terribles passions humaines.

La salle est rouge sang et jaune sourd, un billard vert au milieu, quatre lampes jaune citron à rayonnement orangé et vert. C'est partout un combat et une antithèse des verts et des rouges les plus différents, dans les personnages de voyous dormeurs petits, dans la salle vide et triste, du violet et du bleu. Le rouge sang et le vert jaune du billard par exemple contrastent avec le petit vert tendre Louis XV du comptoir, où il y a un bouquet rose.

Les vêtements blancs du patron, veillant dans un coin dans cette fournaise, deviennent jaune citron, vert pâle et lumineux…

Cela m'a fait grand plaisir que Pissarro trouvait quelque chose dans la *Jeune fille.* Est-ce que Pissarro a dit quelque chose du *Semeur*? Plus tard, lorsque j'aurai poussé plus loin ces recherches-là, *le Semeur* sera toujours le premier essai dans ce genre. *Le Café de nuit* continue *le Semeur*, ainsi que la tête du vieux paysan et du poète, si j'arrive à faire ce dernier tableau.

C'est une couleur alors pas localement vraie au point de vue réaliste du trompe-l'œil, mais une couleur suggestive d'une émotion quelconque d'ardeur de tempérament.

Lorsque Paul Mantz voyait à l'exposition que nous

avons vue aux Champs-Elysées, l'esquisse violente et exaltée de Delacroix : *la Barque du Christ*, il s'en retourne en s'écriant dans son article : « Je ne savais pas qu'on pouvait être aussi terrible avec du bleu et du vert. »

Hokousaï te fait jeter le même cri, mais lui par ses *lignes*, son *dessin*, lorsque dans ta lettre tu dis : ces vagues sont des *griffes*, le vaisseau est pris là-dedans, on le sent.

Eh bien si on faisait la couleur tout juste ou le dessin tout juste, on ne donnerait pas ces émotions-là (533).

Il y aura pour loger quelqu'un la plus jolie pièce d'en haut, que je chercherai à rendre aussi bien que possible comme un boudoir de femme réellement artistique.

Puis il y aura ma chambre à coucher à moi, que je voudrais excessivement simple, mais des meubles carrés et larges : le lit, les chaises, la table, tout en bois blanc.

En bas l'atelier et une autre pièce atelier également, mais en même temps cuisine.

Tu verras un jour ou un autre un tableau de la petite maison même en plein soleil, ou bien avec la fenêtre éclairée et le ciel étoilé.

Tu pourras désormais te croire posséder ici à Arles ta maison de campagne. Car je suis moi enthousiaste de l'idée de l'arranger d'une façon, que tu en sois content, et que cela soit un atelier dans un style absolument voulu, ainsi mettons que dans un an tu viennes passer une vacance ici et à Marseille, cela sera prêt alors, et la maison sera, à ce que je me propose, de peinture toute pleine du haut en bas.

La chambre où alors tu logeras, ou qui sera à Gauguin, si G. vient, aura sur les murs blancs une décoration des grands tournesols jaunes.

Le matin, en ouvrant la fenêtre, on voit la verdure des jardins et le soleil levant et l'entrée de la ville…

Dans mon tableau du *Café de nuit*, j'ai cherché à exprimer que le café est un endroit où l'on peut se ruiner, devenir fou, commettre des crimes. Enfin j'ai cherché par des contrastes de rose tendre et de rouge sang et lie-de-vin de doux vert Louis XV, et véronèse, contrastant avec les verts jaunes et les verts bleus durs, tout cela dans une atmosphère de fournaise infernale, de soufre pâle, à exprimer comme la puissance des ténèbres d'un assommoir.

Et toutefois sous une apparence de gaieté japonaise et la bonhomie du *Tartarin...*

Il n'y a encore guère que le *Semeur* et *le Café de nuit* qui soient des essais de tableaux composés (534).

10 septembre 1888.

Les idées pour le travail ne me viennent *en abondance*, et cela fait que en tout étant isolé, je n'ai pas le temps de penser ou de sentir; je marche comme une locomotive à peindre...

J'ai une étude de vieux moulin, peinte à tons rompus comme *le Chêne sur le rocher*, cette étude que tu disais avoir encadrée avec *le Semeur.*

L'idée du *Semeur* me hante toujours encore. Les études outrées comme *le Semeur*, comme maintenant *le Café de nuit*, me semblent à moi atrocement laides et mauvaises *d'habitude*, mais lorsque je suis émotionné par quelque chose, comme ici ce petit article sur Dostoïevsky, alors ce sont les seules qui me paraissent avoir une signification plus grave. J'ai une troisième étude maintenant, d'un paysage avec usine et un soleil énorme dans un ciel rouge au-dessus des toits rouges, où la nature semble être en colère un jour de mistral méchant (535).

(17 septembre 1888.)

Une toile de 30 carrée, qui représente un coin de jardin avec un arbre pleureur, de l'herbe, des buissons taillés en boule de cèdre, un buisson de laurier-rose. Le même coin du jardin, dont tu as déjà une étude dans le dernier envoi. Mais étant plus grand, il y a sur le tout un ciel citronné, et ensuite les couleurs ont des richesses et des intensités d'automne. Ensuite c'est bien davantage en pleine pâte, simple et grasse. Cela c'est le premier tableau de cette semaine.

La deuxième représente l'extérieur d'un café, illuminé sur la terrasse par une grande lanterne de gaz dans la nuit bleue, avec un coin de ciel bleu étoilé.

Le troisième tableau de cette semaine est un portrait de moi-même *presque décoloré*, des tons cendrés sur un fond véronèse pâle.

J'ai acheté exprès un miroir assez bon pour pouvoir travailler d'après moi-même à défaut de modèle, car si j'arrive à pouvoir peindre la coloration de ma propre tête, ce qui n'est pas sans présenter quelque difficulté, je pourrai aussi peindre les têtes des autres bonshommes et bonnes femmes.

La question de peindre les scènes ou effets de nuit sur place et la nuit même, m'intéresse énormément. Cette semaine je n'ai absolument rien fait que peindre et dormir et prendre mes repas. Cela veut dire des séances de douze heures, de 6 heures et selon, et puis des sommeils de 12 heures d'un seul trait aussi (537).

Il me reste en poche à ce moment 5 francs. Alors je te prierai de m'envoyer comme tu pourras, ou bien – mais par retour immédiat, encore un louis pour passer ma semaine, ou bien cinquante francs si c'est possible...

Enfin je me sens à peu près sûr d'arriver à faire une décoration qui vaudra dix mille francs ici entre-temps.

Si ce que l'on fait donne sur l'infini, si on voit le travail avoir sa raison d'être et continuer au-delà, on travaille plus sereinement. Or cela tu l'as à double raison.

Tu es bon pour les peintres et sache-le bien, que plus j'y réfléchis, plus je sens qu'il n'y a rien de plus réellement artistique que d'aimer les gens. Tu me diras qu'alors on ferait bien de se passer de l'art et des artistes. Cela est d'abord vrai, mais enfin les Grecs et les Français et les vieux Hollandais ont accepté l'art, et nous voyons l'art toujours ressusciter après les décadences fatales, et je ne crois pas qu'on serait plus vertueux pour cette raison qu'on aurait en horreur et les artistes et leur art. Maintenant je ne trouve pas encore mes tableaux bons assez pour les avantages que j'ai eus de toi. Mais une fois que cela sera bon assez, je t'assure que tu les auras créés tout autant que moi, et c'est que nous les fabriquons à deux...

Si nous avions moins de mistral, ce pays serait réellement aussi beau et se prêterait autant à l'art que le Japon (538).

Ce matin de bonne heure je t'ai écrit, puis je suis allé continuer un tableau de jardin ensoleillé. Puis je l'ai rentré – et suis ressorti avec une toile blanche et celle-là aussi est faite. Et maintenant j'ai encore envie de t'écrire encore une fois.

Parce que jamais j'ai eu une telle chance, ici la nature est *extraordinairement* belle. Tout et partout la coupole du ciel est d'un bleu admirable, le soleil a un rayonnement de soufre pâle et c'est doux et charmant comme la combinaison des bleus célestes et des jaunes dans les Van der Meer de Delft. Je ne peux pas peindre aussi beau que cela, mais cela m'absorbe tant que je me laisse aller sans penser à aucune règle.

Cela me fait 3 tableaux des jardins en face de ma maison. Puis les deux cafés, puis les tournesols. Puis le portrait de Bock et le mien. Puis le soleil rouge sur l'usine et les déchargeurs de sable, le vieux moulin. Laissant les autres études de côté, tu vois qu'il y a de la besogne de faite. Mais ma couleur, ma toile, ma bourse est épuisée aujourd'hui complètement. Le dernier tableau, fait avec les derniers tubes sur la dernière toile, un jardin naturellement vert, est peint sans vert proprement dit, rien qu'avec du bleu de Prusse et du jaune de chrome. Je commence à me sentir tout autre chose que ce que j'étais en venant ici, je ne doute plus, je n'hésite plus pour attaquer une chose, et cela pourrait bien encore croître. Mais quelle nature ! C'est un jardin public où je suis, tout près de la rue des bonnes petites femmes, et Mourier par exemple n'y entrait guère lorsque, pourtant presque journellement, nous nous promenions dans ces jardins, mais de l'autre côté (il y en a 3).

Mais tu comprends que juste cela donne un je ne sais quoi de Boccace à l'endroit.

Ce côté-là du jardin est d'ailleurs pour la même raison de chasteté ou de morale, dégarni d'arbustes en fleur tel que le laurier-rose. C'est des platanes communs, des sapins en buissons raides, un arbre pleureur et de l'herbe verte. Mais c'est d'une intimité. Il y a des jardins de Manet comme cela.

Tant que tu puisses supporter le poids de toute la couleur, de toile, d'argent que je suis forcé de dépenser, envoie-moi toujours. Car ce que je prépare sera mieux que le dernier envoi, et je crois que nous y gagnerons au lieu de perdre. Si j'arrive toutefois à faire un tout qui se tienne. Ce que je cherche.

Mais est-il absolument impossible que Thomas me prête deux ou trois cents francs sur mes études ? Cela m'en ferait gagner plus que mille, car je ne saurais te le dire assez, je suis ravi, ravi de ce que je vois !

Et cela vous donne des aspirations d'automne, un enthousiasme qui fait que le temps passe sans qu'on le sente. Gare au lendemain de fête, aux mistrals d'hiver.

J'ai lu il y a quelque temps un article sur le Dante, Pétrarque, Boccace, Giotto, Botticelli, mon Dieu comme cela m'a fait de l'impression en lisant les lettres de ces gens-là.

Or Pétrarque était ici tout près à Avignon, et je vois les mêmes cyprès et lauriers-roses.

J'ai cherché à mettre quelque chose de cela dans un des jardins peint en pleine pâte, jaune citron et vert citron. Giotto m'a touché le plus, *toujours souffrant* et toujours plein de bonté et d'ardeur, comme s'il vivait déjà dans un monde autre que celui-ci.

Giotto est extraordinaire d'ailleurs, et je le sens mieux que les poètes : le Dante, Pétrarque, Boccace.

Il me semble toujours que la poésie est plus *terrible* que la peinture, quoique la peinture soit plus sale et enfin plus emmerdante. Et le peintre en somme ne dit rien, il se tait et je préfère encore cela. Mon cher Théo, lorsque tu auras vu les cyprès, les lauriers-roses, le soleil d'ici – et ce jour-là viendra, sois tranquille – encore plus souvent tu penseras aux beaux Puvis de Chavannes « Doux pays » et tant d'autres.

A travers le côté Tartarin et le côté Daumier du pays si drôle, où les bonnes gens ont l'accent que tu sais, il y a tant de grec déjà, et il y a la Vénus d'Arles comme celle de Lesbos et on sent encore cette jeunesse-là malgré tout.

Je n'en doute pas le moins du monde qu'un jour toi aussi tu connaîtras le Midi.

Tu iras peut-être voir Claude Monet quand il est à Antibes, ou enfin tu trouveras une occasion.

Quand il fait du mistral, c'est pourtant juste le contraire d'un doux pays ici, car le mistral est d'un agaçant. Mais quelle revanche, quelle revanche, lorsqu'il y a un jour sans vent. Quelle intensité des couleurs, quel air pur, quelle vibration sereine.

Demain je vais dessiner, jusqu'à ce qu'arrive la couleur. Mais j'y suis arrivé maintenant de parti pris de ne plus dessiner un tableau au fusain. Cela ne sert à rien, il faut attaquer le dessin avec la couleur même pour bien dessiner…

Cet après-midi j'ai eu un public choisi… de quatre ou cinq maquereaux et une douzaine de gamins qui trouvent surtout intéressant de voir la couleur sortir des tubes. Eh bien, ce public-là – c'est la gloire ou plutôt j'ai la ferme intention de me moquer de l'ambition et de la gloire comme de ces gamins-là et de ces voyous des bords du Rhône, et de la rue du bout d'Arles.

Que fait Seurat ? Je n'oserais pas lui montrer les études déjà envoyées, mais celles des tournesols et des cabarets et des jardins, je voudrais qu'il les voie ; je réfléchis souvent à son système et toutefois je ne le suivrai pas du tout, mais lui est coloriste original et c'est la même chose pour Signac, mais à un autre degré, les pointilleurs ont trouvé du neuf et je les aime tout de même bien. Mais moi – je le dis franchement – je reviens plutôt à ce que je cherchais avant de venir à Paris, et je ne sais si quelqu'un avant moi ait parlé de couleur suggestive, mais Delacroix et Monticelli, tout en n'en ayant pas parlé, l'ont faite.

Mais moi je suis encore comme j'étais à Nuenen lorsque j'ai fait un vain effort pour apprendre la musique, alors déjà tellement je sentais les rapports qu'il y a entre notre couleur et la musique de Wagner.

Maintenant il est vrai, je vois dans l'impressionnisme la résurrection d'Eugène Delacroix, mais les interprétations étant et divergeantes et un peu irréconciliables, ce ne sera pas encore l'impressionnisme qui formulera la doctrine (539).

Je viens de peindre mon portrait à moi, qui a la même coloration cendrée et à moins qu'on ne nous fasse avec de la couleur on ne donnera de nous qu'une idée peu parlante. Justement comme je m'étais donné un mal terrible pour trouver la combinaison des tons cendrés et rose gris, je ne peux pas goûter la ressemblance en noir. Est-ce que Germinie Lacerteux serait Germinie Lacerteux sans la couleur ? Evidemment non. Que je voudrais avoir peint des portraits dans notre famille.

J'ai pour la deuxième fois gratté une étude d'un Christ avec l'ange dans le Jardin des oliviers.

Parce qu'ici je vois les oliviers vrais, mais je peux ou plutôt je ne veux pas non plus le peindre sans modèle, mais j'ai cela en tête avec de la couleur, la nuit étoilée, la figure du Christ bleue, les bleus les plus puissants, et l'ange jaune citron rompu. Et tous les violets depuis un pourpre rouge sang jusqu'à la cendre dans le paysage…

L'art dans lequel nous travaillons, nous sentons que cela a un long avenir encore et il faut donc être établi comme ceux qui sont calmes et non pas vivre comme les décadents. Ici j'aurai de plus en plus une existence de peintre japonais, vivant bien dans la nature en petit bourgeois. Alors tu sens bien que cela est moins lugubre que les décadents. Si j'arrive à vivre assez vieux, je serai quelque chose comme le père Tanguy.

Enfin notre avenir personnel, en somme nous n'en savons rien, mais nous sentons pourtant que l'impressionnisme durera. A bientôt et bien, bien merci de toutes tes bontés (540).

Je sais bien que je t'ai déjà écrit hier, mais la journée a encore été si belle. Mon grand chagrin est que tu ne puisses pas voir ce que je vois ici.

A partir de 7 heures du matin, j'étais assis devant pourtant bien pas grand-chose, un buisson de cèdre ou de cyprès en boule, planté dans l'herbe. Tu le connais déjà ce buisson en boule puisque tu as déjà une étude du jardin. D'ailleurs ci-inclus un croquis de ma toile, toujours un 30 carré.

Le buisson est vert, un peu bronzé et varié.

L'herbe est très, très verte, du véronèse citronné, le ciel est très, très bleu.

La rangée de buissons dans le fond sont tous des lauriers-roses, fous furieux, les sacrées plantes fleurissent d'une façon que certes elles pourraient attraper une ataxie locomotrice. Elles sont chargées de fleurs fraîches et puis de tas de fleurs fanées, leur verdure également se renouvelle par de vigoureux jets nouveaux inépuisables en apparence.

Un funèbre cyprès tout noir se dresse là-dessus et quelques figurines colorées se balancent sur un sentier rose.

Cela fait pendant à une autre toile de 30 du même endroit, seulement d'un tout autre point de vue, où tout le jardin est coloré de verts très différents sous un ciel jaune citron pâle.

Mais n'est-ce pas vrai, que ce jardin a un drôle de style, qui fait qu'on peut fort bien se représenter les poètes de la Renaissance : le Dante, Pétrarque, Boccace, se baladant dans ces buissons sur l'herbe fleurie. Il est maintenant vrai que j'ai retranché des arbres mais ce que j'ai gardé dans la composition se trouve réellement tel quel. Seulement on l'a surchargé de certains buissons pas dans le caractère.

Aujourd'hui encore, à partir de 7 heures du matin jusqu'à 6 heures du soir, j'ai travaillé sans bouger que pour manger un morceau à deux pas de distance. Voilà pourquoi le travail va vite.

Mais qu'en diras-tu, qu'est-ce qui m'en semblera à moimême dans quelque temps d'ici ?

J'ai une lucidité ou un aveuglement d'amoureux pour le travail actuellement.

Puisque cet entourage de couleur est pour moi tout nouveau et m'exalte extraordinairement.

De fatigue pas question, je ferais encore un tableau cette nuit même et je l'amènerais…

Les études actuelles sont réellement d'une seule *coulée de pâte*. La touche n'est pas divisée beaucoup et les tons sont souvent rompus, et enfin involontairement je suis obligé d'y empâter à la Monticelli. Parfois je crois réellement continuer cet homme-là, seulement je n'ai pas encore fait de la figure amoureuse comme lui.

Et il est probable que je ne la ferai non plus avant quelques études sérieuses sur nature. Mais cela n'est pas pressé maintenant je suis bien décidé à travailler dur jusqu'à que j'aie surmonté (541).

J'ai arrangé dans l'atelier toutes les japonaiseries et les Daumier et les Delacroix et le Géricault. Si tu retrouves *la Pietà* de Delacroix ou le Géricault, je t'engage bien à en prendre le plus que tu pourras. Ce que j'aimerais énormément à avoir dans l'atelier encore, c'est les travaux des champs de Millet, et l'eau-forte de Lerat de son *Semeur* que Durand Ruel vend à 1,25 F. Et en dernier lieu la petite eau-forte de Jacquemart d'après Meissonier, *le Liseur*, un Meissonier que j'ai toujours trouvé admirable. Je ne peux pas m'empêcher d'aimer les Meissonier.

Je lis un article dans la *Revue des Deux Mondes* sur Tolstoï, il paraît que Tolstoï s'occupe énormément de la religion de son peuple, comme George Eliot en Angleterre.

Il doit exister un livre religieux de Tolstoï, je crois qu'il est intitulé *Ma Religion*, cela doit être fort beau. Il cherche, à ce que je présume par cet article, là-dedans ce qui restera vrai éternellement dans la religion du Christ et ce que toutes les religions ont en commun. Il paraît qu'il n'admet ni la résurrection du corps ni celle de l'âme même, mais dit comme les nihilistes, qu'après la mort il n'y a plus rien, mais l'homme mort et bien mort, reste toujours l'humanité vivante.

Enfin n'ayant pas lu le livre même, je ne saurais dire au juste comment il conçoit la chose, mais je crois que sa religion ne doit pas être cruelle et augmenter nos souffrances, mais au contraire cela doit être très consolant et doit inspirer de la sérénité et l'activité et le courage de vivre un tas de choses.

Je trouve *admirable* dans les reproductions de Bing le dessin du *brin d'herbe* et des œillets et le Hokousai.

Mais quoi qu'on dise les crépons plus vulgaires colorés à tons plats pour moi sont admirables pour la même raison que Rubens et Véronèse. Je sais parfaitement bien que ce n'est pas là de l'art primitif. Mais parce que les Primitifs sont admirables, c'est pas le moins du monde une raison pour moi de dire, comme cela devient une habitude « lorsque je vais au Louvre, je ne peux pas aller plus loin que les Primitifs ».

Je crois que je finirai par ne plus me sentir seul dans la maison et que par exemple les jours de mauvais temps d'hiver et les longues soirées je trouverai une occupation qui m'absorbera complètement.

Un tisserand, un vannier passe souvent des saisons entières seul ou presque seul, avec son métier pour seule distraction.

Mais justement ce qui fait que ces gens-là restent en place, c'est le sentiment de la maison, *l'aspect rassurant et familier des choses.* Certes j'aimerais de la compagnie, mais si je n'en ai pas, je ne serai pas malheureux pour cela et puis surtout le temps viendra où j'aurai quelqu'un. J'en doute peu de cela. Or chez toi aussi je crois que si on a bonne volonté pour loger les gens, on en trouve assez dans les artistes pour qui la question du logement est un problème très grave. Puis pour moi je crois que c'est absolument mon devoir de chercher à gagner de l'argent avec mon travail et donc je vois mon travail bien clairement devant moi.

Ah, si tous les artistes avaient de quoi vivre, de quoi travailler, mais cela n'étant pas, je veux produire et produire beaucoup et avec acharnement. Et le jour viendra peut-être où nous pourrons agrandir les affaires et être plus influents pour les autres.

Mais cela est loin et il y a bien du travail à abattre avant !

Si on vivait en temps de guerre, il faudrait possiblement se battre, on regretterait, on se lamenterait de ne pas vivre en temps de paix, mais enfin la nécessité étant là, on se battrait.

Et de même on a certes le droit de souhaiter un état de choses où l'argent ne serait pas nécessaire pour vivre. Cependant puisque tout se fait par l'argent maintenant, il faut bien songer à en fabriquer lorsqu'on en dépense, mais moi j'ai une meilleure chance de gagner avec la peinture qu'avec le dessin.

En somme il y a bien plus de gens qui font habilement en croquis, que de gens qui peuvent peindre couramment et qui prennent la nature par le côté couleur. Cela restera plus rare et que les tableaux tardent à être appréciés ou non, cela trouve son amateur un jour…

Je commence maintenant à mieux voir la beauté des femmes d'ici, et alors toujours et toujours je pense de nouveau à Monticelli. La couleur joue un rôle immense dans la beauté des femmes d'ici, je ne dis pas que leurs formes ne soient pas belles, mais ce n'est pas là le charme local. C'est les grandes lignes du costume coloré bien porté et c'est le *ton* de la chair plutôt que la forme. Mais j'aurai du mal avant de pouvoir les faire comme je commence à le sentir. Mais ce dont je suis sûr, c'est d'avancer en restant ici. Et pour faire un tableau qui soit vraiment du Midi, il ne suffit pas d'une certaine habileté. C'est longtemps regarder les choses, qui mûrit et fait concevoir plus profondément. Je n'avais pas pensé que j'aurais tellement trouvé *vrais*

Monticelli et Delacroix en quittant Paris. Ce n'est que maintenant après des mois et encore des mois que je commence à distinguer qu'ils n'ont rien imaginé. Et je pense que l'année prochaine tu vas revoir les mêmes motifs des vergers, de la moisson, mais avec une couleur différente et surtout une facture changée.

Et cela durera encore, ces changements et ces variations.

Je sens que tout en travaillant je ne dois pas me presser. En somme qu'est-ce que cela ferait de mettre en pratique le vieux mot : il faut étudier une dizaine d'années et alors produire quelques figures. Voilà ce que Monticelli a pourtant fait, comptez pas des centaines de ses tableaux comme des études.

Alors pourtant des figures comme était la femme jaune, comme est la femme au parasol – le petit que tu as, les amoureux qu'avait Reid, c'est là des figures complètes où quant au dessin il n'y a absolument rien à faire que de l'admirer. Car Monticelli alors arrive à un dessin gras et superbe comme Daumier et Delacroix. Certes au prix où sont les Monticelli, ce serait une excellente spéculation d'en acheter. Le jour viendra où les belles figures *dessinées* de lui seront estimées comme du très grand art.

Je crois que la ville d'Arles a été autrefois infiniment plus glorieuse quant à la beauté des femmes quant à la beauté du costume. Maintenant tout cela a l'air malade et effacé quant au caractère.

Mais en regardant longtemps, le vieux charme se dégage…

Il paraît que dans le livre *Ma Religion* Tolstoï insinue que quoi qu'il soit d'une révolution violente, il y aura aussi une révolution intime et secrète dans les gens, d'où renaîtra une religion nouvelle ou plutôt quelque chose de tout neuf qui n'aura pas de nom, mais qui aura le même effet de consoler, de rendre la vie possible, qu'autrefois avait la religion chrétienne.

Il me semble que ce livre-là doit être bien intéressant, on finira par en avoir assez du cynisme, du scepticisme, de la blague, et on voudra vivre plus musicalement. Comment cela se fera-t-il et qu'est-ce que l'on trouvera ? Il serait curieux de pouvoir le prédire, mais encore mieux vaut pressentir cela au lieu de ne voir dans l'avenir absolument rien que les catastrophes, qui ne manqueront pourtant pas de tomber comme autant de terribles éclairs dans le monde moderne et la civilisation par une révolution ou une guerre ou une banqueroute des Etats vermoulus. Si on étudie l'art japonais, alors on voit un homme incontestablement sage et philosophe et intelligent, qui passe son temps à quoi ? à étudier la distance de la terre à la lune ? non, à étudier la politique de Bismarck ? non, il étudie un seul brin d'herbe.

Mais ce brin d'herbe lui porte à dessiner toutes les plantes, ensuite les saisons, les grands aspects des paysages, enfin les animaux, puis la figure humaine. Il passe ainsi sa vie et la vie est trop courte à faire le tout.

Voyons, cela n'est-ce pas presque une vraie religion ce que nous enseignent ces Japonais si simples et qui vivent dans la nature comme si eux-mêmes étaient des fleurs.

Et on ne saurait étudier l'art japonais, il me semble, sans devenir beaucoup plus gai et plus heureux, et il nous faut revenir à la nature malgré notre éducation et notre travail dans un monde de convention.

N'est-ce pas attristant que les Monticelli jusqu'à présent n'aient jamais été reproduits par de belles lithographies ou des eaux-fortes vibrantes ? Je voudrais bien voir ce que diraient les artistes si un graveur comme celui qui a gravé les Vélasquez, en ferait une belle eau-forte. C'est égal, je crois que c'est encore plutôt notre devoir de chercher à admirer et à connaître les choses pour nous, que de les enseigner aux autres. Or les deux peuvent aller ensemble.

J'envie aux Japonais l'extrême netteté qu'ont toutes choses chez eux. Jamais cela n'est ennuyeux et jamais cela paraît fait trop à la hâte. Leur travail est aussi simple que de respirer et ils font une figure en quelques traits sûrs avec la même aisance comme si c'était aussi simple que de boutonner son gilet.

Ah ! il faut que j'arrive à faire une figure en quelques traits. Cela m'occupera tout l'hiver. Une fois que j'aurai cela, je pourrai faire la promenade des boulevards, la rue, un tas de motifs nouveaux. Entre-temps que je t'écris cette lettre, j'en ai bien dessiné une douzaine. Je suis sur la piste de la trouver, mais c'est très compliqué car ce que je cherche c'est qu'en quelques traits la figure d'homme, de femme, de gosse, de cheval, de chien, ait tête, corps, jambes, bras qui s'emmanchent.

A bientôt et bonne poignée de main,

Tout à toi,

VINCENT (542).

Septembre 1888.

Ci-inclus petit croquis d'une toile de 30 carrée, enfin le ciel étoilé peint la nuit même sous un bec de gaz. Le ciel est bleu vert, l'eau est bleu de roi, les terrains sont mauves. La ville est bleue et violette, le gaz est jaune et des reflets sont or roux et descendent jusqu'au bronze vert. Sur le champ bleu vert du ciel, la Grande Ourse a un scintillement vert et rose, dont la pâleur discrète contraste avec l'or brutal du gaz.

Deux figurines colorées d'amoureux à l'avant-plan.

Pareillement croquis d'une toile de 30 carrée représentant la maison et son entourage sous un soleil de soufre, sous un ciel de cobalt pur. Le motif est d'un dur ! mais justement je veux le vaincre. Car c'est terrible, ces maisons jaunes dans le soleil, et puis l'incomparable fraîcheur du bleu. Tout le terrain est jaune aussi. Je t'en enverrai encore un meilleur dessin que ce croquis de tête, la maison à gauche est rose à volets verts, celle qui est ombragée par un arbre.

C'est là le restaurant où je vais dîner tous les jours, mon ami le facteur reste au fond de la rue à gauche, entre les deux ponts du chemin de fer. Le café de nuit que j'ai peint n'est pas dans le tableau, il est à gauche du restaurant...

Et cela me fait du bien de faire du dur. Cela n'empêche que j'ai un besoin terrible de – dirai-je le mot – de religion

– alors je vais la nuit dehors pour peindre des étoiles et je rêve toujours un tableau comme cela avec un groupe de figures vivantes des copains…

Ce père bénédictin doit avoir été bien intéressant. Que serait selon lui la religion de l'avenir ? Probablement qu'il dirait : toujours la même du passé. Victor Hugo dit : Dieu est un phare à éclipses, et alors certes maintenant nous passons par cette éclipse.

Je voudrais seulement qu'on trouvât à nous prouver quelque chose de tranquillisant et qui nous consolât de façon que nous cessions de nous sentir coupables ou malheureux, et que tels quels nous pourrions marcher sans nous égarer dans la solitude ou le néant, et sans avoir à chaque pas à craindre ou à calculer nerveusement le mal que nous pourrions sans le vouloir occasionner aux autres. Ce drôle de Giotto, duquel sa biographie disait qu'il était toujours souffrant et toujours plein d'ardeur et d'idées, voilà, je voudrais pouvoir arriver à cette assurance-là qui rend heureux, gai et vivant en toute occasion. Cela peut bien mieux se faire dans la campagne ou une petite ville que dans cette fournaise parisienne. Je ne serais pas surpris si tu aimais *la Nuit étoilée* et *les Champs labourés*, cela est plus calme que d'autres toiles. Si le travail marchait toujours comme cela, j'aurais moins d'inquiétudes pour l'argent, car les gens y viendraient plus facilement si la technique continuait à être plus harmonieuse. Mais ce sacré mistral est bien gênant pour faire des touches qui se tiennent et s'enlacent bien avec sentiment, comme une musique jouée avec émotion…

J'ai une lucidité terrible par moments, lorsque la nature est si belle de ces jours-ci et alors je ne me sens plus et le tableau me vient comme dans un rêve. Je redoute bien un peu que cela aura sa réaction de mélancolie quand nous aurons la mauvaise saison, mais je chercherai à m'y soustraire par l'étude de cette question de dessiner des figures de tête.

Je me trouve toujours frustré dans mes meilleures capacités par le manque de modèles, mais je ne m'en occupe pas, je fais du paysage et de la couleur sans m'inquiéter de savoir où cela me mènera. Je sais ceci, que si j'allais supplier les modèles : mais posez donc pour moi je vous en prie, je ferais comme le bon peintre de Zola dans l'*Œuvre*. Et certes Manet par exemple n'a pas fait comme cela. Et Zola ne dit pas dans son livre comment ont agi ceux qui ne voyaient dans la peinture rien de surnaturel…

Le livre de Tolstoï, *Ma Religion*, a été publié en français en 1885 déjà, mais je ne l'ai jamais vu sur aucun catalogue.

Il paraît ne pas beaucoup croire à une résurrection soit du corps, soit de l'âme. Surtout il paraît ne pas beaucoup croire au ciel – donc comme un nihiliste il raisonne les choses, mais – en opposition dans un certain sens avec ceux-ci, il attache une grande importance à bien faire ce qu'on fait, puisque probablement on n'a que cela.

Et s'il ne croit pas à la résurrection, il paraît croire à l'équivalent – la durée de la vie – la marche de l'humanité – l'homme et l'œuvre continué infailliblement presque par l'humanité de la génération à venir. Enfin cela ne doit pas être des consolations éphémères qu'il donne. Lui-même gentilhomme s'est fait ouvrier, sait faire des bottes, sait réparer les poêles, sait mener la charrue et bêcher la terre.

Moi je ne sais rien de tout cela, mais je sais respecter une âme humaine énergique assez pour se reformer ainsi. Mon Dieu, nous n'avons tout de même pas à nous plaindre de vivre dans un temps où il n'y aurait que des fainéants, lorsque nous assistons à l'existence de pareils spécimens de pauvres mortels qui ne croient même pas très fort au ciel même (543).

Ci-inclus une bien remarquable lettre de Gauguin, que je te prierai de mettre à part comme ayant une importance hors ligne.

Je parle de sa description de soi, qui me touche jusqu'au fond des fonds. Elle m'est arrivée avec une lettre de Bernard que Gauguin aura probablement lue et que peut-être il approuve, où Bernard dit encore une fois qu'il désire venir ici et me propose au nom de Laval, Moret, un autre nouveau et lui-même un échange avec eux quatre.

Il dit aussi que Laval viendra également et que ces deux autres ont le désir de venir. Je ne demanderais pas mieux, mais lorsqu'il s'agira de la vie en commun de plusieurs peintres, je stipule avant tout qu'il faudrait un abbé pour y mettre l'ordre et que naturellement cela serait Gauguin. Raison pourquoi je désirerais que Gauguin fût ici encore avant eux (d'ailleurs Bernard et Laval ne viendront qu'en février, B. ayant à passer à Paris son conseil de révision). Pour moi je veux deux choses, je veux que Gauguin ait sa paix et tranquillité pour produire et respirer en artiste bien libre. Si je regagne mon argent dépensé déjà et que tu m'as prêté depuis des années, nous agrandirons la chose et nous chercherons à fonder un atelier de renaissance et non de décadence. Je suis assez persuadé que nous puissions y compter que Gauguin restera toujours avec nous et que, de part et d'autre, il n'y aura aucune perte. Seulement, en s'associant ainsi, nous serons chacun de nous davantage soi et l'union fera la force.

Entre parenthèses il va sans dire que je ne ferai pas l'échange du portrait de G., parce que je pense qu'il doit être trop beau, mais je le prierai de nous le céder pour son premier mois ou en remboursement de son voyage.

Mais tu vois que si je ne leur avais pas écrit un peu fortement, ce portrait n'existerait pas et Bernard en a fait un aussi donc.

Mettons que je me sois fâché, mettons que c'est à tort, mais voilà toujours que Gauguin a accouché d'un tableau et Bernard aussi. Ah ! mon étude des vignes, j'ai sué sang et eau dessus, mais je l'ai, toujours toile de 30 carrée, toujours pour la décoration de la maison. Je n'ai *plus de toile du tout.*

Sais-tu que si nous avons Gauguin nous voilà devant une très importante affaire qui va nous ouvrir une ère nouvelle.

Lorsque je t'ai quitté à la gare du Midi, bien navré et presque malade, et presque alcoolique, à force de me monter le cou, j'ai toujours vaguement senti que cet hiver nous avions mis notre cœur même dans nos discussions avec tant de gens intéressants et artistes, mais je n'ai encore osé espérer.

Après l'effort continué de ta part et de la mienne jusqu'ici, ça commence à se montrer à l'horizon : l'Espérance.

Tu resteras chez les Goupil ou pas, c'est égal, tu feras corps absolument avec G. et sa suite.

Tu serais ainsi un des premiers ou le premier marchand apôtre. Moi je vois venir ma peinture et également un travail dans les artistes. Car si toi tu chercheras à nous procurer de l'argent, moi je pousserai tout ce qui vient à ma portée à la production et j'en donnerai un exemple moi-même.

Or tout cela, si nous tenons bon, sera pour former une chose durable plus que nous-mêmes.

J'ai, cet après-midi, à répondre à Gauguin et à Bernard, et je vais leur dire que dans tous les cas nous commencerons par nous sentir tous bien unis et que moi pour un j'ai confiance que cette union fera notre force contre les fatalités d'argent et de santé...

Les *vignes* que je viens de peindre sont vertes, pourpres, jaunes, à grappes violettes, à sarments noirs et orangés.

A l'horizon, quelques saules gris bleu et le pressoir bien, bien loin, à toit rouge et silhouette de ville lilas lointaine.

Dans la vigne des figurines de dames à ombrelles rouges et d'autres figurines d'ouvriers vendangeurs avec leur charrette.

Un ciel bleu dessus et un avant-plan de sable gris. Cela fait pendant au jardin avec le buisson en boule et les lauriers-roses.

Je crois que tu préférerais ces dix toiles à l'ensemble du dernier envoi et j'ose espérer les doubler durant l'automne.

De jour en jour cela devient plus riche encore. Et lorsqu'à la chute des feuilles, je ne sais si cela a lieu ici dans les premiers jours de novembre comme chez nous, lorsque tout le feuillage des arbres sera jaune, ce sera contre le bleu quelque chose d'épatant. Ziem nous a déjà bien des fois montré ces splendeurs-là. Puis un court hiver, et après nous en serons encore une fois aux vergers en fleurs (544).

Tu verras un jour aussi le portrait de moi, que j'envoie à Gauguin car il le gardera j'espère.

C'est tout cendré contre du véronèse pâle (pas de jaune). Le vêtement est ce veston brun bordé de bleu, mais dont j'ai exagéré le brun jusqu'au pourpre et la largeur des bordures bleues.

La tête est modelée en pleine pâte claire contre le fond clair sans ombres presque. Seulement j'ai obliqué *un peu* les yeux à la japonaise (545).

Octobre.

Merci de ta lettre, mais j'ai bien langui cette fois-ci, mon argent était épuisé *jeudi*, ainsi que jusqu'à lundi midi c'était *bigrement long*. J'ai principalement vécu de vingt-trois cafés ces quatre jours-là durant, avec du pain et que je dois encore payer. C'est pas de ta faute, c'est la mienne si faute il y a. Car j'ai été enragé pour voir mes tableaux dans des cadres, et j'en avais un peu trop commandé pour le budget, vu que le mois de loyer et la femme de chambre devaient être payés aussi. Même encore aujourd'hui aussi cela va m'épuiser, car je dois aussi acheter de la toile et la préparer moi-même, celle de Tasset n'étant pas encore arrivée. Voudrais-tu le plus tôt possible lui demander s'il l'a expédiée, 10 mètres ou au moins 5 mètres de toile ordinaire à 2 fr. 50.

Mais cela me serait égal, mon cher frère, si je ne sentais pas que toi-même dois souffrir de cette pression qu'exerce sur nous le travail actuellement. Mais j'ose croire que si tu voyais les études, tu me donnerais raison de travailler chauffé à blanc tant qu'il fait beau. Ce qui n'est pas le cas ces dernières journées, du mistral impitoyable qui balaie les feuilles mortes avec rage. Mais entre cela et l'hiver, il y aura encore une période de temps et d'effets magnifiques, et alors il s'agira de nouveau de faire un effort à corps perdu. Je suis tellement dans le travail que je ne peux m'arrêter du coup. Soyez tranquille, le mauvais temps m'arrêtera encore trop tôt. Comme aujourd'hui, hier et avant-hier déjà. Veuille de ton côté chercher à persuader Thomas. Il fera toujours quelque chose. Pour ma semaine sais-tu ce qui me reste aujourd'hui et cela après 4 jours de jeûne rigide ? Juste 6 francs. C'est le lundi, le jour que je reçois la lettre même.

J'ai mangé à midi, mais ce soir déjà il faudra que je soupe d'une croûte de pain.

Et tout cela va dans rien autre chose, que soit dans la maison, soit dans les tableaux. Car je n'ai même, depuis au moins trois semaines, pas de quoi aller tirer un coup à 3 francs...

Ne tarde si cela ne te gêne pas trop, ne tarde pas de m'envoyer le louis et la toile.

J'étais tellement pris depuis *jeudi* que, de jeudi à *lundi*, je n'ai fait que deux repas, pour le reste je n'avais que du pain et du café que j'étais encore obligé de boire à crédit et que je devais payer aujourd'hui. Ainsi, si tu peux, ne tarde point (546).

Je voudrais en arriver à te faire bien sentir cette vérité, qu'en donnant l'argent aux artistes, tu fais toi-même œuvre d'artiste et que je désirerais seulement que mes toiles deviennent telles, que tu ne sois pas trop mécontent de *ton* travail (550).

J'ai encore une toile de 30. Jardin d'automne, deux cyprès vert bouteille et forme bouteille, trois petits marronniers au feuillage havane et orangé. Un petit if à feuillage de citron pâle au tronc violet, deux petits buissons au feuillage rouge sang et pourpre écarlate.

Un peu de sable, un peu de gazon, un peu de ciel bleu.

Voilà je m'étais pourtant juré de ne pas travailler. Mais

c'est tous les jours comme cela, en passant je trouve des choses parfois si belles qu'enfin il faut pourtant chercher à les faire...

A propos, as-tu jamais lu *les Frères Zemganno* des de Goncourt ? Si non, lis-le. Si je n'avais pas lu cela j'oserais peut-être davantage, et même après l'avoir lu la seule crainte que j'ai c'est de te demander trop d'argent. Si moi-même je me casserais dans un effort, cela ne me ferait absolument rien du tout. Pour ce cas-là j'ai encore de la ressource, car je ferais ou bien du commerce ou bien j'écrirais. Mais tant que je suis dans la peinture, je ne vois que l'association de plusieurs et la vie en commun.

La chute des feuilles commence, les arbres jaunissent à vue, le jaune augmentant tous les jours.

C'est au moins aussi beau que les vergers en fleurs, et pour le travail que nous ferions j'oserais croire que bien loin d'y perdre nous pourrions y gagner (551).

As-tu déjà relu les *Tartarin*, ah, ne l'oublie pas ! Te rappelles-tu dans *Tartarin* la compagnie de la vieille diligence de Tarascon, cette admirable page ? Eh bien, je viens de la peindre cette voiture rouge et verte dans la cour de l'auberge. Tu verras. Ce croquis hâtif t'en donne la composition, avant-plan simple de sable gris, fond aussi très simple, murailles roses et jaunes avec fenêtres à persiennes vertes, coin de ciel bleu. Les deux voitures très colorées, vert, rouge, roues – jaune, noir, bleu, orangé. Toile de 30 toujours. Les voitures sont peintes à la Monticelli avec des empâtements. Tu avais dans le temps un bien beau Claude Monet représentant quatre barques colorées sur une plage. Eh bien, c'est ici des voitures, mais la composition est dans le même genre.

Suppose maintenant un sapin bleu vert immense, étendant des branches horizontales sur une pelouse très verte et du sable tacheté de lumière et d'ombre.

Ce coin de jardin fort simple est égayé par des parterres de géraniums mine orangé dans les fonds, sous les branches noires.

Deux figures d'amoureux se trouvent à l'ombre du grand arbre ; toile de 30.

Ensuite deux autres toiles de 30, le *Pont de Trinquetaille* et un autre pont, sur la rue passe le chemin de fer.

Cette toile-là ressemble comme coloration un peu à un Bosboom. Enfin le *Pont de Trinquetaille* avec toutes ses marches est une toile faite par une matinée grise, les pierres, l'asphalte, les pavés sont gris, le ciel d'un bleu pâle, des figurines colorées, un malingre arbre à feuillage jaune. Donc deux toiles dans les tons gris et rompus et deux toiles très colorées.

Pardonne ces biens mauvais croquis, je suis assommé de peindre cette *Diligence de Tarascon*, et je vois que j'ai pas la tête à dessiner…

Que de choses encore qui doivent changer, n'est-ce pas vrai que les peintres devraient tous vivre comme des ouvriers ? Un charpentier, un forgeron produit infiniment plus qu'eux d'habitude.

Dans la peinture aussi il faudrait avoir de grands ateliers où chacun travaillerait plus régulièrement.

C'est 5 toiles que j'ai mises en train cette semaine, cela porte je crois à 15 le nombre de ces toiles de 30 pour la décoration.

2	toiles	de *Tournesols*,
2	—	*Autre jardin*,
3	—	de *Jardin du poète*,
1	—	*Café de nuit*.
1	—	*Pont de Trinquetaille*,
1	—	*Pont du chemin de fer*,
1	—	*la Maison*,
1	—	*la Diligence de Tarascon*,
1	—	*la Nuit étoilée*,
1	—	*les Sillons*,
1	—	*la Vigne* (552).

Dites donc, que fait Seurat ? Si tu le vois, dis-lui donc

une fois de ma part que j'ai en train une décoration qui actuellement monte à 15 toiles de 30 carrées et qui pour former un tout en prendra au moins 15 autres, et que dans ce travail plus large, c'est souvent le souvenir de sa personnalité et de la visite que nous avons faite à son atelier pour voir ses belles grandes toiles qui m'encourage dans cette besogne (553).

Enfin je t'envoie un petit croquis pour te donner au moins une idée de la tournure que prend le travail. Car aujourd'hui je m'y suis remis. J'ai encore les yeux fatigués, mais enfin j'avais une nouvelle idée en tête et en voici le croquis. Toujours toile de 30. C'est cette fois-ci ma chambre à coucher tout simplement, seulement la couleur doit ici faire la chose et en donnant par sa simplification un style plus grand aux choses, être suggestive ici du *repos* ou du sommeil en général. Enfin la vue du tableau doit reposer la tête où plutôt l'imagination.

Les murs sont d'un violet pâle. Le sol est à carreaux rouges.

Le bois du lit et les chaises sont jaune beurre frais, le drap et les oreillers citron vert très clair.

La couverture rouge écarlate. La fenêtre verte.

La table à toilette orangée, la cuvette bleue.

Les portes lilas.

Et c'est tout – rien dans cette chambre à volets clos.

La carrure des meubles doit maintenant encore exprimer le repos inébranlable. Les portraits sur le mur et un miroir et un essuie-mains et quelques vêtements.

Le cadre – comme il n'y a pas de blanc dans le tableau – sera blanc.

Cela pour prendre ma revanche du repos forcé que j'ai été obligé de prendre.

J'y travaillerai encore toute la journée demain, mais tu vois comme la conception est simple. Les ombres et ombres portées sont supprimées, c'est coloré à teintes plates et franches comme les crépons. Cela va contraster avec, par exemple, *la Diligence de Tarascon* et *le Café de nuit.*

Je ne t'écris pas longtemps, car je vais commencer demain fort de bonne heure avec la lumière fraîche du matin, pour finir ma toile.

Comment vont les douleurs, n'oublie pas de m'en donner des nouvelles.

J'espère que tu écriras de ces jours-ci.

Je te ferai un jour des croquis des autres pièces aussi.

Je te serre bien la main (554).

Qu'une nouvelle école *coloriste* prendra racine dans le Midi j'y crois, voyant de plus en plus que ceux du Nord se fondent plutôt sur l'habileté de la brosse, et l'effet dit pittoresque, que sur le désir d'exprimer quelque chose par la couleur même.

Ici sous le soleil plus fort, j'ai trouvé vrai ce que disait Pissarro et d'ailleurs ce que m'écrivait Gauguin la même chose, la simplicité, le décoloré, le grave des grands effets de soleil.

Jamais dans le Nord on soupçonnera ce que c'est.

Pour ce qui est de la vente, certes je te donne raison de ne pas la rechercher exprès, certes je préférerais moi ne jamais vendre si la chose pouvait se faire…

Cette chambre à coucher est quelque chose comme cette nature morte des romans parisiens à couvertures jaunes, roses, vertes, tu te rappelles. Mais je crois que la facture en est plus mâle et plus simple.

Pas de pointillé, pas de hachures, rien, des teintes plates mais qui s'harmonisent. Je ne sais ce que j'entreprendrai après, car j'ai toujours la vue encore fatiguée.

Et dans ces moments-là, juste après le travail dur et plus qu'il est dur, je me sens la caboche vide aussi, allez.

Et si je voulais me laisser aller à cela, rien ne me serait plus facile que de détester ce que je viens de faire et de donner des coups de pied dedans, comme le père Cézanne. Enfin pourquoi donner des coups de pied dedans, laissons les études tranquilles et seulement si on n'y trouve rien bon, si on y trouve ce qu'on appelle du bon, ma foi tant mieux.

Enfin n'y réfléchissons pas trop profondément au bien et au mal, cela étant toujours bien relatif.

C'est juste le défaut des Hollandais d'appeler une chose absolument bien et une autre absolument mal, ce qui n'existe pas du tout aussi raide que cela.

Tiens, j'ai aussi lu *Césarine* de Richepin, il y a des choses bien là-dedans, la marche des soldats en déroute, comme on sent leur fatigue, ne marchons-nous pas sans être soldat aussi quelquefois dans la vie.

La querelle du fils et du père est bien navrante, mais c'est comme *La Glu* du même Richepin, je trouve que cela laisse aucun espoir, tandis que Guy de Maupassant, qui a écrit des choses certes aussi tristes, à la fin fait finir les choses plus humainement. Voir *Monsieur Parent*, voir *Pierre et Jean*, cela ne finit pas par le bonheur, mais enfin les gens se résignent et vont tout de même. Cela ne finit pas par du sang, des atrocités tant que cela, allez. Je préfère bien Guy de Maupassant à Richepin pour être plus consolant. Actuellement je viens de lire *Eugénie Grandet* de Balzac, l'histoire d'un paysan avare (555).

J'ai fait mettre le gaz dans l'atelier et dans la cuisine, ce qui me coûte 25 francs d'installations. Si Gauguin et moi travaillons une quinzaine tous les soirs, ne les regagnerons-nous pas ? Seulement comme d'ailleurs Gauguin peut maintenant venir de jour en jour, j'aurai absolument, absolument encore besoin de 50 francs au moins.

Je ne suis pas malade, mais je le deviendrais sans le moindre doute si je ne prenais pas une forte nourriture, et si je ne cessais pas de peindre pour quelques jours. Enfin je suis encore une fois à peu près réduit au cas de la folie d'Hugue Van der Goes dans le tableau d'Emile Wauters. Et si n'était que j'eusse une nature un peu trouble comme serait et d'un moine et d'un peintre, je serais, et cela depuis longtemps entièrement et en plein, réduit au cas susmentionné.

Enfin même alors je ne crois pas que ma folie serait celle de la persécution, puisque mes sentiments à l'état d'exaltation donnent plutôt dans les préoccupations d'éternité et de vie éternelle.

Mais quand même il faut que je me méfie de mes nerfs, etc.

Voici croquis bien vague de ma dernière toile, une rangée de cyprès verts contre un ciel rose avec un croissant citron pâle. Avant-plan de terrain vague et du sable et quelques chardons. Deux amoureux, l'homme bleu pâle à chapeau jaune, la femme à un corsage rose et une jupe noire. Cela fait la quatrième toile du *Jardin du poète* qui est la décoration de la chambre à Gauguin. Cela me fait horreur de devoir encore te demander de l'argent, mais je n'y puis rien et avec cela je suis encore éreinté. Pourtant je croirais que le travail que je fais en dépensant un peu plus nous paraîtra un jour meilleur marché que le précédent (556).

Merci de ta lettre et du billet de 50 francs. Comme tu l'as appris par ma dépêche, Gauguin est arrivé en bonne santé. Il me fait même l'effet de se porter mieux que moi.

Il est naturellement très content de la vente que tu as faite et moi pas moins, puisque ainsi de certains frais encore absolument nécessaires pour l'installation n'ont ni besoin d'attendre ni porteront sur ton dos seulement. Gauguin t'écrira certes aujourd'hui. Il est très intéressant comme homme, et j'ai toute confiance qu'avec lui nous ferons des tas de choses. Il produira probablement beaucoup ici, et peut-être j'espère moi aussi.

Et alors pour toi j'ose croire le fardeau sera un *peu* moins lourd, et j'ose croire *beaucoup* moins lourd.

Je sens moi jusqu'à en être écrasé moralement et vidé physiquement le besoin de produire, justement parce que je n'ai en somme aucun autre moyen de jamais rentrer dans nos dépenses.

Je n'y puis rien que mes tableaux ne se vendent pas.

Le jour viendra cependant où l'on verra que cela vaut plus que le prix de la couleur et de ma vie en somme très maigre, que nous y mettons.

Je n'ai d'autre désir ni autre préoccupation en fait d'argent ou de finances, que d'abord à ne pas avoir des dettes.

Mais mon cher frère ma dette est si grande que, lorsque je l'aurai payée, ce que je pense réussir à faire cependant, le mal de produire des tableaux m'aura pris ma vie entière, et il me semblera ne pas avoir vécu. Il y a seulement que peut-être la production de tableaux me deviendra un peu plus difficile, et quant au nombre il y en aura pas toujours autant.

Que cela ne se vende pas maintenant, cela me donne une angoisse que toi-même en souffres, mais à moi cela me serait – si tu n'en étais pas par trop gêné de ce que je ne rapporte rien, – passablement égal.

Mais en finance il me suffit de sentir cette vérité qu'un homme qui vit 50 ans et dépense deux mille par an, dépense cent mille francs et qu'il faut qu'il en rapporte aussi cent mille. Faire mille tableaux à cent francs dans sa vie d'artiste est bien bien bien dur, mais lorsque le tableau est à cent francs… et encore… notre tâche est par moments bien lourde. Mais il n'y a rien à changer à cela.

Nous poserons un complet lapin à Tasset probablement, parce que nous allons au moins en grande partie nous servir de couleurs à meilleur marché, tant Gauguin que moi. Pour la toile nous allons également la préparer nous-mêmes. J'ai eu un moment un peu le sentiment que j'allais être malade, mais la venue de Gauguin m'a tellement distrait que je suis sûr que cela se passera. Il faut que je ne néglige pas ma nourriture pendant un temps, et voilà tout et absolument tout (557).

22 octobre.

Pour malade je t'ai déjà dit que je ne pensais pas l'être, mais je le serais devenu si mes dépenses avaient dû continuer.

Puisque j'étais dans une atroce inquiétude de te faire faire un effort au-dessus de tes forces.

Je sentais d'un côté que je ne pouvais faire mieux que de pousser à bout la chose commencée d'engager Gauguin à nous joindre, et d'autre part comme tu peux le savoir par expérience, lorsqu'on se meuble ou s'installe c'est que c'est plus difficile qu'on ne pense. Maintenant j'ose enfin respirer, puisque nous avons eu une rude chance tous par la vente que tu as pu faire pour Gauguin. De façon ou d'autre toujours tous les trois, lui, toi et moi pouvons un peu nous recueillir pour nous rendre compte avec calme de ce que nous venons de faire.

N'aie pas de crainte de ce que j'aurais des préoccupations d'argent. Gauguin venu, le but est *provisoirement atteint.* Lui et moi en combinant nos dépenses, à deux ne dépenserons même pas ce que me coûtait la vie ici à moi tout seul.

Lui pourra mettre même de côté de l'argent au fur et à mesure qu'il vend. Qui lui servira, mettons dans un an, pour s'installer à la Martinique et que sans cela il ne pourrait mettre de côté.

Toi tu auras mon travail et un tableau de lui en plus chaque mois. Et moi je ferai le même travail sans avoir tant de mal et sans faire tant de frais. Même dans le temps il me semblait que la combinaison que nous venons de faire était de bonne politique. La maison marche fort, fort bien et devient non seulement confortable mais aussi une maison d'artiste.

Ne crains donc rien pour moi ni pour toi non plus.

J'ai en effet eu une horrible inquiétude pour toi, car si Gauguin n'avait pas eu les mêmes idées j'aurais occasionné d'assez fortes dépenses pour rien. Mais Gauguin est étonnant comme homme, il ne s'emballe pas et il attendra ici fort tranquillement et tout en travaillant dur, le bon moment de faire un immense pas en avant. Le repos, il en avait autant besoin que moi. Avec son argent qu'il vient de gagner, certes il aurait pu se payer le repos en Bretagne également, *mais comme cela est actuellement il est sûr de pouvoir attendre sans retomber dans la dette fatale.* Nous ne dépenserons *à deux* pas plus de fr. 250 par mois. Et dépenserons *beaucoup moins* en couleur, puisque nous allons en faire nous-mêmes. N'aie donc toi de ton côté aucune inquiétude sur nous, et prends haleine aussi, dont tu auras rudement besoin.

De mon côté je voudrais seulement te dire également que je ne demande qu'à continuer à un prix par mois tout ordinaire de 150 (et le même pour Gauguin). Ce qui dans tous les cas réduit ma dépense personnelle. Tandis que ses tableaux certes monteront.

Alors après, si tu gardes mes tableaux pour toi, soit à Paris soit ici, je serai beaucoup plus content de pouvoir carrément dire que tu préfères garder mon travail pour nous que de le vendre, que d'avoir à me mêler de la lutte d'argent dans ce moment. Certes. D'ailleurs si ce que je fais est bon, alors nous n'y perdrons rien en tant que quant à l'argent, car comme du vin qu'on aurait en cave cela caverait tranquillement. D'un autre côté ce n'est que comme de juste que je me donne un peu de mal pour faire une peinture telle que *même* au point de vue de l'argent il soit préférable qu'elle soit sur ma toile que dans les tubes.

Maintenant j'ose espérer en terminant que dans 6 mois et Gauguin et toi et moi nous verrons que nous avons fondé un petit atelier qui durera et qui restera un poste ou une station nécessaire, au moins utile, pour tous ceux qui voudront voir le Midi. Je te serre la main bien fortement (558).

Novembre 1888.

Ensuite j'ai enfin une *Arlésienne*, une figure (toile de 30) sabrée dans une heure, fond citron pâle, le visage gris, l'habillement noir, noir, noir, du bleu de Prusse tout cru. Elle s'appuie sur une table verte et est assise dans un fauteuil de bois orangé...

Gauguin tout en travaillant dur ici a toujours la nostalgie des pays chauds. Et voilà c'est incontestable que lorsque l'on viendrait à Java par exemple avec la préoccupation d'y faire de la couleur, on verrait un tas de choses nouvelles. Ensuite dans ces pays plus lumineux, sous le soleil plus fort, l'ombre propre ainsi que l'ombre portée des objets et des figures devient tout autre et est tellement colorée qu'on est tenté à la supprimer tout simplement. Cela arrive déjà ici...

Je crois que tu aimerais la chute des feuilles que j'ai faite.

C'est des troncs de peupliers lilas, coupés par le cadre là où commencent les feuilles.

Ces troncs d'arbres comme des piliers bordent une allée où sont à droite et à gauche alignés de vieux tombeaux romains d'un lilas bleu. Or le sol est couvert, comme d'un tapis, par une couche épaisse de feuilles orangées et jaunes tombées. Comme des flocons de neige il en tombe toujours encore.

Et dans l'allée des figurines d'amoureux noirs. Le haut du tableau est une prairie très verte et pas de ciel ou presque pas.

La deuxième toile est la même allée, mais avec un vieux bonhomme et une femme grosse et ronde comme une boule.

Mais dimanche si tu avais été avec nous, nous avons vu une vigne rouge, toute rouge comme du vin rouge. Dans le lointain elle devenait jaune, et puis un ciel vert avec un soleil, des terrains, après la pluie, violets et scintillant jaune par-ci par-là où se reflétait le soleil couchant (559).

Je ne trouve pas désagréable de chercher à travailler d'imagination, puisque cela me permet de ne pas sortir. Travailler dans la chaleur d'une étuve ne me gêne pas, mais le froid ne fait pas mon affaire comme tu sais. Seulement j'ai raté cette chose que j'ai faite du jardin à Nuenen, et je sens que pour les travaux d'imagination il faut aussi l'habitude. Mais j'ai fait des portraits de *toute une famille*, celle du facteur dont j'ai déjà précédemment fait la tête – l'homme, la femme, le bébé, le jeune garçon, et le fils de 16 ans, tous des types et bien français quoique cela aie l'air d'être des Russes. Toiles de 15. – Cela tu sens combien je me sens dans mon élément et que cela me console jusqu'à un certain point de n'être pas un médecin.

J'espère insister là-dessus et pouvoir obtenir des poses plus sérieuses, payables en portraits. Et si j'arrive à faire encore mieux *toute cette* famille-là j'aurai fait au moins une chose à mon goût et personnelle. Actuellement je suis en pleine merde des études, des études, des études, et cela durera encore – un désordre tel que j'en suis navré, et pourtant cela me fera de la propriété à 40 ans.

De temps en temps une toile qui fait tableau, tel que *le Semeur* en question, que je crois moi aussi mieux que le premier.

Si nous pouvons tenir le siège, un jour de victoire viendra pour nous, quand bien même qu'on ne serait pas dans les gens desquels on parle. C'est un peu le cas de songer à ce proverbe : joie de rue, douleur de maison.

Que veux-tu ! Supposant que nous ayons encore toute une bataille à faire alors il faut chercher à mûrir tranquillement.

Tu m'as toujours dit de faire la qualité et non tant que ça la quantité.

Or rien ne nous empêche d'avoir beaucoup d'études comptant comme telles et conséquemment pas à vendre un tas de choses. Et si nous étions tôt ou tard *obligés* de vendre, alors de vendre un peu plus cher des choses qui peuvent au point de vue de la recherche sérieuse se maintenir.

Je crois que, malgré moi, je ne pourrai m'empêcher de t'envoyer quelques toiles sous peu, *mettons dans un mois.* Je dis malgré moi, car je suis convaincu que les toiles y gagnent en séchant à fond ici dans le Midi, jusqu'à ce que la pâte en soit durcie à fond, ce qui prend longtemps, c'est-à-dire un an. Si je me retiens de les envoyer ce serait certes le mieux. Car nous n'en avons pas besoin dans ce moment de les montrer, ça je le sens assez.

Gauguin travaille beaucoup, j'aime beaucoup une nature morte à fond et avant-plan jaunes, il a en train un portrait de moi que je ne compte pas dans ses entreprises sans issue, il fait actuellement des paysages et enfin il a une toile bien de laveuses, même fort bien à ce que je trouve (560).

J'ai fait une pochade de bordel et je compte bien faire un tableau de bordel.

J'ai fini moi aussi une toile d'une vigne toute pourpre et jaune, avec des figurines bleues et violettes et un soleil jaune.

Je crois que tu pourras mettre cette toile à côté des paysages de Monticelli.

Je vais me mettre à travailler souvent de tête, et les toiles de tête sont toujours moins gauches et ont un air plus artistique que les études sur nature, surtout lorsqu'on travaille par un temps de mistral.

Je crois ne pas encore t'avoir dit que Rilliet est parti en Afrique. Il a une étude de moi pour le mal qu'il s'est donné pour porter les toiles à Paris, et Gauguin lui a donné un petit dessin en échange d'une édition illustrée de *Madame Chrysanthème.* Je n'ai toujours pas reçu les échanges de Pont-Aven, mais Gauguin m'assure que les toiles étaient faites.

Il fait un temps de vent et de pluie ici, et je suis bien content de ne pas être seul, je travaille de tête les jours mauvais, et cela si j'étais seul n'irait pas.

Gauguin a aussi presque fini son *Café de nuit.* Il est bien intéressant comme ami, il faut que je te dise qu'il sait faire la cuisine *parfaitement*, je crois que j'apprendrai cela de lui, c'est bien commode. Nous nous trouvons fort bien de faire des cadres avec de simples baguettes clouées sur le châssis et peints, ce que moi j'ai commencé. Sais-tu que c'est un peu Gauguin l'inventeur du cadre blanc ? Mais le cadre de 4 baguettes clouées sur le châssis coûte 5 *sous*, et nous allons certainement le perfectionner.

Cela fait très bien, puisque ce cadre n'a aucune saillie et fait un avec la toile (561).

J'ai travaillé à deux toiles.

Un souvenir de notre jardin à Etten, avec des choux, des cyprès, des dahlias et des figures, puis une *Liseuse de romans* dans une bibliothèque comme *la Lecture française*, une femme toute verte. Gauguin me donne courage d'imaginer et les choses d'imagination certes prennent un caractère plus mystérieux (562).

Tu n'y perdras rien en attendant un peu mon travail, et nous laisserons nos chers copains tranquillement mépriser les actuelles. Heureusement pour moi je sais assez ce que je veux, et suis d'une extrême indifférence pour la critique de travailler à la hâte au fond.

En réponse j'en ai fabriqué de ces jours-ci *encore plus* à la hâte.

Gauguin me disait l'autre jour qu'il avait vu de Claude Monet un tableau de tournesols dans un grand vase japonais très beau, mais – il aime mieux les miens. Je ne suis pas de cet avis – seulement ne crois pas que je suis en train de faiblir.

Je regrette comme toujours, ainsi que cela t'est connu, la rareté des modèles, les mille contrariétés pour vaincre cette difficulté-là. Si j'étais un tout autre homme, et si j'étais plus riche, je pourrais *forcer* cela, actuellement je ne lâche pas et mine sourdement.

Si à quarante ans je fais un tableau de figures tel que les fleurs dont parlait Gauguin, j'aurai une position d'artiste à côté de n'importe qui. Donc persévérance.

En attendant, je peux toujours te dire que les deux dernières études sont assez drôles.

Toiles de 30, *une chaise* en bois et en paille toute jaune sur des carreaux rouges contre un mur (le jour).

Ensuite le fauteuil de Gauguin rouge et vert, effet de nuit, mur et plancher rouge et vert aussi, sur le siège, deux romans et une chandelle. Sur toile à voile à la pâte grasse (563).

Gauguin et moi avons hier été à Montpellier pour y voir le musée et surtout la salle Brias. Il y a là beaucoup de portraits de Brias, par Delacroix, par Ricard, par Courbet, par Cabanel, par Couture, par Verdier, par Tassaert, par d'autres encore. Après il y a des tableaux de Delacroix, de Courbet, de Giotto, de Paul Potter, de Botticelli, de Th.

Rousseau, bien beaux. Brias était un bienfaiteur d'artistes, et je ne te dirai que ceci. Dans le portrait de Delacroix, c'est un monsieur à barbe et cheveux roux, qui a bigrement de la ressemblance avec toi ou avec moi, et qui m'a fait penser à cette poésie de Musset…, « partout où j'ai touché la terre – un malheureux vêtu de noir, auprès de nous venait s'asseoir, qui nous regardait comme un frère. » Cela te ferait le même effet, j'en suis sûr. Je te prierais bien d'aller voir à cette librairie où l'on vend les lithographies d'artistes anciens et modernes, si tu serais à même d'y avoir sans frais considérables la lithographie d'après Delacroix : *Le Tasse dans la prison des fous*, puisqu'il me paraîtrait que cette figure-là doit avoir des rapports avec ce beau portrait de Brias.

Il y a là de Delacroix encore une étude de *Mulâtresse* (que Gauguin a copiée dans le temps), *les Odalisques, Daniel dans la fosse aux lions*, de Courbet : 1° *les Demoiselles de village*, magnifique, une femme vue de dos, une autre à terre dans un paysage ; 2° *la Fileuse* (superbe) et encore un tas de Courbet. Enfin tu dois savoir que cette collection existe, ou bien connaître des gens qui ont vu cela, et par conséquent être à même d'en causer. Je n'insiste donc pas sur le musée (sauf sur des dessins et bronzes Barye). Gauguin et moi causons beaucoup de Delacroix, Rembrandt, etc.

La discussion est d'une *électricité excessive*, nous en sortons parfois la tête fatiguée comme une batterie électrique après la décharge. Nous avons été en pleine magie, car comme le dit si bien Fromentin : Rembrandt est surtout magicien…

Tu connais l'étrange et superbe portrait d'homme par Rembrandt de la galerie de Lacaze, j'ai dit à Gauguin que pour moi je voyais là-dedans un certain trait de famille ou de race avec Delacroix ou avec lui Gauguin. Moi, je ne sais pourquoi, appelle toujours ce portrait *le Voyageur*, ou *l'Homme venant de loin.* Cela c'est une idée équivalente et parallèle à ce que je t'ai déjà dit à toi-même de regarder toujours le portrait de *Six vieux*, le beau portrait au gant, pour ton avenir, et l'eau-forte de Rembrandt, *Jean Six lisant près d'une fenêtre dans un rayon de soleil*, pour ton passé et ton présent. Voilà où nous en sommes. Gauguin me disait ce matin lorsque je lui demandais comment il se sentait : « Qu'il se sentait revenir sa nature ancienne », ce qui m'a fait bien plaisir. Moi venant ici l'hiver passé fatigué et presque évanoui cérébralement, avant de pouvoir commencer à me refaire j'ai un peu souffert intérieurement aussi.

Comme je voudrais qu'un jour tu voies ce musée de Montpellier, il y a des choses bien belles.

Dis cela à Degas que Gauguin et moi avons été voir le portrait de Brias par Delacroix à Montpellier, car il faut hardiment croire que *ce qui est est*, et le portrait de Brias par Delacroix nous ressemble à toi et à moi comme un nouveau frère (564).

23 décembre 1888.

Je te remercie beaucoup de ta lettre, du billet de 100 francs y inclus et également du mandat de 50 francs.

Je crois moi que Gauguin s'était un peu découragé de la bonne ville d'Arles, de la petite maison jaune où nous travaillons, et surtout de moi.

En effet il y aurait pour lui comme pour moi des difficultés graves à vaincre encore ici.

Mais ces difficultés sont plutôt en dedans de nous-mêmes qu'autre part.

En somme je crois moi qu'ou bien il partira carrément ou bien qu'il restera carrément (565).

J'espère que Gauguin te rassurera complètement, aussi un peu pour les affaires de la peinture.

Je compte bientôt reprendre le travail.

La femme de ménage et mon ami Roulin avaient pris soin de la maison, avaient tout mis en bon ordre.

Lorsque je sortirai je pourrai reprendre mon petit chemin ici et bientôt la belle saison va venir et je recommencerai les vergers en fleurs.

Je suis mon cher frère si *navré* de ton voyage, j'eusse désiré que cela t'eût été épargné, car en somme aucun mal ne m'est arrivé et il n'y avait pas de quoi te déranger.

Je ne saurais te dire combien cela me réjouit que tu aies fait la paix et même plus que cela avec les Bonger.

Dis cela de ma part à André et serre-lui la main bien cordialement pour moi.

Que n'aurais-je pas donné que tu eusses vu Arles lorsqu'il y fait beau, maintenant tu l'as vu en noir.

Bon courage cependant, adresse les lettres directement à moi, place Lamartine, 2. J'enverrai à Gauguin ses tableaux restés à la maison aussitôt qu'il le désirera. Nous lui devons les dépenses faites par lui pour les meubles.

Poignée de main, je dois encore rentrer à l'hôpital, mais sous peu j'en sortirai tout à fait.

Tout à toi,

VINCENT.

Ecris aussi un mot à la mère de ma part, que personne ne se fasse des inquiétudes.

Mon cher ami Gauguin,

Je profite de ma première sortie de l'hôpital pour vous écrire deux mots d'amitié bien sincère et profonde. J'ai beaucoup pensé à vous à l'hôpital et même en pleine fièvre et faiblesse relative.

Dites – le voyage de mon frère Théo était-il donc bien nécessaire – mon ami ?

Maintenant au moins rassurez-le tout à fait et vous-même je vous en prie ayez confiance qu'en somme aucun mal n'existe dans ce meilleur des mondes où tout marche toujours pour le mieux.

Alors je désire que vous disiez bien des choses de ma part au bon Schuffenecker, que vous vous absteniez jusqu'à plus mûre réflexion faite de part et d'autre, de dire du mal de notre pauvre petite maison jaune, que vous saluiez de ma part les peintres que j'ai vus à Paris. Je vous souhaite la prospérité à Paris, avec une bonne poignée de main.

Tout à toi.

VINCENT.

Roulin a été véritablement bon pour moi, c'est lui qui a eu la présence d'esprit de me faire sortir de là avant que les autres n'étaient convaincus.

Répondez-moi s. v. p. (566).

2 janvier 1889.

Mon cher Théo,

Afin de te rassurer tout à fait sur mon compte je t'écris ces quelques mots dans le cabinet de M. l'interne Rey, que tu as vu toi-même. Je resterai encore quelques jours ici à l'hôpital, puis j'ose compter retourner à la maison très tranquillement.

Maintenant je te prie à toi une seule chose, de ne pas t'inquiéter, car cela me causerait une inquiétude de *trop.*

A présent causons de notre ami Gauguin, l'ai-je effrayé ? enfin pourquoi ne me donne-t-il pas un signe de vie ? Il doit être parti avec toi. Il avait d'ailleurs besoin de revoir Paris, et à Paris peut-être il se sentira plus chez lui qu'ici. Dis à Gauguin de m'écrire, et que je pense à lui toujours.

Bonne poignée de main, j'ai lu et relu ta lettre concernant ta rencontre avec les Bonger. C'est parfait. Pour moi je suis content de rester tel que je suis. Encore une fois bonne poignée de main à toi et Gauguin.

Tout à toi,

VINCENT.

Ecrivez toujours même adresse, place Lamartine, 2[1] (567).

Mon cher Théo,

Peut-être je ne t'écrirai pas une bien longue lettre aujourd'hui, mais dans tous les cas un mot pour te faire savoir que je suis rentré chez moi aujourd'hui. Combien je regrette que tu te sois dérangé pour si peu de chose, pardonnez-le moi, qui, en somme, en suis probablement la cause première. J'ai pas prévu que cela aurait la conséquence qu'on t'en parlerait. Suffit. M. Rey est venu voir la peinture avec deux de ses amis médecins, et eux comprennent au moins bigrement vite ce que c'est que des complémentaires.

Maintenant je compte faire le portrait de M. Rey et possiblement d'autres portraits dès que je me serai un peu réhabitué à la peinture. Merci de ta dernière lettre, certes je te sens toujours présent, mais de ton côté sache aussi que je travaille à la même chose que toi-même.

Ah, comme je désirerais que tu eusses vu le portrait de Brias par Delacroix et tout le musée de Montpellier où Gauguin m'a mené. Comme on a déjà travaillé dans le Midi avant nous, vrai il m'est assez difficile de croire que

---

1. Le docteur Rey, médecin de l'hôpital, écrivit à Théo la lettre ci-dessous :

« Je joins quelques mots à la lettre de M. votre frère pour vous rassurer à mon tour, sur son compte.

Je suis heureux de vous annoncer que mes prédictions se sont réalisées et que cette surexcitation n'a été que passagère. Je crois fort qu'il sera remis dans quelques jours. J'ai tenu à ce qu'il vous écrivît lui-même, pour vous rendre mieux compte de son état. Je l'ai fait descendre à mon cabinet pour causer un peu. Cela me distraira et lui fera du bien à lui.

Veuillez agréer Monsieur mes salutations les plus empressées

REY. »

nous nous soyons dévoyés tant que ça. Pour ce qui est du pays chaud, ma foi involontairement je songe à un certain pays dont parle Voltaire, et sans compter même les simples châteaux en Espagne. Ce sont là les pensées qui me viennent en rentrant chez moi.

Je suis très désireux de savoir comment vont les Bonger et si les rapports avec eux se maintiennent, ce que j'espère.

Si tu le trouves bien – Gauguin parti – nous remettrons le mois à 150 francs, je crois que je verrai encore ici des jours plus calmes que ne l'était l'année écoulée.

Ce dont j'aurai grand besoin pour mon instruction, c'est de toutes les reproductions des tableaux de Delacroix, que l'on peut encore avoir dans cette maison où l'on vend à je crois 1 franc les lithographies d'artistes anciens et modernes, etc. Je ne veux pas les plus chères *décidément.*

Comment vont nos amis hollandais de Haan et Isaäcson ? Dis-leur bien le bonjour de ma part.

Je crois seulement que nous devons encore nous tenir tranquille pour ma peinture à moi. Si tu en veux, certes je peux déjà t'en envoyer, mais lorsque le calme me reviendra j'espère faire autre chose. Toutefois pour les Indépendants fais comme bon te semblera et comme feront les autres.

Mais tu n'as pas idée combien je regrette que ton voyage en Hollande ne se soit pas encore fait.

Enfin nous ne pouvons rien changer aux faits, mais rattrape-toi par la correspondance ou comme tu pourras autant que possible, et dites aux B. combien je regrette d'avoir peut-être involontairement causé du retard. J'écris à la mère et à Wil de ces jours-ci, je dois également écrire à Jet Mauve.

Ecris-moi bientôt, et soit tout à fait rassuré sur ma santé, cela me guérira complètement de savoir que cela marche bien pour toi. Que fait Gauguin ? Sa famille étant dans le Nord, lui ayant été invité d'exposer en Belgique, et ayant présentement du succès à Paris, j'aime à croire qu'il a trouvé sa voie. Bonne poignée de main, je suis quand même passablement heureux que cela soit une chose *passée.* Encore une fois vigoureuse poignée de main (568).

9 janvier 1889.

Physiquement je vais bien, la blessure se ferme très bien et la grande perte de sang s'équilibre puisque je mange et digère bien. Le plus *redoutable* serait l'insomnie et le médecin ne m'en a pas parlé ni moi je ne lui en ai pas encore parlé pas non plus. Mais je le combats moi-même.

Cette insomnie je la combats par une dose très très forte de camphre dans mon oreiller et mon matelas, et si jamais toi-même ne dormais pas, je te recommande cela. Je redoutais beaucoup de coucher seul dans la maison et j'ai eu inquiétude de ne pas pouvoir dormir. Mais cela s'est bien passé et j'ose croire que cela ne reparaîtra pas. La souffrance de ce côté-là à l'hôpital a été atroce et cependant dans tout cela étant bien plus bas qu'évanoui, je peux te dire comme curiosité que j'ai continué à penser à Degas. Gauguin et moi avions causé auparavant de Degas et j'avais fait remarquer à Gauguin que Degas avait dit ceci…

« Je me réserve pour les Arlésiennes. »

Or toi qui sais combien Degas est subtil, de retour à Paris dis un peu à Degas que je l'avoue que jusqu'à présent j'ai été impuissant à les peindre désempoisonnées, les femmes d'Arles, et qu'il ne doit pas croire Gauguin si Gauguin dit du bien avant l'heure de mon travail, qui ne s'est fait que maladivement.

Or si je me refais, je dois *recommencer* et ne pourrai pas atteindre de nouveau ces sommets où la maladie m'a imparfaitement entraîné (569).

17 janvier.

Mon cher Théo,

Merci de ta bonne lettre ainsi que du billet de 50 francs qu'elle contenait. Répondre à toutes les questions, le peux-tu toi-même dans ce moment, je ne m'en sens pas capable. Je veux bien, réflexion faite, chercher une solution mais il faut que je relise encore la lettre, etc.

Mais avant de discuter ce que je dépenserais ou ne dépenserais pas pendant toute une année, cela nous mettrait peut-être sur une voie de revoir un peu rien que le mois actuel courant.

Dans tous les cas cela a été lamentable tout à fait, et certes je me compterais heureux, si enfin tu eusses un peu l'attention sérieuse pour ce qui en est et en a été si longtemps.

Mais que veux-tu, c'est malheureusement compliqué de plusieurs façons, mes tableaux sont sans valeur, ils me coûtent il est vrai des dépenses extraordinaires, même en sang et cervelle peut-être parfois. Je n'insiste pas, et que veux-tu que je t'en dise ?

Revenons toujours au mois actuel et ne parlons que de l'argent. Le 23 décembre il y avait encore en caisse un louis et 3 sous. Ce même jour j'ai reçu de toi le billet de 100 francs.

Voici les dépenses :

Donné à Roulin pour payer à la femme de ménage son mois de décembre . . . . . 20 francs ainsi que 1re quinzaine janvier . 10 francs = . .	30 fr.
Payé à l'hôpital	21 fr.
Payé aux infirmiers qui m'avaient pansé	10 fr.
En revenant ici payé une table, un réchaud à gaz, etc., qui m'avait été prêté et que j'ai pris alors à compte	20 fr.
Payé pour faire blanchir toute la literie, le linge ensanglanté, etc.	12 fr. 50
Divers achats comme une douzaine de brosses, un chapeau, etc., etc., mettons.	10 fr.
	103 fr. 50

Ainsi, nous sommes déjà arrivés, le jour ou le lendemain

de ma sortie de l'hôpital, à un déboursement forcé de ma part de 103 fr. 50, ce à quoi il faut encore ajouter que le premier jour j'ai été dîner avec Roulin au restaurant joyeusement, tout à fait rassuré et ne redoutant pas une nouvelle angoisse.

Enfin le résultat de tout cela fut que vers le 8 j'étais à sec, mais un ou deux jours après j'ai emprunté 5 francs. Nous en étions à peine au 10. J'espérais, vers le 10, une lettre de toi, or cette lettre n'arrivant qu'aujourd'hui 17 janvier, l'intervalle a été un jeûne des plus rigoureux, à plus forte raison douloureux que mon rétablissement ne pouvait se faire dans ces conditions-là.

J'ai néanmoins repris le travail, et j'ai déjà trois études faites à l'atelier, plus le portrait de M. Rey que je lui ai donné en souvenir. Il n'y a donc pas cette fois non plus encore aucun mal plus grave qu'un peu plus de souffrance et d'angoisse relative. Et je conserve tout bon espoir. Mais je me sens faible et un peu inquiet et craintif. Ce qui se passera j'espère en reprenant mes forces.

Rey m'a dit qu'il suffisait d'être très impressionnable pour avoir eu ce que j'avais eu quant à la crise, et qu'actuellement je n'étais qu'anémique mais que réellement je devais me nourrir. Mais moi j'ai pris la liberté de dire à M. Rey que si actuellement pour moi la première question avait été de reprendre mes forces, si par un grand hasard ou malentendu justement il m'était encore arrivé un jeûne rigoureux d'une semaine, si dans de pareilles circonstances il aurait déjà vu beaucoup de fous passablement tranquilles et capables de travailler, et sinon qu'il daignerait alors s'en souvenir à l'occasion que provisoirement moi je ne suis pas encore fou. Maintenant dans ces payements faits, considérant que toute la maison était dérangée par cette aventure, et tout le linge et mes habits souillés, y a-t-il dans ces dépenses rien d'indu, d'extravagant, ou d'exagéré ? Si aussitôt en rentrant j'ai payé ce qui était *dû* à des gens à peu près aussi pauvres que moi-même, y a-t-il erreur de ma part ou ai-je pu économiser davantage ?

Maintenant aujourd'hui le 17, je reçois 50 francs enfin. Là-dessus je paye d'abord les 5 francs empruntés au cafetier, plus 10 consommations prises dans le courant de cette dernière semaine à crédit, ce qui fait . . . . 7 fr. 50

je dois payer encore du linge rapporté de l'hôpital, et puis de cette semaine écoulée, et réparation de souliers et d'un pantalon, certes ensemble quelque chose comme. 5 fr.

Bois et charbon encore à payer de décembre et à reprendre, pas moins de. . . . . 4 fr.

Femme de ménage 2e quinzaine janvier . . . . . 10 fr.

. . . . 26 fr. 50

Net il me restera demain matin lorsque j'aurai soldé ce montant. . . . . 23 fr. 50

Nous sommes le 17, il reste treize jours à faire.

Demande combien pourrai-je dépenser par jour ? Il y a ensuite à ajouter que tu as envoyé 30 francs à Roulin sur lesquels il a payé les 21 fr. 50 de loyer de décembre.

Voilà mon cher frère le compte du mois actuel. Il n'est pas fini.

Nous abordons maintenant des dépenses qui t'ont été occasionnées par un télégramme de Gauguin, que je lui ai déjà assez formellement reproché d'avoir dépêché.

Les dépenses ainsi faites de travers sont-elles inférieures à 200 francs ? Gauguin lui-même prétend-il qu'il a fait là des manœuvres magistrales ? Ecoutez, je n'insiste pas davantage sur l'absurdité de cette démarche, supposons que moi j'étais tout ce qu'on voudra d'égaré, pourquoi alors l'illustre copain n'était-il pas plus calme ?

Je n'insisterai pas davantage sur ce point.

Je ne saurais assez te louer d'avoir payé Gauguin d'une telle façon qu'il ne saurait que se louer des rapports qu'il a eus avec nous. Cela voilà encore malencontreusement une dépense peut-être plus forte que de juste, mais enfin là j'entrevois une espérance.

Ne doit-il pas lui, ou au moins ne devrait-il pas un peu commencer à voir que nous n'étions pas ses exploiteurs, mais qu'au contraire on y tenait de lui sauvegarder l'existence, la possibilité de travail et… et… l'honnêteté ?

Si cela est au-dessous des prospectus grandioses d'associations d'artistes qu'il a proposées et auxquels il tient toujours en façon que tu sais, si cela est au-dessous de ses autres châteaux en Espagne – pourquoi alors ne pas le considérer comme irresponsable des douleurs et dégâts qu'inconsciemment tant à toi qu'à moi il aurait pu dans son aveuglement nous causer ?

Si actuellement encore cette thèse-là te paraîtrait trop hardie, je n'insiste pas, mais attendons.

Il a eu des antécédents dans ce qu'il appelle « la banque à Paris » et se croit malin là-dedans. Peut-être de ce côté-là toi et moi sommes décidément peu curieux.

Quand même ceci se trouve pas tout à fait en désaccord avec certains passages de notre correspondance antérieure.

Si Gauguin était à Paris pour un peu bien s'étudier, ou se faire étudier par un médecin spécialiste, ma foi je ne sais trop ce qui en résulterait.

Je lui ai vu faire à diverses reprises des choses que toi ou moi ne nous permettrions pas de faire, ayant des consciences autrement sentant, j'ai entendu deux ou trois choses qu'on disait de lui dans ce même genre, mais moi qui l'ai vu de très, très près, je le crois entraîné par l'imagination, par de l'orgueil peut-être, mais assez irresponsable.

Cette conclusion-là n'implique pas que je te recommande beaucoup de l'écouter en toute circonstance. Mais dans l'occasion du règlement de son compte je vois que tu as agi avec une conscience supérieure, et alors je crois que nous n'avons rien à craindre d'être induits dans des erreurs de « banque de Paris » par lui.

Mais lui, … ma foi, qu'il fasse tout ce qu'il veuille, qu'il ait ses indépendances ? (de quelle façon considère-t-on son caractère indépendant) ses opinions, et qu'il aille son chemin du moment qu'il lui semble qu'il le sache mieux que nous.

Je trouve assez étrange qu'il me réclame un tableau de tournesols en m'offrant en échange je suppose ou comme cadeau, quelques études qu'il a laissées ici. Je lui renverrai ses études qui, probablement, auront pour lui des utilités qu'elles n'auraient aucunement pour moi.

Mais pour le moment je garde mes toiles ici et catégoriquement je garde moi mes tournesols en question.

Il en a déjà deux, que cela lui suffise.

Et s'il n'est pas content de l'échange fait avec moi, il peut reprendre sa petite toile de la Martinique et son portrait qu'il m'a renvoyé de Bretagne, en me rendant de son côté et mon portrait et mes deux toiles de tournesols qu'il a prises à Paris. Si donc jamais il réabordera ce sujet ce que je dis est clair assez.

Comment Gauguin peut-il prétendre avoir craint de me déranger par sa présence, alors qu'il saurait difficilement nier qu'il a su que continuellement je l'ai demandé et qu'on le lui a dit et redit que j'insistais à le voir à l'instant.

Justement pour lui dire de garder cela pour lui et pour moi, sans te déranger toi. Il n'a pas voulu écouter.

Cela me fatigue de récapituler tout cela et de calculer et recalculer des choses de ce genre.

J'ai essayé dans cette lettre de te montrer la différence qu'il y existe entre mes dépenses nettes et venant directement de moi, et celles dont je suis moins responsable.

J'ai été désolé de ce que juste à ce moment tu eusses ces dépenses, qui ne profitaient à personne.

Que sera la suite, je verrai au fur et à mesure que je reprendrai mes forces si ma position est tenable. Je redoute tant un changement ou déménagement justement à cause de nouveaux frais. Jamais je peux depuis assez longtemps tout à fait reprendre haleine. Je ne lâche pas le travail parce que par moments il marche, et je crois avec patience justement arriver à ce résultat de pouvoir recouvrir par des tableaux faits les dépenses antérieures. Roulin va partir et cela déjà le 21, il va être employé à Marseille, l'augmentation de salaire est minime, et il va être obligé de quitter pour un temps sa femme et ses enfants, qui ne pourront le suivre que beaucoup plus tard, à cause de ce que les dépenses de toute une famille seraient plus lourdes à Marseille.

C'est un avancement pour lui, mais c'est une consolation bien, bien maigre que donne ainsi le gouvernement à un tel employé après tant d'années de travail.

Et au fond je crois qu'ils demeurent, lui comme sa femme, bien, bien navrés. Roulin m'a bien souvent tenu compagnie pendant cette dernière semaine. Je suis tout à fait d'accord avec toi sur ce que nous ne devons pas nous mêler des questions de médecins qui ne nous regardent aucunement.

Justement puisque tu avais écrit à M. Rey un mot qu'à Paris tu l'introduirais, j'ai cru comprendre chez Rivet, je n'ai pas cru faire rien de compromettant en disant moi à M. Rey, que s'il irait à Paris cela me ferait grand plaisir s'il voulait emporter un tableau en souvenir de moi à M. Rivet.

Je n'ai naturellement pas parlé d'autre chose, mais ce que j'ai dit c'est que moi je regretterais toujours de ne pas être médecin, et que ceux qui croient que la peinture est belle, feraient bien de n'y voir qu'une étude de la nature.

Cela demeurera quand même dommage que Gauguin et moi aient peut-être lâché trop vite la question de Rembrandt et de la lumière, que nous avions entamée. De Haan et Isaäcson sont-ils toujours là, qu'ils ne se découragent pas. Après ma maladie j'ai eu naturellement l'œil très, très sensible. J'ai regardé le croquemort de de Haan, dont il a bien voulu m'envoyer la photographie. Eh bien il me semble qu'il y a du vrai esprit de Rembrandt dans cette figure-là, qui semble éclairée par le reflet d'une lumière émanant du tombeau ouvert devant lequel demeure somnambule ledit croquemort.

Cela y est d'une façon très subtile. Moi je ne laboure pas la question par le moyen du fusain, et lui de Haan a pris pour moyen d'expression justement ce fusain, qui est encore une matière incolore.

Je voudrais bien que de Haan voie une étude de moi

d'une chandelle allumée et deux romans (l'un jaune, l'autre rose) posés sur un fauteuil vide (justement le fauteuil de Gauguin) toile de 30, en rouge et vert. Je viens de travailler encore aujourd'hui au pendant, ma chaise vide à moi, une chaise de bois blanc avec une pipe et un cornet de tabac. Dans les deux études comme dans d'autres, j'ai moi cherché un effet de lumière avec de la couleur claire, de Haan comprendrait probablement ce que je cherche, si tu lui lis ce que je t'écris à ce sujet.

Quelque longue que soit maintenant cette lettre, dans laquelle j'ai cherché à analyser le mois, et dans laquelle je me plains un peu de l'étrange phénomène que Gauguin ait préféré ne pas me reparler, tout en s'éclipsant, il me reste à y ajouter quelques mots d'appréciation.

Ce qu'il a de bon, c'est qu'il sait à merveille diriger la dépense de jour en jour.

Alors que moi je suis souvent absent, préoccupé d'arriver à bonne *fin*, lui a davantage que moi pour l'argent l'équilibre de la journée même. Mais son faible est que par une ruade et des écarts de bête il dérange tout ce qu'il rangeait.

Or reste-t-on à son poste une fois qu'on l'a pris ou le déserte-t-on ? Je ne juge personne là-dedans, espérant moi-même ne pas être condamné dans des cas où les forces me manqueraient, mais si Gauguin a tant de vertu réelle et tant de capacités de bienfaisance, comment va-t-il s'employer ?

Moi j'ai cessé de pouvoir suivre ses actes, et je m'arrête silencieusement avec un point d'interrogation cependant.

Lui et moi avons de temps à autre échangé nos idées sur l'art français, sur l'impressionnisme…

Il me semble à moi maintenant impossible, au moins assez improbable, que l'impressionnisme s'organise et se calme.

Pourquoi n'adviendra-t-il pas ce qui est arrivé en Angleterre lors des préraphaélites ?

La société s'est dissoute.

Je prends peut-être toutes ces choses trop à cœur et j'en ai peut-être trop de tristesse, Gauguin a-t-il jamais lu *Tar-*

tarin sur les Alpes, et se souvient-il de l'illustre copain tarasconais de Tartarin, qui avait une telle imagination qu'il avait du coup imaginé toute une Suisse imaginaire ?

Se souvient-il du nœud dans une corde retrouvée en haut des Alpes après la chute ?

Et toi qui désires savoir comment étaient les choses, as-tu déjà lu le *Tartarin* tout entier ?

Cela t'apprendrait passablement à reconnaître Gauguin.

C'est très sérieusement que je t'engage à revoir ce passage dans le livre de Daudet.

As-tu lors de ton voyage ici pu remarquer l'étude que j'ai peinte de la diligence de Tarascon, laquelle comme tu sais est mentionnée dans *Tartarin chasseur de lions.*

Et puis te rappelles-tu Bompard dans *Numa Roumestan* et son heureuse imagination ?

Voilà ce qui en est, quoique d'un autre genre, Gauguin a une belle et franche et absolument complète imagination du Midi, avec cette imagination-là il va agir dans le Nord ! ma foi on en verra peut-être encore de drôles !

Et disséquant maintenant en toute hardiesse, rien ne nous empêche de voir en lui le petit tigre Bonaparte de l'impressionnisme en tant que... je ne sais trop comment dire cela, son éclipse mettons d'Arles soit comparable ou parallèle au retour d'Egypte du Petit Caporal susmentionné, lequel aussi s'est après rendu à Paris, et qui toujours abandonnait les armées dans la dèche.

Heureusement, Gauguin, moi et autres peintres ne sommes pas encore armés de mitrailleuses et autres très nuisibles engins de guerre. Moi pour un suis bien décidé à ne rester armé que de ma brosse et de ma plume.

A grands cris Gauguin m'a néanmoins réclamé dans sa dernière lettre « ses masques et gants d'armes », cachés dans le petit cabinet de ma petite maison jaune.

Je m'empresserai de lui faire parvenir par colis postal ces enfantillages-là.

Espérant que jamais il ne se servira de choses plus graves.

Il est physiquement plus fort que nous, ses passions aussi doivent être bien plus fortes que les nôtres. Puis il est père d'enfants, puis il a sa femme et ses enfants dans le Danemark, et il veut simultanément aller tout à l'autre bout du globe, à la Martinique. C'est effroyable tout le vice versa de désirs et de besoins incompatibles que cela doit lui occasionner. Je lui avais osé assurer que s'il se fût tenu tranquille avec nous autres, travaillant ici à Arles sans perdre de l'argent, en gagnant puisque tu t'occupais de ses tableaux, sa femme lui aurait certes écrit et aurait approuvé sa tranquillité. Il y a même encore plus, il y a qu'il a été souffrant et malade gravement, et qu'il s'agissait de trouver et le mal et le remède. Or ici ses douleurs avaient déjà cessé. Suffit pour aujourd'hui. As-tu l'adresse de Laval l'ami de Gauguin, tu peux dire à Laval que je suis très étonné que son ami Gauguin n'ait pas emporté pour le lui remettre un portrait de moi, que je lui destinais. Je te l'enverrai maintenant à toi, et tu pourras le lui faire avoir. J'en ai un autre nouveau pour toi aussi. Merci encore de ta lettre, je t'en prie tâche de songer que ce serait réellement impossible de vivre 13 jours des 23 fr. 50 qui vont me rester ; avec 20 francs que tu enverrais semaine prochaine je chercherai à parvenir.

Poignée de main, je relirai encore ta lettre et t'écrirai bientôt sur les autres questions (571).

23 janvier 1889.

Hier Roulin est parti (naturellement ma dépêche d'hier était envoyée avant l'arrivée de ta lettre de ce matin). C'était touchant de le voir avec ses enfants ce dernier jour, surtout avec la toute petite quand il la faisait rire et sauter sur ses genoux et chantait pour elle.

Sa voix avait un timbre étrangement pur et ému où il y avait à la fois pour mon oreille un doux et navré chant de nourrice et comme un lointain résonnement du clairon de la France de la Révolution. Il n'était pourtant pas triste, au contraire il avait mis son uniforme tout neuf qu'il avait reçu le jour même et tout le monde lui faisait fête…

Je viens de terminer une nouvelle toile qui a un petit air presque chic, un panier d'osier avec citrons et oranges – une branche de cyprès et une paire de gants bleus, tu as déjà vu de ces paniers de fruits de moi…

Or pour être chauffé suffisamment pour fondre ces ors-là, et ces tons de fleurs – le premier venu ne le peut pas, il faut l'énergie et l'attention d'un individu tout entier.

Lorsque après ma maladie je revis mes toiles, ce qui me semblait le mieux était la chambre à coucher…

J'ai en train le portrait de la femme Roulin, où je travaillais avant d'être malade.

J'avais arrangé là-dedans les rouges depuis le rose jusqu'à l'orangé, lequel montait dans les jaunes jusqu'au citron avec des verts clairs et sombres. Si je pouvais terminer cela, cela me ferait bien plaisir, mais je crains qu'elle ne voudra plus poser, son mari absent.

Tu vois juste que le départ de Gauguin est terrible, juste parce que cela nous refout en bas alors que nous avons créé et meublé la maison pour y loger les amis au mauvais jour.

Seulement quand même nous gardons les meubles, etc. Et quoique aujourd'hui tout le monde aura peur de moi, avec le temps cela peut disparaître…

Eh bien, va droit dans ce chemin-là.

Pendant ma maladie j'ai revu chaque chambre de la maison à Zundert, chaque sentier, chaque plante dans le jardin, les aspects d'alentour, les champs, les voisins, le cimetière, l'église, notre jardin potager derrière – jusqu'au nid de pie dans un haut acacia dans le cimetière.

Cela puisque de ces jours-là j'ai encore les souvenirs les plus primitifs de vous autres tous ; pour se souvenir de tout cela il n'y a plus ainsi que la mère et moi.

Je n'insiste pas puisqu'il est mieux que je ne cherche pas à rétablir tout ce qui m'a passé dans la tête alors…

Mais si tu veux, tu peux y exposer les deux toiles de tournesols.

Gauguin serait content d'en avoir une, et j'aime bien à faire à Gauguin un plaisir d'une certaine force. Alors il désire une de ces deux toiles, eh bien, j'en referai une des deux, celle qu'il désire.

Tu verras que ces toiles taperont à l'œil. Mais je te conseillerais de les garder pour toi, pour ton intimité de ta femme et de toi.

C'est de la peinture un peu changeante d'aspect, qui prend richesse en regardant plus longtemps.

Tu sais que Gauguin les aime extraordinairement d'ailleurs. Il m'en a dit entre autres : « ça... c'est... la fleur ».

Tu sais que Jeannin a la pivoine, que Quost a la rose trémière, mais moi j'ai un peu le tournesol.

As-tu vu lors de ta hâtive visite le portrait en noir et jaune de Mme Ginoux ?

C'est là un portrait peint en trois quarts d'heure. Il faut que je finisse pour le moment (573).

J'ai une toile de *Berceuse*, juste celle que je travaillais lorsque ma maladie est venue m'interrompre. De celle-là je possède également aujourd'hui 2 épreuves.

Je viens de dire à Gauguin au sujet de cette toile, que lui et moi ayant causé des pêcheurs d'Islande et de leur isolement mélancolique, exposés à tous les dangers, seuls sur la triste mer, je viens d'en dire à Gauguin qu'en suite de ces conversations intimes il m'était venu l'idée de peindre un tel tableau, que des marins, à la fois enfants et martyrs, le voyant dans la cabine d'un bateau de pêcheurs d'Islande, éprouveraient un sentiment de bercement leur rappelant leur propre chant de nourrice.

Maintenant cela ressemble si l'on veut à une chromolithographie de bazar. Une femme vêtue de vert à cheveux orangés se détache contre un fond vert à fleurs roses. Maintenant ces disparates aiguës de rose cru, orangé cru, vert cru sont attendries par des bémols des rouges et verts.

Je m'imagine ces toiles juste entre celles des tournesols qui, ainsi, forment des lampadaires ou candélabres à côté de même grandeur, et le tout ainsi se compose de 7 ou de 9 toiles.

(J'aimerais faire une répétition encore pour la Hollande si je peux ravoir le modèle.)

Puisque nous avons toujours l'hiver, écoutez, laissez-moi tranquillement continuer mon travail, si c'est celui d'un fou, ma foi tant pis. Je n'y peux rien alors.

Les hallucinations intolérables ont cependant cessé, actuellement se réduisant à un simple cauchemar, à force de prendre du bromure de potassium, je crois…

Et encore une fois ou bien enfermez-moi tout droit dans un cabanon de fou, je ne m'y oppose pas en cas que je me trompe, ou bien laissez-moi travailler de toutes mes forces, tout en prenant les précautions que je mentionne. Si je ne suis pas fou, l'heure viendra où je t'enverrai ce que je t'ai dès le commencement promis. Or les tableaux peut-être fatalement devront se disperser, mais lorsque toi pour un en verras l'ensemble de ce que je veux, tu en recevras j'ose espérer une impression consolante…

Tu auras été pauvre tout le temps pour me nourrir, mais moi je rendrai l'argent ou je rendrai l'âme. Maintenant viendra ta femme qui a bon cœur, pour nous rajeunir un peu nous autres vieux…

C'est vrai ce que je te dis. S'il n'est pas absolument nécessaire de m'enfermer dans un cabanon, alors je suis encore bon pour payer au moins en marchandises ce que je puis être tenté de devoir. En terminant je dois encore te dire que le commissaire central de police est hier venu très amicalement me voir. Il m'a dit en me serrant la main que si jamais j'avais besoin de lui je pourrais le consulter en *ami.* Ce à quoi je suis loin de dire non, et je pourrai bientôt être justement dans ce cas-là, s'il s'élèverait des difficultés pour la maison.

J'attends venir le moment de payer mon mois, pour interviewer le gérant ou le propriétaire dans le blanc des yeux.

Mais pour me foutre dehors ils en seraient plutôt à cul à cette occasion-ci au moins…

Le travail justement me distrait. Et il *faut* que je prenne des distractions, – hier j'ai été aux Folies Arlésiennes, le théâtre naissant d'ici – cela a été la première fois que j'ai dormi sans cauchemar grave. On donnait (c'était une société littéraire provençale) ce qu'on appelle un *Noël* ou *Pastourale*, une réminiscence du théâtre du moyen âge chrétien. C'était très étudié, et cela doit leur avoir coûté de l'argent.

Naturellement cela représentait la naissance du Christ, entremêlé de l'histoire burlesque d'une famille de paysans provençaux ébahis.

Bon – ce qui était épatant comme une eau-forte de Rembrandt – c'était la vieille paysanne, juste une femme comme serait Mme Tanguy, au cerveau en silex ou pierre à fusil, fausse, traître, folle, tout cela se voyait dans la pièce précédemment.

Or celle-là, dans la pièce, amenée devant la crèche mystique, de sa voix chevrotante se mettait à chanter et puis la voix changeait, changeait de sorcière en ange, et de voix d'ange en voix d'enfant, et puis la réponse par une autre voix, celle-là ferme et vibrante chaudement, une voix de femme derrière les coulisses.

Cela c'était épatant. Je te dis les ainsi nommés « félibres » s'étaient d'ailleurs mis en frais.

Moi avec ce petit pays-ci j'ai pas besoin d'aller aux tropiques, et je crois qu'il sera merveilleux, mais enfin personnellement je suis trop vieux et (surtout si je me faisais mettre une oreille en papier mâché) trop en carton pour y aller.

Gauguin le fera-t-il ? Ce n'est pas nécessaire. Car si cela doit se faire cela se fera tout seul.

Nous ne sommes que des anneaux dans la chaîne.

Ce bon Gauguin et moi au fond du cœur nous comprenons et si nous sommes un peu fous, que soit, ne sommes-nous pas un peu assez profondément artistes aussi, pour contrecarrer les inquiétudes à cet égard par ce que nous disons du pinceau.

Tout le monde aura peut-être un jour la névrose, le hurla, la danse de saint Guy ou autre chose.

Mais le contrepoison n'existe-t-il pas ? dans Delacroix,

dans Berlioz et Wagner ? Et vrai notre folie artistique à nous autres tous, je ne dis pas que surtout moi je n'en sois pas atteint jusqu'à la moelle, mais je dis et maintiendrai que nos contrepoisons et consolations peuvent avec un peu de bonne volonté être considérés comme amplement prévalents.

Tout à toi,

VINCENT (574).

30 janvier 1889.

J'ai mis aujourd'hui une 3e *Berceuse* en train. Je sais bien que ce n'est ni dessiné ni peint aussi correctement que du Bouguereau, ce que je regrette presque, ayant le désir d'être correct sérieusement. Mais cela n'étant donc fatalement ni du Cabanel, ni du Bouguereau, j'espère pourtant que cela soit français.

Il a fait aujourd'hui un temps magnifique sans vent, et j'ai tellement le désir de travailler que j'en suis épaté, n'y ayant plus compté.

Je terminerai cette lettre comme celle à Gauguin, en te disant que certes il y a encore des signes de la surexcitation précédente dans mes paroles, mais que cela n'a rien d'étonnant puisque dans ce bon pays tarasconnais tout le monde est un peu toqué (575).

3 février 1889.

Peut-être dans la *Berceuse* il y a un essai de petite *musique* de couleur d'ici, c'est mal peint et les chromos du bazar sont infiniment mieux peints techniquement, mais quand même…

Lorsque je suis sorti avec le bon Roulin de l'hôpital, je me figurais que je n'avais rien eu, *après* seulement j'ai eu le sentiment que j'avais été malade. Que veux-tu, j'ai des moments où je suis tordu par l'enthousiasme ou la folie ou la prophétie comme un oracle grec sur son trépied.

J'ai alors une grande présence d'esprit en paroles et parle comme les Arlésiennes, mais je me sens si faible avec tout cela…

Je dois dire ceci que les voisins, etc., sont d'une bonté particulière pour moi, tout le monde souffrant ici soit de fièvre, soit d'hallucination ou folie, on s'entend comme des gens d'une même famille. J'ai été hier revoir la fille où j'étais allé dans mon égarement, on me disait là que des choses comme ça, ici dans le pays, n'a rien d'étonnant. Elle en avait souffert et s'était évanouie mais avait repris son calme. Et d'ailleurs on dit du bien d'elle.

Mais pour me considérer moi comme tout à fait sain il ne faut pas le faire. Les gens du pays qui sont malades comme moi me disent bien la vérité. On peut vivre vieux ou jeune, mais on aura toujours des moments où l'on perd la tête. Je ne te demande donc pas de dire de moi que je n'ai rien, ou n'aurais rien (576)[1].

Février 1889.

Mon cher Théo,

Tant que mon esprit manquait tout à fait d'assiette c'eût été en vain que j'aurais essayé de t'écrire pour répondre à ta bonne lettre. Je viens aujourd'hui de retourner provisoirement chez moi, j'espère pour de bon. Il y a tant de moments où je me sens tout à fait normal, et justement il me semblerait que si ce que j'ai n'est qu'une maladie particulière du pays il faut tranquillement attendre ici jusqu'à que cela soit fini même si cela se répétait encore (ce qui ne sera pas le cas, mettons).

---

1. Au courant du mois de février l'état de Vincent s'aggrava. Il s'imaginait qu'on avait voulu l'empoisonner. Théo, n'ayant plus de nouvelles d'Arles, télégraphia et reçut le 13 février cette réponse du Dr Rey : « Vincent beaucoup mieux, espérant le guérir nous le gardons ici, soyez sans inquiétudes pour le moment. » Quelques jours plus tard une lettre de Vincent parvint à Théo.

Mais voici ce que je dis une fois pour toutes à toi et à M. Rey. Si tôt ou tard il serait désirable que j'aille à Aix, comme il en a déjà été question, d'avance j'y consens et m'y soumettrai.

Mais dans ma qualité de peintre et d'ouvrier il n'est loisible à personne, même pas à toi ou au médecin de faire une telle démarche sans me prévenir et me consulter *moi* là-dedans, aussi parce que ayant jusqu'à présent toujours gardé ma présence d'esprit relative pour mon travail, c'est mon droit de dire alors (ou du moins d'avoir une opinion sur) ce qui serait le mieux, de garder mon atelier ici ou de déménager à Aix tout à fait. Cela afin d'éviter les frais et les pertes d'un déménagement tant que possible et de ne le faire qu'en cas d'urgence absolue.

Il paraît que les gens d'ici ont une légende qui leur fait avoir peur de la peinture, et que dans la ville on a causé de cela. Bon, moi je sais qu'en Arabie c'est la même chose, et pourtant nous avons des tas de peintres en Afrique n'est-ce pas ?

Ce qui prouve qu'avec un peu de fermeté on peut modifier ces préjugés, au moins faire sa peinture quand même.

Le malheur est que moi je suis assez porté à être impressionné à sentir moi-même les croyances d'autrui et à ne pas toujours blaguer sur le fond de vérité qu'il puisse y avoir dans l'absurde.

Gauguin d'ailleurs est comme cela aussi, comme tu l'auras pu observer et lui-même était également fatigué lors de son séjour par je ne sais quel malaise.

Moi ayant déjà séjourné plus d'un an ici, ayant entendu dire à peu près tout le mal possible de moi, de Gauguin, de la peinture en général, pourquoi ne prendrais-je pas les choses telles quelles en attendant l'issue ici ? Ou puis-je aller pire que là où j'ai déjà été à deux reprises, au cabanon ?

Les avantages que j'ai ici sont que comme dirait Rivet, d'abord « ils sont tous malades ici » et alors au moins je ne me sens pas seul.

Puis comme tu le sais bien, j'aime tant Arles, quoique

Gauguin ait bigrement raison de l'appeler la plus sale ville de tout le Midi.

Et j'ai trouvé tant d'amitié déjà chez les voisins, chez M. Rey, d'ailleurs chez tout le monde à l'hospice, que réellement je préférerais être toujours malade ici, que d'oublier la bonté qu'il y a dans les mêmes gens qui ont les préjugés les plus incroyables à l'égard des peintres et de la peinture, ou dans tous les cas n'en ont aucune idée claire et saine comme nous autres.

Puis à l'hospice ils me connaissent maintenant, et si cela me reprendrait cela se passerait en silence, et ils sauraient à l'hospice que faire. Etre traité par d'autres médecins je n'en ai aucunement le désir ni en sens le besoin (577).

22 février 1889.

Ben – en somme il y a tant de peintres qui sont toqués d'une façon ou d'une autre, que peu à peu je m'en consolerai.

Plus que jamais je comprends les souffrances de Gauguin, qui a pris dans les tropiques la même chose, une sensibilité excessive. A l'hôpital, j'ai entrevu justement une négresse malade, qui y reste et travaille comme servante. Dis-lui ça.

Si tu disais à Rivet que tu as tant d'inquiétudes pour moi, il te rassurerait certes en te disant qu'à cause de ce qu'il y a tant de sympathie et de communauté d'idées entre nous tu ressens un peu la même. Ne pense pas trop à moi, avec une idée fixe, je me débrouillerai d'ailleurs mieux si je te sais calme. Je te serre bien la main en pensée, tu es bien bon de dire que je pourrais venir à Paris, mais je pense que l'agitation d'une grande ville ne vaudra jamais rien pour moi, à bientôt (578).

Le 19 mars.

Il m'a semblé voir dans ta bonne lettre tant d'angoisse fraternelle contenue qu'il me semble de mon devoir de rompre mon silence. Je t'écris en pleine possession de ma présence d'esprit et non pas comme un fou, mais en frère que tu connais. Voici la vérité. Un certain nombre de gens d'ici ont adressé au maire (je crois qu'il se nomme M. Tardieu) une adresse (il y avait plus de 80 signatures) me désignant comme un homme pas digne de vivre en liberté, ou quelque chose comme cela.

Le commissaire de police ou le commissaire central a alors donné l'ordre de m'interner de nouveau.

Toutefois est-il que me voici de longs jours enfermé sous clefs et verrous et gardiens au cabanon, sans que ma culpabilité soit prouvée ou même prouvable.

Va sans dire que dans le for intérieur de mon âme j'ai beaucoup à redire à tout cela. Va sans dire que je ne saurais me fâcher, et que m'excuser me semblerait m'accuser dans un cas pareil.

Seulement pour t'avertir pour me délivrer – d'abord je ne le demande pas, étant persuadé que toute cette accusation sera réduite à néant.

Seulement, dis-je, pour me délivrer, tu le trouverais difficile. Si je ne retenais pas mon indignation, je serais immédiatement jugé fou dangereux. En patientant espérons, d'ailleurs les fortes émotions ne pourraient qu'aggraver mon état. C'est pourquoi je t'engage par la présente à les laisser faire sans t'en mêler.

Tiens-toi pour averti que ce serait peut-être compliquer et embrouiller la chose.

A plus forte raison puisque tu comprendras que moi, tout en étant absolument calme au moment donné, puis facilement retomber dans un état de surexcitation par de nouvelles émotions morales.

Ainsi tu conçois combien cela m'a été un coup de massue en pleine poitrine, quand j'ai vu qu'il y avait tant de gens ici qui étaient lâches assez de se mettre en nombre contre un seul et celui-là malade.

Bon – voilà pour ta gouverne, en tant que quant à ce qui concerne mon état moral je suis fortement ébranlé, mais je recouvre quand même un certain calme pour ne pas me fâcher.

D'ailleurs, l'humilité me convient après l'expérience d'attaques répétées. Je prends donc patience.

Le principal, je ne saurais trop te le dire, est que tu gardes ton calme aussi et que rien ne te dérange dans les affaires. Après ton mariage, nous pourrons nous occuper de mettre tout cela au clair, et en attendant ma foi laisse-moi ici tranquillement. Je suis persuadé que M. le maire ainsi que le commissaire sont plutôt des amis et qu'ils feront tout leur possible d'arranger tout cela.

Ici, sauf la liberté, sauf bien des choses que je désirerais autrement, je ne suis pas trop mal.

Je leur ai d'ailleurs dit que nous n'étions pas à même de subir des frais. Je ne peux pas déménager sans frais, or voilà trois mois que je ne travaille pas et remarquez que j'aurais pu travailler s'ils ne m'avaient pas exaspéré et gêné.

Comment vont la mère et la sœur ?

N'ayant rien d'autre pour me distraire – on me défend même de fumer – ce qui est pourtant permis aux autres malades n'ayant rien d'autre à faire, je pense à tous ceux que je connais tout le long du jour et de la nuit.

Quelle misère – et tout cela pour ainsi dire, pour rien.

Je ne te cache pas que j'aurais préféré crever que de causer et de subir tant d'embarras.

Que veux-tu, souffrir sans se plaindre est l'unique leçon qu'il s'agit d'apprendre dans cette vie.

Maintenant dans tout cela si je dois reprendre ma tâche de faire de la peinture, j'ai naturellement besoin de mon atelier, du mobilier, que certes nous n'avons pas de quoi renouveler en cas de perte. Etre de nouveau réduit à vivre à l'hôtel, tu sais que mon travail ne le permet pas, il faut que j'aie mon pied-à-terre fixe.

Si ces bonhommes d'ici protestent contre moi, moi je proteste contre eux, et ils n'ont qu'à me fournir dommages et intérêts à l'amiable, enfin ils n'ont qu'à me rendre ce que je perdrais par leur faute et ignorance.

Si – mettons – je deviendrais aliéné pour de bon, certes, je ne dis pas que ce soit impossible, il faudrait dans tous les cas me traiter autrement, me rendre l'air, mon travail, etc.

Alors – ma foi – je me résignerais.

Mais nous n'en sommes même pas là et si j'eusse eu ma tranquillité, depuis longtemps je serais remis. Ils me chicanent sur ce que j'ai fumé et bu, bon, mais que veux-tu, avec toute leur sobriété ils ne me font en somme que de nouvelles misères. Mon cher frère, le mieux reste peut-être de blaguer nos petites misères et aussi un peu les grandes de la vie humaine. Prends-en ton parti d'homme et marche bien droit à ton but. Nous autres artistes dans la société actuelle ne sommes que la cruche cassée. Que je voudrais pouvoir t'envoyer mes toiles, mais tout est sous clefs, verrous, police et garde-fous. Ne me délivre pas, cela s'arrangera tout seul, avertis toutefois Signac qu'il ne s'en mêle pas, car il mettrait la main dans un guêpier, – sans que j'écrive de nouveau. En pensée je te serre la main bien cordialement, dis bonjour à ta fiancée, à la mère et à la sœur (579).

Ces émotions répétées et inattendues, si elles devraient continuer, pourraient changer un ébranlement mental passager momentané en maladie chronique.

Sois assuré que si rien n'intervient je serais à même actuellement de faire le même travail et peut-être mieux dans les vergers que j'ai faits l'autre année.

Maintenant soyons fermes autant que possible et en somme ne nous laissons pas trop marcher sur le pied. Dès le commencement j'ai eu de l'opposition bien méchante ici. Tout ce bruit fera du bien naturellement à « l'impressionnisme » mais toi et moi personnellement nous souffrirons pour un tas de cons et de lâches (580).

24 mars.

Mon cher Théo,

Je t'écris pour te dire que j'ai vu Signac, ce qui m'a fait considérablement du bien. Il a été bien brave et bien droit et bien simple lorsque la difficulté se manifestait d'ouvrir ou non de force la porte close par la police, qui avait démoli la serrure. On a commencé par ne pas vouloir nous laisser faire et en fin de compte nous sommes pourtant rentrés. Je lui ai donné en souvenir une nature morte qui avait exaspéré les bons gens d'armes de la ville d'Arles, parce que cela représentait deux harengs fumés, qu'on nomme gendarmes comme tu sais. Tu n'ignores pas qu'à Paris déjà j'ai deux ou trois fois fait cette même nature morte que j'ai encore échangée contre un tapis dans le temps. Ainsi suffit pour dire de quoi se mêlent les gens et combien ils sont idiots.

Je trouve Signac bien calme, alors qu'on le dit si violent, il me fait l'effet de quelqu'un qui a son aplomb et équilibre, voilà tout. Rarement ou jamais j'ai eu avec un impressionniste une conversation de part et d'autre à tel point sans désaccords ou chocs agaçants. Ainsi lui a été voir Jules Dupré et l'honore. Sans doute tu auras eu la main là-dedans qu'il vienne un peu me fortifier le moral, et merci de ça. J'ai profité de ma sortie pour acheter un livre : *Ceux de la glèbe* de Camille Lemonnier. J'en ai dévoré deux chapitres – c'est d'un grave, c'est d'une profondeur ! Attends que je te l'envoie. Voilà pour la première fois depuis plusieurs mois que je prends un livre en main. Cela me dit beaucoup et me guérit considérablement.

En somme, il y a plusieurs toiles à t'envoyer ainsi que Signac a pu le constater, lui ne s'effarouche pas de ma peinture à ce qui m'a semblé. Signac trouvait et c'est parfaitement vrai, que j'avais l'air de me porter bien.

Avec cela j'ai le désir et le goût du travail. Reste naturellement que si journellement j'aurais à faire à être emmerdé dans mon travail et dans ma vie par des gendarmes et des venimeux fainéants électeurs municipaux, qui pétitionnent contre moi à leur maire élu par eux et qui en conséquence tient à leurs voix, il ne serait qu'humain de ma part que je succombe derechef. Signac, je suis porté à le croire, te dira quelque chose dans le même sens.

Il faut carrément à mon avis s'opposer à la perte du mobilier, etc. Puis – ma foi – il me faut ma liberté d'exercer mon métier.

M. Rey dit qu'au lieu de manger assez et régulièrement je me suis surtout soutenu par le café et l'alcool. J'admets tout cela, mais vrai restera-t-il que pour atteindre la haute note jaune que j'ai atteinte cet été, il m'a bien fallu monter le coup un peu. Qu'enfin l'artiste est un homme en travail et que ce n'est pas au premier badaud venu de le vaincre en définitive.

Faut-il que je souffre l'emprisonnement ou le cabanon, pourquoi pas ? Rochefort n'a-t-il pas avec Hugo, Quinet et d'autres donné un exemple éternel en souffrant l'exil, et le premier même le bagne.

Mais ce que je veux seulement dire est que cela est audessus de la question de maladie et de santé.

Naturellement on est hors de soi dans des cas parallèles – je ne dis pas équivalents, n'ayant qu'une place bien inférieure et secondaire, mais je dis parallèles.

Et voilà ce qui a été cause première et dernière de mon égarement.

Connais-tu cette expression d'un poète hollandais :

« Ik ben aan d'aard gehecht metmeer dan aardsche banden[1]. »

Voilà ce que j'ai éprouvé dans bien d'angoisse – avant tout – dans ma maladie dite mentale.

J'ai malheureusement un métier que je ne connais pas assez pour m'exprimer comme je le désirerais.

---

1. Je suis attaché à la terre par des liens plus que terrestres.

Je m'arrête court de peur de retomber et je passe à autre chose.

Pourrais-tu m'expédier avant ton départ :

3 tubes	blanc	de zinc,		
1 tube	—	grandeur	cobalt,	
1 —	—	—	outremer,	
4 —	—	—	vert véronèse,	
1 —	—	—	—	émeraude,
1 —	—	—	mine orange.	

Cela pour le cas – probable si je trouve moyen de reprendre mon travail – que d'ici peu je me remette à travailler dans les vergers. Ah, si rien n'était venu m'emmerder !

Réfléchissons bien avant d'aller dans un autre endroit. Tu vois que dans le Midi je n'ai pas plus de chance que dans le Nord. C'est partout un peu le même.

J'y songe d'accepter carrément mon métier de fou ainsi que Degas a pris la forme d'un notaire. Mais voici je ne me sens pas tout à fait la forme nécessaire pour un tel rôle.

Tu me parles de ce que tu appelles « le vrai Midi ». Cidessus la raison pourquoi je n'y irai jamais. Je laisse cela comme de juste pour des gens plus complets, plus entiers que moi. Je ne suis moi bon que pour quelque chose d'intermédiaire et de second rang et effacé.

Quelque intensité que mon sentiment puisse avoir, ou ma puissance d'exprimer acquérir à un âge où les passions matérielles soient éteintes davantage, jamais sur un passé tant vermoulu et ébranlé pourrai-je bâtir un édifice prédominant.

Cela m'est donc plus ou moins égal ce qui m'arrive – même de rester ici – je crois qu'à la longue mon sort serait équilibré. Gare donc aux coups de tête – toi te mariant, moi me faisant trop vieux – c'est la seule politique qui puisse nous convenir.

A bientôt j'espère, écris-moi sans beaucoup de retard et

crois-moi après t'avoir prié de dire bien des choses de ma part à la mère, la sœur et la fiancée, ton frère qui t'aime bien.

Ah ! il ne faut pas que j'oublie de te dire une chose à laquelle j'ai très souvent pensé. Par hasard tout à fait dans un article d'un vieux journal je trouvais une parole écrite sur une antique tombe dans les environs d'ici à Carpentras.

Voici cette épitaphe très, très, très vieille, du temps mettons de la Salammbô de Flaubert :

« Thébé, fille de Thelhui, prêtresse d'Osiris, qui ne s'est jamais plainte de personne. »

Si tu voyais Gauguin, tu lui raconterais cela. Et je songeais à une femme fanée, tu as chez toi l'étude de cette femme qui avait des yeux si étranges, que j'avais rencontrée par un autre hasard.

Qu'est-ce que c'est que ça « elle ne s'est jamais plainte de personne » ? Imaginez une éternité parfaite, pourquoi pas, mais n'oublions pas que la réalité dans les vieux siècles a cela : « et elle ne s'est jamais plainte de personne. »

Te rappelles-tu qu'un dimanche le brave Thomas venait nous voir et qu'il disait : « Ah ! mais – c'est-il des femmes comme ça qui vous font bander ? »

Non, cela ne fait pas précisément toujours bander, mais enfin de temps en temps dans la vie on se sent épaté comme si on prenait racine dans le sol.

Maintenant tu me parles du « vrai Midi » et moi je disais qu'enfin il me semblait que c'était plutôt à des gens plus complets que moi, d'y aller. Le « vrai Midi » n'est-ce pas un peu là où l'on trouverait une raison, une patience, une sérénité suffisante pour devenir cette bonne « Thébé fille de Thelhui, prêtresse d'Osiris, qui ne s'est jamais plainte de personne ».

A côté de cela, je me sens je ne sais quel être ingrat.

A toi et à ta femme à l'occasion de ton mariage voilà le bonheur, la sérénité que je demanderais pour vous deux, d'avoir intérieurement ce vrai Midi-là dans l'âme.

Si je veux que cette lettre parte aujourd'hui, faut que je

la termine, poignée de main, bon voyage, bien des choses à la mère et la sœur.

Tout à toi,
VINCENT (582).

Commencement avril 1889

Je vais bien de ces jours-ci, sauf un certain fond de tristesse vague difficile à définir – mais enfin – j'ai plutôt pris des forces physiquement au lieu d'en perdre, et je travaille.

J'ai justement sur le chevalet un verger de pêchers au bord d'un chemin avec les Alpines dans le fond. Il paraît que dans *Le Figaro* il y a eu un bel article sur Monet ; Roulin l'avait lu et en avait été frappé, disait-il…

Heureusement le temps est beau et le soleil glorieux, et les gens d'ici momentanément oublient vite toutes leurs peines et alors rayonnent d'entrain et d'illusions.

J'ai relu de ces jours-ci les *Contes de Noël* de Dickens où il y a des choses tellement profondes qu'il faut souvent les relire, cela a énormément des rapports avec Carlyle.

Roulin tout en n'étant pas tout à fait assez âgé pour être pour moi comme un père, toutefois il a pour moi des gravités silencieuses et des tendresses comme serait d'un vieux soldat pour un jeune.

Toujours – mais sans une parole – un je ne sais quoi qui paraît vouloir dire : nous ne savons pas ce qui nous arrivera demain, mais quoi qu'il en soit, songe à moi. Et cela fait du bien quand cela vient d'un homme qui n'est ni aigri, ni triste, ni parfait, ni heureux, ni toujours irréprochablement juste. Mais si bon enfant et si sage et si ému et si croyant. Ecoute, je n'ai pas le droit de me plaindre de quoi que ce soit d'Arles, lorsque je songe à de certains que j'y ai vus et que jamais je ne pourrai oublier (583).

Signac m'a demandé de le rejoindre à Cassis, mais vu que nous avons assez de frais sans cela, quoi que je fasse ou que tu fasses, c'est pas dans les moyens (584).

21 avril 1889.

A la fin du mois je désirerais aller encore à l'hospice à Saint-Remy ou une autre institution de ce genre, dont monsieur Salles me parlait. Excusez-moi d'entrer dans des détails pour raisonner tout le pour ou le contre d'une telle démarche.

Suffira j'espère, que je dise que je me sens décidément incapable de recommencer à reprendre un nouvel atelier et d'y rester seul, ici à Arles ou ailleurs, cela revient au même pour le moment ; j'ai essayé de me faire à l'idée de recommencer, pourtant pour le moment pas possible.

J'aurais peur de perdre la faculté de travailler, qui me revient maintenant, en me forçant et ayant en outre toutes les autres responsabilités sur le dos d'avoir un atelier.

Et provisoirement je désire rester interné autant pour ma propre tranquillité que pour celle des autres.

Ce qui me console un peu, c'est que je commence à considérer la folie comme une maladie comme une autre et accepte la chose comme telle, tandis que dans les crises mêmes il me semblait que tout ce que je m'imaginais était de la réalité. Enfin, justement je ne veux pas y penser ni en causer. Fais-moi grâce des explications, mais à toi, à Messrs. Salles et Rey je demande de faire en sorte que fin du mois ou commencement du mois de mai j'aille là-bas comme pensionnaire interné.

Recommencer cette vie de peintre de jusqu'à présent, isolé dans l'atelier tantôt, et sans autre ressource pour se distraire que d'aller dans un café ou un restaurant avec toute la critique des voisins, etc. *je ne peux pas* ; aller vivre avec une autre personne, fût-ce un autre artiste – difficile – très difficile – on prend sur soi une trop grande responsabilité. Je n'ose pas même y penser.

Enfin commençons par 3 mois, nous verrons après, or la pension doit y être d'environ 80 francs, et je ferai un peu de peinture et de dessin sans y mettre tant de fureur que l'autre année. Ne te chagrine pas pour tout cela. Voilà de ces jours-ci, en déménageant, en transportant tous mes meubles, en emballant les toiles que je t'enverrai, c'était triste, mais il me semblait surtout triste qu'avec tant de fraternité tout cela m'avait été donné par toi, et que tant d'années durant c'était pourtant toi seul qui me soutenais, et puis d'être obligé de revenir te dire toute cette triste histoire, mais il m'est difficile d'exprimer cela comme je le sentais. La bonté que tu as eue pour moi n'est pas perdue, puisque tu l'as eue et cela te reste, alors même que les résultats matériels seraient nuls cela te reste pourtant à plus forte raison, mais je ne peux pas dire cela comme je le sentais.

Maintenant tu comprends bien que si l'alcool a été certainement une des grandes causes de ma folie, c'est alors venu très lentement et s'en irait lentement aussi, en cas que cela s'en aille, bien entendu. Ou si cela vient de fumer, même chose. Mais j'espérerais seulement que cela – cette guérison – l'affreuse superstition de certaines gens au sujet de l'alcool, de façon qu'ils se font eux-mêmes prévaloir de ne jamais boire ou fumer.

Il nous est déjà recommandé de ne pas mentir ni voler etc., de ne pas commettre autres grands ou petits crimes et cela devient trop compliqué s'il était absolument indispensable de ne rien posséder que des vertus dans une société dans laquelle nous sommes très indubitablement enracinés, qu'elle soit bonne ou mauvaise.

Je t'assure que de ces jours étranges où bien des choses me paraissent drôles, parce que ma cervelle est agitée, je ne déteste pas dans tout cela le père Pangloss.

Mais tu me rendras service en traitant carrément la question avec M. Salles et M. Rey.

Il me semblerait qu'avec une pension d'une soixante-quinzaine de francs par mois il doit y avoir moyen de m'interner de façon que j'y aie tout ce qu'il me faut.

Puis j'y tiendrais beaucoup, si la chose est possible, de pouvoir dans la journée sortir pour aller dessiner ou peindre dehors.

Vu qu'ici je sors tous les jours maintenant et que je crois que cela peut continuer.

En payant plus, je t'avertis que je serais moins heureux. La compagnie des autres malades, tu le comprends, ne m'est pas du tout désagréable, me distrait au contraire.

La nourriture ordinaire me va tout à fait bien, surtout si on me donnerait un peu davantage de vin là-bas, comme ici, que d'habitude, un demi-litre au lieu d'un quart par exemple.

Mais un appartement séparé c'est à savoir comment seront les règlements d'une institution comme cela. Sache que Rey est surchargé de travail, surchargé, s'il t'écrit ou M. Salles, mieux vaut faire tout droit comme ils disent. Enfin il faut en prendre son parti, mon brave, des maladies de notre temps – ce n'est en somme que comme de juste qu'ayant vécu des années en santé relativement bonne, tôt ou tard nous en ayons notre part. Pour moi tu sens assez que je n'aurais pas précisément choisi la folie s'il y avait à choisir, mais une fois qu'on a une affaire comme ça, on ne peut plus l'attraper. Cependant il y aura peut-être en outre encore la consolation de pouvoir un peu continuer à travailler à de la peinture. Comment feras-tu pour ne pas dire à ta femme ni trop de bien ni trop de mal de Paris et d'un tas de choses ?

Te sens-tu d'avance tout à fait capable de garder tout juste la juste mesure toujours à tout point de vue ?

Je te serre bien la main en pensée, je ne sais pas si je t'écrirai bien bien souvent, parce que toutes mes journées ne sont pas claires assez pour écrire un peu logiquement.

Toutes tes bontés pour moi, je les ai trouvées plus grandes que jamais aujourd'hui, je ne peux pas te le dire comme je le sens, mais je t'assure que cette bonté-là a été d'un bon aloi, et si tu n'en vois pas les résultats, mon cher frère, ne te chagrine pas pour cela, ta bonté te demeurera.

Seulement reporte sur ta femme cette affection tant que possible. Et si nous correspondons un peu moins, tu verras que si elle est telle que je la crois, elle te consolera. Voilà ce que j'espère. Rey est un bien brave homme, terriblement travailleur, toujours à la besogne. Quelles gens les médecins d'à présent !

Si tu vois Gauguin ou si tu lui écris, dis-lui bien des choses de ma part. Je serai bien content d'avoir quelques nouvelles de ce que tu dis de la mère et de la sœur, et si elles vont bien, dis-leur de prendre mon histoire, ma foi, comme une chose de laquelle elles ne doivent pas s'affliger hors mesure, car je suis malheureux relativement, mais enfin j'ai peut-être malgré cela encore des années à peu près ordinaires devant moi. C'est une maladie comme une autre et actuellement presque tous ceux que nous connaissons dans nos amis ont quelque chose. Ainsi est-ce la peine d'en parler ? Je regrette de donner de l'embarras à M. Salles, à Rey, surtout aussi à toi, mais que veux-tu, la tête n'est pas d'aplomb assez pour recommencer comme auparavant – alors il s'agit de ne plus causer des scènes en public et naturellement un peu calmé maintenant, je sens tout à fait que j'étais dans un état malsain moralement et physiquement. Et les gens ont alors été bons pour moi, ceux dont je me rappelle et le reste, enfin j'ai causé de l'inquiétude et si j'avais été dans un état normal tout cela n'aurait pas de cette façon eu lieu. Adieu, écris quand tu pourras.

Tout à toi,

VINCENT (585).

29 avril 1889.

J'ai été voir M. Salles avec ta lettre pour le directeur de l'asile de Saint-Remy et il y va aujourd'hui même, ainsi fin semaine cela sera j'espère arrangé. Moi je ne serais pas malheureux ni mécontent si d'ici quelque temps je pouvais m'engager dans la Légion étrangère pour 5 ans (on a jusqu'à 40 ans je crois). Ma santé au point de vue physique va mieux qu'auparavant et cela me ferait peut-être plus de bien que tout le reste de faire le service. Enfin, je ne dis pas qu'on doive ou puisse faire cela sans réfléchir et sans consulter un médecin, mais enfin, il faut y compter que quoi que nous fassions, ce sera un peu moins bien que cela.

Maintenant si non, naturellement tant que ça ira il me demeurera de faire de la peinture ou du dessin, ce que je ne refuse pas du tout. Pour venir à Paris ou pour aller à Pont-Aven, je ne m'en sens pas capable, d'ailleurs je n'ai aucun désir vif ni regret vif la plupart du temps.

Par moments, ainsi contre les sourdes falaises désespérées s'écrasent les vagues, un orage de désir d'embrasser quelque chose, une femme genre poule domestique, mais enfin, il faut prendre cela pour ce que cela est, un effet de surexcitation hystérique plutôt que vision de réalité juste…

Ah ! mon cher Théo, si tu voyais les oliviers à cette époque-ci !… Le feuillage vieil argent et argent verdissant contre le bleu. Et le sol labouré orangeâtre. C'est quelque chose de tout autre que ce qu'on en pense dans le Nord, c'est d'un fin, d'un distingué !

C'est comme les saules ébranchés de nos prairies hollandaises ou les buissons de chêne de nos dunes, c'est-à-dire le murmure d'un verger d'oliviers a quelque chose de très intime, d'immensément vieux. C'est trop beau pour que j'ose le peindre ou puisse le concevoir. Le laurier-rose – ah – cela parle amour et c'est beau comme le *Lesbos* de Puvis de Chavannes, où il y avait les femmes au bord de la mer. Mais l'olivier c'est autre chose, c'est si on veut le comparer à quelque chose du Delacroix (587).

30 avril 1889.

Comme Delacroix avait raison, qui se nourrissait de pain et de vin seulement et qui a réussi à trouver une façon de vivre en harmonie avec son métier. Mais toujours demeure la fatale question d'argent – Delacroix avait des rentes. Corot aussi. Et Millet – Millet était paysan et fils de paysan…

L'eau d'une inondation a monté jusqu'à quelques pas de la maison et à plus forte raison la maison, étant dans mon absence restée sans feu, et y revenant, l'eau et le salpêtre suintaient des murs.

Cela me faisait de l'effet, non seulement l'atelier sombré, mais même les études qui en auraient été le souvenir, abîmées, c'est si définitif et mon élan pour fonder quelque chose de très simple mais de durable, était si voulu. Cela a été lutter contre force majeure ou plutôt cela a été faiblesse de caractère de ma part, car il m'en demeure des remords graves, difficiles à définir. Je crois que cela a été cause que j'ai tant crié dans les crises, que je voulais me défendre et n'y parvenais plus (588).

2 mai 1889.

J'aimerais à m'engager ; ce que je crains ici c'est – mon accident étant connu ici en ville – qu'on me refuse, mais ce que je redoute ainsi ou plutôt ce qui me rend timide, c'est la possibilité, la probabilité ici d'un refus. Si j'avais quelque connaissance qui pourrait me coller pour cinq ans dans la Légion, j'irais.

Seulement je ne veux pas que ce soit considéré comme un nouvel acte de folie de ma part et c'est pourquoi je t'en cause ainsi qu'à M. Salles pour qu'en y allant cela soit en toute sérénité et réflexion faite…

Peut-être, dis-je, mais enfin, quoi qu'il en soit, si je savais qu'on m'accepterait, j'y irais à la Légion. C'est que je suis devenu timide et hésitant depuis je vis comme machinalement.

Cependant la santé va fort bien et je travaille un peu. J'ai en train une allée de marronniers à fleurs roses avec un petit cerisier en fleur et une plante de glycine et le sentier du parc tacheté de soleil et d'ombre.

Cela fera pendant au jardin qui est dans le cadre en noyer.

Si je te parle de m'engager pour cinq ans, ne va pas

songer que je fasse cela dans une idée de me sacrifier ou de bien faire.

Je suis « mal pris » dans la vie et mon état mental *est* non seulement mais *a été* aussi abstrait, de façon que quoi qu'on ferait pour moi, je ne *peux* pas réfléchir à équilibrer ma vie. Là où je *dois* suivre une règle comme ici à l'hospice, je me sens tranquille. Et dans le service ce serait plus ou moins la même chose. Maintenant si certes ici je risque fort d'être refusé, parce qu'ils savent que je suis aliéné ou épileptique probable pour de bon (quoique à ce que j'ai entendu dire il y ait 50 mille épileptiques en France, dont 4 000 seulement internés et qu'ainsi c'est pas si extraordinaire) peut-être qu'à Paris en le disant par exemple à Detaille ou Caran d'Ache, je serais vite casé. Ce serait pas plus un coup de tête qu'autre chose, enfin réfléchissons, mais pour agir. En attendant, je fais ce que je peux et pour travailler à *n'importe quoi*, peinture compris, j'ai passablement de la bonne volonté.

Mais l'argent que coûte la peinture, cela m'écrase sous un sentiment de dette et de lâcheté et il serait bon que cela cesse si possible (589).

3 mai 1889.

Ah ! ce que tu dis de Puvis et de Delacroix, c'est bigrement vrai, ceux-là ont bien démontré ce que pouvait être la peinture, mais ne confondons pas les choses alors qu'il y a des distances immenses. Or moi comme peintre je ne signifierai jamais rien d'important, je le sens absolument. Supposant tout changé, le caractère, l'éducation, les circonstances, alors aurait pu exister ceci ou cela. Mais nous sommes trop positifs pour confondre. Je regrette quelquefois de ne pas simplement avoir gardé la palette hollandaise des tons gris et d'avoir brossé sans insister des paysages à Montmartre. Aussi j'y songe de recommencer à dessiner davantage à la plume de roseau, ce qui ainsi les vues de Montmajour de l'année passée est moins cher et me distrait tout autant. Aujourd'hui j'ai fabriqué un de ces dessins, qui est devenu très noir et assez mélancolique pour du printemps mais enfin, quoiqu'il m'arrive et dans quelles circonstances je me trouverai, c'est là une chose qui peut me rester longtemps comme occupation, et en quelque sorte pourrait devenir un gagne-pain même…

J'ai une certaine espérance qu'avec ce qu'en somme je sais de mon art il arrivera un temps où je produirai encore, quoique dans l'asile. A quoi me servirait une vie plus factice d'artiste à Paris, de laquelle en somme je ne serais dupe qu'à demi et pour laquelle je manque conséquemment d'entrain primitif, indispensable pour me lancer.

Physiquement c'est épatant comme je me porte bien, mais cela n'est pas tant que ça suffisant pour se baser là-dessus pour aller croire qu'il en soit de même mentalement.

Je voudrais volontiers, une fois un peu connu là-bas, essayer de me faire infirmier peu à peu, enfin travailler à n'importe quoi et reprendre de l'occupation – la première venue.

J'aurais terriblement besoin du père Pangloss, lorsqu'il va naturellement m'arriver de redevenir amoureux. L'alcool et le tabac ont enfin cela de bon ou de mauvais – c'est un peu relatif cela – que ce sont des anti-aphrodisiaques faudrait-il nommer cela je crois. Pas toujours méprisables dans l'exercice des beaux-arts. Enfin là sera l'épreuve où il faudra ne pas oublier de blaguer tout à fait. Car la vertu et la sobriété, je ne le crains que trop, me mèneraient encore dans ces parages-là, où d'habitude je perds très vite complètement la boussole, et où cette fois-ci je dois essayer d'avoir moins de passion et plus de bonhomie.

Le possible passionnel pour moi est bien pas grand-chose, alors que pourtant demeure, j'ose croire, la puissance de se sentir attaché aux êtres humains avec lesquels on vivra. Comment va le père Tanguy – il faut bien lui dire le bonjour pour moi.

J'entends dire dans les journaux qu'il y a des choses

bien au Salon. Ecoute – ne te fais pas impressionniste tout à fait exclusif, enfin s'il y a du bon dans quelque chose ne le perdons pas de vue. Certes, la couleur est en progrès *justement par* les impressionnistes, même lorsqu'ils s'égarent, mais Delacroix a été déjà plus complet qu'eux.

Et bigre, Millet qui n'en a guère de couleur, quelle œuvre que la sienne !

La folie est salutaire pour cela, qu'on devient peut-être moins exclusif…

Ah, peindre des figures comme Claude Monet peint les paysages ! Voilà ce qui reste malgré tout à faire et avant qu'on ne voie à la rigueur dans les impressionnistes que Monet seul. Car enfin en figures Delacroix, Millet, plusieurs sculpteurs ont fait autrement mieux que les impressionnistes et même J. Breton…

Et ainsi nous garderons toujours une certaine passion pour l'impressionnisme, mais je sens que moi je reviens de plus en plus dans des idées que j'avais déjà avant de venir à Paris…

J'ai dans ma chambre le fameux portrait d'homme – la gravure sur bois que tu connais – une *Mandarine de Monorou* (la grande planche de l'album Bin), le *Brin d'herbe* (du même album), la *Pietà* et le *Bon Samaritain* de Delacroix, et *le Liseur* de Meissonier, puis deux grands dessins à la plume de roseau. Je lis dans ce moment le *Médecin de campagne* de Balzac, qui est bien beau ; il y a là-dedans une figure de femme pas folle, mais trop sensible, qui est bien charmante, je te l'enverrai quand je l'aurai fini. Ils ont beaucoup de place ici à l'hospice, il y aurait de quoi faire des ateliers pour une trentaine de peintres.

Il faut bien que j'en prenne mon parti, il n'est que trop vrai qu'un tas de peintres deviennent fous, c'est une vie qui rend, pour dire le moins, très abstrait. Si je me rejette dans le travail en plein, c'est bon, mais je reste toujours toqué.

Si je pouvais m'engager pour 5 ans, je guérirais considérablement et serais plus raisonnable et davantage maître de moi.

Mais l'un ou l'autre, cela m'est égal (590).

SAINT-REMY (mai 1889 - mai 1890).

Merci de ta lettre. Tu as bien raison de dire que M. Salles a été parfait dans tout ceci, j'ai de grandes obligations envers lui.

Je voulais te dire que je crois avoir bien fait d'aller ici, d'abord en voyant la *réalité* de la vie des fous ou toqués divers dans cette ménagerie, je perds la crainte vague, la peur de la chose. Et peu à peu puis arriver à considérer la folie en tant qu'étant une maladie comme une autre. Puis le changement d'entourage, à ce que j'imagine, me fait du bien.

Pour autant que je sache, le médecin d'ici est enclin à considérer ce que j'ai eu comme une attaque de nature épileptique. Mais j'ai pas demandé après.

Aurais-tu déjà reçu la caisse de tableaux, je suis curieux de savoir s'ils ont encore souffert oui ou non ?

J'en ai deux autres en train – des fleurs d'iris violets et un buisson de lilas, deux motifs pris dans le jardin.

L'idée du devoir de travailler me revient beaucoup et je crois que toutes mes facultés pour le travail me reviendront assez vite. Seulement le travail m'absorbe souvent tellement que je crois que je resterai toujours abstrait et gaucher pour me débrouiller pour le reste de la vie aussi (591).

9 mai 1889.

Il est assez drôle peut-être que le résultat de cette terrible attaque est qu'il y ait dans mon esprit plus guère de désir ni d'espérance bien nets, et je me demande si c'est ainsi qu'on pense, alors que les passions un peu éteintes, on descend la montagne au lieu de la monter. Enfin ma sœur, si vous pouvez croire, ou à peu près, que tout va toujours pour le mieux dans le meilleur des mondes, alors vous pourrez croire peut-être également que Paris est la meilleure des villes là-dedans.

Avez-vous déjà remarqué que les vieux chevaux de fiacre y ont des grands beaux yeux navrés comme des chrétiens quelquefois ? Quoi qu'il en soit, nous ne sommes pas des sauvages ni des paysans et nous avons peut-être *même le devoir* d'aimer la civilisation (ainsi nommée). Enfin ce serait probablement hypocrite de dire ou croire que Paris est mauvais alors qu'on y vit. La première fois que l'on voit Paris, il se peut d'ailleurs que tout y semble contre nature, sale et triste.

Enfin si vous n'aimez pas Paris, surtout n'aimez pas la peinture ni ceux qui directement ou indirectement s'en occupent, car ce n'est que trop douteux que cela soit beau ou utile.

Mais que voulez-vous, il y a des gens qui aiment la nature tout en étant toqués ou malades, voilà les peintres ; puis il y en a qui aiment ce que fait la main d'homme et ceux-là vont même jusqu'à aimer les tableaux. Quoique ici il y ait quelques malades fort graves, la peur, l'horreur que j'avais auparavant de la folie s'est déjà beaucoup adoucie (591).

25 mai 1889.

Ce que tu dis de *la Berceuse* me fait plaisir ; c'est très juste que les gens du peuple, qui se paient des chromos et écoutent avec sentimentalité les orgues de Barbarie, sont vaguement dans le vrai et peut-être plus sincères que de certains boulevardiers qui vont au Salon.

Gauguin, s'il veut l'accepter, tu lui donneras un exemplaire de *la Berceuse* qui n'était pas monté sur châssis et à Bernard aussi, comme témoignage d'amitié. Mais si Gauguin veut des *Tournesols*, ce n'est qu'absolument comme de juste qu'il te donne en échange quelque chose que tu aimes autant.

Gauguin lui-même a surtout aimé les *Tournesols* plus tard lorsqu'il les avait vus longtemps.

Il faut encore savoir que si tu les mets dans ce sens-ci, soit *la Berceuse* au milieu et les deux toiles des *Tournesols* à droite et à gauche, cela forme comme un triptyque.

Et alors les tons jaunes et orangés de la tête reprennent plus d'éclat par les voisinages des volets jaunes.

Et alors tu comprendras ce que je t'en écrivais, que mon idée avait été de faire une décoration comme serait par exemple pour le fond d'une cabine dans un navire. Alors le format s'élargissant, la facture sommaire prend sa raison d'être. Le cadre du milieu est alors le rouge. Et les deux *Tournesols* qui vont avec sont ceux entourés de baguettes.

Tu vois que cet encadrement de simples lattes fait assez bien et un cadre comme cela ne coûte que bien peu de chose. Ce serait peut-être bien d'entourer les vignes vertes et rouges, le semeur et les sillons et l'intérieur de la chambre à coucher aussi.

Voici une nouvelle toile de 30, encore banale comme un chromo de bazar, qui représente les éternels nids de verdure pour les amoureux.

De gros troncs d'arbres couverts de lierre, le sol également couvert de lierre et de pervenches, un banc de pierre et un buisson de roses pâles à l'ombre froide. Sur l'avant-plan, quelques plantes à calice blanc. C'est vert, violet et rose.

Il ne s'agit – ce qui manque malheureusement aux chromos de bazar et aux orgues de Barbarie – que d'y mettre du style.

Depuis que je suis ici, le jardin désolé, planté de grands pins sous lesquels croît haute et mal entretenue, une herbe entremêlée d'ivraies diverses, m'a suffi pour travailler et je ne suis pas encore sorti dehors. Cependant le paysage de Saint-Remy est très beau et peu à peu je vais y faire des étapes probablement.

Mais en restant ici, naturellement, le médecin a mieux pu voir ce qui en était et sera, j'ose espérer, plus rassuré sur ce qu'il peut me laisser peindre.

Je *t'assure* que je suis bien ici et que provisoirement je ne vois pas de raison du tout de venir en pension à Paris ou environs. J'ai une petite chambre à papier gris vert pâle avec deux rideaux vert d'eau à dessins de roses très pâles, ravivée de minces traits de rouge sang.

Ces rideaux, probablement des restes d'un riche ruiné et défunt, sont fort jolis de dessin. De la même source provient probablement un fauteuil très usé, recouvert d'une tapisserie tachetée à la Diaz ou à la Monticelli, brun, rouge, rose, blanc, crème, noir, bleu myosotis et vert bouteille ; à travers la fenêtre barrée de fer, j'aperçois un carré de blé dans un enclos, une perspective à la Van Goyen, au-dessus de laquelle le matin je vois le soleil se lever dans sa gloire. Avec cela – comme il y a plus de trente chambres vides – j'ai une chambre encore pour travailler.

Le manger est comme ci comme ça. Cela sent naturellement un peu le moisi, comme dans un restaurant à cafards de Paris ou un pensionnat. Ces malheureux ne faisant absolument rien (pas un livre, rien pour les distraire qu'un jeu de boules et un jeu de dames) n'ont d'autre distraction journalière que de se bourrer de pois chiches, de haricots et lentilles et autres épiceries et denrées coloniales par des quantités réglées et à des heures fixes.

La digestion de ces marchandises offrant de certaines difficultés, ils remplissent ainsi leurs journées d'une façon aussi inoffensive que peu coûteuse.

Mais sans blague, la *peur* de la folie me passe considérablement en voyant de près ceux qui en sont atteints, comme moi je peux dans la suite très facilement l'être.

Auparavant j'avais de la répulsion pour ces êtres et cela m'était quelque chose de désolant de devoir y réfléchir que tant de gens de notre métier : Troyon, Marchal, Méryon, Jundt, M. Maris, Monticelli, un tas d'autres avaient fini comme cela. Je n'étais pas à même de me les représenter le moins du monde dans cet état-là. Eh bien à présent je pense à tout cela sans crainte, c'est-à-dire je ne le trouve pas plus atroce que si ces gens seraient crevés d'autre chose, de la phtisie ou de la syphilis par exemple. Ces artistes, je les vois reprendre leur allure sereine et crois-tu que ce soit peu de chose que de retrouver des anciens du métier ? C'est là sans blague ce dont je suis profondément reconnaissant.

Car quoiqu'il y en ait qui hurlent ou d'habitude déraisonnent, il y a ici beaucoup de vraie amitié qu'on a les uns pour les autres, ils disent : il faut souffrir les autres pour que les autres nous souffrent, et autres raisonnements fort justes, qu'ils mettent ainsi en pratique. Et entre nous, nous nous comprenons très bien, je peux par exemple causer quelquefois avec un, qui ne répond qu'en sons incohérents parce qu'il n'a pas peur de moi.

Si quelqu'un tombe dans quelque crise, les autres le gardent et interviennent pour qu'il ne fasse pas de mal.

La même chose pour ceux qui ont la manie de se fâcher souvent. Des vieux habitués de la ménagerie accourent et séparent les combattants, si combat il y a.

Il est vrai qu'il y en a qui sont dans des cas plus graves, soit qu'ils sont malpropres, soit dangereux. Ceux-là sont dans une autre cour. Maintenant je prends deux fois par semaine un bain où je reste deux heures, puis l'estomac va infiniment mieux qu'il y a un an, je n'ai donc qu'à continuer pour autant que je sache. Ici je dépenserai moins je crois qu'ailleurs, comptant qu'ici j'ai encore du travail sur la planche, car la nature est belle.

Mon espérance serait qu'au bout d'une année je saurai mieux ce que je peux et ce que je veux que maintenant. Alors peu à peu une idée me viendra pour recommencer. Revenir à Paris ou n'importe où actuellement ne me sourit aucunement, je me trouve à ma place ici. Un avachissement extrême est ce dont souffrent à mon avis le plus ceux qui sont ici depuis des années. Or mon travail me préservera dans une certaine mesure de cela.

La salle où l'on se tient les jours de pluie est comme une salle d'attente 3e classe dans quelque village stagnant, d'autant plus qu'il y en a d'honorables aliénés qui portent toujours un chapeau, des lunettes, une canne et une tenue de voyage, comme aux bains de mer à peu près, et qui y figurent les passagers.

Je suis obligé de te demander encore quelques couleurs et surtout de la toile. Lorsque je t'enverrai les 4 toiles que j'ai en train du jardin, tu verras que comptant que la vie se passe surtout au jardin, ce n'est pas si triste. J'y ai dessiné hier un très grand papillon de nuit assez rare, qu'on appelle la tête-de-mort, d'une coloration d'un distingué étonnant, noir, gris, blanc nuancé et à reflets carminés ou vaguement tournant sur le vert olive ; il est très grand. Pour le peindre, il aurait fallu le tuer et c'était dommage, tellement la bête était belle. Je t'en enverrai le dessin avec quelques autres dessins de plantes (592).

Ce matin, j'ai vu la campagne de ma fenêtre longtemps avant le lever du soleil, avec rien que l'étoile du matin, laquelle paraissait très grande. Daubigny et Rousseau ont fait ça cependant avec l'expression de toute l'intimité et toute la grande paix et majesté que cela a, en y ajoutant un sentiment si navrant, si personnel. Ces émotions-là, je ne les déteste pas.

J'ai toujours du remords et énormément, quand je pense à mon travail si peu en harmonie avec ce que j'aurais désiré faire. J'espère qu'à la longue cela me fera faire des choses meilleures, mais nous n'en sommes pas encore là…

Voilà tout un mois presque que je suis ici, pas une seule fois le moindre désir d'être ailleurs m'est venu, la volonté pour retravailler seule s'affermit un tantinet…

As-tu lu le nouveau livre de Guy de Maupassant, *Fort comme la mort*, quel en est le motif ? Ce que j'ai lu dans cette catégorie, c'était en dernier lieu *le Rêve* de Zola ; je trouvais fort, fort belle la figure de femme, la brodeuse et la description de la broderie toute en or. Justement parce que cela est comme une question de couleur des différents jaunes, entiers et rompus. Mais la figure d'homme me semblait peu vivante et la grande cathédrale aussi me foutait la mélancolie. Seulement ce repoussoir lilas et bleu noir fait, si on veut, ressortir la figure blonde. Mais enfin il y a déjà des choses de Lamartine comme cela (593).

Que te dirais-je de neuf, pas grand-chose. J'ai en train

deux paysages (toiles de 30), de vues prises dans les collines, l'un est la campagne que j'aperçois de la fenêtre de ma chambre à coucher. Sur l'avant-plan, un champ de blé ravagé et flanqué par terre après un orage. Un mur de clôture et au-delà de la verdure grise de quelques oliviers, des cabanes et des collines. Enfin dans le haut de la toile un grand nuage blanc et gris noyé dans l'azur.

C'est un paysage d'une simplicité extrême – aussi de coloration. Cela irait comme pendant à cette étude de chambre à coucher qui est endommagée. Lorsque la chose représentée en tant que style est absolument d'accord et une avec la façon de la représenter, n'est-ce pas là ce qui fait la tenue d'une chose d'art ?

C'est pourquoi un pain de ménage en fait de peinture est surtout bon lorsqu'il est peint par Chardin.

Maintenant l'art égyptien par exemple, ce qui en fait l'extraordinaire, n'est-ce pas que ces sereins rois calmes, sages et doux, patients, bons, semblent ne pas pouvoir être autrement qu'ils ne sont, éternellement des agriculteurs adorateurs du soleil ? Les artistes égyptiens donc, ayant une *foi*, travaillant de sentiment et d'instinct, expriment toutes ces choses insaisissables : la bonté, la patience infinie, la sagesse, la sérénité, par quelques courbes savantes et des proportions merveilleuses. C'est pour dire encore une fois, alors que la chose représentée et la façon de la représenter s'accordent, la chose a du style et de la tenue.

Lorsque je vois un tableau qui m'intrigue, je me demande toujours involontairement « dans quelle maison, chambre, coin de chambre, chez quelle personne ferait-il bien, serait-il à sa place ? »

Ainsi les tableaux de Hals, de Rembrandt, de v. d. Meer ne sont chez eux que dans l'ancienne maison hollandaise.

Or les impressionnistes – c'est toujours encore que si un intérieur n'est pas complet sans œuvre d'art, un tableau n'y est pas non plus s'il ne fait pas un avec un entourage original et résultant de l'époque dans laquelle il a été produit. Et je ne sais si les impressionnistes valent mieux que leur temps ou plutôt ne le valent pas encore. En un mot : y a-t-il des âmes et des intérieurs de maison plus importants que ce qui a été exprimé par la peinture ? Je suis porté à le croire…

Dans le paysage d'ici bien des choses font souvent penser à Ruysdaël, mais la figure des laboureurs manque.

Chez nous partout et à tout temps de l'année, on voit des hommes, des femmes, des enfants, des animaux au travail et ici pas le tiers de cela et encore ce n'est pas le travailleur franc du Nord. Cela semble labourer d'une main gauche et lâche, sans entrain. Peut-être est-ce là une idée que je m'en suis faite à tort, je l'espère au moins, n'étant pas du pays. Mais cela rend les choses plus froides, qu'on oserait croire en lisant *Tartarin*, qui peut-être a été expulsé déjà depuis de longues années avec toute sa famille…

Puis je me sens tenté de recommencer avec les couleurs plus simples, les ocres par exemple.

Est-ce qu'un Van Goyen est laid parce que c'est peint en pleine huile avec fort peu de couleur neutre, ou un Michel (594).

19 juin 1889.

Enfin j'ai un paysage avec des oliviers et aussi une nouvelle étude de ciel étoilé.

Tout en n'ayant pas vu les dernières toiles ni de Gauguin ni de Bernard, je suis assez persuadé que ces deux études que je te cite sont dans un sentiment parallèle.

Lorsque pendant quelque temps tu auras vu ces deux études, ainsi que celle du lierre, mieux que par des paroles je pourrai peut-être te donner une idée des choses dont Gauguin, Bernard et moi ont quelquefois causé et qui nous ont préoccupés ; ce n'est pas un retour au romantisme ou à des idées religieuses, non. Cependant en passant par le Delacroix, davantage que cela paraisse, par la couleur et un dessin plus volontaire que l'exactitude trompe-l'œil, on exprimerait une nature de campagne plus pure que la banlieue, les cabarets de Paris.

On chercherait à peindre des êtres humains également plus sereins et plus purs que Daumier n'en avait sous les yeux, mais bien entendu en suivant Daumier pour le dessin de cela.

Que cela existe ou n'existe pas, nous le laissons de côté, mais nous croyons que la nature s'étend au-delà de Saint-Ouen.

Peut-être tout en lisant Zola, nous sommes émus par le son du pur français de Renan par exemple…

Gauguin, Bernard ou moi, nous y resterons tous peut-être et ne vaincrons pas, mais pas non plus serons-nous vaincus, nous sommes peut-être pas là pour l'un ou pour l'autre, étant là pour consoler ou pour préparer de la peinture plus consolante.

Ce qu'il me serait fort agréable d'avoir ici pour lire de temps en temps, ce serait un Shakespeare. Il y en a à un shilling, Dicks shilling Shakespeare, qui est complet. Les éditions ne manquent pas et je crois que celles à bon marché ne sont moins changées que celles plus chères. Dans tous les cas, je n'en veux pas qui coûteraient plus de trois francs (595).

25 juin 1889.

Deux études de cyprès de cette difficile nuance vert bouteille, j'en ai travaillé les avant-plans par des empâtements de blanc de céruse, ce qui donne de la fermeté aux terrains.

Je crois que très souvent les Monticelli étaient préparés ainsi. Là-dessus on passe alors d'autres couleurs. Mais je ne sais si les toiles sont fortes assez pour ce travail-là…

J'ai relu avec bien du plaisir *Zadig ou la destinée*, de Voltaire. C'est comme *Candide*. Là au moins le puissant auteur fait entrevoir qu'il y reste une possibilité que la vie ait un sens « quoiqu'on convînt dans la conversation que les choses de ce monde n'allaient pas toujours au gré des plus sages » …

J'ai un champ de blé très jaune et très clair, peut-être la toile la plus claire que j'aie faite.

Les cyprès me préoccupent toujours, je voudrais en faire une chose comme les toiles des tournesols, parce que cela m'étonne qu'on ne les ait pas encore faits comme je les vois.

C'est beau comme lignes et comme proportions comme un obélisque égyptien.

Et le vert est d'une qualité si distinguée.

C'est la tache *noire* dans un paysage ensoleillé, mais elle est une des notes noires les plus intéressantes, les plus difficiles à taper juste, que je puisse imaginer.

Or il faut les voir ici contre le bleu, *dans* le bleu pour mieux dire. Pour faire la nature ici, comme partout, il faut bien y être longtemps. Ainsi un Monthénard ne me donne pas la note vraie et intime car la lumière est mystérieuse et Monticelli et Delacroix sentaient cela. Alors Pissarro en parlait très bien dans le temps et je suis encore bien loin de pouvoir faire comme il disait qu'il le faudrait.

Tu me feras naturellement plaisir en m'envoyant les couleurs, si c'est possible, bientôt, mais fais surtout là-dedans comme tu peux sans que cela t'éreinte trop…

Je crois que des deux toiles de cyprès celle dont je fais le croquis sera la meilleure. Les arbres y sont très grands et massifs. L'avant-plan très bas des ronces et broussailles. Derrière des collines violettes, un ciel vert et rose avec un croissant de lune. L'avant-plan surtout est très empâté, des touffes de ronces à reflets jaunes, violets, verts (596).

Je te remercie également bien cordialement du Shakespeare. Cela va m'aider à ne pas oublier le peu d'anglais que je sais, mais surtout c'est si beau. J'ai commencé à lire la série que j'ignore le plus, qu'autrefois, étant distrait par autre chose ou n'ayant pas le temps, il m'était impossible de lire : la série des rois ; j'ai déjà lu *Richard II, Henri IV* et la moitié de *Henry V*. Je lis sans réfléchir si les idées des gens de ce temps-là sont les mêmes que les nôtres, ou ce qui en devient lorsqu'on les met face à face avec des croyances républicaines, socialistes, etc. Mais ce qui m'y touche, comme dans de certains romanciers de notre temps, c'est que les voix de ces gens, qui dans ce cas de Shakespeare nous parviennent d'une distance de plusieurs siècles, ne nous paraissent pas inconnues. C'est tellement vivant qu'on croit les connaître et voir cela.

Ainsi ce que seul ou presque seul Rembrandt a parmi les peintres, cette tendresse dans des regards d'êtres, que nous voyons soit dans les *Pèlerins d'Emmaüs*, soit dans la *Fiancée juive*, soit dans telle figure étrange d'ange ainsi que le tableau que tu as eu la chance de voir – cette tendresse navrée, cet infini surhumain entr'ouvert et qui alors paraît si nature, à maint endroit on le rencontre dans Shakespeare. Et puis des portraits graves ou gais, tels le *Six* et tel le *Voyageur*, tel la *Saskia*, c'est surtout cela dont c'est plein…

Afin que tu aies une idée de ce que j'ai en train, je t'envoie aujourd'hui une dizaine de dessins, tous d'après des toiles en train.

La dernière commencée est le champ de blé où il y a un petit moissonneur et un grand soleil. La toile est toute jaune à l'exception du mur et du fond de collines violacés. La toile qui comme motif est presque pareille est différente comme coloration, étant d'un vert grisâtre et un ciel blanc et bleu (597)…

5 juillet 1889.

Je vis sobre ici parce que j'ai la possibilité de le faire, je buvais autrefois parce que je ne savais plus comment faire autrement. Enfin cela m'est d'un égal ! ! ! La sobriété très calculée – c'est vrai – mène cependant à un état d'être où la pensée, si on en a, va plus couramment. Enfin c'est une différence comme de peindre gris ou coloré. Je vais en effet peindre plus gris…

Je me suis beaucoup amusé hier en lisant *Measure for measure*. Puis j'ai lu *Henry VIII*, où il y a de si beaux passages, ainsi celui de Buckingham et les paroles de Wolsey après sa chute.

Je trouve que j'ai de la chance de pouvoir lire ou relire cela à mon aise et puis j'espère bien lire enfin Homère.

Dehors les cigales chantent à tue-tête, un cri strident, dix fois plus fort que celui des grillons, et l'herbe toute brûlée prend des beaux tons de vieil or. Et les belles villes du Midi sont à l'état de nos villes mortes le long de la Zuyderzee, autrefois animées. Alors que dans la chute et la décadence des choses, les cigales chères au bon Socrate sont restées. Et ici certes elles chantent encore du vieux grec (599).

Quelle histoire cette vente Secretan ! Cela me fait toujours plaisir que les Millet se tiennent. Mais combien désirerais-je voir davantage de bonnes reproductions de Millet pour que cela aille au peuple (600).

Durant bien des jours j'ai été *absolument égaré* comme à Arles, tout autant sinon pire, et il est à présumer que ces crises reviendront encore dans la suite, c'est *abominable.*

Depuis quatre jours, je n'ai pas pu manger ayant la gorge enflée. Ce n'est pas pour trop m'en plaindre j'espère que je te dis ces détails, mais pour te prouver que je ne suis pas encore en état d'aller à Paris ou à Pont-Aven, à moins que ce soit à Charenton. Cette crise nouvelle, mon cher frère, m'a pris dans les champs et lorsque j'étais en train de peindre par une journée de vent. Je t'enverrai la toile, que j'ai achevée quand même.

Et juste c'était un essai plus sobre, de couleur mate sans apparence, des verts rompus, des rouges et des jaunes ferrugineux d'ocre, ainsi que je te disais que par moments je sentais envie de recommencer avec une palette comme dans le Nord (601).

Août 1889.

J'ai hier recommencé à travailler un peu, – une chose que je vois de ma fenêtre – un champ de chaume jaune qu'on laboure, l'opposition de la terre labourée violacée avec les bandes de chaume jaune, fond de collines.

Le travail me distrait infiniment mieux qu'autre chose et si je pouvais une fois bien me lancer là-dedans de toute mon énergie, ce serait possiblement le meilleur remède.

L'impossibilité d'avoir des modèles, un tas d'autres choses empêchent de parvenir cependant.

Enfin il faut bien que j'essaie de prendre les choses un peu passivement et patienter (602).

Septembre 1889.

Mon brave, n'oublions pas que les petites émotions sont les grands capitaines de nos vies et qu'à celles-là nous y obéissons sans le savoir. Si reprendre courage sur des fautes commises et à commettre, ce qui est ma guérison, m'est encore dur, n'oublions pas dès lors que soit nos spleens et mélancolies, soit nos sentiments de bonhomie et de bon sens, ne sont pas nos guides uniques et surtout pas nos gardes définitifs, et que si tu te trouves toi aussi devant de dures responsabilités à risquer, sinon à prendre, ma foi ne nous occupons pas *trop* l'un de l'autre, alors que fortuitement les circonstances de vivre dans des états de choses si éloignés de nos conceptions de jeunesse de la vie d'artiste, nous rendraient frères quand même, comme étant à maint égard compagnons de sort. Les choses se tiennent tellement qu'ici on trouve des cafards dans le manger parfois comme si on était vraiment à Paris, par contre il se pourrait qu'à Paris tu aies parfois une vraie pensée des champs. C'est certes pas grand-chose mais enfin c'est rassurant. Prends donc ta paternité comme la prendrait un bonhomme de nos vieilles bruyères, lesquelles à travers tout bruit, tumulte, brouillard, angoisse des villes nous demeurent – quelque timide que soit notre tendresse – ineffablement chères. C'est-à-dire prends-la ta paternité dans ta qualité d'exilé et d'étranger et de pauvre, désormais se basant avec l'instinct du pauvre sur la probabilité d'existence vraie de patrie, d'existence vraie au moins du souvenir, alors même que tous les jours nous oublions. Tel tôt ou tard nous trouvons notre sort, mais certes pour toi comme pour moi il serait un peu hypocrite d'oublier notre bonne humeur, notre laisser aller confiant de pauvres diables, tels que nous allions dans ce Paris si étrange à présent, tout à fait et de trop appesantir sur nos soucis.

Vrai j'en suis si content de ce que si ici parfois il y a des cafards dans le manger, chez toi il y a femme et enfant.

D'ailleurs c'est rassurant que par exemple Voltaire nous ait laissés libres de croire pas absolument tout de ce que nous nous imaginons (603).

Septembre 1889.

Mon cher frère – c'est toujours entre-temps du travail que je t'écris – je laboure comme un vrai possédé, j'ai une fureur sourde de travail plus que jamais. Et je crois que ça contribuera à me guérir. Peut-être m'arrivera-t-il une chose comme celle dont parle Eugène Delacroix « j'ai trouvé la peinture lorsque je n'avais plus ni dents ni souffle » dans ce sens que ma triste maladie me fait travailler avec une fureur sourde – très lentement – mais du matin au soir sans lâcher – et – c'est probablement là le secret – travailler longtemps et lentement. Qu'en sais-je, mais je crois que j'ai une ou deux toiles en train pas trop mal, d'abord le faucheur dans les blés jaunes et le portrait sur fond clair, ce sera pour les vingtistes si toutefois ils se souviennent de moi au moment donné, or ce me serait absolument égal, sinon préférable, qu'ils m'oublient.

Hier j'ai commencé le portrait du surveillant en chef et peut-être je ferai aussi sa femme, car il est marié et demeure dans un petit mas à quelques pas de l'établissement.

Une figure fort intéressante, il y a une belle eau-forte de Legros, représentant un vieux noble Espagnol, si tu t'en rappelles, cela te donnera une idée du type. Il a été à l'hospice de Marseille pendant deux époques de choléra, enfin c'est un homme qui a énormément vu mourir et souffrir, et il y a dans son visage je ne sais quel recueillement, tel que la figure de Guizot – car il y a de cela dans cette tête, mais différent – me vient involontairement à la mémoire. Mais lui est du peuple et plus simple. Enfin tu verras si je le réussis et si j'en fais une répétition…

Ouf – *le Faucheur* est terminé, je crois que ça en sera un que tu mettras chez toi – c'est une image de la mort tel que nous en parle le grand livre de la nature – mais ce que j'ai cherché c'est le « presque en souriant ». C'est tout jaune, sauf une ligne de collines violettes, d'un jaune pâle et blond. Je trouve ça drôle moi que j'aie vu ainsi à travers les barreaux de fer d'un cabanon.

Eh bien, sais-tu ce que j'espère, une fois que je me mets à avoir de l'espoir, c'est que la famille soit pour toi ce qu'est pour moi la nature, les mottes de terre, l'herbe, le blé jaune, le paysan, c'est-à-dire que tu trouves dans ton amour pour les gens de quoi *non seulement travailler* mais de quoi te consoler et te refaire, alors qu'on en a besoin (604).

Cela m'a fait plaisir, ce que tu dis de la copie d'après Millet : *la Veillée.* Plus j'y réfléchis, plus je trouve que cela ait sa raison d'être de chercher à reproduire des choses de Millet, que celui-ci n'a pas eu le temps de peindre à l'huile. Alors travaillant soit sur ses dessins, soit sur les gravures sur bois, c'est pas copier pur et simple que l'on ferait.

C'est plutôt traduire dans une autre langue – celle des couleurs – les impressions de clair-obscur en blanc et noir. Ainsi je viens de terminer les trois autres *Heures de la journée* d'après les bois de Lavieille. Cela m'a coûté beaucoup de temps et beaucoup de peine. Car tu sais que cet été déjà j'ai fait les *Travaux des champs.* Or ces reproductions-là – tu les verras un jour – je ne les ai pas envoyées parce que c'était davantage que ceux-ci des tâtonnements, mais qui m'ont servi pourtant beaucoup pour les *Heures de la journée.* Plus tard, qui sait, peut-être pourrais-je en faire les lithographies (623).

Tenez dans ce temps-ci il y a tant de gens qui ne se sentent pas faits pour le public, mais qui soutiennent et affermissent ce que font d'autres. Ceux qui traduisent les livres par exemple. Les graveurs, les lithographes. Prenez Vernier par exemple et Lerat.

Donc c'est pour dire que je n'hésite pas à faire des copies. Comme je voudrais, si j'eusse le loisir de voyager, copier l'œuvre de Giotto, ce peintre qui serait moderne comme Delacroix, s'il n'était pas primitif et qui est si différent des autres primitifs. Je n'en ai pas beaucoup vu pourtant, mais en voilà un qui est consolant.

Ainsi ce que je médite à faire en peinture, c'est les *Buveurs* de Daumier et le *Bagne* de Regamey, tu les trouveras dans les gravures sur bois.

Pour le moment, j'en suis aux Millet, mais c'est pour dire que pour trouver de quoi travailler ne me fera pas défaut.

Ainsi à moitié enfermé même, je pourrai pendant longtemps m'occuper.

Ce que les impressionnistes ont trouvé pour la couleur, cela viendra encore davantage, mais il y a un lien que beaucoup oublient, qui lie cela au passé et je m'efforcerai de montrer que je ne crois guère à une séparation rigoureuse des impressionnistes et des autres. Je trouve très heureux que dans ce siècle il y ait eu des peintres comme Millet, Delacroix, Meissonier, qu'on *ne peut dépasser.* Car quoique nous n'aimions pas autant Meissonier que certaines personnes, il n'y a pas à tortiller lorsqu'on voit ses *Liseurs*, sa *Halte* et tant d'autres tableaux, c'est quelque chose, cela. Et alors on laisse de côté ce qui est son plus fort tout à fait, c'est-à-dire la peinture militaire, parce que nous aimons moins cela que les champs (624).

12 février 1890.

L'article d'Aurier m'encouragerait, si j'osais m'y laisser aller, à risquer davantage à sortir de la réalité et à faire avec de la couleur comme une musique de tons, ainsi que sont certains Monticelli. Mais elle m'est si chère, la vérité, *le chercher à faire vrai* aussi, enfin je crois, je crois que je préfère encore être cordonnier à être musicien avec les couleurs.

Dans tous les cas chercher à rester vrai est peut-être un remède pour combattre la maladie qui continue à m'inquiéter toujours (626).

29 avril 1890.

Le reste des toiles c'est maigre ; n'ayant pas pu travailler depuis deux mois, je suis bien en retard. Tu trouveras que les oliviers à ciel rose sont le meilleur, avec les montagnes je m'imagine : les premiers vont bien comme pendant à ceux au ciel jaune. Pour le portrait d'*Arlésienne*, tu sais que j'en ai promis un exemplaire à l'ami Gauguin et tu le lui feras parvenir. Puis les cyprès sont pour M. Aurier. J'aurais voulu les refaire avec un peu moins d'empâtements, mais le temps me manque.

Enfin il faut les laver encore plusieurs fois à l'eau froide, puis un fort vernis lorsque les empâtements seront secs à fond, alors les noirs ne saliront pas quand l'huile sera bien évaporée. Maintenant il me faudrait nécessairement des couleurs qu'en partie tu pourrais bien reprendre chez Tanguy, s'il est gêné ou si cela lui serait agréable. Mais bien entendu faut pas qu'il soit plus cher que l'autre. Voici la liste des couleurs qu'il me faudrait :

Grands tubes {
12 blanc de zinc, 3 cobalt, 5 Vert véronèse,
1 Laque ordinaire, 2 Chrome 2.
Vert émeraude, 4 Chrome I.
1 Mine Orange, 2 Outremer.

Puis (mais chez Tasset) 2 laque géranium, tubes moyen format. Tu me rendrais service en m'en faisant parvenir au moins la moitié de suite, de suite, car j'ai perdu trop de temps.

Puis il me faudrait 6 brosses, 6 putois et 7 mètres toile ou même 10.

Que te dire de ces deux mois passés, cela va pas bien du tout, je suis triste et embêté plus que je ne saurais t'exprimer et je ne sais plus où j'en suis.

La commande de couleurs étant un peu lourde, laisse-moi attendre la moitié, si cela te convient mieux.

Etant malade, j'ai bien encore fait quelques petites toiles de tête que tu verras plus tard, des souvenirs du Nord, et à présent je viens de terminer un coin de prairie ensoleillée que je crois plus ou moins vigoureux. Tu verras cela bientôt.

Veuillez prier M. Aurier de ne plus écrire des articles sur ma peinture, dis-le lui avec instance, que d'abord il se trompe sur mon compte puis que réellement je me sens trop abîmé de chagrin pour pouvoir faire face à de la publicité. Faire des tableaux me distrait, mais si j'en entends parler, cela me fait plus de peine qu'il ne le sait…

Je suis tombé malade à l'époque où je faisais les fleurs d'amandier. Si j'avais pu continuer à travailler, tu peux de là juger que j'en aurais fait d'autres des arbres en fleurs. A présent, c'est déjà presque fini les arbres en fleurs, vraiment j'ai pas de chance. Oui, il faut chercher de sortir d'ici, mais où aller ? Je ne crois pas qu'on puisse être plus enfermé et prisonnier dans les maisons où l'on n'a pas la prétention de vous laisser libre, tel qu'à Charenton ou à Montevergues (629).

Mai 1890.

Je vais peut-être chercher à travailler d'après les Rembrandt, surtout j'ai une idée pour faire *L'homme en prière*, dans la gamme de tons partant du jaune clair jusqu'au violet.

Ci-inclus la lettre de Gauguin, fais ce que bon te semble pour l'échange, prends ce qui te plaît à toi, je suis sûr que de plus en plus nous ayons le même goût (630).

Mai 1890.

J'ai fait deux toiles de l'herbe fraîche dans le parc dont il y en a une d'une simplicité extrême, en voici un croquis hâtif.

Un tronc de pin violet rose et puis de l'herbe avec des fleurs blanches et des pissenlits, un petit rosier et d'autres troncs d'arbres dans le fond tout en haut de la toile. Je serai là-bas dehors – je suis sûr que l'envie de travailler me dévorera et me rendra insensible à tout le reste, et de bonne humeur.

Et je m'y laisserai aller non pas sans réflexion, mais sans m'appesantir sur des regrets de choses qui auraient pu être. Ils disent que dans la peinture il ne faut rien chercher, ni espérer, qu'un bon tableau et une bonne causerie et un bon dîner comme maximum de bonheur, sans compter les parenthèses moins brillantes. C'est peut-être vrai et pourquoi refuser de prendre le possible, surtout si ainsi faisant on donne le change à la maladie (631).

AUVERS-SUR-OISE (21 mai 1890 - 29 juillet 1890).

4 juin 1890.

. . . .

Il me paraît certes aussi malade et ahuri que toi ou moi, et il est plus âgé et il a perdu il y a quelques années sa femme, mais il est très médecin et son métier et sa foi le tiennent pourtant. Nous sommes déjà très amis et par hasard il a connu encore Brias de Montpellier et a les mêmes idées sur lui que j'ai, que c'est quelqu'un d'important dans l'histoire de l'art moderne.

Je travaille à son portrait, la tête avec une casquette blanche, très blonde, très claire, les mains aussi à carnation claire, un frac bleu et un fond bleu cobalt, appuyé sur une table rouge, sur laquelle un livre jaune et une plante de digitale à fleurs pourpres. Cela est dans le même sentiment que le portrait de moi, que j'ai pris lorsque je suis parti pour ici.

M. Gachet[1] est absolument *fanatique* pour ce portrait et veut que j'en fasse un pour lui, si je peux, absolument comme cela, ce que je désire faire aussi. Il est maintenant aussi arrivé à comprendre le dernier portrait d'Arlésienne, dont tu en as un en rose ; il revient lorsqu'il vient voir les études tout le temps sur ces deux portraits et il les admet en plein, mais en plein, tels qu'ils sont.

J'espère t'envoyer un portrait de lui bientôt. Puis j'ai peint chez lui deux études que je lui ai données semaine passée, un aloès avec des soucis et des cyprès, puis dimanche dernier des roses blanches, de la vigne et une figure blanche là-dedans (638).

17 juin 1890.

J'ai deux études en train, l'une un bouquet de plantes sauvages, des chardons, des épis, des feuilles différentes de verdure. L'une presque rouge, l'autre très verte, l'autre jaunissante.

La deuxième étude, une maison blanche dans de la verdure, avec une étoile dans le ciel de nuit et une lumière orangée à la fenêtre et de la verdure noire et une note rose sombre. Voilà tout pour le moment. J'ai une idée pour faire une toile plus importante de la maison et du jardin de Daubigny, dont j'ai déjà une petite étude (642).

Mon cher ami Gauguin,

Merci de m'avoir de nouveau écrit, mon cher ami et

---

1. Le docteur Gachet qui soigne Vincent à Auvers-sur-Oise.

soyez assuré que depuis mon retour j'ai pensé à vous tous les jours. Je ne suis resté à Paris que trois jours et le bruit etc. parisien me faisant une bien mauvaise impression, j'ai jugé prudent pour ma tête de ficher le camp pour la campagne, sans cela j'aurais bien vite couru chez vous. Et cela me fait énormément plaisir que vous dites que le portrait d'Arlésienne, fondé rigoureusement sur votre dessin, vous a plu.

J'ai cherché à être fidèle à votre dessin respectueusement et pourtant prenant la liberté d'interpréter par le moyen d'une couleur dans le caractère sobre et le style du dessin en question. C'est une synthèse d'Arlésienne si vous voulez ; comme les synthèses d'Arlésiennes sont rares, prenez cela comme œuvre de vous et de moi comme résumé de nos mois de travail ensemble. Pour le faire j'ai payé moi pour ma part encore d'un mois de maladie, mais aussi je sais que c'est une toile qui sera comprise par vous, moi, et de rares autres, comme nous voudrions qu'on comprenne…

J'ai encore de là-bas un cyprès avec une étoile, un dernier essai – un ciel de nuit avec une lune sans éclat, à peine le croissant mince émergeant de l'ombre projetée opaque de la terre – une étoile à éclat exagéré, si vous voulez, éclat doux de rose et vert dans le ciel outremer où courent des nuages. En bas une route bordée de hautes cannes jaunes, derrière lesquelles les basses Alpines bleues, une vieille auberge à fenêtres illuminées orangée, et un très haut cyprès, tout droit, tout sombre.

Sur la route une voiture jaune attelée d'un cheval blanc et deux promeneurs attardés. Très romantique, si vous voulez, mais aussi je crois de la Provence…

Tenez, une idée qui peut-être vous ira, je cherche à faire des études de blé ainsi – je ne peux cependant pas dessiner cela – rien que des épis tiges bleu vert, feuilles longues comme des rubans vert et rose par le reflet, épis jaunissants légèrement bordés de rose pâle par la floraison poussiéreuse – un liseron rose dans le bas enroulé autour d'une tige.

Là-dessus sur un fond bien vivant et pourtant tranquille, je voudrais peindre des portraits. C'est des verts de différentes qualités, de même valeur, de façon à former un tout vert, qui ferait par sa vibration songer au bruit doux des épis se balançant à la brise ; c'est pas commode du tout comme coloration (643).

24 juin 1890.

Cette semaine j'ai fait un portrait d'une jeune fille de seize ans ou à peu près, en bleu contre fond bleu, la fille des gens où je loge. Je le lui ai donné ce portrait, mais j'en ai fait pour toi une variante, une toile de 15.

Puis j'ai une toile longue d'un mètre sur cinquante centimètres seulement de hauteur, de champs de blé et une qui fait pendant, d'un sous-bois, des troncs lilas de peupliers et là-dessous de l'herbe fleurie, rose, jaune, blanche et verts divers. Enfin un effet de soir – deux poiriers tout noirs contre ciel jaunissant, avec des blés et dans le fond violet le château encaissé dans la verdure sombre (644).

Hier et avant-hier j'ai peint le portrait de Mlle Gachet que tu verras j'espère bientôt ; la robe est rose, le mur dans le fond vert avec un point orangé, le tapis rouge avec un point vert, le piano violet foncé, cela a 1 mètre de haut sur 50 de large.

C'est une figure que j'ai peinte avec plaisir – mais c'est difficile. Il m'a promis de me la faire poser une autre fois avec un petit orgue. J'en ferai un pour toi. – J'ai remarqué que cette toile fait très bien avec une autre en largeur, de blés, ainsi l'une toile étant en hauteur et rose, l'autre d'un vert pâle et jaune complémentaire du rose ; mais nous en sommes encore loin avant que les gens comprennent les curieux rapports qui existent entre un morceau de la nature et un autre, qui pourtant s'expliquent et se font valoir l'un l'autre.

Mais quelques-uns pourtant le sentent bien et c'est déjà

quelque chose. Et puis il y a ceci de gagné, que dans les toilettes on voit des arrangements de couleurs claires bien jolies, si on pouvait avoir les personnes qu'on voit passer, pour faire leurs portraits, ce serait aussi joli que n'importe quelle époque du passé et même je trouve que souvent dans la nature il y a actuellement toute la grâce du tableau de Puvis, entre l'art et la nature. Aussi hier je vis deux figures : la mère en robe carmin foncé, la fille en rose pâle avec un chapeau jaune sans ornement aucun, des figures très saines, campagnardes, bien hâlées par le grand air, brûlées par le soleil ; la mère surtout avec un visage très, très rouge et des cheveux noirs et deux diamants dans les oreilles. Et j'ai encore pensé à cette toile de Delacroix : *l'Education maternelle.* Car dans les expressions des visages il y avait réellement tout ce qu'il y eut dans la tête de George Sand. Sais-tu qu'il y a un portrait-buste *George Sand* – de Delacroix, il y en a un bois dans l'*Illustration* avec les cheveux coupés courts (645).

30 juin 1890.

Une lettre de Gauguin assez mélancolique, il parle vaguement d'être bien décidé pour Madagascar, mais si vaguement qu'on voit bien qu'il ne pense à cela que parce qu'il ne sait réellement pas à quoi d'autre penser.

Et l'exécution du plan me paraît presque absurde.

Voici trois croquis – l'une d'une figure de paysanne, grand chapeau jaune avec un nœud de rubans bleu céleste, visage très rouge, caraco gros bleu à pointillé orangé, fond d'épis de blé.

C'est une toile de 30, mais c'est bien un peu grossier je crains. Puis le paysage en longueur avec les champs, un motif comme serait de Michel, mais alors la coloration est vert tendre, jaune et bleu vert.

Puis un sous-bois des troncs de peupliers violets, qui perpendiculairement comme des colonnes traversent le paysage, la profondeur du sous-bois est bleue et sous les grands troncs la prairie fleurie, blanche, rose, jaune, verte, longues herbes roussies et fleurs (646).

23 juillet 1890.

Peut-être verras-tu ce croquis du jardin de Daubigny – c'est une de mes toiles les plus voulues – j'y joins un croquis de vieux chaumes et les croquis de deux toiles de 30 représentant d'immenses étendues de blé après la pluie...

Le jardin de Daubigny avant-plan d'herbe verte et rose. A gauche un buisson vert et lilas et une souche de plante à feuillages blanchâtres. Au milieu un parterre de roses, à droite une claie, un mur, et au-dessus du mur un noisetier à feuillage violet. Puis une haie de lilas, une rangée de tilleuls arrondis jaunes, la maison elle-même dans le fond, rose, à toit de tuiles bleuâtres. Un banc et trois chaises, une figure noire à chapeau jaune et sur l'avant-plan un chat noir. Ciel vert pâle (651).

(Lettre que Vincent portait sur lui le 29 juillet :)

Mon cher frère,

Merci de ta bonne lettre et du billet de 50 francs qu'elle contenait. Puisque cela va bien, ce qui est le principal, pourquoi insisterais-je sur des choses de moindre importance, ma foi, avant qu'il y ait chance de causer affaires à tête plus reposée, il y a probablement loin.

Les autres peintres, quoi qu'ils en pensent, instinctivement se tiennent à distance des discussions sur le commerce actuel.

Eh bien, vraiment, nous ne pouvons faire parler que nos tableaux. Mais pourtant mon cher frère, il y a ceci que toujours je t'ai dit et je le redis encore une fois avec toute la gravité que puissent donner les efforts de pensée assidûment fixée pour chercher à faire aussi bien qu'on peut –

je te le redis encore que je considérerai toujours que tu es autre chose qu'un simple marchand de Corot, que par mon intermédiaire tu as ta part à la production même de certaines toiles, qui même dans la débâcle gardent leur calme.

Car là nous en sommes et c'est là tout ou au moins le principal que je puisse avoir à te dire dans un moment de crise relative. Dans un moment où les choses sont fort tendues entre marchands de tableaux d'artistes morts et d'artistes vivants.

Eh bien, mon travail à moi, j'y risque ma vie et ma raison y a fondu à moitié – bon – mais tu n'es pas dans les marchands d'hommes pour autant que je sache, et tu peux prendre parti, je le trouve, agissant réellement avec humanité, mais que veux-tu ? (652).

INDEX DES ŒUVRES CITÉES

A

B

C

D

E

F

G

H

I

J

L

M

N

O

P

TABLE

Dans la collection Les Cahiers Rouges

Andreas-Salomé Lou : *Friedrich Nietzsche à travers ses œuvres*
Anthologie : *Napoléon raconté par ceux qui l'ont connu*
Arbaud Joseph d' : *La Bête du Vaccarès*
Audiberti Jacques : *Les Enfants naturels* ▪ *L'Opéra du monde*
Audoux Marguerite : *Marie-Claire suivi de l'Atelier de Marie-Claire*
Augiéras François : *L'Apprenti sorcier* ▪ *Domme ou l'essai d'occupation* ▪ *Un voyage au mont Athos* ▪ *Le Voyage des morts*
Aymé Marcel : *Clérambard* ▪ *Vogue la galère*
Barbey d'Aurevilly Jules : *Les Quarante médaillons de l'Académie*
Baudelaire Charles : *Lettres inédites aux siens*
Bayon : *Haut fonctionnaire*
Bazin Hervé : *Vipère au poing*
Beck Béatrix : *La Décharge* ▪ *Josée dite Nancy*
Becker Jurek : *Jakob le menteur*
Beerbohm Max : *L'Hypocrite heureux*
Begley Louis : *Une éducation polonaise*
Benda Julien : *Tradition de l'existentialisme* ▪ *La Trahison des clercs*
Berger Yves : *Le Sud*
Berl Emmanuel : *La France irréelle* ▪ *Méditation sur un amour défunt* ▪ *Rachel et autres grâces* ▪ *Les Impostures de l'histoire*
Berl Emmanuel, **Ormesson** Jean d' : *Tant que vous penserez à moi*
Bernard Tristan : *Mots croisés*
Besson Patrick : *Les Frères de la consolation*
Bibesco Princesse : *Catherine-Paris* ▪ *Le Confesseur et les poètes*
Bierce Ambrose : *Histoires impossibles* ▪ *Morts violentes*
Bodard Lucien : *La Vallée des roses*
Bosquet Alain : *Une mère russe*
Brenner Jacques : *Les Petites filles de Courbelles*
Breton André, **Deharme** Lise, **Gracq** Julien, **Tardieu** Jean : *Farouche à quatre feuilles*
Brincourt André : *La Parole dérobée*
Bukowski Charles : *Au sud de nulle part* ▪ *Factotum* ▪ *L'amour est un chien de l'enfer t1* ▪ *L'amour est un chien de l'enfer t2* ▪ *Le Postier* ▪ *Souvenirs d'un pas grand-chose* ▪ *Women* ▪ *Contes de la folie ordinaire* ▪ *Hollywood* ▪ *Je t'aime, Albert* ▪ *Journal d'un vieux dégueulasse*
Burgess Anthony : *Pianistes* ▪ *Mais les blondes préfèrent-elles les hommes ?*
Butor Michel : *Le Génie du lieu*
Caldwell Erskine : *Une lampe, le soir…*
Calet Henri : *Contre l'oubli* ▪ *Le Croquant indiscret*
Capote Truman : *Prières exaucées*
Carossa Hans : *Journal de guerre*
Cendrars Blaise : *Hollywood, La Mecque du cinéma* ▪ *Moravagine* ▪ *Rhum, l'Aventure de Jean Galmot* ▪ *La Vie dangereuse*
Cézanne Paul : *Correspondance*
Chamson André : *L'Auberge de l'abîme* ▪ *Le Crime des justes*
Chardonne Jacques : *Ce que je voulais vous dire aujourd'hui* ▪ *Claire* ▪ *Lettres à Roger Nimier* ▪ *Propos comme ça* ▪ *Les Varais* ▪ *Vivre à Madère*
Charles-Roux Edmonde : *Stèle pour un bâtard*
Châteaubriant Alphonse de : *La Brière*
Chatwin Bruce : *En Patagonie* ▪ *Les Jumeaux de Black Hill* ▪ *Utz* ▪ *Le Vice-roi de Ouidah* ▪ *Le Chant des pistes*
Chessex Jacques : *L'Ogre*
Claus Hugo : *La Chasse aux canards*

Cocteau Jean : *La Corrida du 1er mai* ▪ *Les Enfants terribles* ▪ *Essai de critique indirecte* ▪ *Journal d'un inconnu* ▪ *Lettre aux Américains* ▪ *La Machine infernale* ▪ *Portraits-souvenir* ▪ *Reines de la France*
Combescot Pierre : *Les Filles du Calvaire*
Consolo Vincenzo : *Le Sourire du marin inconnu*
Cowper Powys John : *Camp retranché*
Curtis Jean-Louis : *La Chine m'inquiète*
Dali Salvador : *Les Cocus du vieil art moderne*
Daudet Léon : *Les Morticoles* ▪ *Souvenirs littéraires*
Degas Edgar : *Lettres*
Delteil Joseph : *Choléra* ▪ *La Deltheillerie* ▪ *Jeanne d'Arc* ▪ *Jésus II* ▪ *Lafayette* ▪ *Les Poilus* ▪ *Sur le fleuve Amour*
Desbordes Jean : *J'adore*
Dhôtel André : *Le Ciel du faubourg* ▪ *L'Île aux oiseaux de fer*
Dickens Charles : *De grandes espérances*
Donnay Maurice : *Autour du chat noir*
Doubrovsky Serge : *Le Livre brisé*
Dreyfus Robert : *Souvenirs sur Marcel Proust*
Dumas Alexandre : *Catherine Blum* ▪ *Jacquot sans Oreilles*
Eco Umberto : *La Guerre du faux*
Ellison Ralph : *Homme invisible, pour qui chantes-tu ?*
Fallaci Oriana : *Un homme*
Fernandez Dominique : *Porporino ou les mystères de Naples* ▪ *L'Étoile rose*
Fernandez Ramon : *Messages* ▪ *Molière ou l'Essence du génie comique* ▪ *Proust* ▪ *Philippe Sauveur*
Ferreira de Castro A. : *Forêt vierge* ▪ *La Mission* ▪ *Terre froide*
Fitzgerald Francis Scott : *Gatsby le Magnifique* ▪ *Un légume*
Fouchet Max-Pol : *La Rencontre de Santa Cruz*
Fourest Georges : *La Négresse blonde suivie de* Le Géranium Ovipare
Frank Bernard : *Le Dernier des Mohicans*
Freustié Jean : *Le Droit d'aînesse* ▪ *Proche est la mer*
Frisch Max : *Stiller*
Funck-Brentano Frantz : *La Cour du Roi-Soleil*
Gadda Carlo Emilio : *Le Château d'Udine*
Galey Matthieu : *Les Vitamines du vinaigre*
Gallois Claire : *Une fille cousue de fil blanc*
García Márquez Gabriel : *L'Automne du patriarche* ▪ *Chronique d'une mort annoncée* ▪ *Des feuilles dans la bourrasque* ▪ *Des yeux de chien bleu* ▪ *Les Funérailles de la Grande Mémé* ▪ *L'Incroyable et triste histoire de la candide Erendira et de sa grand-mère diabolique* ▪ *La Mala Hora* ▪ *Pas de lettre pour le colonel* ▪ *Récit d'un naufragé*
Garnett David : *La Femme changée en renard*
Gauguin Paul : *Lettres à sa femme et à ses amis*
Genevoix Maurice : *La Boîte à pêche* ▪ *Raboliot*
Ginzburg Natalia : *Les Mots de la tribu*
Giono Jean : *Colline* ▪ *Jean le Bleu* ▪ *Mort d'un personnage* ▪ *Naissance de l'Odyssée* ▪ *Que ma joie demeure* ▪ *Regain* ▪ *Le Serpent d'étoiles* ▪ *Un de Baumugnes* ▪ *Les Vraies richesses*
Girard René : *Mensonge romantique et vérité romanesque*
Giraudoux Jean : *Adorable Clio* ▪ *Bella* ▪ *Eglantine* ▪ *Lectures pour une ombre* ▪ *La Menteuse* ▪ *Siegfried et le Limousin* ▪ *Supplément au voyage de Cook* ▪ *La guerre de Troie n'aura pas lieu*
Glaeser Ernst : *Le Dernier civil*
Gordimer Nadine : *Le Conservateur*
Goyen William : *Savannah*
Groult Benoîte : *Ainsi soit-elle*
Guéhenno Jean : *Changer la vie*
Guilbert Yvette : *La Chanson de ma vie*
Guilloux Louis : *Angélina* ▪ *Dossier confidentiel* ▪ *Hyménée* ▪ *La Maison du peuple*

Gurgand Jean-Noël : *Israéliennes*
Haedens Kléber : *Adios* ▪ *L'Été finit sous les tilleuls* ▪ *Magnolia-Jules/L'Ecole des parents* ▪ *Une histoire de la littérature française*
Halévy Daniel : *Pays parisiens*
Hamsun Knut : *Au pays des contes* ▪ *Vagabonds*
Heller Joseph : *Catch 22*
Hémon Louis : *Battling Malone, pugiliste* ▪ *Monsieur Ripois et la Némésis* ▪ *Maria Chapdelaine*
Herbart Pierre : *Histoires confidentielles*
Hesse Hermann : *Siddhartha*
Ingres : *Écrits sur l'art*
Isherwood Christopher : *Adieu à Berlin* ▪ *Mr Norris change de train* ▪ *La Violette du Prater* ▪ *Un homme au singulier*
Istrati Panaït : *Les Chardons du Baragan*
James Henry : *Les Journaux*
Jardin Pascal : *Guerre après guerre* suivi de *La Guerre à neuf ans*
Jarry Alfred : *Les Minutes de Sable mémorial*
Jouhandeau Marcel : *Les Argonautes* ▪ *Elise architecte*
Jullian Philippe, **Minoret** Bernard : *Les Morot-Chandonneur*
Jünger Ernst : *Rivarol et autres essais* ▪ *Le Contemplateur solitaire*
Kafka Franz : *Journal* ▪ *Tentation au village*
Kessler Comte : *Cahiers, 1918-1937*
Kipling Rudyard : *Souvenirs de France*
Klee Paul : *Journal*
La Varende Jean de : *Le Centaure de Dieu*
La Ville de Mirmont Jean de : *L'Horizon chimérique*
Lanoux Armand : *Maupassant, le Bel-Ami*
Laurent Jacques : *Croire à Noël* ▪ *Le Petit Canard* ▪ *Les sous-ensembles flous* ▪ *Les dimanches de Mademoiselle Beaunon*
Le Golif Louis-Adhémar-Timothée : *Cahiers de Louis-Adhémar-Timothée Le Golif, dit Borgnefesse, capitaine de la flibuste*
Léautaud Paul : *Bestiaire*
Lenotre G. : *Napoléon – Croquis de l'épopée* ▪ *La Révolution par ceux qui l'ont vue* ▪ *Sous le bonnet rouge* ▪ *Versailles au temps des rois*
Levi Primo : *La Trêve*
Levin Hanokh : *Popper*
Lilar Suzanne : *Le Couple*
Loos Adolf : *Comment doit-on s'habiller ?*
Lowry Malcolm : *Sous le volcan*
Mac Orlan Pierre : *Marguerite de la nuit*
Maeterlinck Maurice : *Le Trésor des humbles*
Maïakowski Vladimir : *Théâtre*
Mailer Norman : *Les Armées de la nuit* ▪ *Pourquoi sommes-nous au Vietnam ?* ▪ *Un rêve américain*
Maillet Antonine : *Les Cordes-de-Bois* ▪ *Pélagie-la-Charrette*
Malaparte Curzio : *Technique du coup d'État* ▪ *Le bonhomme Lénine*
Malerba Luigi : *Saut de la mort* ▪ *Le Serpent cannibale*
Mallea Eduardo : *La Barque de glace*
Malraux André : *La Tentation de l'Occident*
Malraux Clara : *...Et pourtant j'étais libre* ▪ *Nos vingt ans*
Mann Heinrich : *Professeur Unrat l'Ange bleu* ▪ *Le Sujet !* ▪ *Le Sujet de l'empereur*
Mann Klaus : *La Danse pieuse* ▪ *Mephisto* ▪ *Symphonie pathétique* ▪ *Le Volcan*
Mann Thomas : *Altesse royale* ▪ *Les Maîtres* ▪ *Mario et le magicien* ▪ *Sang réservé*
Mauriac Claude : *André Breton* ▪ *Aimer de Gaulle*
Mauriac François : *Les Anges noirs* ▪ *Les Chemins de la mer* ▪ *Le Mystère Frontenac* ▪ *La Pharisienne* ▪ *La Robe prétexte* ▪ *Thérèse Desqueyroux* ▪ *De Gaulle*
Mauriac Jean : *Mort du général de Gaulle*

Maurois André : *Ariel ou la Vie de Shelley* ▪ *Le Cercle de famille* ▪ *Choses nues* ▪ *Don Juan ou la Vie de Byron* ▪ *René ou la Vie de Chateaubriand* ▪ *Les Silences du colonel Bramble* ▪ *Tourguéniev* ▪ *Voltaire*
Mistral Frédéric : *Mireille/Mirèio*
Monnier Thyde : *La Rue courte*
Monzie Anatole de : *Les Veuves abusives*
Moore George : *Mémoires de ma vie morte*
Morand Paul : *Air indien* ▪ *Bouddha vivant* ▪ *Champions du monde* ▪ *L'Europe galante* ▪ *Lewis et Irène* ▪ *Magie noire* ▪ *Rien que la terre* ▪ *Rococo*
Mutis Alvaro : *La Dernière Escale du tramp steamer* ▪ *Ilona vient avec la pluie* ▪ *La Neige de l'Amiral* ▪ *Abdul Bashur* ▪ *Le dernier visage* ▪ *Le rendez-vous de Bergen*
Nabokov Vladimir : *Chambre obscure*
Nadolny Sten : *La Découverte de la lenteur*
Naipaul V.S. : *Le Masseur mystique* ▪ *Crépuscule sur l'islam* ▪ *Jusqu'au bout de la foi* ▪ *L'Énigme de l'arrivée* ▪ *La Moitié d'une vie* ▪ *Les Hommes de paille*
Némirovsky Irène : *L'Affaire Courilof* ▪ *Le Bal* ▪ *David Golder* ▪ *Les Mouches d'automne précédé de La Niania et Suivi de Naissance d'une révolution*
Nerval Gérard de : *Poèmes d'Outre-Rhin*
Nicolson Harold : *Journal 1936-1942*
Nizan Paul : *Antoine Bloyé*
Nourissier François : *Un petit bourgeois*
Nucéra Louis : *Mes ports d'attache*
Obaldia René de : *Le Centenaire* ▪ *Innocentines* ▪ *Exobiographie*
Pange Pauline de : *Comment j'ai vu 1900* ▪ *Confidences d'une jeune fille*
Peisson Edouard : *Hans le marin* ▪ *Le Pilote* ▪ *Le Sel de la mer*
Penna Sandro : *Poésies* ▪ *Un peu de fièvre*
Peyré Joseph : *L'Escadron blanc* ▪ *Matterhorn* ▪ *Sang et Lumières*
Philippe Charles-Louis : *Bubu de Montparnasse*
Pieyre de Mandiargues André : *Le Belvédère* ▪ *Deuxième Belvédère* ▪ *Feu de Braise*
Ponchon Raoul : *La Muse au cabaret*
Poulaille Henry : *Pain de soldat* ▪ *Le Pain quotidien*
Privat Bernard : *Au pied du mur*
Proulx Annie : *Cartes postales* ▪ *Nœuds et dénouement* ▪ *Les pieds dans la boue*
Proust Marcel : *Albertine disparue*
Radiguet Raymond : *Le Diable au corps* suivi de *Le Bal du comte d'Orgel* ▪ *Les joues en feu*
Ramuz Charles-Ferdinand : *Aline* ▪ *Derborence* ▪ *Le Garçon savoyard* ▪ *La Grande Peur dans la montagne* ▪ *Jean-Luc persécuté* ▪ *Joie dans le ciel*
Reboux Paul et **Muller** Charles : *A la manière de...*
Revel Jean-François : *Sur Proust*
Richaud André de : *L'Amour fraternel* ▪ *La Barette rouge* ▪ *La Douleur* ▪ *L'Etrange Visiteur* ▪ *La Fontaine des lunatiques*
Rilke Rainer-Maria : *Lettres à un jeune poète*
Rivoyre Christine de : *Boy* ▪ *Le Petit matin*
Robert Marthe : *L'Ancien et le Nouveau*
Rochefort Christiane : *Archaos* ▪ *Printemps au parking* ▪ *Le Repos du guerrier*
Rodin Auguste : *L'Art*
Rondeau Daniel : *L'Enthousiasme*
Roth Henry : *L'Or de la terre promise*
Rouart Jean-Marie : *Ils ont choisi la nuit*
Rutherford Mark : *L'Autobiographie de Mark Rutherford*
Sachs Maurice : *Au temps du Bœuf sur le toit*
Sackville-West Vita : *Au temps du roi Edouard*
Sainte-Beuve : *Mes chers amis...*
Sainte-Soline Claire : *Le Dimanche des rameaux*
Saint Jean Robert de : *Journal d'un journaliste*
Schneider Peter : *Le Sauteur de mur*
Schoendoerffer Pierre : *L'Adieu au roi*

Sciascia Leonardo : *L'Affaire Moro* ▪ *Du côté des infidèles* ▪ *Pirandello et la Sicile*
Semprun Jorge : *Quel beau dimanche*
Serge Victor : *Les Derniers temps* ▪ *S'il est minuit dans le siècle*
Sieburg Friedrich : *Dieu est-il Français ?*
Silone Ignazio : *Fontarama* ▪ *Le Secret de Luc* ▪ *Une poignée de mûres*
Soljenitsyne Alexandre : *L'Erreur de l'Occident*
Soriano Osvaldo : *Jamais plus de peine ni d'oubli* ▪ *Je ne vous dis pas adieu...* ▪ *Quartiers d'hiver*
Soupault Philippe : *Poèmes et poésies*
Stéphane Roger : *Chaque homme est lié au monde* ▪ *Portrait de l'aventurier*
Suarès André : *Vues sur l'Europe*
Teilhard de Chardin Pierre : *Ecrits du temps de la guerre 1916-1919* ▪ *Genèse d'une pensée* ▪ *Lettres de voyage*
Theroux Paul : *La Chine à petite vapeur* ▪ *Patagonie Express* ▪ *Railway Bazaar* ▪ *Voyage excentrique et ferroviaire autour du Royaume-Uni*
Twain Marc : *Quand Satan raconte la terre au Bon Dieu*
Vailland Roger : *Bon pied bon œil* ▪ *Les Mauvais coups* ▪ *Le Regard froid* ▪ *Un jeune homme seul*
Van Gogh Vincent : *Lettres à son frère Théo* ▪ *Lettres à Van Rappard*
Vasari Giorgio : *Vies des artistes* ▪ *Vies des artistes, II*
Vercors : *Sylva*
Verlaine Paul : *Choix de poésies*
Vitoux Frédéric : *Bébert, le chat de Louis-Ferdinand Céline*
Vollard Ambroise : *En écoutant Cézanne, Degas, Renoir*
Vonnegut Kurt : *Galápagos* ▪ *Barbe-Bleue*
Wassermann Jakob : *Gaspard Hauser*
Webb Mary : *Sarn*
White Kenneth : *Lettres de Gourgounel* ▪ *Terre de diamant*
Whitman Walt : *Feuilles d'herbe*
Wilde Oscar : *Aristote à l'heure du thé* ▪ *L'Importance d'être Constant*
Wittig Monique et **Zeig** Sande : *Brouillon pour un dictionnaire des amantes*
Wolfromm Jean-Didier : *Diane Lanster* ▪ *La Leçon inaugurale*
Zola Émile : *Germinal*
Zola Émile, **Alexis** Paul, **Céard** Henry, **Hennique** Léon, **Huysmans** JK, **Maupassant** Guy de : *Les Soirées de Médan*
Zweig Stefan : *Brûlant secret* ▪ *Le Chandelier enterré* ▪ *Erasme* ▪ *Fouché* ▪ *Marie Stuart* ▪ *Marie-Antoinette* ▪ *La Peur* ▪ *La Pitié dangereuse* ▪ *Souvenirs et rencontres* ▪ *Un caprice de Bonaparte*

Cet ouvrage a été imprimé en France
par CPI Bussière
à Saint-Amand-Montrond (Cher)
en avril 2015

N° d'Édition : 18840. — N° d'Impression : 2015545.
Première édition : dépôt légal : avril 2002.
Nouveau tirage : dépôt légal : avril 2015.